THE LEGEND OF
HEART AND DREAMS

一部青春的史诗
一部励世的传奇

# 我们那些传奇

上

柳晓楠 作品

北京燕山出版社
BEIJING YANSHAN PRESS

# 自序

在我最后一次按下了保存快捷键后的一霎间，我呆住了，然后，有一些喜悦与惊叹，但更多的是反而不知道该去再做上点什么的空空荡荡。是的，我做到了，三十六个月，七十五万字，我完成了。

当我刚刚开始学会试着依靠自己的力量去理性地思考与计划人生的时候，那大概是在我二十七八岁时吧，我最先向自己所提出的问题就是：我这一辈子应该要去做上些什么？当然了，成家立业、赚钱生活，这些是每一个人都应该要去做的，既不必问，也无需答。但我想我所指的不是这些，而是在大致完成或基本保障了这些之后还可以再去努一努力，而使得自己和自己所爱的人都可以更加的快乐，并且也足以让自己的特长及爱好都能够得到充分的发挥与满足的事情。

小时候，我曾很想要当个科学家，也一度向着那个方向去用功尝试过。步入社会后，我学着做生意，虽然没有太大的成功，但也不算失败。不过，后来我发现，这些其实都不是我真正所该去做并且也能够做到我期望中那样高度的事情。或是因自机缘际遇，或是限于天赋能力，又或是本就兴趣索然。

于是，我便继续思考、思考，为了这个难题不断地思考，直到有一天，我发现其实我最大的长处与乐趣，就是思考。

所以我就决定去把它们都给写下来，即使，我自己也不确信能否做得足够好。

随后，我便开始了一段时间的对进行写作这件事情的酝酿与思索。

我认为我首先该要编出一个精彩的故事，因为只有这样才会使得人们都有兴趣来读我的书，而那些我所真正想要讲给大家听的东西也才能更有机会去获得大家的认可与接受。而且我觉得这本身并不矛盾，也并不难。

那么，我该选择一个怎样的故事主题呢？

那一定不能缺少了爱情，因为爱情是艺术永恒的主题；也一定要充满着战斗，因为战斗是最能够激起人们热情的力量；同时，它也还应该尽量包含有……

在故事中，一位貌似出众却又实而平凡的女孩与自己的亲人和朋友们一起走过了风风雨雨但也简简单单的十几个年头。对于他们而言，这一段日子或许正是自己风光无限的火热青春，也可能只是青年或者中年时代当中的几步质朴而又平实的旅途路程。那之中有战斗，也有爱情，但更为主体的却可能还是一些真的只能被我们安静、淡然，甚至是乏善可陈地称之为是“岁月”的……轻歌和烟云。

是的，岁月……

我们为什么会憧憬爱情，因为那是物种繁育后代、延续种群的天然欲望。我们又为什么会崇尚战斗，因为那是物种维系安全、竞争成长的本能追求。而我们又到底为什么……会是我们。我想，那也许就是因为我们人类终而拥有了别的物种所没有的智慧和记忆，以及由其作为基础的对曾经发生过并留在了回忆中的那些爱情和战斗行为去进行思想与感悟的能力。而可以将这一我们所真正独有着的能力与幸福去尽情地展现出来的，最为极致也是最该被人们所接受和喜爱的终极主题，也便唯有是……岁月了。

因为，那当中本来便已然包含有了我们所想要的一切，一切……

在终于定下了这个令我比较满意也足以与我所想要表达出来的里层内涵相契合的主题之后，我又继续进行了一些更为深入与现实的思考。

我意识到，这该是一个写给年轻人们的故事，为此，我也或许应将叙述与结论的呈现角度设定得更为浅显和开放一些。这更该是一个写给我们的国家与社会的故事，为此，我亦理应将是本着我最最诚挚的良心，去以一名负责任的、有担当的理性爱国者的身份来堂堂正正地发表上自己的建设现实主义性的个人意见。这还应该是一个写给我自己的故事，为此，我想我也已经准备好了去迎接一场为自己所创造而出的心灵荡涤之旅，洗尽所有的焦躁和浮华，而归得恒久的宁静与本真……

说实话，当我今天再回过头去审视我这三年来所走过的创作岁月之时，其实也并不能够确定当初这些满满的理想与抱负是否就已经真的成功幻化为了这厚重的七十多万个文字。而同时，也亦会时常疑惑地追问着自己，我在那时又是否曾经真的产生出过这些而后指引着我至最终完成了今日这份骄傲的理想与抱负，还是，这仅仅只是因我其后的那些对于自己而言极为真实且深刻的所为而导致了的在记忆当中所凭空生出的某种恍惚错觉。

呵呵……

或许，这样的奇妙感受，其本身也就正是岁月这位我们即将要去翻开来加以阅读的老朋友所注定会留给写就并拥有着他的我们的……本来的平平与常常吧。

好了，接下来，就请一起走进我们的这个故事……

并以此来把我们自己……送给我们自己吧……

2014 年 10 月 26 日晨

北京 家中

# 作者说明

本书故事情节为作者完全虚构原创，并非采用任何真实人物的生活经历及相关事件所进行改编，也绝无借此对任何现实中的人物、组织及事件去加以暗喻影射的负面意图。

与包括前散打运动员翟小姐和前跆拳道运动员张小姐在内的多位专业运动员、教练员的相识，为本书创作提供了大量的体验素材及艺术灵感。感谢你们，也祝愿你们在未来的生活工作当中一切顺利、幸福安康。

最后需要说明的是，为了尽量增加本书故事的真实感及现实主义题材性，作者在创作中客观、善意地融汇引用了一些真实的公众人物、机构单位及体育史实，并有所艺术加工。若当中确有存在因作者才疏而导致的可能引起误会及不便之处，在此深表歉意，也还望广大读者及相关当事人们能够理解、包容。

# 目录

# 0. 故事的开头

THE LEGEND
OF HEART AND DREAMS

这依然是个略感湿热的白天，淡淡的阳光被包裹在一层轻薄的雾气中，让这座城市的鲜艳中和了一点温顺的柔和。那些许似有似无的清凉得益于昨夜今晨的一场小雨，它赐给了人们点点闪亮的晶莹，凝结在每束热带植物的枝叶和那些金碧辉煌的寺庙屋脊上。

十一月份的曼谷就是这样的天气。

张国柱轻轻地放下碗筷，注视着自己的妻子黄雅英，她的午餐还没有结束。男人的眼神稍显得有些不够沉静，但这似乎并不代表着催促，而是一种微妙的无措与紧张，就好像是他自己也不知道是希望时间过得更快还是更慢。

这是一对来自北京的中年夫妇，年纪都还不到五十岁，平素的衣着和轻缓的举止让两人完全有别于周遭那些同样来自中国的旅游者们。今天，一群大学生模样的年轻人让这间华侨小旅社的餐厅里充满了嬉闹与喧杂，他们在高声谈论着一切关于这个国度的新鲜见闻，而张国柱和黄雅英似乎也已经习惯了每日餐时都沉浸于这种宽怀的倾听当中。

黄雅英了解丈夫的心情，因为她同样也感到了今早醒来后的心跳要明显地快于往日。这是他们来到曼谷后的第七天，而且这一天也真的是如同期望中的那样，成为了此次泰国之行当中的最为重要的一天。

但黄雅英并没有去刻意加快自己的速度，而是拿过丈夫的碗又盛进了多半碗清淡的面汤，轻声说了句："再喝点儿汤吧。"这种与寥寥的青菜一起清煮着的几乎不加任何油盐调味的宽面，是女人特别拜托旅店的华人老板兼大厨为自己和丈夫所准备的，也是在这里最能够让他们感受到舒适的食物。

而张国柱见此便也又接过了碗，重新放到了自己的嘴边……夫妻俩在一起努力维系着这不想失去的安稳与平静。

就这般一整个中午……

步出这家旅社的门口就是流经曼谷城区的湄南河的一条支流水道。午后时间，水面上已经挤满了那种细长的木质小船，上面排坐着来自外国的游客们或是满堆了各式准备出售的水果、小吃和纪念品，交次迎错，往来穿梭。在河岸边，鳞次栉比的露天贩摊可以用一望无垠来形容，那些令人丧失理智的泰式美食在散发着诱人的魔力，它们包括了用大量的辣椒和咖喱烹制而成的火红螃蟹，蘸上了虾酱和鱼露的烤鸡、鱿鱼以及炸香蕉，还有用透明的大玻璃樽满装着的新鲜椰奶与芒果、菠萝、柠檬等色彩各异的瓜果榨汁。

张国柱夫妇安静地穿行在这片身旁的繁华之中，走着自己的路。他们希望在下午三点钟之前抵达位于曼谷市中心的泰国国家体育馆（The National Gymnasium of Thailand），距离这里不远也不近。去那里，乘坐曼谷市的轻轨列车会最为便捷，不过在此之前，他们要先求助于一位刚刚结识了的本地朋友。

“突突车”（TukTuk）是一种在东南亚很为常见的由三轮摩托车所改装而成的小型出租车，而一位好的突突车司机也往往会是初到曼谷后人生地不熟的外国游客们得以仰仗的第一线草根向导。眼前这辆可载两人的小突突崭新而洁净，蓝色的钢板外壳和红黑相间的皮革座椅闪烁着光泽，黑色的塑料顶棚下除挡风玻璃以外三面空敞。它的司机是一名皮肤黝黑的精壮小伙儿，发不准泰语名字读音的张国柱管他叫“阿瓦”。阿瓦是由旅店老板介绍来的，可以用简单的英语和张国柱交流，他负责每天准点把两位中国朋友送到轻轨车站。

伴随着路边涂抹着鲜红油彩的大象颈下的清脆铃声，突突车穿过了一片风格完全不同的居民街区。这一带宁静祥和，空气中飘洒着佛的祝福，披着橘红色裹袍、挎着棕色布包的泰国僧侣们或独自一人，或三五一队，悠然地踏着拖鞋清闲漫步，在接受着人们虔诚的施舍与馈赠。而在沿途的一间间民宅和店铺前，还不时能够看到一些浓粉盛装的泰国妇女正在专心地用小刀切削雕刻着香蕉的茎叶，并为之配饰上了艳丽的折纸与彩花。不少制作好的成品就摆放在门前，那是如此美丽的一捧捧芬香的花团，每一件都是溢漾巧思的精致天工，让人惊叹着这是今生所能见到的最美的事物。她们是在制作“水灯”。

“今天就是泰历十二月十五，水灯节呢！”阿瓦不失时机地提醒着他的乘客。

“水灯节”是泰国人极为看重的传统节日之一，也是弥泛着炫绮东方风情的美轮美奂之夜。每到这一天，人们都会制作出精美的燃点上了蜡烛的水灯去漂流在湄南长河的清澈水面之上，同时，也会向空中施放出孔明灯和烟火，来以此寄托内心里对于美好的梦与爱的向往和忠贞。当点点熠熠的繁星将水空相接，寂静中，幽柔而空灵的歌声在远方吟动，花与叶承载着心的暖，徐徐游向天际，那正是人们为了拥吻真美而进行着的一场至纯至洁的典礼祭祀。传说中，这一夜如果可以和生命里最为重要的亲人们一起共度，那些梦想之中的所有夙愿就都可以伴随着漫天灿烂焰火的到来而得以成真。

并且，泰国政府每年也都会在这类节日期间组织多场盛大的文艺演出，以及承办一些高规格的国际体育赛事来借以吸引游客。

在这段不到十五分钟的路程上，黄雅英一直在目不转睛地欣赏着沿路的风景，虽然已经看过了五遍，但她还是决定要在今天细致地再看一遍，因为她知道这已将会是最后的一遍了。这是黄雅英这辈子第一次出国，并且也是第一次和所有的家人们一起同处在了北京以外的另一座城市里。她的一家除了她的丈夫，还有他们的独生女儿张雨心。

黄雅英与张国柱靠得很紧，女人贴附在丈夫的臂膀上，既为这难得的一刻感到幸福，又在为那即将来到的并不确定的下一刻而承受着被揪紧了心房的煎熬。而张国柱则是用他宽厚且又温暖的手握紧了妻子，一如他在这二十多年来一直所做的那样。

轻轨站到了。平时这趟车程的费用是五十泰铢，而张国柱今天给了阿瓦一百元，并告诉他，今天是最后一次坐他的车了。阿瓦听后，把合十的双手真诚地举在了额头前并深深地鞠下了一躬："祝你们好运，也祝她好运，佛会保佑她的。"张国柱看着阿瓦，还以了一个真心对待朋友的笑容："谢谢，我们也祝你以后好运，阿瓦。"……

轨道列车疾驰于高架桥上，张家夫妻透过车窗在俯视着这座城市。眼前，现代感四溢的摩登楼宇在尽情挥洒着挺拔，而那些如纯金般光辉耀目的宏大庙宇和皇家古建筑也仿佛都在恣意地向人们炫耀着，它们身上那份珠光宝气的精雕细琢到底曾耗费掉了多少个千年。

在这段轻轨行程中有一处路上的景观两个人每天都会格外地关注，那是块设置于某一川流熙攘的十字路口一角的巨型楼顶电子屏幕，这几天来，一直在循环播放着同一部引人注目的广告宣传片。那部片子是半个多月前摄制完成的，画面炫丽精美，内容是为了推广与造势此刻正在曼谷举行着的一项国际体育赛事："第一届世界女子自由搏击锦标赛"。

在片子里，世界各国明星级别的女子自由搏击运动员们都有亮相，当介绍到中国队的主要选手时，背靠背地出现了两名女孩，右边的那一位拥有着飘逸的长发、高挑的身材和俊俏的面庞，穿着蓝色的运动紧身衣，面对着镜头在微笑。她就是张雨心。

是的，张国柱和黄雅英的女儿张雨心参加了在曼谷举行的世界女子自由搏击锦标赛，并且，进入到了今天的决赛日。

列车继续向前奔驰着，途经了在到达国家体育馆前的最后几栋值得一看的建筑。那又是一座在曼谷几乎随处可见的寺庙，金黄与绿青色交叠着的屋顶上，每处檐角都延展出了一副弯翘的枝干，就像是藏羚羊的角，而殿群中央高耸起的浮屠塔尖则是威严地直刺向了天顶的云端，令人远远望而生敬。

但相对不太一样的是，这里还有几尊硕大的佛像雕塑挺立在了露天。

黄雅英一直不理解，为什么泰国会有着如此众多的“青面獠牙”造型的佛祖。这些佛像通体披戴着金质的头盔与铠甲，而所有裸露出来的肌肤和面部则全部涂成了严苛又突兀的蓝色，他们怒目圆睁地面向着善男信女，却也得来了最为臣服的跪拜与丰厚的供奉。

或许，慈祥或狰狞的主观感受本就是寄存在了人心的无形幻化之中，当你真正做到了悟由心生的时候，便是空色回转，万物为无，而人之一生一梦也就概是如此了吧……坦白讲，黄雅英并不懂得那些深奥的佛学哲理，就只是在忽然之间有了点直白的感慨而已，同时，她也开始感觉到，这些神明在本质上也肯定不会真的像是看上去的那么可怕。于是，她便也学着这几天常见到的泰国人的样子，把双掌合于胸前，闭上了眼睛……

大约在下午两点四十分的时候，张国柱和黄雅英到达了曼谷国家体育馆。

这是一座宏伟而富含着泰国人民族底蕴的著名体育馆，不论是在文体还是政治领域。这里曾经举办过无数次的泰拳比赛，其中可以载入史册的经典对决不胜枚举。这里也很多次成功地上演过世界各地不同流派格斗术间针锋相对的自由搏击赛事，根基为泰拳的本土男女选手们也都是战绩彪炳、领尽风骚。

在体育馆的外围环廊中，悬挂着泰国各个时期的如民族英雄般礼受敬拜的先辈拳手们的油笔画像。而在这些画像的下方就是本次赛事的组委会特别为参赛各国代表团所开辟出来的，用以推介本国本民族的传统武术格斗项目的自我宣传展区。这一带很吸引人，也非常热闹，有时会有精彩的现场表演，就像是个嘉年华。张国柱偶尔也会在中国代表团的展位前驻足一下，这里立有一幅巨大的李小龙身穿那图腾样的黄黑相间运动装向着天空高高侧向踢腿的全景图片，而每当中国队的选手们获得了胜利的时候，还会向大家赠送出软质的双节棍玩具来作为庆祝加留念的幸运小礼物。

走完严格的安检流程，夫妻俩进入到了体育馆的内馆。

近期才进行过特别修葺的场馆内部分外明亮、洁整，且富有着金属光晕，显得很有些前卫科技感。整馆的固定与临时座席总共可以容纳下一万余人，由于是属于较早落座的观众，此时张国柱和黄雅英的身边还尽是一些空座位，不过以他们的估计和官方所公布出的门票销售数据来看，今天这里必定将会是一个座无虚席的爆满状态。两人的门票是自费购买的（不含餐全场次套票），座席的位置并不算太好，望向场地中央的比赛擂台的角度有些偏，而那里也就是近日以来各国运动员们连番激斗的核心主战场了（自半决赛日起设为单一擂台）。

正式比赛会在下午四点准时开始，在此之前，先入场的观众可以一边欣赏着各国艺人们带来的垫场演出，一边兼顾着擂台正上方所吊装的六面电视大屏幕，来以此回顾一下今天各级别决赛的出战选手们所走过的连胜晋级之路……

此时此刻，体育馆内负责影像转播工作的各国电视工作者们也都开始了他们最后一天的忙碌。泰国本地电视台负责制作面向全球的卫星直播信号，摄像师和导播们已在进行着例行的测试调制，而场馆北面主席台的正上方就是各国电视台为本国观众提供母语现场解说的专用评论席，其中有几家现在也已是提前展开了主持人对特邀嘉宾的赛前访谈。

何耀强与现场解说员并肩坐在这略显局促的小隔间里，等待着耳机中北京演播室的导播提示将音频信号切换到他们这里的技术口令。这里是中国电视台的转播评论席，由于本次世锦赛中国选手们取得的优异成绩已经引起了国内观众们的强烈关注，所以今天特别在赛前一个小时就开始了对最终决赛日的全程现场直播。

“观众朋友们你们好，我是杨健，今天我还是在泰国曼谷的国家体育馆，继续为您带来第一届世界女子自由搏击锦标赛的现场转播。”口令传来了，现场解说员开始了他的工作。“今天是本届世锦赛的最后一个比赛日，也是最终的决赛日，所以我们特别邀请到了中国国家女子自由搏击队的副总教练，何耀强何指导来作为我们今天现场解说的评论顾问。”

“大家好。”何耀强向前躬了躬身子，以便让自己可以调整到最能够凑近麦克风的舒服姿势。这是一位三十六七岁，有点小帅的南方男人，他皮肤白皙、面容精致，眼神中饱含着亲和与儒雅，而嘴角上似乎也总是挂着一丝惯常性的淡然微笑。

“何指导，我们都知道本次世锦赛上咱们中国姑娘们的发挥非常出色，在总共四个级别当中，中量级和次中量级咱们都进入到了最后的决赛，尤其是在次中量级上，中国选手丁建秋和张雨心实现了在决赛中的会师，而在重量级和轻量级的竞争中，中国运动员也分别都打进了四强和八强。”杨健开始抛砖引玉了。

“是的，本次比赛我们的运动员发挥了她们的水平，丁建秋和张雨心基本上已经是世界同级别选手中当之无愧的强者，而闯进了中量级决赛的隋清也具备着相当的实力。”何耀强也很快进入了角色。

“那么根据赛程，今天下午将率先决出轻量级和重量级的冠军，之后再依次进行中量级和次中量级的决赛。这样的安排也是很有意思，一般搏击类赛事的出场顺序往往都是量级越大，也就是体重越重的组别越靠后，而本次比赛却打破了这个惯例，这是不是也和女子自由搏击项目当中偏中量级别的运动员们多会体型更加优美、形象更为出众，也更能够有效地吸引到观众们的瞩目有关呢？何指导。”

“呵呵，也许吧，雨心她确实很漂亮，之前在国内也一直很受欢迎。不过我想本次大赛这样的安排，其最主要的原因应该还是在于当今世界女子自由搏击界中偏中量级别的运动员里超级明星更为集中，比赛的水平会更高，而竞争肯定也就相应的会更加激烈。”

“而或许也正是因为如此吧，本次比赛中丁建秋和张雨心也就全都没有机会可以去再次对决费奥娜·哈德森了……”

“我想类似的因素在各种体育项目的排兵布阵中都会被充分地考虑到，而美国人也是没有任何的资本和理由，会在如此重要的国际大赛上拿国家荣誉与商业利益受损的风险去作为代价，而来刻意地显弄出他们的傲气和清高的。”

年轻的杨健扭头看了一眼身边的何耀强，他感觉这个人说话不紧不慢、条理明晰，分寸得当且也没有那些千篇一律的无聊官话，即使是和某些在中国传统优势项目中蜚声中外的名帅相比，也都绝对算是一位完全合格的解说搭档与讨人喜欢的聊天对象了。

杨健继续着：“现在距离比赛正式开始还剩下四十五分钟，我们看到观众席上的空座位已经是越来越少了，而泰国当地的一些青少年们正在场地中进行着一段有关于泰拳的艺术表演。众所周知，泰国人对各类搏击格斗运动也都是比较感兴趣的，但其中最主要的还是对于自家泰拳的迷恋与酷爱。哦……就在我刚才讲话的时候，一位像是海外华人的朋友，看样子……应该是美国电视台那边的评论嘉宾，来到了我们这里在与何指导拥抱问候着。”

“呃……”刚与故人相遇了的何耀强初时还略显得有些心理波动，不过很快便调整回到了正常的情绪，“的确……这些年来自由搏击运动在全球范围内的发展很快，它……集合融汇了世界上很多具有悠久历史的格斗技巧中最为精华与实用的技术元素，包括了在奥运会上已设有了正式独立项目的拳击、柔道、摔跤和跆拳道，以及更多的暂时还没有进入到奥运大家庭当中的其他各路知名的格斗术类型，比如说泰拳、空手道、巴西柔术，甚至是俄罗斯的桑搏等。当然了，这其中与自由搏击的整体风格交汇点最多、直观感觉也最为接近的还是首先要属我国传统的武术散打项目，这次咱们中国女子自由搏击国家队的所有运动员和教练员，包括我个人和成指导，早年就都是练习散打运动出身的。”

“但是自由搏击和中国的传统散打在具体规则上还是有着很大区别的……”杨健非常希望何耀强可以去配合着延续起这类很具有体育科普性质的话题，尤其是能够系统地介绍一下自由搏击运动的现行规则，这也是他俩作为电视解说员和评论顾问为对所有的观众们负责而理应去做好的分内工作。但实际上，就当他们将比赛规则设定为了对话主题而侃侃畅谈的时候，在这个世界上面最为了解自由搏击与中国散打之间规则区别的那个人，其实就坐在了距离两人不到十米远的下方看台上……

陈光荣，中国武术协会负责散打及自由搏击项目的专项副主席，同时也是世界女子自由搏击联合会的执行委员会委员、本次世锦赛的技术委员会主席。此时的他坐在主席台上，正在和一名西班牙委员交换着意见，是有关于近期准备将已经在本届赛会上顺利实践过后的暂行比赛规则继续加以完善，并就此制定成为标准长期规则的后续问题。

在历经过了之前四天的赛事检验后，陈主席很欣慰地看到自己长久以来所坚持的规则理念没有失败，但同时这位有些时候感觉自己很像是个谨慎政客的准中年男人也异常清醒地知道，坐在最终决赛日主席台上的这些人们中，有些和自己是志同道合的，而另有一些在对待自由搏击这项运动的想法和观念上，与他则还是并不尽相同。

从三年前开始，世界上几个自由搏击运动开展得比较好的国家就一直在筹划着组建世界女子自由搏击联合会（WIFF），并制定统一规则、举办世界锦标赛，而中国便是其中最为积极的一员。整整一年前，联合会正式成立，和中国一起成为了创始会员国的还有美国、日本、泰国、巴西、德国和法国等国家，在随后进行的联合会大会上，也确定了第一届世界锦标赛将于来年的十一月份在曼谷举行。七个月前，联合会大会再次在曼谷召开，那次大会上除又吸纳了十几个国家成为了会员国以外，最重要的一项议题就是要讨论且通过一套适用于本届世锦赛的女子自由搏击运动统一规则。

事实上，近年来国际上的自由搏击大型赛事早已是如雨后春笋般屡见不鲜了，而美国和日本的一些自由格斗职业联盟也更是已经发展得颇具规模，稳定的商业经营也都运作得风生水起。但是，制约着自由搏击运动得以成为一项全球化的规范、成熟的体育项目的最大障碍却还有一个，那就是缺乏一套各个国家都共同认可的统一规则。很多年来，由于缺乏权威有力的协调统筹，各种独立举办的赛事几乎每次的规则都不一样，不同国家的选手们聚在一起比赛总是先要临时商量规则，且往往都是一回一次商量，一次一个变化。

造成了这种混乱局面的症结在于，各国对于自己是作为原发地或是掌握着整体实力优势的传统格斗术的固有风格都具有着非常强烈的保护意识。比如，泰国的国技就是泰拳，因此就会要求在自由搏击的统一规则中一定要像传统泰拳的技术体系那样允许无限制地使用肘击和膝撞；而日本盛行柔道，所以就也会特别希望于统一规则中加入保护和鼓励选手们去更多地使用各类关节技与绞技的条款。

但同时，恰恰与之相对应的则又是，面对会对本国传统格斗术的技术特点产生出威胁或克制作用的别国所更为擅长的格斗技巧，很多国家又都是抱有着一种猜忌与抗拒的消极态度，明确反对它们被列入自由搏击运动的技术应用许可范围之内。这就好像是一个手持长枪的人与一个怀揣短刀的人在争论着他们应该从相隔几米远的距离去开始决斗，可真是在这天底下极为难断的一件事情啊。

而另一方面，就是有关于体育精神，或者说是武术精神，在与商业元素间去保持平衡的过程中的轻重观念所反映在规则上的问题了。如果说，对于什么样的招式可以使用、什么样的招式不可以使用的讨价还价还仅仅是处于一种纯粹的技术课题范畴内的话，那么对于参赛运动员身体的保护力度、对于比赛中对抗强度与烈度的适当控制，以及对于整个赛事包装推广的格调与定位这些方面的不同看法，则就完全是个不折不扣的理念问题了。但麻烦的是，由于各国在历史文化和意识形态之间的天然差别，在这一层面上的矛盾也是相当突出，甚至可以说是一道最大的难题。

以上的这些难点其实也就正是各国在筹组机构并谋划大赛时，最终决定了将先女子而后男子的最重要原因之一了。相较于男子选手，女运动员的肢体杀伤力、比赛强度，以及对于整个自由搏击界的影响力终归都还是要弱一些，而也正是因为这样，女子比赛对于在规则制定当中所或许存在着的某些不完善之处的放大作用就会相应地降低，而赛事运作起来后出现巨大闪失的可能性也自然就会小了很多。全部都是身为男性的“WIFF”（女子世搏联）委员们应该会感到有些惭愧的，女子选手们这次要去代替他们在世界体育史上做一回具有着试验与摸索性质的创业先行者了。

但即便如此，各国委员间对于规则细节的分歧仍还是十分明显且极度难以调和的。陈光荣不会忘记在曼谷的那个炙热的下午……

会议室里充满了污浊而燥热的蒸汽，每一次呼吸似乎都难以获得足够的含氧量，桌面上凌乱的咖啡杯和散落的纸张表明，这已经是一场令人绝望的马拉松谈判的下半场了。四月的曼谷，宋干节过后不到一周的时间，骄阳用尖刀在割刺着任何敢于暴露在它面前的东西，即使是在空调已经开足了马力的室内，杯中的冰块也绝不会以固体的形态存在超过三秒钟。

二十多名世界女子自由搏击联合会的各国委员们已经在此为规则的讨论唇枪舌剑了近乎一整天。面对着永无止尽的争执与表决，东道主所特别安排来为本次会议进行现场动作演示与实验的几名年轻运动员们也早已是疲累不堪、体力难支了。去向他们讲解要求演示的内容，委员们需要先说英语，然后再由现场翻译翻成泰语，这的确也很不方便，于是几位已然是吵红了双眼且自身也本就是搏击运动员出身的委员们干脆便脱掉了西装和皮鞋，亲自上阵做起了动作示范。但不幸的是，在全力演验某一招飞身十字固技法的时候，日本委员和俄罗斯委员一个比划不默契，前者的头重重地撞在了尖锐的桌角上，当场便见了红。这可真就是成了名副其实的为争规则都打破了头。

不过好在委员们的努力取得了回报，在泰国和日本委员做出了重大让步之后，一度莫衷一是的讨论取得了突破性进展。泰国委员接受了运动员在比赛中必须佩戴小型肘部和膝部护具以减缓肘膝攻击强度的建议。而日本委员也在原则上同意了设定“寝攻无效叫停”补充规则，即临场时当被动方运动员在倒地完成了蜷缩防御后，施用寝技的主动方运动员如果在十五秒内攻击无效，则裁判有权叫停比赛进行读秒并指令双方运动员回归到站立状态重新开始比赛。这项细节规则的订立，从制度上避免了本就应该看上去更爽更酷的自由搏击运动，会在某些极端的情况之下演变成为一场双方在地板上漫无休止地压来滚去的柔道比赛。

陈光荣在这次会议上赢得了大家的认可，他主张的很多成型思路经过了系统论证后都被证实为是现阶段最佳的解决方案，并且绝大多数也获得了通过。中国人很高兴，因为这些规则条目他在国内散打转型自由搏击的各种比赛当中已经大力推行了数年，这一方面证明了它们确实是科学先进的，而另一方面，制定者也为中国的运动员们得以提前掌握和适应了这些全新的规则变化而深感到莫大的庆幸。

最后横亘在大家面前的就只剩下了美国委员反对态度死硬的，关于通过控制比赛烈度的一揽子规则的重要议题了。而其当中最具有代表性的要点就主要是“击倒续攻”的许可与否，以及在发现运动员出血之后，场上裁判员是否应该（于对战双方的非接触状态下）立刻叫停比赛（去要求医疗处置）的这两项争议了。

所谓的“击倒续攻”，就是指当被攻击方运动员在遭到了显见已令其丧失掉了全部防守抵抗能力的打击而倒地之后，攻击方运动员还可以对其继续施以击打以进而使其被彻底地击溃，并直到场上裁判员叫停宣判。美国委员的意见是规则中应当许可“击倒续攻”，并且也认为不用一旦发现了运动员出血就立即叫停比赛，就这些方面的看法而言，他们的固有理念是相当明确的，那就是希望自由搏击比赛可以在观众们面前表现得更加暴力、血腥与惨烈，也更加能够吸引起和刺激到人们的兴趣与眼球。

陈光荣当然是不赞成美国委员的这些意见的，而在讨论的过程中，所有的与会委员们也基本上分为了两大阵营，以中国为首的亚洲阵营和以美国为首的欧美阵营。双方就这最后的一揽子规则议题进行了艰苦辩论的反复拉锯战，眼看着天色渐暗却依然无法达成共识，而如果不能在今天之内完全落实全部规则细则并予以表决通过，那么之前所做出的一切努力无疑就都将存在着统统付之东流的危险。

刚才还无比喧嚣的会议室现在忽然像是被按下了静音键，已然完全丧失了说服对方信心的无奈和脑血管与喉咙声带所迎来的生理极限已经彻底压垮了所有的人。再做出任何的尝试都是徒劳，负责主持会议的泰国委员也只能准备宣布谈判破裂，无限期休会了。

此刻，陈光荣无助地斜靠在座椅上，有些空洞的目光散散地飘向了天花板，右手的食指和中指在漫无目的地轮番敲击着桌面，发出着轻微的“嗒嗒”声响。男人不想前功尽弃，他还在思索是否尚存在着最后一点可以拯救回局面的可能。

最终，他决定再说一段话。

这段话陈光荣是用中文讲的，现场一位曾在中国修习武术多年的加拿大委员帮他做了即时翻译。很多年以后，这段话中的一个句子被以中英文对照的形式永久镌刻在了世界女子自由搏击锦标赛的至高荣耀圣物“传奇”杯上，那便是后话了。

“在中国，我有一个老朋友，他是一名非常勤奋尽责的散打教练员，也是一位伟大的武者。有一天，我们看到了一群正在接受着启蒙训练的孩子，那些孩子的年纪都很小，所以手也很小，拳套稍不小心就会被甩飞了出去。我的朋友当时问我，你知道他们为什么会来到这里接受训练，他们的父母又是为什么肯舍得他们来承受这些凭白的辛苦与伤痛。我回答说，他们是想通过体育去获得成功，而我的朋友则对我讲，他们是来做梦的。

尊敬的各国委员们，我们现在在这里谈论的是一项体育运动，也是无数个像我们一样热爱着这项运动的人们的梦。他们或我们，在梦中梦到自己承受住重击而再次站立了起来，梦到自己做到了值得别人为你欢呼、对你崇敬的事，就是这样……但我从来也没有梦到过自己在将来会成为一名精通着各种杀人技巧的刽子手，或是要去取悦于那些花钱买票来看戏的寻求刺激者们的嗜血角斗士……从没有。而我相信，你们之中的任何一个人在年轻的时候有关于武术搏击这项体育运动的梦，也都不会是这种样子的……

诸位委员，我想说的是，我们于今天将要去做出决定的，正是所有那些在苦练着的孩子们至明天去盼以实现自己梦想的那块舞台到底会是个什么样子。而实际上也就是在决定着，他们和他们的梦，到底还有没有明天。

人，生而为人最大的幸福就是可以与他的心和梦想一起去迎接一个又一个的明天。而扭曲和破碎这种幸福的行为，是最不可饶恕的罪！”

这段话，陈光荣讲得铿锵有力、掷地出声，他用情感和道德的光明力量所加持了的振聋发聩的言辞穿透了在场所有人的心。日本委员触摸着自己额上渗出了血丝的绷带，默然间把头低垂了下去，或许此时他所想到了的是那间在北海道的冰天雪地中毅然傲立的残破道馆，而在现场每一位委员的心间又都何尝没有着这样一段只属于自己的回忆……

首届世界女子自由搏击锦标赛的暂行统一规则就是在这一天获得表决通过的。

它的主要内容包括：比赛级别划分为52公斤级（轻量级）、58公斤级（次中量级）、65公斤级（中量级）和65公斤以上级（重量级）；场地样式为比普通拳击擂台较大的六角形擂台；每场比赛分为4节，每节3分钟，节间休息2分钟，裁判叫停不计入净时间；运动员佩戴露指拳套、薄质肘膝护具及护齿，不带护头套，服装及脚部套具自选。

比赛中可以使用的攻击技术包括：拳击、脚腿踢、肘击、膝撞等击打技；擒抱摔投技；对敌方手臂及腿脚关节进行反向钳制、扭曲，迫使敌方因疼痛难忍或丧失行动能力而认负的关节技；强行压迫敌方颈部血管或咽喉，造成敌方脑部缺氧或窒息而致晕眩昏迷的绞技。此外，关节技和绞技等非击打技术施用的时机涵括了双方站立姿态（立技）、双方倒地姿态（寝技／地板技），以及一方倒地而另一方站立的不对称姿态（对地攻／卧姿攻）。

比赛获得胜利的方式包括：点数占优获胜；KO（击打至敌方完全丧失抵抗能力）获胜；TKO（实力及场面过于悬殊，场上裁判直接判定弱势方负）获胜；降服（关节技或绞技施展成功，敌方完全丧失抵抗能力而被判负或主动认负）获胜；敌方主动认负而获胜。

“击倒续攻”有限应用，即攻击方运动员只能对被击倒（指被击打技击中而丧失意识或平衡感而倒地的状态，不含其他意识清醒的主动或被动倒地状态）的对手施用象征性的（对地）固（定）技以提供给裁判员可以立即判定胜负的依据（否则就读秒），并且同时还要遵守“寝攻无效叫停”规则；一旦运动员发生出血，在双方脱离战斗接触后场上裁判员有权立刻叫停比赛并要求对之进行医疗处置……

如今再来翻看着这本并不太厚的规则手册，陈光荣的心中不免会生出了一股奇妙的感慨，尤其是坐在了今天这世界锦标赛决赛日的主席台上，见到这里场地的恢弘、选手的拼搏以及观众的热情，这些就在一年之前还都仅仅只是存在于设想与争吵当中的事物正无比真实地呈现在他面前的时候。

人生永远都会是这个样子，当你在预备或者筹划着某件事，你会烦恼于这件事的复杂与不确定性，也会因它将会到来时间的无尽遥远而倍感茫然，就像是在艰难地攀爬着一座根本看不到山顶的险峰。但往往就在下一个瞬间，你却又会赫然发现，自己竟已是身处于这件事情正在发生的当下了，而且，不管你是否已然清楚应该从中去得到些什么，它都会是毫不客气地就正如在起点时便已注定好的那般在刹那之间忽然结束，不会额外地多给你留下哪怕是一分一秒的时间去用以品味和怀恋。

不过还好，我们每个人都还会有着可以再去重新预备下一件事的权利和机会。

而在这一刻，曼谷的国家体育馆内，有幸来到了这里的人们正在以彻底的亢奋去欣赏和享受着自由搏击比赛这件事。

多道强烈的照明光柱汇聚出了一团灼热的中心焦点，擂台上，来自法国和俄罗斯的一对选手激战正酣，第一场轻量级别的决赛已经进行到了一半。

向看台上望去，亿万只闪光之灯与舞动之物正共同组成着一面具有着无限颗粒精度的巨幅画卷，来自世界各地，不同种族、不同肤色的人们都在毫不吝惜地贡献着自己那张扬的豪情与激昂的火热。他们精心装扮了自己，还披挂上了最为神圣的祖国国旗，放下工作，举家同行，不远万里地来到这里，就是为了要去亲眼见证到那个伟大的时刻，那个值得所有人都为之欢呼、为之崇敬的传奇诞生的时刻。

再过一会儿，就可以看到来自中国的运动员们了，于现场和电视机前关心与等待着她们的所有观众们，此时正全都在深切地体会着神经被慢慢抻拉的难抑躁动。

而对于另一些我们已经熟悉，或者是不久之后便会熟悉了的，命运本就注定要与这一天兜转丝连地交织在一起的人们来说，那一阵阵标志着史诗的扉页即将要被隆重开启的浑厚鼓点……就响彻在耳畔……

他们知道，那些传奇的主角们就快要登场了……

# 1. 那时的少女（一）

THE LEGEND
OF HEART AND DREAMS

静与暗是最能让人清醒思想的环境，因为隔绝了听的嚣嚷与看的迷乱，人们可以更加专注着那些细微地存在于自己身体内部深处的感知，去和它们说说话。

而这里正是一处如这般美妙的空间。

因为前面三场决赛的选手们都已经出场了，所以张雨心现在自己一个人坐在了更衣室里的按摩床沿上，关了灯，在凝视着从窗帘的缝隙间射入的一缕缕太阳在临近落山时分所发散出来的浅橘黄色的光。

宁谧的呼吸让曼妙的胸线在微微地起伏着，这是此刻雨心的身体与绝对静止状态间的唯一差别。她正在耐心等待着那些柔软的光线慢慢地移到自己的脚上，因为在如此鲜明的光暗对比之下，可以清晰地看到许多在空气中悠悠漂浮着的极为细小的纤维样灰尘，这可是在忙碌躁乱的平时不常能见到的。

人在某些特定的时点和状态之下就是会有着这样的兴致，将注意力游离出体外，去寄附在了某些毫无相关且又微不足道的细枝末节上面。

雨心的颈上有副特别的项坠，一条银色的挂链将两只小钥匙垂在了她的锁骨与乳沟之间。其中一只闪耀着奢华的晶亮，那是枚通体都被纯透明和淡蓝色的钻石所包裹着的艺术铂金，绝对是只有圣洁的公主才能与之相配的高贵饰物。而另一只，黄铝的表面由于岁月的侵蚀致光泽已经暗哑，在棱缝中还粘存着丝丝难免会有的锈迹和污渍，这就是一把最为普通不过了的真正的钥匙。这两把截然不同的小钥匙紧紧地依偎在一起，静静地躺在了美丽姑娘那细白而又柔润的肌肤之上。

墙壁上的时钟又跳动了一下，发出了微弱的“咔嚓”声。雨心缓缓站起了身，来到一面镜子的跟前，望向了镜像中的自己。这是一种在很隐晦的似曾相识的场景中还颇为熟悉的感觉，对面的那个女孩在微笑，在呼吸……她真的好美，口红在唇上轻轻地滑，而眼影刷于睑上和柔地擦，雨心不禁把手贴伏在了镜面上，于恍神间去触碰着对面的那幅身影。

我们的心……相通了吗？我现在在做着的，也就正是你所在想的吗？

坐回椅上，雨心开始精心地打磨起了指甲。她的手指纤细，甲上带有着薄薄的肉色亮光，而其上缘没有突出指尖半点，被修剪得异常工整而平钝。很奇怪，女孩似乎付出了比补妆还要更多的时间在这件事情上面，而且还是在用着一种极为慎重和认真的态度，就好像这是每次为了保证比赛得以顺利的完成而都必须要去进行的工序。

接下来，雨心又从包里取出一卷白色的绷带，蜷起右腿，把它仔细地缠裹在了右脚腕的关节连接处上。绑紧后，又套上了一只深蓝色的护套，穿上拖鞋，站了起来。

这就像是一张在黑白分明的光影之下被提淬出了极致纯稳质感的艺术相片。雨心脱下了时尚的运动外套，展露出了紧致包裹着亭亭胴体的蓝色比赛服，那是富含弹力的露腹背心和紧身短裤。逆光中，这便如是一条每一位浪漫的画家都情愿付出毕生的心血而去用心描摹勾勒出来的完美曲线。灵动的流水沿着飘垂的发梢潺潺而下，卷过玲珑的腰身，环到修长的小腿，此定就是在那神彩的传说当中无比清凉而又甘甜的青春永驻之泉。

最后，雨心扎起了长发，套上了护肘和护膝，并将早已缠好了拳击绷带的手上的同为蓝色的露指拳套的固定手腕处革带用牙齿咬住拉紧，合上了尼龙搭扣。

这种自由搏击运动专用的露指拳套，其戴用者四只手指（拇指全露）自下第一指节以上的部分都是开分裸露的，这是为了让运动员们在施展抱摔与关节技时可以更好地运用到手指抓拿的力量，而在手背指掌结合处的关节突起即拳峰处同样内藏有用于缓冲击打力度的厚厚的海绵隔垫，起到了传统拳套所应有的保护作用。

该出发了。

幽长而昏暗的通道里，雨心独自前行。或许，其实此时有很多人在与她擦肩而过着，并投来了或勉励、或崇拜、或欣赏、或羡慕的目光，又或许，这里确实真的空无一人，谁知道呢。随着雨心的行进，她的身体和从窗口透入的一道道方框形的夕阳之光规律地交会着，感觉就像是许多幅的老胶片在依次地闪回。这样的脚步，这样的路，真的好像还是那个走在了地安门的红墙下的……那时的少女。

一扇厚重的门是隔开了姑娘自我的世界与外面那块激烈沙场的最后屏障。雨心把手放在门上，留给了自己最静的五秒。其实人生也就像是这样一扇又一扇的门，它们隔开了很多截然不同的世界，当你一旦决定了要去义无反顾地选择下其中的某一个，那么你需要做的就该是像现在这样，去勇敢地推开它！

一股激奋而滚烫的热浪迎面袭来，亢进的呐喊与尖叫声霎时刺破了耳膜，泰国曼谷国家体育馆在燃烧！

2007 年 11 月 24 日；泰国，曼谷；第一届世界女子自由搏击锦标赛，65 公斤级，决赛。

Fiona Hudson（费奥娜•哈德森，美国）VS.（对阵）隋清（中国）

擂台上，今天决赛日的第三场比赛正在进行中。隋清，这个脸蛋圆圆、眼睛小小的姑娘甩着比雨心短了几寸的马尾辫，肤色也略微深了一点。坦白讲，如果脱下了这身战斗装备，她完全就是一名毫不起眼的略带着点婴儿肥的邻家女孩，谁也不会把她和现在这样的场面联想在一起。那就是不断挥击着拳头的她，正在对垒着一位发散着令无数人顶礼膜拜之明星光辉的西半球最强的女子自由搏击运动员。

费奥娜·哈德森，浓密的棕色卷发，深邃的蓝色眼睛，点点的雀斑密布在鼻梁周遭，一个典型的带有点美式西部乡村风情的白人女郎。

雨心并没有立刻去关注这场队友的比赛，而是依然安静地走着自己该走的路。她低调地沿着二号更衣室进场通道口右侧的隐僻走道，向着为下一场比赛参赛运动员所设置的检录等候点匀速地走了去。由于这条走道位于本侧看台的正下方，加之灯光要明显弱于中心擂台那边，所以正在将注意力全情投入在比赛当中的绝大部分观众都没有留意到中国运动员的出现。但是，这些人们里面肯定不会包括了张国柱和黄雅英。

就从雨心推开了进场通道大门的那一瞬间起，黄雅英的心脏便已经开始对外输出着带有电流的血液了。此时的她正略带颤抖地死死抓住丈夫的手并拼尽全力地保持着坐姿的稳定，而以此希望不会被身旁的其他观众们察觉到自己的异样。

自从在北京为中国队送机之后，夫妻俩就再没有和女儿见过面了，即便是此后同样都身在了曼谷也是一样。而除了如这般在看台上远远地眺望着，为了不让女儿分心，一家人也并没有通过电话。张国柱曾经在某一场比赛前似有感到，雨心在用目光搜索着看台，但是在这茫茫的人海当中想要找到两名并不起眼的亲人又谈何容易。其实，对于张雨心而言，有没有找到也并不重要，她只需知道，自己的父母就坐在看台上，在注视着她，在每分每秒都殷切地注视着她，这就已经足够了。

拐过了一个转弯，张雨心同时看到了三位最熟悉的人。他们是正在擂台的本方角支持着隋清比赛的中国国家女子自由搏击队总教练成金龙与队医孟大海，以及早已经由一号更衣室的进场通道来到了等候点的稍后决赛中的对手，自己的另一名队友丁建秋。

丁建秋这个人，很冷。

与整座体育馆火热的氛围格格不入的是，这个短头发的女人会习惯性地让周围三米半径以内的人们感受到一股被威胁逼迫着的隐隐寒意。她的眼中总是弥射出无比坚毅且又决绝的肃杀之气，而身体则像是一尊坚硬、粗糙的由冰与混凝土所构筑而成的锋利雕塑，一旦立稳停定，便绝不会再动。

并且，最能够令到与其对视者都产生出如血肉遇冷收缩般的紧张情绪的，还是她脸上的一道深深的疤痕。那是一条看似是被锐器所伤的自右眼角直延至了人中位置的严重创口，虽然并不能确定那就是在某次极其惨烈的格斗中所留下的印记，但也绝对会让每一个看见了它的人都被强迫着要去想象，眼前的这名战士到底曾经历过了多少次的血染恶战。

张雨心在丁建秋旁边那张属于自己的椅子上坐了下来，与先到的队友并未进行任何的交流，因为，纹丝不动的建秋那双鹰一样的眼睛一直都在冷淡地、直勾勾地朝向着擂台的方向，全然没有因为雨心的出现而做出丝毫的反应。

这时，场上比赛第二节结束的钟声响起，隋清如释重负般地退回了擂台的本方角落。

只见中国选手沉重地一下子坐在了休息椅上，气息吁喘、汗滴直下，看得出来，本场比赛对于她来说是一次竭尽全力的苦战。她的右侧额头边上有一块红印，是在刚才惊险地闪过了费奥娜一记右直拳之时被拳套擦伤的，孟大海赶紧用油脂为其涂抹，以防皮肤此后肿胀开裂。而成金龙则是镇定地在她耳边低声密语了起来，并把厚重的手掌搭在了弟子的肩上。或许是因为话语的缓解，又或者就是因为这个简单的动作，隋清的呼吸似乎很快便也调整均匀了很多。她仔细地听着成指导的战术分析，而与之相应的认真思考让她本就不大的眼睛眯得更小了，只留下了两道已近乎闭合的细缝。

成金龙的话全部讲完了，他轻轻拍了隋清几下，退回到了自己的位置。而隋清保持着同样的表情又沉思了几秒，在确定已经再次验证了最终的作战计划后，她的嘴角浮出了一丝极难捕捉的狡黠。她没有转动头颈的位置，而是直面对着敌方角既像是在回答成金龙又像是自言自语似的轻声说出了一句："放心吧，我知道。"

另一旁的孟大海则是抓紧着仅有的机会在用力地帮隋清揉搓着臂膀和大腿，以希望借此缓解她在体能极限之下的肌肉紧绷与乳酸堆积。这位已然严重谢顶，身材矮矮胖胖，肚子隆起得像是一块酒心巧克力的小老头，就是那种最为典型的不急不躁外加无欲无求的老好人。在他看来，什么超级明星，什么世界冠军，什么都比不上他的这些女儿们可以身体永远健健康康、平平安安的那样来得重要。

节间休息的时间非常短暂，大家都在有条不紊地做着自己该做的事。

“好的观众朋友们，隋清和费奥娜·哈德森的第二节比赛已经结束了，她们现在都暂时回到了各自的台角。”杨健早已对在这种如山呼海啸般的环境中进行自己的工作感到习以为常了，而且今天他的状态也还是不错的，“我们看到呢……在前两节的比赛当中，费奥娜·哈德森确实还是展现出了她的过人实力，而其‘千万美元宝贝’的遐迩之号也自然绝不会是浪得虚名的。何指导，对此您怎么看？”

**注：2004 年的一部美国电影《百万美元宝贝》（《Million Dollar Baby》），讲述了女子拳击运动员的感人故事，获得第 77 届奥斯卡金像奖最佳影片等多项大奖。**

“的确，费奥娜的超强水准是毋庸置疑的，欧美的拳迷、体育记者，以及绝大多数的业内专家们都早已认定了她就是当今世界女子自由搏击运动的第一人。她的技术体系几乎没有缺陷，而留给对手们可以抓住的破绽的数量也几乎趋近于零，所以基本上已经可以算作是一位非常接近完美了的统治级别运动员了。我们必须要坦然地承认，隋清与她相比在各个方面都还存在着较大的差距。”经过了前面两场外国选手们之间决赛的解说评论，何耀强略感到有点累，但他并没有在意，因为特邀嘉宾知道今天真正的重头戏到现在还没有开场，一直以来都自认言谈表达能力很强的他相信自己可以胜任此次的工作。

“但是以费奥娜与丁建秋和张雨心这几年来的历史交锋记录看，基本上也还是互有胜负的，尤其值得参考的是在最近的这一年多里，她跟丁建秋两度交锋，一胜一负，双方打成了平手。本次世锦赛她升级出战，应该也还是像何指导之前所指出的那样，很可能是存在着忌惮与回避中国最顶尖级别选手的原因的。”杨健这样的论述更像是个提问。

于是何耀强便回答了他与所有的观众们：“去年秋天的日本天王赛，东道主在制定规则的时候有意加入了保护柔道技术的条款，当时规定，关节技或绞技如果已经成功擒获而形成了寝技主动，即使其后被挣脱，施技方运动员也仍然可以获记到点数。在实战中，我们就是充分利用了这一规则，依靠着建秋对于击打技的抵抗优势，采取了争取在对攻中强行近身后或抱摔、或施展擒拿技的针对性战术，虽然技成后全部都被费奥娜挣脱而没有形成降服，但也还是由此积累下了很多的点数，并最终靠此获胜。为此美国队赛后还提出了异议，认为规则不公，他们那次是很不服气的。到了一个月以后，在美国的拉斯维加斯邀请赛上，建秋第三回合一上来眉骨就被费奥娜打开了，当时她自己说没有问题，还要继续比，但是我方教练组出于尽量保护运动员的考虑，还是主动放弃认负了。

当然，要是说起雨心和费奥娜当年的那场经典战役，故事就更多了，记得那一次也是费奥娜的很多著名技术初次毕露锋芒的成名之战。不过我觉得，那次对决的时间距离现在已经比较久远了，可能当时两个人的技战术风格都还没有完全的定型，而且我们都知道，后来的雨心也又经历了很多……

所以我个人认为，从费奥娜本人和她的教练团队来讲，他们是并不惧怕而且也比较希望能够与建秋和雨心去再度交手的。她这次以次中量级的体重参加了中量级的比赛，客观上避开了最强的对手，很可能更多还是她的经纪人团队和美国自由搏击协会就夺牌效率以及商业利益等方面的因素进行过综合权衡后所给出的建议。”

何耀强以上一番“中美女子自由搏击对抗简史”的回顾加评论让杨健听得有点呆了，解说员强烈地相信，自己今天感到状态不错的最主要原因就是因为拥有到了这样一位优秀的合作伙伴。“那么何指导，您能不能再具体地分析一下费奥娜的技术特点，以及隋清又该去使用什么样的战术来加以应对，包括您认为，在本场比赛当中隋清到底有没有机会可以做到以弱胜强，或者说是爆出一个冷门，去拿下这块金牌呢？”

“关于这一点，我们赛前当然也会做出相应的布置。”何耀强含蓄地笑了。

他继续讲道：“说到这儿，我就不妨先来介绍一下隋清这名运动员的风格特点吧。她是一名典型的智慧型选手，非常善于在比赛之中去用心思考、随机应变，并以此来寻找到和实施出潜在的最佳作战方案。同时，她对于自由搏击这项体育运动的本质规律以及相关规则细节的理解，也都是大大地超越了其他绝大多数的同级别运动员，可以说是她们中间运用头脑去加成战斗能力这一环节上面的最为出类拔萃的佼佼者。

之后，再说费奥娜·哈德森，她就属于是一位绝对的天才型选手了。她最先是练习拳击起步的，在学生时代也取得过不错的成绩，而进入到职业自由搏击领域之后，其自身身体特点方面的优势很快便得到了更为淋漓尽致的体现，完全就像是如鱼得水，因而比赛战绩和知名度也便都飞速地飙升了起来，并直到有了今天的地位。不过相较于她的客观实力而言，我个人最为欣赏的还是她所具备着的优雅的赛场风度和纯粹的体育精神。”

“没错，您说得太对了！”杨健插话道，“这也就是她能够拥有到全球这么多的拥趸的最重要原因了吧。我记得之前美国《黑带》杂志为本次世锦赛所做的专刊上，在介绍各国明星运动员的时候送给她的评价词是‘Gentleman’（绅士、君子）。用我们中国的话讲，应该就是说这位运动员很具备‘武德’，是吧，何指导。另外我还记得，当时给丁建秋的评价词是‘Lion’（狮子、勇敢的人），而给张雨心的则是‘Angel’（天使、仙女）。”

“呵呵……”何耀强稍稍顿了一下，情绪似乎现出了一波小小的凝降，“还有，我国著名的武术散打界泰斗江涧老先生也称赞过费奥娜是君子拳风。”

“在《黑带》杂志后面的文章中，还特别排名了当今世界女子自由搏击界里十大最为强力而又实用的特有技术，也可以说是一些明星选手们的独门绝技吧。其中费奥娜·哈德森的‘IT’和‘狙击刺拳’就分别排在了第一和第四位。”杨健肯定是对在赛前做功课时曾读过的这本杂志印象非常深刻。

何耀强则平定地回应道：“嗯……我也看到过这篇文章，现在的体育媒体都很热衷于搞些 TOP10（十大排名）之类的板块以飨受众，大家也确实比较爱看。那么，今天我也可以秉持着一名专业的自由搏击业内人的求是态度，去从运动生理学的科学角度上来给大家理性地分析一下，费奥娜那独特的身体天赋为她的战斗力提升所带来的巨大帮助。

很多人都没有注意到过的是，费奥娜其实有着四分之一的印度血统，她小时候在外婆的严格教导之下系统地修炼过瑜伽和柔术，而这也就使得她的骨骼及关节结构在成年后明显地异于了常人。她的骨密度非常高，软骨组织强健有力，关节韧带不仅坚韧且还极度的松弛柔软，这就造成了她身体上的包括了颈、腰和四肢的各处关节节点不仅能够承受下远高于普通人极限的冲击力和拉力，更可以在一些一般人根本无法运力的很别扭的角度上去进行匪夷所思的反方向支撑与发力。这就太可怕了。她的‘狙击刺拳’，实际上也就正是当自己的前手拳处在了对方根本注意不到的位置，也就是对方认为其根本没有摆动运力的空间而忽略了相应防御的位置上时，突然采用逆轨迹发力偷袭的冷拳刺杀。拳如其名，一狙必中，速度极快，威力极大。而且通过近期的观察，我发现她对‘狙击刺拳’的连续发动能力还在不断地提高当中，的确是……很恐怖。

还有，就是你刚才所提到的另一招，也就是那项费奥娜最为独特、最不可能被别人复制模仿到的神奇技术——‘IT’。所谓的‘IT’，全称是‘Illusory tumbler’，中文直译可以叫作‘幻影不倒翁’。这一招同样也是基于她身体的……”

猝然间，场地中“当”的一响钟声传来，打断了何耀强的话。

杨健见状忙接过了话头：“哦，第三节比赛开始了，观众朋友们，让我们稍后再请何指导来继续分析，现在先进入现场的比赛……”

“IT”“狙击刺拳”，多么令人惊叹而又崇拜的名词啊，还有那个如雷贯耳的“千万美元宝贝”的威名和如绅士般受人仰望的“君子拳风”之赞誉，这一切的耀目光环全部都属于着眼前的这个美国女人——费奥娜·哈德森。

愉快跃动着如蜻蜓振翅般灵秀的拳击步伐，躯干协调的闪摆和双拳凌厉的进击就像是某场在附和着一曲动感饶舌的日常训练，费奥娜·哈德森已经完全掌控了当前的比赛。第三节上来后，美国人并没有再刻意去加快进攻的节奏，因为她知道，自己早已经在点数比分上遥遥领先了，所以接下来也并没有什么必要一定要去追求那种雷霆万钧的 KO 击倒，只要能够保证最终平稳地拿下金牌，让自己和所有远道而来的观众们都再多享受到一些比赛所带来的欢悦，这又有什么不好的呢。

费奥娜算得上认识隋清，但并不熟悉，两人在之前也没有交过手。事实上费奥娜和本次世锦赛上中量级别里面的大多数运动员们都没有交过手，但却逐一毫无悬念地击败了这些体重要超出了自己五六公斤的对手，并一路顺利地来到今天，面对上了这最后的一名敌人。到目前为止，费奥娜还是对隋清有些好感的，因为她感觉到自己面前的这个中国姑娘作风足够顽强，而且，也很有耐心。

从实力上的对比来看，隋清处于绝对劣势，而以弱战强需要什么呢？就是耐心。

面对着强大的对手，弱势一方要矢志不移地坚决执行赛前所确定的防守反击策略，且要做到不为场面、裁判和观众的影响所动，甚至不为对方的假动作或故意露出的破绽所动，抗拒一切诱惑，绝不盲目出击，而去永远全神贯注地专心等待着那全场唯一的一个有可能一举反击制胜的珍贵机会。同时，面对对手那占尽优势的反复攻击所带来的伤痛积累、比赛剩余时间的渐渐流逝殆尽以及自己点数落后差距的不断扩大等诸多的不利因素，亦同样要做到心态始终保持平稳而拒绝波动，戒急制躁、心无旁骛地恪守着自己那套既定的全盘作战计划。这些，全都需要极大的耐心。

而赖以去支撑和维系住这些耐心的，则就正是一名优秀的运动员对于比赛进程的卓越的洞察判断和分析思考能力，以及其对自身的心理状态及情绪起伏的超绝控制力。这就像是在自然界中很多拥有着坚硬甲壳和护刺的弱势生物，在遭遇到了无比强悍的掠食性天敌之时所能够展现出来的那些生命的进化奇迹一样。

只是，虽然确是也有着众多如此标准的已然创造出了经典奇迹的防反战例被详尽系统地记述在了各种搏击类项目的运动教科书里，但在实际比赛尤其是一些国际性的大赛当中，绝大多数的运动员们却都还是会因为各种各样的情由而无法坚持到最后的成功。

不过，现在的隋清就快要做到了。

隋清把双臂向前抬起，努力抱持着对自身头面部的防护态势，在今天的比赛中她已完全放弃了后手的勾拳和摆拳，仅仅是偶尔顶出过几记前手的直拳以作为滋扰。她的上肢自始至终都在全力抵御着费奥娜那最具威力的上路拳击。当对手采用直拳试探时，她会积极地闪躲并用小臂加以格挡，同时出侧鞭腿下斜踢来进行牵制。而一旦对方欲抢近身位以发动后手重拳，她就要么是相应地后撤，要么便发出正蹬腿进行抵抗并保持住距离，再或而于此后快速伏身向敌人发出下路抱摔的姿态威胁以迫使其暂停猛攻。

这其实是一种已近乎全面放弃了进攻的“慢性死亡”式防守，如此战至了第三节的消极后果便是，隋清因为闪躲不及或是被穿透了防护，已经让对手的坚拳利肘轻重不一地擦碰触击到了不下二十次，虽然都还不是最为致命的力度和部位，但每次所叠加起来的累积伤痛也已是就快要逼近到她身心可承受范围的绝对极限了。而积极的成果则是，隋清成为了为数不多的又一位没有在前两节的比赛当中就被费奥娜快速 KO 掉的人。

又是对左侧腰肋部的连续击打！钻心的疼痛已经导致了这半边身体的麻木，隋清咬紧牙关，迅速做出了提膝防守，同时蜷下身子，让左肘也一起参与到了格挡之中。费奥娜已经尝试过了多种方位的攻击，她希望局部的强烈痛楚可以打乱隋清的节奏，以助她找到能够撕开其防守的明显突破口，但是却都没有什么太大的效果。这几拳下来，隋清的反击前蹬腿如期而至，两人随即也便习惯性地双双后撤，结束了当次的接触。

本场比赛，这已经是数不清第几次的相同过程了，攻击、防守、吃点小亏、反击、双方收缩，每次也都是一样的结果。隋清的头发有些散乱了，很多都被汗水粘连在了前额和面颊上，嘴角也有些显见的红肿，但她依然在坚持着，坚持着……这些乏味而恼人的重复流程对于费奥娜来说无非只是在注定夺冠的道路上随手失去的小小精彩，但是对于中国运动员而言，却是她得以制造出那个唯一的机会的必要及充分条件。

隐忍的隋清在观察，在计算……

快了，就快了，或许，就是在下一次的接触……

自由搏击选手们在擂台上比赛时是看不见时间的，但是有经验的老运动员心里面都会有着一只无形的生物钟在核算着每局的分秒，误差一般不会太大。比如隋清。

现在是第三节比赛结束之前的几十秒，在这个时点上优势方应该还会发动一轮攻势，否则就这么耗下去的话，在钟响前肯定会被裁判判罚双方消极，一起扣点。那么，这时的美国人会怎么做呢？极大优势的领先、反复而雷同的战斗过程，加之本节马上就要结束……她会意兴阑珊、无心恋战。“再给中国人几下子，就像之前的一样，打完一分开就往后退，等到敲钟直接回座位……”她会草率懈怠，放松注意力。这些揣摩与假设在隋清的大脑中不断地翻滚，而刹那间定格！或许就是现在，全场比赛唯一的机会，最后的机会！

果然，费奥娜又一次逼近了过来，这一次她选择的攻击点是隋清的左侧面部，快速发出了沉重的右手摆拳。隋清急忙奋力防守，左臂裹头护脸之下，这两记摆拳都砸在了她的上臂外侧处。费奥娜并未干休，随即又是连接出了一记直刺对手腹部的左下勾拳，她是能够以双手连续做出不同方向与发力方式的疾速组合出拳的。而隋清则是用尽了全身上下的最后一点能量，勉强扛住了这烈如胃穿孔一般的剧痛，并在同一时间里左腿着力、右胯提高，来自右膝一路的反击蓄力待发。

费奥娜早已熟识了这一套路，她当即准备收力后撤。

但就在局面掌控者的视线由自己的出拳方向转为了下意识地去注意起了隋清的下路之时，她却倏然间惊愕地感受到了一股凛冽的凶险，而当其如本能般地迅速抬头转回为平视的时候，敌人的右肘突袭竟已是……就近在眼前了！右膝的反击蓄力为假动作，本场比赛隋清第一次发出了运用上肢的近身主动还击！

这一次完全出乎意料的反击瞬间便使得隋清在攻防当中化被动为了主动。费奥娜在极限应激的反应之下以超乎常人十倍的速率向左偏头闪避并抬起了右臂格挡，但隋清的右肘依然还是半隔着美国运动员的手腕，有效地击在了她的右眼之下！

这是一次在费奥娜·哈德森的整个职业生涯当中都极其鲜有的，被对手直接有效命中了面部的情况，而其发生在了世界锦标赛的决赛赛场之上。她现在应该明白了，面前的这个中国女孩是一名多么优秀的自由搏击运动员，而自己确实是有点松懈了，以致落入了这位优秀的对手所精心铺埋的险恶陷阱之中。但是平心而论，只要是一个人，谁又能够保证永远都不会出现半点的松懈呢，这样的故事在体育界里层出不穷，即便她是“千万美元宝贝”。

就在隋清击中了费奥娜的一刹那，看台上爆出了一阵惊诧的骚动，而随后那些支持中国队的现场观众们则是立即又转变为了震天的欢呼。与此同时，杨健与何耀强这边也做出了反应：“好的，好的！隋清反击，隋清反击！击中了！”

不过，坦率地讲，这一击给费奥娜造成的实际杀伤还是比较有限的，经过了手腕干扰的近程肘击距离可以让欧美搏击女王倒下的力度还差得很远。但是这样的一击还是有效打开了隋清后续攻杀的明确路线，轻微的晕眩和体位错乱敞开了费奥娜的防守门户，必须要抓住这个稍纵即逝的机会，用追命的重击去彻底 KO 她！

隋清前滑步近身，必中之组合左右勾拳迅猛击出!

然而，令人难以置信的事情发生了。

“出现了，出现了！ IT！”杨健的惊呼……

美国内华达州的埃尔科（Elko）。

远方巍峨的群山绵延环绕，山顶覆盖着终年白皑的积雪，待到夏天，消融的冰水挟裹着大虹鳟鱼川流而下，聚成为峦间的平湖，也浇灌了山脚下的丰饶牧场。每当这个时候，总是会有一名顽劣的少女跳进人们的记忆。她和哥哥疯狂地追捕着走鹃和臭鼬，她狡猾地逃脱了外婆抓她去瀑布下跪立扳腿的痛苦修行，她和男孩子们一起在谷仓里与小牛摔跤，也偶尔相互打上一架，她想要做一个牛仔，因为这里是牛仔的圣地，她的脸上，满是雀斑……

女孩有一匹小马，名叫“艾玛”，那是一匹被她蛮横无理地据为己有的本该属于某位掏了两千美元的赌场大亨的白色小母马。她在整个少年岁月里最为感到快乐的事情就是戴着她的那顶浅灰色牛仔帽，和“艾玛”一起尽情地奔驰在内华达山脉东麓那灵峻而广袤的盆地与山谷之间。她非常喜欢在“艾玛”背上时的那种上下颠簸的感觉，就好像是眼前所有的景物都在欢快地跳着印第安草舞。

人们于幼时的美好回忆一般都会相伴着自己的一生，费奥娜·哈德森当然也没有理由例外，当她每次要施展出“IT”的时候，脑海中就都总是会首先浮现出当年骑在“艾玛”背上时所看到的那种情境……

发动! Illusory tumbler！幻影不倒翁!

疾进的拳锋已然逼至了距离敌人头部不多于一厘米的位置，隋清甚至已经通过指背上的汗毛感受到了费奥娜的皮肤。但是就在随后的百一秒间，竟如同是击到了幻象一般，全力出手者只觉得眼前一花，这一拳便擦着对手的耳垂飞了过去。居然打空了!

再一拳，隋清的连接后手左拳挥出了上勾。这一次，两个人贴近得甚至可以彼此审视到对方的目光，对于一名职业搏击运动员来说这是不可能错失目标的一击。然而，隋清触到的居然也只就是对方的目光了，她的拳头再度从费奥娜的下颌旁偏了出去。

那是一种会令人多少产生出点反感的，按理说并不应存在于此种境况之下的目光。有些慵懒淡漠而又无甚所谓的，一位风清曲高的翩翩君子处乱不惊的目光。

隋清不会留给被追击者任何喘息的机会，连续的勾拳，连续的正面勾拳！她打到了费奥娜的发丝、睫毛，还有呼出的空气。

“IT！这就是IT！史上最强的击打闪避技术，《黑带》绝技谱排名第一位！”杨健，你难道也是费奥娜的“粉丝”吗？

这不是人类可以做出的动作，也不是人类可以驾驭的速度！除非，她拥有着超越人类极限的身体特质，并且，也经历过了同样超越人类极限的艰苦磨炼。

费奥娜·哈德森的“IT”，其本质就是她将自身骨骼关节的柔韧特质与拳击技法中的上身闪避技巧加以了完美融汇的非凡产物。这个女人的整条脊柱，包括了腰背部位的脊椎和连接头部的颈椎，就如同其全身的骨质一样，也是超常的坚硬，并且在衔接之处充满了弹力和延展性。这不仅可以使其在做出闪避动作的时候反应加快、幅度增大，更是能够让她在运动范围和速率的临限状态之下，同步对躯干关节去再进行一些精准的拉伸、扭动和错位，即等于是使之在当一时刻拥有到了可比一般运动员更为宽松与充足的闪避“余量”。那在原理上有点近似于中国武术里传说中的“移形换位”招法，实质上即是通过运用人体局部的特异移动（活动）能力，在身躯整体正常运动趋势的基础之上又额外“叠加生成”出了更多的，可供施技者支配以去进一步强化其动作效果的“时间”与“空间”。

以上理论落实到实战当中，便化作了隋清目前所正在面对着的此种无望之况了。那便是无论她多么奋力地出拳，费奥娜的身体都总是可以在与拳头接触之前的0.1秒内不可思议地“晃动”一下，而这下并不经意的晃动却又是恰恰可以妙到分毫般地规避开这记拳头运行前进的必然线路。由于这种连续晃动的速度极快，所以往往还会让身处于近距离下的攻击者产生出了某种错觉，即感到自己所击中的全都是些空洞的幻影。而在现实中可能也的确如此，因为直到目前为止，所有被拍摄下来过的“IT”照片，即使是在最为先进的超快速镜头的持续曝光之下，摄影师们所捕捉到的费奥娜身体形态的瞬间影像也都只是一片由若干幅连动的人影所混合在了一起的，模糊失焦的动态光学乱像。

但如果拉远一些视角，从观众们所在的位置上俯看下去，则就又是另外的一番景象了。只见，费奥娜强韧的腰肢支撑着自己的上身和头颈在对手的狂轰滥炸之下不断地屈伸和摇曳着，忽而左右摆动，忽而上下升潜，再忽而前后弯合，即使是承受到了最大的势能与惯性也都绝对不会丧失重心，只在一霎短暂的扭曲之后便又马上回归到了平衡的常态。

真好像是……那名双手扔开了缰绳的少女……

没有错，这就是那只你永远也不可能击倒的“幻影不倒翁”！

不愿放弃，拼上了全部筹码的隋清不愿放弃。她的肩臂肌肉逐渐变成了红色，一拳连着一拳，一拳快似一拳，永无止境的正面勾拳，持续对费奥娜施加着强劲压力。

而对面的闪避者其实也并不轻松，持续使用“IT”要耗费极大的体能，同时由于初始状态的被动，费奥娜到现在也无法逃离出被压制追击的不利境地，即使她能够躲过那之中的每一拳。这一切的起源都是因为被对方侥幸打中了的那一肘，此时此地，想要彻底摆脱这种困难的局面，唯一的办法就是尽快施出一击克敌的逆袭反击。

每当比赛进行到了这种关键的时刻，运动员在赛前所做的迎敌准备，也就是其对对手的研究与了解程度，就会发挥出决定性的作用了。费奥娜拥有着一支庞大的团队，每次登场出战之前都会有专门的技术人员通过分析对手近期比赛的录像资料而将对方的技术特点、擅长套路，乃至于是习惯性动作等等全部都系统地总结归纳出来交由教练组参考，并依此为据来为大明星制定出当场所相应的适用战术。而也正是得益于此，费奥娜其实在这场决赛的前一天晚上就已经掌握到了隋清在技术运用当中的一个非常隐秘的小小破绽。若是能够合理地去利用好这个破绽，便无疑会是一张足以翻转整场比赛形势的超级王牌，而现在，应该就是去打出这张王牌的最佳时机了。

隋清又是一记带着半侧身的下勾拳袭来，费奥娜则继续去用“IT”来予以应对，不过这一次，她有意地少发了一点力。

观众席上一阵惊呼，隋清的拳套擦到了费奥娜的脖子！

隋清有些意外，她不知道是不是费奥娜的体力已经有些不支了，而以至于这下躲闪做得并不到位。按照常理，此时的得势者当然应该毫不犹豫地继续进攻才对，但是隋清的动作却突然明显地迟疑了下来，就好像是碰到了什么一定要去遵循的条件反射触发要件一样。且再随后，她竟是暂停了出拳，在本并不难以去进行选择的一片大好形势之下，令人全然无法理解地做出了一个双臂交叉防护头部的屈身下潜闪避动作。

就是这个破绽！高智商的隋清不为人知的习惯动作！

长久以来，每当隋清的勾拳不是挥空或者命中，而是恰好擦碰到了对手的时候，她就都会不自觉地立刻连接出一个这样的防守动作，而后，才会继续发动进攻。理论上，这么去做的意义是在于防止对手于自己因为擦碰而改变了出拳节奏的间隙会趁乱展开反击，而进一步硬性地形成了这种如强迫症一般的下意识动作的具体原因，则有可能是源于其性格之中的过于谨慎求稳，抑或是在早年运动生涯里的某一次偶然的惨痛教训。总之，这个动作可能本来只是一个极难会引起他人注意的私下小秘密，但是现在，却变成了这一整场比赛的关键转折节点，甚至也可以说是决定着最终成败结局的致命胜负手。

既然费奥娜早已提前预知到了隋清的动作，那么她现在所要去做的就非常简单了。

费奥娜的右臂这时勾在胸前，处于手背朝向隋清的角度，而隋清的下潜闪避使得自己的头部位于了费奥娜右拳的右下方。这绝对是一个安全的位置，没有被击中的可能，一名高水平的自由搏击运动员在这种绝对上风之中的间歇主动闪避是肯定不会给对手留下顺手的攻击线路的，即使对方预判出了当时的体位。不过，在这个世界上以拳头作为主要武器的人里面，有那么一位却是完全可以在这种体位的状态之下去展开攻击的，而这个人还偏偏就是隋清此刻所正在面对着的费奥娜·哈德森。

右肘和右腕的反关节逆向发力。击发！狙击刺拳！

这一拳夹带着与空气摩擦后迸出的火星，直向着隋清的右侧面部砸了下去。

胜败已定！

一声肌肉碰撞的猛烈巨响，费奥娜的拳头重重地击在了隋清的身体之上。但……不是面部，而是被攻击人在更早之时就已暗暗挪至了头部右侧的以交叉状态扬举而起的防护双臂，并且，还随即便深深地陷入进了那两臂之间的夹缝当中。

从这道夹缝里，费奥娜又看到了隋清的眼睛，这是刚才自己在表现出了君子淡定的那次目光相交当中也看到过的一双眼睛。一双细细小小的，两只瞳孔几乎都要藏到了大片血丝的后面的，像狐狸一样的眼睛。

“有机会，就是现在！”何耀强拍案而起。而与此同时，擂台边上的成金龙也是双拳猛地一沉：“好，上！”

隋清！擒获敌方右腕，奋力往己向抻拉，并双腿迅速跃起离地，如剪刀般地紧紧夹住了敌人脖颈，致双方一同倒地后，又进而将所擒之敌方右臂用尽最大的力量以反关节的角度固死垫起，加以拉拽翻折！

关节技·舍身剪颈十字固！形态达成！

十字固这种反关节技因双方运动员达成此形态后身体在地面上呈现出交叉的十字形状而得名，这是在自由搏击运动中所允许使用的最为凶狠，同时也最具有杀伤力的柔道技术之一。一旦形态达成，被擒获手臂的运动员会承受到巨大的手肘关节破坏力，如果施技方不马上停止用力，被擒获方的肘部就会在短短的几秒钟内被拉扯脱臼或是生生折断。一般来说，在比赛中被擒获的运动员只要感到致命关节技已经形成，自己大势已去，不用等到痛感袭来就会立刻轻拍对手身体或擂台台面以示认输，而裁判也便会立即指示施技方停止动作，并终止比赛宣布胜负。在自由搏击比赛中，运用此类关节技及绞技迫使敌方认负或昏迷而取得的胜利有别于纯粹依靠击打技 KO 的状况，因而，被形象地定名为“降服”。

既然如此，见证费奥娜拍击认负、隋清降服获胜，就都只是时间的问题了。

知道这一招厉害的内行观众们已经做出了反应，他们或是欢庆，或是悲怨，而裁判也走近了几步，准备去裁定比赛的完结了。

这个大冷门居然真的爆出了！又惊又喜的杨健已经兴奋得有点冒汗了，他一边不断大喊着：“太棒了，太棒了！隋清，隋清！十字固！”一边在心里面加紧盘算着，一会儿自己该去组织出一套怎样感天动地且又气壮山河的溢美之词，才够用来好好地大赞特赞一番这场施计逆转、以弱胜强了的惊险决战。

但是，又是但是，一丝细小的杂音还是很不合时宜地再度传进了耳机。那是在他身旁的解说搭档所发出的一声充满着不祥预兆的口气助词。

“啧……”何耀强指导一脸失望地坐回了自己的位置上，“有点短，还是有点短，总是就差那么一点点，唉……”

怎么回事？此时全场的观众也都生出了疑惑，为何裁判迟迟还不进行胜负的判定，他在等什么？很显然，那是因为被施技方根本就没有做出想要认负的表示。而熟悉着费奥娜技术特点的部分拳迷们这时亦是已经看出了端倪，转而纷纷振臂高呼，似是再见希望了。

擂台的地板上，拼出了全部气力誓死拉拽住了费奥娜手臂的隋清已经无法再去做得更多了。她祈盼着，祈盼着裁判能够喊出那一声代表着她获得了胜利的“Stop！”（停止），祈盼着自己今天所搏命做出的一切足以换回那个梦中的结局。

但是，她失望了。

隋清扭过头，去望向了费奥娜的脸，中国女孩奢愿能够看到这个敌人有着哪怕是一丁点的痛苦表情，而以此给自己带来片刻的最后希望。可是……费奥娜·哈德森的表情，一如既往的，就是根本没有表情，依然还是那副漠然没趣外加全无所谓的老样子。而且，最该死的是，这个女人压根就没有把目光投向她在比赛当中的对手，而是平躺在地面上，若有所思地注目着一个擂台之外的人。她在看张雨心。

张雨心，安静地阅读着赛场上所发生的一切。到这时，她略带遗憾地轻轻叹了一口气，微微把头偏向了身边那块依旧毫无反应的冰，避开了费奥娜的目光。

而擂台的另一侧，费奥娜的教练似乎很不满意现在的局面，他愤怒地捶击着台角立柱并狂暴地吼道：“Strike back！”（反击）

吼声过后，被铁钳牢牢绞夹的困兽突然喷发出了骇人的能量！

隋清只感到了一股强大无比的反向拉力骤然袭至，竟是使得她的背部被瞬时拔离了台面。那是费奥娜的另一只手强硬地穿越了压制着己方颈部的对手下肢，已紧紧握住了自己（费奥娜）的右边手腕，成功地将双臂力道合在了一处。接下来，意欲挣脱者又奋力地拧动腰身腿脚，强行地去侧翻起立，以致敌方用以禁锢猎物的绞夹双腿已完全无法遏制住这种崛起的力量，而任其在顷刻之间便完成了自身由躺倒到半跪的形体转换！

再度爆发，超越人类极限的关节力量！

脚腕、膝盖和胯关节，发力上起！腰背脊椎，强行抬升！肩、肘和手腕关节，暴力拉提！此劲道一发，眼见着隋清的身体随之便是如只人肉榔头似的被腾空扬起，直就被这位蛮横的枷锁撕脱者连扛带拽地举上了半空。

费奥娜·哈德森绝地反攻！十字固挣脱连接，重锤摔！

当费奥娜挺身把隋清上送到了大致胸部高度的时候，后者便已经明白了这注定的形势，自己失败了。无奈之下，谙悉进退的中国选手选择了放弃，她松开了紧锁着费奥娜右臂的双手，顺势一个空中翻滚，向后弹了出去，主动脱离了与对方的肢体接触，也及时避开了随后即将要遭受到的下砸重摔。

同一时间，第三节比赛结束，钟声敲响。

隋清半蹲在台面上，单手扶地，呆呆地看着费奥娜。而费奥娜则是转过身去，头也不回地坐回了自己的台角，随后就任凭着教练员的团团直转、喋喋不休，自己始终是一言不发，用一块大红浴巾盖住了头面，背靠在台柱上，一动也不再动了。

“呃……这是……这是一节多么……跌宕起伏的比赛啊！”杨健好像还没有从心情的大起大落当中缓和过来，一脸惊魂未定的不知所措，“我们都看到了，在本节的最后阶段，赛场上风云突变，隋清抓住机会进行了反击，而费奥娜也祭出了全部的杀手锏。不过，这一个万分凶险的激烈回合到最后还是……没有分出胜负。而且……因为这突至的一切全都密集地发生在了短短几十秒钟的时间里面，所以相信电视机前的很多观众朋友们也都还没有完全地搞清楚这到底是一个怎样的状况。因此我想……此刻还是有必要请出何指导再来为我们进行一下详尽一点的讲解……与点评。”

“很可惜。”何耀强的语气有些消沉，充满了如是已咬钩的大鱼又掉头跑掉了一般的败兴与懊恼，“本场比赛，我们赛前做过非常精心的布置，基于双方客观存在的实力差距，教练组为隋清制定了稳固防守、麻痹对方，之后再伺机反攻的基本战术安排。大家也都看到了，隋清在赛场上已经执行得足够好了，可是，就差一点点，真的很可惜，我们最终还是没能够战胜费奥娜·哈德森那惊人的天赋。”

“您讲的天赋，是指最后的……”

“最后的那招十字固，如果是一般的对手，咱们肯定就已经降服获胜了，但唯有这个费奥娜·哈德森，要击败她实在是太难了。”郁闷的何耀强，“我之前提到过，去年的日本天王赛，那次建秋拼尽了全力，在第一、二、四节总共发动了三轮‘钢之态度’，顶住了费奥娜无数记的重拳，其中还包括了一组‘狙击刺拳’三连击，累得赛后都体力透支虚脱了。我们知道，建秋即使是在全世界范围内论体能和耐力也都是数一数二的，这还不算身上所受下了的伤，而付出了这么大的代价，换来的就是先后五次的对敌关节技擒获。但是，这多达五次的擒获其后竟然没有一次能够成功地转化为降服，而是全部都被费奥娜非常轻松地挣脱掉了。唉，说到底，还是因为这个费奥娜的骨质关节结构太过特殊了。别人对疼痛已经忍受不了的角度，她可以忍受，甚至都没什么感觉，别人根本无法运劲发力的姿势，她能够发力，而且还能发得更大。所以，她挣脱起关节技来相当地得心应手，确实是极难能以一招固死制服的。这次隋清这么好的机会，当然，也确实是别无选择的机会，又进行了一次倾尽全力的尝试，可结果……还是一样。”

“您这么说，难道是在暗示，费奥娜是对所有的关节技都免疫的？”

“我想的确是会有一定的免疫力，但也不可能是百分之百的绝对免疫，因为她终归也还是人类的血肉之躯嘛。至于那个具体的可忍受度的界限，也许她自己家的教练团队会是最清楚的吧。而目前根据我们的研究与经验来看，或许，施技者的身高更高、动作发力的力矩更大的话，成功制住她的机会会再多上一点。”何耀强聊以自慰地说道。

“那看来，张雨心和张欢迎对费奥娜施展关节技后可能奏效的概率会更大喽？”

“费奥娜的身高是一米七二，建秋和隋清都比她略矮了两三公分，起码是要比她本人身材更为高大的对手施技效果才会更好，这其中当然也包括了雨心和大迎儿。另外，擒拿技术在第一时间的规范到位也是同样重要的。”

“说到这个问题，何指导，我们刚才都看到费奥娜发出了一记‘狙击刺拳’，但是转瞬之后她的右臂却反而是被隋清擒获了，这又到底是怎么回事呢？”

终于要聊到这个细节了，何耀强为隋清惋惜的心情似乎也由此减淡了一些。“这是一个圈套，而且是一个从本次世锦赛开始之前的热身赛时就已经着手布下了的圈套。”何副总教练显得有些得意，“在费奥娜发出那记‘狙击刺拳’之前，所有人都看到了，是隋清的下勾拳先擦到了费奥娜的脖子，而我相信，这一下是费奥娜有意放隋清擦到的，因为她此前已经被录像分析报告所蒙骗了，误以为隋清在擦到她之后一定会做出一个下意识的习惯动作。所以，当隋清也真的就做出了这个动作之后，费奥娜便马上毫无防备且又信心满满地发出了意图一举决胜的‘狙击刺拳’，她不可能会想到，隋清的这个习惯性防守动作其实根本就是装出来的，而且隋清也早就已经做好了要利用这个欺骗动作去擒获她出拳手臂的心理准备和技术训练。少年时的隋清确实是真有着这么一个很没有必要的个人习惯动作，但是在教练们的反复要求之下早就已经改掉了。本次世锦赛前，当我们得知了费奥娜决定升级出战的消息之后，当即就预计到了她很有可能会和隋清在中量级的决赛中相遇。于是隋清她自己在经过了细心的谋划和与教练员的商议以后，就故意在其后的所有大小比赛当中都反复地‘表演’出了这样一个勾拳擦碰后会立刻连接出下潜闪避防守的习惯性动作，为的就是可以彻底地骗到费奥娜和她的团队，以便在最后的决战之中藏有一个足以逆转绝杀的后手计中计。隋清在第一次以肘部击中费奥娜并逼迫她使出了‘IT’之后，所有的后续攻击所发出的都是勾拳，也就正是这个目的。隋清就是在赌，赌费奥娜会有意地来骗出她这个人为制造出来的假习惯动作。可以说，这一招是隋清运用其自身超强的智慧以及天才的设计给对手所施下的一个连环套，而抛开最终的结果不谈，这个连环套本身已然是完美地付诸实现并且大获成功了。”

杨健盯着桌上的解说笔记本电脑，默默地听完了何耀强的这段讲解。出乎他本人意料的是，其随后并没有马上机械性地接出那些惯有的问答回应与随声附和，也没有强迫自己去毫无营养地补充上一些无关紧要的常规套话来填补话题的间隙以避免转播冷场。

他只是听得有点入神了。

杨健是河北保定人，从小在体校练习田径，大学播音主持专业毕业后顺利地成为了一名体育电视解说员。从业七年来，他接触过很多体育人，也亲身经历和参与过很多体育史上的伟大时刻。体育对于他来说，既是从前的梦，也是现在的生活与职业。他真的很庆幸，自己的一生可以站在这些人的身边，去用最近的距离来与他们共同分享到所有只会因梦想与热爱的存在而诞生了的，由一幕幕的空前绝后和无与伦比所拼接而成的，那些传奇。

在内心中尽情地抒发了一把情感后，杨健顿时觉得身心异常的畅快，他思量着自己今天一定也要发挥出最佳的水准，才可不至辱没了场上选手们的精彩表现。

费奥娜仍然还盖着毛巾，隋清看样子也还在继续思考，成金龙安慰鼓励了队员几句后就再也没说什么，而中国队这边的角上似乎就只剩下了孟大海还在忙乎得团团直转。杨健细致地观察着赛场中的每一个人，同时也开始尝试着在记忆和笔录之中去梳选出一些新的线索，并能以此为观众们再开启上一个更加具有深度的延展话题。

“何指导，我还有一个疑问，为什么正如隋清所判断的，费奥娜在‘IT’中的反击会优先去选择利用那个对手为她设下的陷阱，而不是其他的反攻技术或战术方案呢？”

何耀强据实分析道：“费奥娜在那个时候使用了她自认为的王牌，必定就是说明她当时确实是已经处在了必须要去打出王牌才可以扭转局面的关键时刻。而造成了她那一时段如此被动窘迫的原因，我想主要是有三个。首先，当然就是迫于隋清那毕功一役、坚决不懈的持续追击给她所带来的强大的技术和心理压力，毕竟这对于任何一名运动员来说都是很难以去应付的困境。其次，我怀疑隋清的那一肘给费奥娜的视觉带来了影响。因为按刚才现场直观的第一感觉看，那记肘击打中的部位似乎非常的靠近右眼。现在顶上大屏幕和电视信号里反复慢放着的一直都是关节技擒获和挣脱时的多角度镜头，其实我倒是觉得应该再重播一下反击最开始时的那突然一击，看看到底是不是打中了眼睛。你瞧费奥娜现在用毛巾遮着脸，很可能也是不想让对方察觉到她眼睛的伤势，并从而为最后一节制定出主攻她伤眼盲区的相应对策。不过成指导很有经验，我想他是肯定不会漏过这一点的。”

杨健闻言再次向下方望去，果是见到孟大海正在跟成金龙窃窃私语、暗核计略，手指时而还在自己右眼的附近比比画画着。

“最后一点，”何耀强还没有说完，“应该就是费奥娜她个人技术层面的客观原因了。实际上，我们在赛前也同样研究了她的资料，并且也通过数据统计找到了她的一处相对缺憾的隐蔽短板。费奥娜在‘IT’状态中的出拳反击，普通拳击的命中率会下降35%，而‘狙击刺拳’的命中率会下降22%，这可肯定不是她装出来的啊，呵呵。这一组比例，如果再叠加上伤眼视觉的不便和对手压迫性的紧逼，肯定还会再继续下降。这说明什么？说明她在刚才的那一刻根本就没有反攻一击必中的绝对把握。而如果她真的贸然去发动了反击但又没有命中，则就只会给局面增添出新的麻烦，使自己陷入到更糟的境地。所以，费奥娜在这种选择实然并不多的情况下去做出使用那张王牌的决定，对于隋清而言就成为了完全可以预判得到，并且也正中了下怀的大概率事件了。费奥娜·哈德森啊，她只怕偶尔也会去羡慕下某个人吧，某个可能是这个世界上唯一的一位能够在自身超快速的移动当中，依然精准毫厘不降地命中同样超快速移动目标的女子自由搏击运动员。”

“不具备‘雨梦拳心’那样的能力，应该就是费奥娜·哈德森与超人之间的唯一区别了吧。”对“绝技谱”如数家珍的杨健为此做出了补充。

时间不等人，再次钟响。

杨健迅速进入了状态：“好的，最后一节比赛开……啊！隋清！隋清选择了开场立即强攻，去扑俘对手的下肢！隋清！隋……啊！这……这……隋清被击倒了！”

正如杨健所解说的，场上裁判“Box”（搏击比赛中特指开始）的口令话音未落，隋清便已是一个箭步蹿出，直奔着费奥娜的腿部扑了过去。出其不意地发动抢攻，争取将对方拖入滚地肉搏，这是本场比赛仅存的最后一线机会了。但就在隋清的指尖眼看着便要触碰到了费奥娜的小腿之际，中国人的面颊上猛然遭遇了一记犹如天外陨石轰击般的夺命重拳。

这一拳炸裂样的冲击强波瞬息间刺透了隋清的皮肉、面骨，直撼颅内，受袭者只感到眼前的金星一闪，转即就是天旋地转，一片漆黑了。可怜她无声无息地“扑通”跪地，进而便软绵绵地俯首趴倒在了费奥娜的脚下。

狙击刺拳！

在确信这一拳已有效命中了之后，费奥娜马上克住力道，将随后准备击出的第二拳收停了下来，同时还自觉地后退了几步，平静地等待起了裁判的指令。这是多么举重若轻、收放自如的大家风范，如果对方运动员瘫倒在了自己触手可及的范围内，美国明星还一定会很有礼貌地将她搀扶着轻轻放下，以助其可以免于遭受在昏迷中摔倒而造成的伤害。在敌方被击倒后就绝不再进攻，这是费奥娜与其他大多数的欧美选手之间最大的不同。

“Stop！”裁判叫停了，同时对隋清开始了读秒。

全场支持着隋清的人们都被这突如其来的变化彻底惊呆了，一时间就像是被冻固凝住了一般。来自中国的观众们热情舞动的国旗和敲击作响的道具也都戛然而息，大家或是哀叹、或是唏嘘，所有的人们都在关切而焦急地注视着擂台上倒地不起的隋清。

成金龙双手扶在擂台的边沿上，略弯下腰去，把视平线降到了距离台面一寸左右的位置上，在这里，他可以和俯倒后脸部偏向了这一边的隋清四目相交。那是自己的队员在惨遭到了重创之后的，似有似无与忽闪不定的游弱眼神。稍后，他长长地呼出了一口气，没有什么言语和动作，缓缓地直起了身子。而孟大海则是已经把急救箱挎在了肩上，手里紧紧地攥住了一条白色毛巾，就准备着可以随时去抛出毛巾并冲上擂台了。搏击比赛中，一方教练组向台上抛出了白毛巾即代表着认负。

“看来隋清这一下受到了重击，但愿……没有给她……带来严重的伤害。”杨健也不知道现在该说些什么好了，而他身边的何耀强则保持着沉默。

裁判在继续着无情的读秒，不过，他知道这场比赛应该不会就这么简单的终结，因为其注意到了，倒地选手的身躯还在主动地运着力，那代表着……不放弃。

静默中，观众席上一位银发苍苍的白人老者用双手在嘴前包裹成喇叭状，开始反复地呼喊起了一个单词——“LFox”。而随即，他身边的众人也是纷纷效仿，这个行为迅速扩散，不一会儿，共同的呼唤就震撼划一地响彻了整个场馆。“LFox”，这是全世界的自由搏击爱好者们送给隋清的一个昵称，意思是小狐狸。

隋清，她的小眼睛在时断时续地微微颤动着，还有，她的手指。

“那一年……那一天……那把中提琴，那些柿子树……我，还有雨心和大家……我们……那时的我们……”

当裁判数到了“五”的时候，隋清的手臂开始往下用劲，腰部也在尽力地拱起，看样子是正在试图把自己的身子推离开地面。数到“七”的时候，她成功了，被击倒者奋力地坐了起来。而数到“九”的时候，隋清终于手挽着边绳，顽强地重新站起来了。

她的脚步蹒跚而错乱，身体也根本无法找到平衡，如果没有边绳，她一定还会再一次悲壮地倒下。看得出来，她所承受到的重击已经完全摧毁了自身所有的行动和控制能力，而其所抱有着的对于再次站立起来的决心与意志，则一定是来自那些她用自己的梦想去誓死支撑着的最为坚强与执着的精神力量。

中国运动员看着自己的对手，露出了一抹微笑，而费奥娜·哈德森那张貌似永远都全无表情、喜怒不形的脸上也终而是浮起了一点浅浅的会心之意。这一刻，美国人平伸出她的左拳，向其尊敬着的敌人也致去了礼数。

接下来，隋清又艰难地扭动脖颈，环顾了所有支持着自己的观众和擂台下面的教练与队友们。对于今天所发生的一切，她很满意，也得到了自己所一直想要的。

然后……

隋清向裁判员做出了一个示意的手势，她认输了。

第一届世界女子自由搏击锦标赛，65 公斤级，决赛。Fiona Hudson（费奥娜·哈德森，美国）胜；隋清（中国）负。

泰国曼谷国家体育馆随即便再次于雷鸣之中如火山般地爆发了！熔岩在人浪里翻滚，火焰于欢腾中四射，礼花与彩带喷散而下，王者的臂膀举向了天穹。

又一位世界冠军的诞生，实至名归！

此情此境之下，费奥娜终于可以摆出她的那一套已是让人们期盼了良久的标志性庆祝动作了，这也是她一直以来都在谨守着的无数个赛场礼节之一，如果裁判还没有做出最终的裁决，她是绝不会先去显露出任何的庆祝举动的。而现在，超级明星的左臂扬起，右手抚心，逐一向着四周看台上的热情拳迷们挥手致意，并于随后一边亲吻着两只拳头的拇指部位，一边不断地将双手比画作“手枪”的形状，食指向上地示给了全场的观众。这个“手枪”是由拇指和食指一起伸出而组成的，类似于是中国人常用手势里面的数字“八”，或是美国人的字母手势 “L”。而当然，众所周知的是，这也是费奥娜团队及 AFA（美国自由搏击协会）的主要赞助方，一家全球知名的体育用品厂商的品牌标志形状。

处于当前这种状态中的费奥娜满脸上都是标准规范的喜悦笑容，这真的是她近年来已经很少会于生活里面出现的面部表情了，除了在如此特定的重要场面之下。聚光灯下的公众人物明白，自己现在必须要这么去做，这对于她来说也同样已是变成了一种近乎为条件反射式的习惯性动作了。她知道观众们此时都在看着她，为她如痴如醉，而她也有义务去让买了票的他们开心、满意，就像她同样也有义务去让AFA、赞助商、经纪人、教练团……让所有的人们都满意一样。因为，昂贵的费奥娜·哈德森永远都将是那位实力超群、极富教养、风度翩翩、万人青睐，有着严格的超高标准定制形象，并且在外包装纸的显要位置处被加贴上了“Gentleman”品级标签的“千万美元宝贝”。

费奥娜有时总是会想，在她的运动生涯结束之前，或许于某一年、某一天，还会出现那么一场对决，可以让她不必再用这种就连自己也很讨厌的慵散无谓的心情去面对。那将会是一场真正的比赛，和她小时候所梦想中的情景一模一样的比赛，就像是，此生只曾经过一次的，和那个人的，那一战。

不过此刻可没有空暇再想太多了，所有的人都已经簇拥到了身边，而中方教练也已经登上了擂台去搀扶隋清，费奥娜现在必须抓紧时间过去向失败的对手献上她真诚慰问的拥抱和亲吻，在自己被高高地举上肩头之前……

“太精彩了，真的是太精彩了！无论对于我们还是所有那些从事着专业体育运动的人们来说，这就是那种在自己的一生当中都必须要去经历一次才算值得的伟大比赛！”身处在了这样的场面与氛围当中，即使一个人早已准备好了足以装点上千言万语的再多华丽辞藻，但到了该要说出口的时候，真正可以表达出心情的也往往只就是那情深意切的简单一两句。而杨健对于这样的美妙感受相信也早就是深有体会的了。

“没错，杨健说得很对！”何耀强同样完全没有必要去掩饰自己的激动与自豪，因为他本也就是这伟大成就的共同创造者之一。

他随后也以真情之言道出了心中的感叹：“对于一名同时还要兼顾着学业的半职业运动员来说，隋清可以在高手如林的世界锦标赛上取得一枚银牌，真的也已经是缔造出了一个自我超越的奇迹了。在这场决赛当中，隋清面对着无论是名气还是实力都远远地超出了自己的费奥娜·哈德森，在策略运用和战机捕捉上的临场发挥无可挑剔，表现得有勇有谋、果敢顽强。她把比赛拖入到了最后一节，还有效地击中过对手的面部，并迫使对方用出了全部的能力，而最终，也坦然并且深具风度地接受了这场毫无遗憾的失败。在今天，隋清骄傲地向人们展示出了一位优秀的运动员除了金牌之外所应该去拥有的全部。我想，世界冠军的头衔始终都只有一个，但是作为一名‘成功者’的无上荣耀，却是可以属于着每一个去努力地梦想过和追求过它的普通人们的！”……

二十分钟后的体育馆里已经逐渐进入了高潮过后的暂时平缓期，虽然在颁奖仪式结束后，记者们依然还是没完没了地纠缠着那些获胜的美国人。

场馆的工作人员开始了清扫礼花纸屑并擦拭擂台，台边的工作席上轮换了新的场下裁判和技术官员，而大屏幕上也刷新了下一场比赛的出场选手资料。经历了如此令人血脉偾张的刺激比赛，观众们似乎也应该起身去休息一下了，比如到走廊上去喝杯饮料或是结伴上个洗手间，以便在比赛再次来临之前放松一下已是严重超载了的自家心脏。（最后一场比赛开始前有额外 30 分钟的观众简餐时间。）

陈光荣回到了主席台后面的 VIP（贵宾）休息区，谢绝了服务生端来的酒水，并用一种最低限度的松弛状态躺靠在了角落里的一张沙发上。他确实需要缓解一下已经紧绷了数不清多少个日夜的神经了，因为依然在等着他要去思考的事情实在是还有太多。

就在刚才与美国委员拥抱道贺的时候，陈主席又以心算快速地核计了一下当前各国的所获奖牌总账。计入下一场中国选手已经稳稳收入了囊中的金银牌各一块，本次世锦赛上中国队共获得了一金二银，险胜了美国队位居第一。美国队获得了一金一银一铜，泰国一金，俄罗斯一金，法国一银，而巴西、日本、德国各有一铜。（52 公斤级：金 / 俄罗斯，银 / 法国，铜 / 巴西；58 公斤级：金银 / 中国，铜 / 美国；65 公斤级：金 / 美国，银 / 中国，铜 / 日本；65 公斤以上级：金 / 泰国，银 / 美国，铜 / 德国。）

陈光荣这是第一次去做此种费心的统计题，身为着一项刚刚走上了国际舞台的新兴运动项目的实力最强国家之一的协会掌门人，他需要去学习的东西还有很多。项目在世界范围内进一步的完善、推广与发展，联合会对下属会员协会的赞助利益分成，各洲际间的赛事举办权及投票席位分配的再平衡，这些深具着难度的复杂问题可绝没有擂台上的运动员们只需要去击倒对面的敌人就好了那么简单。前面的路依然很长，今天也仅仅只是个开始，各国的体育政要们间也在进行着激烈的竞争角逐，国际体坛风云际会，中国的体育官员深感到责任重大，自己的这一场旁人看不见的比赛也不轻松啊。

说到比赛，陈光荣一个激挺，坐直了身体。刚才那一场隋清打得确实不错，体现出了中国体育的崭新气质，是时候给自己的老友发个短信来慰问一下了……

成金龙的手机放在了装备包里，安顿好孟大海陪隋清回更衣室休息后，他掏出来看了一眼，有上百个未接来电和短信，心想还是算了吧，便又给扔了回去。

望向工作区，张雨心和丁建秋已经完成了登场检录，正在接受着赛会技术官员的装备检查。本次世锦赛的登场方式是一旦在工作区内完成了登录检装，双方运动员就要在赛会引导小姐的带领下分别进入各自的登台通道，而教练组此后就只能先到己方的台角处去耐心地等待了，所以成金龙知道，现下就是他和她们两个再去一起说上几句的最后机会了。

成指导来到了工作区的边缘，这里有一条红色的挡带，教练员是不可以跨越的。雨心见到他过来，露出了清淡的微微欣悦，走去那边，在挡带内与他迎面相对，就这么站着，笑盈盈的，没有说话。又一会儿，接受完检查的建秋也过来了，站在了雨心左边，离成金龙稍远一点的地方。建秋的面容依旧冷峻，看向教练的眼神也并未加入丝毫额外的恭谦，她双手的十指在不断地凭空抓合，以此进行着一种其所喜欢的准备活动。

成金龙面向着两个姑娘，突感到有点语亏了，他似乎觉得刚才想好了要说的话其实也并没有必要，而到底该再换成什么样的言语去开场又一时没有了主意。于是，三个人就这般地在静默之中相互对视了一分多钟，最后还是雨心“哧”的一下笑出了声来。“就照昨天说好的那样儿吧。”成金龙终于还是开口了，“我在建秋儿那边儿，孟指导在雨心那边儿，我们不说话，你们俩……自己打……”

现在，让我们来看看成金龙这个男人。

印象里，中国人借以描绘刚毅雄性的绝大多数褒义词用在这名四十多岁的汉子身上都是恰如其分的。那伟岸的身躯高大挺拔、熊腰虎背，两臂充实的肌肉被衬衫的袖管紧紧包贴，精短的寸头，鬓角刮得很高，浓眉大眼、宽鼻厚唇，阳刚的棱角四四方方，硬朗的眉宇一袭正气。他平素少言，不苟谈笑，一行一立，如风如松。

二十一个小时前，成金龙与副手何耀强面对面地坐在曼谷帕颂旺公主酒店（Pathumwan Princess Hotel）的大堂吧里，品着清茶。

五分钟前，他们刚刚送走了过来鼓劲儿的陈光荣，这会儿，没有进入决赛的几名队员出去逛街还没回来，孟大海在建秋房间里给她做着按摩，而雨心和隋清则可能已经睡下了，她俩住的是同一间套房。何耀强虽然也还在犹豫着明天是否该去接受电视台的解说邀约，不过与对面的成金龙一样，他此刻心里面最为搅动不安也最为无法回避的思绪，也还是源自着那两个女人会于翌日到来的再一次对决。

紫砂壶里的茶水倾入盏中，除了与蒸腾的汽雾一起飘散而起的阵阵清香外，还出现了一只水面之上的小小涡旋，那是液体注入了圆形器皿后也许会产生的现象。两片青绿色的碎薄荷叶也在由着茶水一起顺从地圈圈旋转着，这很容易让人联想起来那些在湍急的激流之中随遇而安的孤零秋落。水的流动是无形而任性的，不可理解，也难以预料，而这两片薄叶也便是会在这样无穷的莫测幻变当中，去一世不息地逐流聚散，随波沉浮。

成金龙续上热水，与何耀强一起盯着茶壶，静待了半分钟左右，起壶斟茗，而后两人互敬示意，微抿茶盏，对饮而尽，未换一语。

今天，是张雨心和丁建秋初次相遇之后的第六个年头，而她们之间发生了那件大事的最后一场对决，也已是过去了两年有余。

时间的流逝真的很快……

无需多言了，成金龙从挡带之上探出了双拳，向着他最为优秀的两名队员问道：“时机成熟了吗？”获此一问，雨心脸上的笑容逐渐转化为了一种如是生命认同般的纯然感动，她右拳与教练轻轻地一碰，答道：“成熟了。”而建秋也是以左拳对着来拳坚定地一撞，利落有劲地抛出了一声“嗯”，旋即便转身大步而去了。她这一撞，直是搞得成金龙的这副老拳粗骨好一阵的隐痛发麻……

此刻的曼谷，暮色才刚刚挥别了落日遗下的最后一点余晖，皎月弯弦，如弓腰着纱，若隐若现，华灯初上，似霓虹彩裳，相映相妆。欢喜的民众们已开始陆续相伴着步上了街头，水灯之夜的美妙，恰如约定，只待梦人。

中国（北京时间）与泰国的时差是提早一小时，在这里，如果想要去看电视的话，现在正是周六晚饭后最佳的黄金时段。没有谁会怀疑中国人对待体育的热情，因为如果当你在这一时段停留在了公共场所里的任一块放送着电视信号的屏幕面前，稍一关注其中的内容就能发现会有超过七成的选择都是体育赛事的直播节目，而今天尤其是如此。

隋清与费奥娜的比赛确实是让国人略有遗憾，不过这也更加提升了人们对于随后就会到来的“中国德比”的强烈期待。况且，资格老一点的搏击迷们也一定都还没有忘记，张雨心和丁建秋之间的那些恩怨情仇。

**德比：外来词，用以形容体育赛事当中在具有着地缘或其他关联概念的两名选手 / 两支队伍之间所进行的因此而会更加引人瞩目的比赛。**

校园馆房里，穿着统一运动服装的孩子们在老师的带领下挤坐在了小小的电视机前。酒吧餐馆中，正享受着周末欢聚生活的人们会时不时地抬头留意一下屋顶墙壁上所装置的荧光屏幕。而在北京一家大型购物中心的家电卖场区展销巨幅液晶电视的摊位前面，一位清瘦斯文的男青年也忽而停下了脚步……

美国东海岸与泰国的时差（在这个季节）是延后了十二个小时，现在的时间是早晨七点钟不到。不太习惯早起的美国人们肯定都在诅咒着这糟糕的比赛时段了，那让他们当中的绝大部分人都错过了刚才实况一睹费奥娜英雄加冕的大好机会。不过 ESPN（面向全球的美国体育电视网）应该并不用去担心这次世界女子自由搏击锦标赛决赛日电视直播的整体收视率，因为，身在美国的所有华人们定是会有着很大的比例，都会去全情地投入在这接下来即将就要诞生了的千载难逢的传奇时刻里面。

纽约市，曼哈顿岛，一名年轻的中国女孩也把一台平板电脑支立在了桌面上，并为其连通了 TV（电视）信号……

“……2……1……0！”

营造特效的冷烟火和烟雾喷出，恢弘激荡的出场声效响起，镭射光电之下，场馆内所有的显示屏上都跃动着熊熊的烈焰！

现场主持人拖长了惯用的浑厚调门，率先从黑色战斗之门中走出的选手：“CHINA，DING……Jianqiu！”（中国，丁建秋）。

一身纯黑的服装与护具，极富侵略性的铁拳亮相，冷酷到底！

随后，蓝色的战斗之门开启：“CHINA，ZHANG……Yuxin！”（中国，张雨心）。

全蓝的美人向观众们礼貌地招手，脸上还是那抹淡淡的笑……

全中国的电视机中又传出了杨健的声音：“现在两位运动员都已经出场了，请让我再次为大家介绍她们。黑方丁建秋，出生于 1984 年，籍贯山西，身高 170 公分，体重 56 公斤。蓝方张雨心，出生于 1985 年，籍贯北京，身高 175 公分，体重 53 公斤。我们看到，两名选手已经登上了擂台，场上裁判在对她们进行着最后的规则提示，而随后……她们暂时先回到了各自的台角。观众朋友们，五分钟后，本届世锦赛上的最后一场终极决战就要如约展开了！而为您在泰国曼谷国家体育馆带来现场评论及解说的，还是我们，何耀强与杨健……”

坐在世界锦标赛决赛擂台的蓝方台角上，张雨心再次得到了一个小小的印证，那就是自己并不紧张。这种感觉虽然毫不意外，但从今早开始便也还是让她生出了一些兴趣与好奇。就因为对手是建秋的缘故吗，还是因为有爸爸妈妈和自己在一起。其实这些都应该不是最重要的原因，雨心知道，自己现在会有着这样的平静心情，是在她最终下定了决心要前来曼谷参赛的那一天晚上就已经注定了的。

那还是雨心最喜欢的静与暗，宝贝把头枕在了妈妈的膝上，而母亲温暖的手轻抚着她的额头与秀发。那天晚上的情景是永远都只有母女俩才会知道的小秘密。

黄雅英深情地望着远处的女儿，这种感觉是一种超然的、可以平复掉一切心灵之消极的光明力量。我们人类，一旦真实地感知到了至亲之人的坚定与自信，就会极尽坦然地去消除抛离开所有的恐惧和不安，而彼此联系成为一个坚固的、互为信赖与保护的结。这种结可以共同分担伤痛，也能相互传递能量，它会使你看到曾以为自己并不拥有的希望和幸福，更能够去帮你找回或许这一生都在苦苦寻觅着的真实与答案。而此刻，把手紧紧地攥在了一起的黄雅英、张国柱，还有擂台上的张雨心，他们就是一个这样的结。

在看台的另一边，还有几个中国女孩也已经系成为了一个类似于是这样的结。那一片区域是组委会为已经结束了比赛的各国运动员、教练员们所特别划出的专用席位。

裁判员发出了口令，双方运动员离座，进入到比赛的预备位置……

挨得很近，只有一臂的距离，雨心和建秋四目交汇。

温与冷，跨越了人生的瞬逝，却逃不脱写定的重逢。相视伫立，对生命如感悟般的美好回味涌上心间。那些人，那些梦，是我们一起走过的青春。此一刻，时空凝结，万物归空，天地渐暗，无光无声，独有你……我……

宿命的溪流中，两片飘零的落叶再次在急涌的推击之下，相碰了……

“Box！”

2007 年 11 月 24 日；泰国，曼谷；第一届世界女子自由搏击锦标赛，58 公斤级，决赛。

张雨心（中国）VS. 丁建秋（中国）

……

# 2. 那时的少女（二）

THE LEGEND
OF HEART AND DREAMS

**1994 年，初秋**

绛红的小皮鞋和碎花长袜在及膝的淡蓝色高腰裙摆下不停地前后甩动悠荡着，这是一对调皮的小脚正陪侍着它们主人的大好心情。大人的座椅有点高，自己坐上去后脚底还不能触着地面，如此日常的境况也会给每一名天真的孩子都带来可以嬉戏耍弄的绝妙空间。

这肯定是一位很爱漂亮的小姑娘，今天，经过了精心打扮的她还特别戴上了一枚草莓样式的红色发卡，来用以盘起了自己乌黑的长发。

她是张雨心，这一年，她九岁。

小雨心的身边还有一名貌似同龄的女孩，两个人肩并肩地坐着，一边一起踢动着小脚，一边聊着天。看得出来，她们也是才刚认识了一会儿。

“那你知道散打到底是怎么回事儿吗？”小女孩在问雨心。

“我知道我知道，就是武打片儿里边儿演的那样儿的，像李连杰、黄飞鸿、方世玉他们那样儿的，还有就是新少林五祖、洪熙官那样儿的！”雨心的回答显得有些兴奋，听上去，她一定是很喜欢看这些电影。

**注：1992–1994 年，李连杰主演的《功夫皇帝方世玉》《黄飞鸿之狮王争霸》《新少林五祖》及《精武英雄》等多部（港产）功夫片先后在中国内地公映。**

“才不是呢，你电视看多了吧，一会儿老师问你，你就这么说，人家肯定不要你。”小女孩显得很是不以为然，她的表情与口吻像足了一个小大人儿。

“那你说是什么呀？”雨心反问道。

“我为什么要告诉你啊？”

“那你就是也不知道！”

“我当然知道了，但就是不告诉你。”

“那你告诉我呗……”

“不告诉……不白告诉。”

“不说算了……可是我都告诉你我的名字了，你也得告诉我你的名字，这样儿总行吧！”雨心似乎很想从小女孩那里得回一个答案，什么都行。

“我又没主动问你名字啊，是你非要告诉我的，我的名字也不白告诉你。”小女孩的态度很坚决，连头都扭向了另一边。

“你这人怎么这样儿啊！……那你说，你怎么着就愿意告诉我了？”雨心都有点是在用央求的口气了，孩子们的世界成年人有时真是很难理解。

小女孩适时地转回了头，眼睛盯上了雨心的草莓发卡，实际上，她已经盯了很久了。

“那你把你的发卡给我戴，我就都告诉你。”小女孩开出了条件。

“啊？……”雨心感到很突然，她有点舍不得。

“不乐意算了，那我以后什么都不告诉你了，连话也不跟你说了，就不理你了！”

“哎呀，给你给你，那你都得告诉我啊！散打，还有你的名字！”……

小女孩得偿所愿了，她得到了试戴可爱饰物的机会，这种发卡在小学女生中可是相当稀罕的抢手货。于是两个人一起跑到了一扇玻璃窗前，把那里当作镜子，装扮摆弄了起来。可是只仅仅几分钟后，小女孩就有点兴趣索然了，她摘下发卡，还给了雨心，也许她随即便发现了，这并不是其内心中真正渴望的东西。

而雨心可是不依不饶：“那你都戴过了，你快说你快说啊，咱俩说好的！”

小女孩看着雨心万分焦急的神情，感到有些好笑，她想必是觉得这位诚实而又纯真的小姑娘很适合做朋友，于是，她便也自认为很诚恳地回应了雨心。

“散打，是一项体育运动，练好了上中学可以加分儿的，明白吗？”小女孩闪动着她的小眼睛，把手搭在了一脸茫然的雨心肩上，“但是呢，老师要问你，你不能提加分儿的事儿，你就说你想当运动员，将来为国争光。为国争光你懂吗，就是得第一、拿金牌。”

说完这些，小女孩很是得意，或许这让她在生命中又一次感受到了比别人聪明真是一件令人无比畅快的事。“还有，我的名字嘛……叫隋清。”……

这里是一座在北京老城区中随处可见的质朴院落，几列联排的平房由灰色的青砖堆砌而成，屋顶上同样素灰的拱形瓦片斜下里延伸出了并不突兀的简短屋檐。檐下，穿插着略显凌乱的电话线与暖气管，以及工整地排列着漆面已是饱经风霜了的外深红而里浅蓝的木框玻璃门窗。在每扇门的屋里一面，门板和门框间都连接着老时中国北方所特有的那种用来自动拉合关门的弹簧棍，这让人们在每次去开门的时候都总是可以听到因螺旋钢丝被大幅度抻拉而发出的“吱吱”声响。在室外，每一间屋子的墙根下还整齐地码放着经过了精心养护与修剪的绿色盆栽，而在墙面上与它们融为了一体的则是些手绘的黑板报，以及在更高处上的一只披挂着些许锈迹的老式电铃。

雨心和隋清所在的位置是北京市西城区的柳荫街小学。

几名家长带着他们的子女等候在了这间并不宽敞的接待室里。这个房间的墙体与天花板的连接之处那里，日积月累的尘垢让白灰的壁面已经变得有些斑斑驳驳，但是因为勤于打扫，寻不到半点的塔灰蛛丝。而位于再下面一些的那条半腰高的绿色油漆墙围也是同样，早已是由于桌椅等硬物的经常磕碰而被损破得遍是累累伤痕、密布疮孔了。

在那个年代，这就是中国城市里普通而常见的基层中小学校的最为真实的样貌。

当孩子们玩在了一起的时候，隋清的母亲叶蓉蓉和黄雅英也就近攀谈了起来，而今天她们的丈夫都并没有随行。

稍稍压低了声调的叶蓉蓉：“……后来我又仔细研究了所有现在小学生可以去报的体育项目，就发现这个散打是最好拿二级的了。您想啊，这种对抗性的项目，没有太高的硬性成绩标准，只要打赢了就能晋级，现在女孩儿们练散打又是刚刚才开始搞，第一批出来的不会有多少人。所以将来出去打比赛，人又少，咱们练得又早，北京市里拿到前几名，不难。但只要是进了前六，那就是国家二级运动员，中考起码能加上二十分儿，等再打几年，要是在全国青少赛上进了前八，那就是一级运动员了，高考可就肯定管上大用啦！所以啊，我就直接跟她爸讲，咱不要去练那些田径啊游泳的啦，那么多人都练，想出头儿太难了，要练，就练这种新鲜的、人少的，事半功倍啊！”

叶蓉蓉戴着黑色的粗框眼镜，张扬着蓬松的齐耳短发和油艳艳的红嘴唇，略有发福的体态配上了得体的西服套裙，还随身携带了一只皮革的公文包。这个人讲话的腔调会有点让人联想起某些并不怎么好打交道且又极度自信的中层知识分子，而她急于自我表现出精明强干的这副劲头跟自己亲手教出来的那位女儿也完全是一模一样。

现在，也许是觉得在自己滔滔不绝的间暇也该要去留给别人说上一两句话的机会，她暂停了已持续了许久的单向发言，转而向黄雅英问道：“那您家孩子来报这个散打班儿是图的什么呀？也是为了将来的……升学考虑？”

黄雅英说话的语速比叶蓉蓉要慢了很多：“唉……我们家孩子啊，一直爱看电影儿，尤其是爱看武打片儿，看完了还就非得要去跟着学跟着练的，也不知道是怎么搞的，一个女孩子家……之前，我给她报了个跆拳道的班儿，就在西城体校，月坛体育馆那边儿。前几天那儿的老师跟我讲，有武术协会的教练来挑苗子，一眼就看上我们家孩子了，说她的条件非常好，特别适合练这个，还多有多有潜质什么的……其实我们做父母的无所谓，关键是看孩子自己喜欢，结果我跟她商量，她一听说武术俩字儿心立马儿就红了，非要来不可……”

说完上面的一段话，黄雅英忽感到有点后悔了，因为她注意到了当自己谈起了教练很看好雨心这部分的时候，叶蓉蓉那变得僵硬起来了的脸和酸溜溜的眼神。

“哦，我们家清清啊，从小儿就比别人家的孩子都聪明，四岁就能背几十首唐诗了，六岁起我就培养她学器乐，练过好几样儿西洋乐器呢！”叶蓉蓉可能是不甘示弱吧，“现在我准备啊，让她在音乐和体育上面双向发展、同步前进，给将来呀，上个双保险！”

“啊？那您不怕给孩子累着呀？”

“为了今后有前途，能上个好大学，累点儿怕什么啊？这不就是赛跑吗，人生要是输在了这个阶段，等将来孩子长大懂事儿了，不得怨我这个当妈的没把她给培养好啊！”

“呵呵，看您要求这么严格，您家孩子将来肯定能成材。我们家对姑娘的期望没那么高，只盼着她能健康平安，长大以后顺其自然，做个好人就行了。”

“那您……到底给孩子转不转过来啊？”叶蓉蓉最关心的是这个问题。

“说定了非要练的话，就只能给她办转学。她现在在复外一小，离家近，离月坛和我的单位也近，她爸在西单，也不远。她这段儿每天放学了自己去练跆拳道，虽说我和她爸上下班儿的时间老是不固定，但起码每周还有三天能赶上接她回家，实在赶不上了，她自己走路回也都挺快的。可要是，她以后来这儿练散打的话……首先复外上学肯定就不行了，放了学再过来来不及的，但即便是转过来上学，恐怕……她也还是得自己坐车，而且……我跟她爸估计就也一天都接送不了了……”黄雅英的脸上浮起了一丝愁容。

“哟，那可不好吧，现在这路上多乱啊。不过我们家还可以，一家子都在新街口儿，不算远，最方便的是她爷爷还可以帮着接送。孩子周末在本校学器乐，平时放学了就过来练散打，问题不大。”叶蓉蓉，得意。

此时的接待室里，家长们所关心和谈论的基本上也全都是这方面的问题。

其实现在大家在这里主要是在等待着一个人——柳荫街小学的外聘体育老师秦

勇，他也是这家学校所开办的少儿散打训练班的负责人之一和主教练，而现在，距离他今天的常规训练课时结束还需要有一会儿。

秦勇之前是一名专业的散打运动员，退役后曾一度做过省队的助理教练兼陪练，几年后调来了北京，成为了隶属于北京市武术协会的一名少儿散打教练。一年前，协会接受了柳荫街小学校长的邀请，派驻秦勇来到这里设点执教，值得一提的是，他也是这些年北京散打界里为数不多的几位率先接收女孩子们参与到这项运动当中的教练员之一。

而既然说起了孩子们报班练习体育的话题，我们也就不妨借用柳荫街小学和秦勇来作为一个起点，去一起聊聊中国体育的人才成长与选拔的道路和体制吧。

无论是在全世界还是我国，所有运动员们所处的位置结构都像是一座大金字塔，塔尖，毫无疑问就是那些极少数的最为出类拔萃的冠军与明星们，而最底层的塔基，自然便是像秦勇这样的基层青少教练所培养着的初学孩子们了。

当一个生活在九十年代前期的普通中国家庭决定让他们的孩子去练习体育，最直接的办法就是把他们送进各种性质的启蒙训练班。这种训练班可能是公办的，依托于体育示范校与专业体校，也可能是商业营利性质的，挂靠在某些院校或是场馆，完全开放性地招收学员以赚取培训费，当然也还有可能是以上二者兼具的。但是，不论它是什么性质，有一点永远都不会改变，那就是无数默默无闻、甘于奉献的基层体育工作者们，以他们平凡而又辛勤的工作为更多的中国孩子送去了强健的体魄和对未来的梦。

柳荫街小学很靠近北京市最负盛名的专业体育运动学校——什刹海体校，所以在教学方针上也比较偏重于体育特长生方面的选拔与培养，而这因此使得它也就成为了那些热爱着体育的孩子们的梦开始的地方之一。

所有在小学阶段参与了课余体育训练的孩子在选择初中时会面临着一次分流，他们中的绝大多数人会放弃进一步投身专业体育训练的选项，而升入普通的中学去继续此生的学业。幼时对体育的短暂接触不仅会给每个人都留下难忘的美好回忆，也会为他们带来可以相伴终身的业余爱好和健康良好的锻炼习惯。而那些真正具备了运动天赋和刻苦精神的体育尖子生们则将会有机会进入到正规的（各级地方体育行政主管机关所下属的，体制内的）公办体校，去从此开始了他们的专业运动员生涯。

在体校里，逐渐进入了青春期的小运动员们会受到更为系统的指导，也会面临着更为残酷的竞争。孩子们在这一时期内的身份已经具备了一定的行政色彩，他们多半都会入选一些地方体育建制的青年梯队，开始享受到不同程度的政府补贴并代表着所属的队伍去不断地参加各种正式的比赛。而年复一年的艰苦训练与激烈赛事也往往会让这一阶段的孩子们在不停积累着伤病的同时，亦失去了大量珍贵的文化知识学习的时间与兴趣。

再往后面的发展会分为我们看得到和看不到的两个部分。看得到的，是光鲜亮丽的鲜花、掌声和振奋人心的冠军、金牌，而看不到，或者说是不愿去看到的，则是那些在数量上要百倍于塔尖上之人的早已倒在了漫长的向顶点冲击的路途之上的普通运动员们。他们或因能力不足而被岁月逐渐地淘汰，也可能由于各种各样的原因而被迫放弃中断了运动生涯，又或者是直到退役也没能取得任何足以保障自己后半生养家糊口需求的出色成绩。这些运动员，当他们脱离了体制回归到社会上之后所要去面对的窘迫与无奈，是早已经习惯了把痛快夺冠作为娱乐节目来欣赏、把激情欢呼当成为一种生活方式的我们很少真正愿意去关注和直面的，不论是在九十年代还是今天。

任何一种制度的形成与延续都会有着它所以能够存在的特定历史环境和社会基础，在此我们没有必要去过多地纠缠于它的好或不好，而只是需要去认真地思考一下如何可以使它变得比现在要好，这其实就足够了。让我们不断看到希望的是，中国体育制度的改革创新从来没有停下过脚步，而那些渴望与支持着自己的孩子们去体育领域里追梦而行的父母，他们在思想和观念上也都正在逐步经历着一场极为深刻的转变。而这种积极的转变其实也正是代表了整个中国社会的向前进步。

叶蓉蓉一家也是一个可供参考的例子，抛开她主观上的投机主义，如果她所制定的让隋清在文化、艺术、体育等各个方面全面发展的雄伟计划真的得以最终实现，那也绝对算得上是一项伟大的成就了。同时保证正常学业与专业训练，力争二者可以相互促进、完美结合的特长学校，即使在今天（2014 年），仅有的也只是初步探索的零星试点。而身处于历史局限之中的叶蓉蓉，不论是其今天作为了初衷的仅仅是想把体育当作给学业加分的工具这样的心机取巧，还是随着女儿日后兴趣的发展而被动转换为了两边兼顾的辛苦操持那般的苦不堪言，她身为一位中国母亲的踌躇与纠结，伴随着这场大时代的变迁才刚刚开始。这些，可是于此刻正野心勃勃的她所断然也不会想到的……

而现时还少不更事的张雨心和隋清，肯定也就更加不会意识到这一天对于她们的一生而言是有多么地重要了。趁着妈妈在说话的工夫，好动的小姑娘们发现了一条神秘通道，顺着隐约的喊杀声，穿过两排平房间狭窄的缝隙，一间略显高大的训练板房就在眼前。踩着窗台下的花盆，踮起脚尖向里望去，那是一派从未体验过的新奇与震撼。

擂台、拳套、被击打的皮质沙包发出的响亮“啪啪”声，还有那几只叫不上名字的吊在半空上的小球，两个女孩子的眼睛里闪烁着激动而又略带惶恐的光亮。冥冥之中已做出了选择的她们，正在把人生中那扇隔开了某个全新世界的大门……缓缓地推开。

就是在这一天，她们的命运被彻底地改变了，她们的身和心至此便与这项运动订立下了永不会磨灭的契约，从今往后所有的艰苦伤痛，所有的坚定执着，都已经写在了这份血红的契约当中。而未来，那些顶上之巅的大场面，那些缠转悱恻的哀伤喜乐，还有那些梦，也是全都在这很容易被人淡忘的一天里面，静悄悄地开始了……

夜晚，北京西边老城的胡同深处。昏暗的寥许路灯下，只影归人的自行车铃声会偶尔勾起一小阵狗儿们的惊躁，而若是再有点什么更大的响动冒出，或许那些低矮小窗中的某几只格布帘子就会被从内里掀起了皱皱的边角，那一定是哪位老街坊在用愠怒的眼光悻悻地搜索着，又是谁家的顽劣孩童搞出了什么恼人的玩闹。

聚居于这里的百姓就是在以这般世代传习着的老北京人所特有的直白和真实，在度过着他们奔波忙碌而又琐碎嘈杂的每一天。

这是一套看似已有了百多年岁的老宅子，灰暗的围墙外皮历经风雨的侵蚀已然脱落了不少，有好几处都露出了体内的砖泥。宅门处的青石台阶已磨得有些光亮了，高起的门槛也早就被踩秃了顶面，不过两墩依旧鲜活的小石狮子和门廊枋梁上残存着的精美雕画，还是会让观察者可以依稀地辨出它于昔日的堂皇。这座在民初时曾由外省的富绅阶级改建修饰过的京城院邸，跨越了风中的秋冬和雨中的春夏，历尽沧桑，安在于此，现今已经变成了一处挤进了七八户平民人家的大杂院。偶尔，也会有一些抱之好奇心情的外国游客们聚在大门前品评指点、合影留念，或许对于他们来说，这里就是古老的艺术和东方的魅力，而对于那些本就在这里走过了自己的童年、青年，甚至是一辈子的人们来说，这院内屋前的一砖一瓦、一草一木，却皆仅仅只就是代表着那最最平常的柴米油盐与长大变老。

院子里，偏西南角上的里外两间总共二十平米的小屋，再加上一个早年自建的矮矮的小厨房，便是张雨心家的全部所辖了。从十一年前那场欢闹的喜宴开始，张国柱和黄雅英就从未搬离过这套老房子，而雨心自出生之后也一直都是生活在这里。

晚上九点半，张国柱还在翻炒着铁锅中的肉丝与青椒。往以后的日子里，他和黄雅英可能就都要习惯于每周一两次的在深夜临睡前所做上的这顿饭了。

男主人在新买的不锈钢饭盒底部铺上了一层米饭，而后铲了些炒菜均匀地铺在上面，又将适才已经摊好的一只荷包蛋也盖在了正中。随后他合上锅盖，把装有剩余青椒肉丝的炒锅和也只是盛走了一碗之量的刚刚蒸好的一锅米饭，一起塞进了煤气灶液化气罐旁边的一只小木柜里。这间小厨房真的是太小了，以至于张国柱在抱着蒸锅转身的时候要格外地小心才能勉强不让自己的后背蹭到墙上难除的油污，而且，这里的通风也特别不好，每次炸炒的时候，烹饪者都要忍受着刺鼻的四窜油烟。

在小厨房侧面的大屋里，黄雅英正在帮雨心整理着散打装备包。

距那天去柳荫街小学咨询并于当晚便确定了要去参加那里的散打班已是过去一周了，转学手续的办理还算顺利，乘车路线的熟悉也已基本完成，明天，就会是雨心有生以来第一次的独自去坐公交车上下学了。

“在平安里倒上 118，哪儿下啊？”黄雅英在叠压着雨心的运动服，之前她已经把运动鞋、护头套，还有毛巾水瓶这类参加散打训练所必备的用品逐一都装进了包里。

“北海北门儿！”雨心不假思索地答道。之前妈妈已经盯着她把所有的站点都背得滚瓜烂熟了，现在的女孩兴趣完全都在新买回来的拳击手套上。

这是那种圆圆大大的传统拳套，虽然它已是张国柱转遍了西单和王府井后所能买到的最小号码，但比起雨心的小手来依然还是大了许多。无奈之下，黄雅英用棉絮又缝了一个内套，在里面又塞上了一层，这才能将就着勉强可用了。此时，雨心把这副拳套戴在双手上正快乐地抡打挥弄着，感觉这两只大海绵球跟自己的脑袋一样大，好有意思。

“回来呢？”黄雅英继续问道。

“原路返回到平安里倒 7 路，到丰盛胡同儿。”

张国柱端着饭盒走了进来，黄雅英将其一把接过，套上了一只小布口袋，扎紧袋口，也放进了装备包里，并继续在不厌其烦地反复叮嘱着：“每周二周四，爸妈下班儿都晚，你回来就先找李奶奶拿钥匙，跟人家要有礼貌，要问好，要说谢谢，知道吗？进屋儿以后，有作业就先写作业，没作业就自己看书，过一会儿天黑了，就热下儿厨房锅里的饭菜自个儿吃，吃完了把碗给刷了，然后就接着写作业看书，等着爸妈回来不许乱跑，明白了吗？”

“明白！”

“还有啊，中午吃完饭也得先刷饭盒儿，月票要一直放在书包最前面的拉锁儿里，千万别弄丢了，还有……”

平凡，这个词语就是张雨心一家最为贴切的写照。

张国柱的职业是北京民航大巴车的司机，他每天驾驶着大客车往返在西单民航大厦到首都机场航站楼的固定线路上接送旅客，经年累月，风雨无阻。而黄雅英是北京儿童医院的一名普通病房护士，她的工作是照料并帮助患病的孩子们远离疾痛，重回健康。遥想当年嫁给张国柱的时候，黄雅英似乎对自己的丈夫也并没有什么太多的要求，让她最终下定了决心的仿佛也仅仅只是男人的那句“一定会照顾你一生一世”的简单承诺。婚后，张国柱加班加点地努力工作，他从不去奢谈那些听似特别宏伟的远大抱负，即使有，也不会轻易地向旁人表露出来，而他之所以会给自己这样踏实地上紧了发条的最重要原因，就是出自于对妻子腹中的那个小生命的梦与牵挂。

有了雨心以后，生活再一次变得完全不同了。那每一次的出发、每一次的归来、每一次的拥抱、每一次的争吵，都是因为有了这个家，和爱。正如黄雅英自己所说的，夫妻二人最大的愿望就是可以呵护着雨心以一种最为平凡的方式去慢慢长大。而雨心的成长也充分体现出了这种家庭氛围的熏陶，她喜欢所有孩子们该喜欢的事物，也讨厌所有孩子们该讨厌的东西，她有着很多人都有的优点，也同样有着很少有人会没有的缺点，而唯一算是稍有些特点的，就是她的身高比同龄的女孩子们要略高了那么一点吧。

没有人有资格去质疑这一家人的无欲或平庸，因为这就是在这个世界上最为平凡的三个人所组成的一个像是植物一样在平静地生长着的最为平凡的家庭。

或许，直到了……一周之前的那一天。

“行了，别玩儿了，拿过来。”黄雅英把雨心玩了一整晚的那对拳套也要了过去，一同塞进了装备包中。这就算是都整理好了，鼓鼓的两个大包，一只训练用的装备包和一只上学用的书包。“来，一块儿背上试试。”

装备包是单肩挎包，而书包是传统的双肩背包，先背上书包，再挎上装备包，怎么都觉得别扭，于是一家人又七手八脚地摘下重来，调换了顺序，先挎后背，感觉还可以。

“沉吗？”张国柱问雨心。

“不沉！”雨心昂起头，幸福地笑着……

……

八只拳套同时从不同的方向捶打在沙包上，训练房里回荡着如燃点爆竹般的密集拍击声，每四个孩子围绕着一套器具在一起练习着出拳。

这里总共有六只沙包，二十多个孩子，而张雨心排在了右数第二只的靠窗一面。

这真的谈不上是什么具有趣味性的训练科目，当你必须连续十分钟用尽全力地挥臂击打以完成一组练习，而每组之间只允许休息三分钟，且一堂训练课上最少要连续完成四组的时候，即使你曾经对你的拳套有多么地爱不释手，现在也都会恨不得将它们给一把摔到地上，然后再飞起一脚，踢出得要有多远就有多远。

而且最要命的是，你在这个过程中还不能产生出半点的松懈，因为严肃的秦勇正巡回紧盯着每个人的动作，你最好祈祷当他的目光落在你身上的时候正是你最为卖力的瞬间，否则，就只能自觉地去请求重练了，如果你不想被当即厉声训斥的话。而每当事情不幸演变到了这个地步（一般多是在整个训练过程进行到一半左右的时候），张雨心的汗水就会一下子浸湿了她的发根和衣领，并且在这之后的多半个下午便再也不会变干了。

加入柳荫街小学的散打训练班、开始这样的状态已经有半个多月的光景了。要知道对于满心怀揣着习武梦想的雨心来说，这种挥拳的练习竟还是属于仅有的可以让她找到一丁点心理安慰的科目，因为在除此以外的绝大多数时间里，他们所进行的全部都是那些极其枯燥乏味的、永无止境的，且与武打毫不相关的基础体能训练。

跑圈，这是最令雨心深恶痛绝的一项可怕的事情，她至今回忆起儿时的痛苦训练还都会是一番最为不堪回首的心有余悸。这就好比是某种挣扎在了灭亡边缘的感觉，是完全衰竭性的，类似对生命彻底失去了控制的垂死体验。每次走上操场的那一刻就如同是迈上了刑场的绝望心情，而结束哨响立刻瘫倒的那一秒钟，可感知到的一切便都会消失，只能够听到自己的粗喘呼吸和震荡的心跳，眼前的景物都是一片全黑的，要直到五分钟之后才会逐渐找回自主的意识，并随之才反应了过来终于可以去庆祝又一次的死里逃生了。多年以后，隋清在一次查阅相关训练参考资料的时候告诉了雨心，秦勇在她们小时候给跑步训练这一项目所上的总量，竟然是正常标准的两倍。

压腿，这倒并不是一项会让雨心感到有多为难的科目，看着其他队友们被强制拉伸韧带时的龇牙咧嘴，雨心一方面会自豪于自己体质的天生柔软，一方面也应该会有所庆幸她曾经接受过跆拳道的初级训练。想起之前的那半年，在月坛体育馆经常参与的高踢练习中雨心就已经表现得很是理想了，往往在毫不费力间就能一脚触到高过自己头顶的目标，而这也可能就是去选拔苗子的那位散打教练会看上她的原因之一了吧。

实心球，这又是一件曾叫人极度愤恨的可恶器械。秦勇所要求的训练方法是双臂向前伸直，捧住实心球，之后连续做深蹲起，每组二十次，每天做十组。在捧球蹲起的整个动作过程中，手臂不许下垂，也不许弯曲，要始终与身体保持垂直，而球当然也不能落地，每组训练里如果被他发现了任何一次的不规范，那就整组都要从头再做。好家伙，在开始了这项训练的最初几天里，雨心的肩臂、腰腹还有大腿全部都是酸疼得要死，就连从椅子上正常站起来都需要用手去尽量的扶住点什么。

而除了上述以外，还有那些更多的数也数不尽、练也练不完，每天都会换着花样地蹦出来的跳绳、立卧撑、仰卧起坐、碎步之字跑、背沙袋上楼梯……反正现在雨心算是明白过来了，为什么自己和隋清这一拨儿孩子会有机会被选拔补充进这支队伍，那是因为能在这里长期坚持下来的人真的不多。

其实雨心有时候也考虑过这个问题，自己是不是让秦勇或是什么别的谁给骗了。崭新的擂台就在训练房的一角，但到目前为止没有任何人能站上去过，还有那些吊在半空的叫不上名字的小球，到现在也依然还是没人告诉自己它们的名字，就更甭提去碰一碰了。我到底是不是来练武术的呢，还是进错了地方，这里其实……是个长跑班。

抱有如此相同的疑问，可能也是很多孩子承受不了这些入门的基础训练而很快选择了退队离开的不言之因吧。坦白讲，打退堂鼓的念头雨心也并不是没有动过，但是懂事的她每当一想起了爸爸妈妈给自己购置装备、办理转学时的费心奔走，和现在一家人为了克服困难而共同付出的那么多的辛苦与不便，就会立刻打消了所有的这些泄气杂念，而再次抖擞起饱满的精神，咬紧牙关重新投入回那些艰苦的训练当中去了。

当然，转来柳荫街小学之后所被改变的生活也并不全都是郁闷的，而这要取决于你会去选用怎样的角度来看待在你身边所发生着和静止着的一切。比如，那条独自上下学的小路就给雨心带来了不少全新而又莫名的感触。按理说，一个不到十岁的孩子，似乎是还不该具备有那种可以运用沉静和深邃的情感去呼吸与体味周遭那些平淡的风景人文的态度与心智的，但奇妙的是，那一幕幕心旷神怡的触景生情和陶然其中的细腻感动，却就是这么自然而然且又真真切切地萌发在了小雨心的心间……

紧贴在北京城南北中轴线的西侧，流淌着一条优美的城市水带。这条水带伴随着古都的岁月荏苒，历经了各朝各代的整改修治，至近代，逐渐被分割为了若干块彼此相连而又相对独立的水域，按着先人们传统的叫法，这些实也并不太广的水域被唤作了“海”。所谓的“海”，其实就是蒙语里“海子”的意思，意指为那些成片的水泊。故可想而知，这些“海”的称呼的起源也该是出自于早在元大都的时期了。

如今，在南起长安街，北到地安门，几乎就是与中山公园、故宫和景山公园相分别平行的位置上依序分布着南海、中海和北海。南海和中海一般被统称之为中南海，而北海目前则被修建成了一处公园，它的北门即是常说的地名北海北门，紧邻着地安门。

古时的地安门是对应着天安门而来的，实际上就是故宫皇城的后大门，不过它的建筑实体在五十年代就已经被完全拆除了。现在所说的地名地安门，实则是泛指位于景山公园正北、平安大街中段的一片完整地保留了京腔京韵的老旧城区，这一带遍布着各式的皇家古建和名胜古迹，也充满了浓郁的京味艺术与人文情怀。

雨心上学的路上，每日下车后开始步行的起点就在这里。

向地安门西北方向行走，依次还会看到被统称为是什刹海的前海、后海，以及那条城市水带的最末端，已经延伸到了德胜门附近的西海（及积水潭）。前海与后海的分隔点是一座著名的叫作银锭的小桥，而柳荫街小学的位置便是在后海以南，银锭桥的正西。

清早，红润的朝日攀着紫禁城雄浑的肩冉冉崛起，高昂而稀薄的云和在干燥的晨风中翱翔的一群群信鸽所带来的空鸣呼哨，为洒向这座城市的明媚之光平添了一份充满着希望与激励的爽朗，这会让率先开始了新一天的人们感到痛快。

地安门的红墙下，一辆公交车靠站了，背着两只大包的散打少女就在人流中。

在还没有整体修通平安大街（的 1999 年）以前，地安门西大街并不宽阔，也略有些拥挤与杂乱。穿过了这条马路继续向北，便会进入到又一片地道的老北京胡同区了，而这里也是雨心在每天晨早都总是会盈盈地踏过的，一方在今日已然成为了海内外游客们趋之若鹜的旅游胜地，而于当年则还是依然宁静祥和的世外桃源。

轻灵的“叮当”声，是留存至今的人力车拴在了扶手上面的不时铃响；醉人的“啾啾”叫，是起早遛鸟老人的心爱宠物在欢跃开怀地为你歌唱。链成了一排的生铁片于游摊工匠的手中时而抖动磕碰着，发出了最具有印象元素的金属交击之声，而与此相辉映着的还有它们的主人那“磨剪子嘞……抢菜刀……”这不知流传了多少个甲子的营生吆喝。更有着那些三天三夜也说道不尽的：滑油俏皮的请好、怪异特立的叫卖、自得其乐的吊嗓、家长里短的哭笑……林林总总，汇成了世间的交响。

这里的人们好像还从未曾进入过早已就快要过完了的二十世纪，仍旧幸福地生活在了那百年之前的慢板悠然当中。每一天，雨心都会与他们擦身而过，或有常见熟络的也会互里问个招呼，也许是因为从小就生长在了丰盛胡同那种类似环境中的缘故吧，雨心总感觉这里很像是自己的家。于是，她爱上了在这里倾听，也学会了试着用心去感受所有那些被倾听着的人，去感受这些人们在过着他们想要的生活的时候的那种最为纯净的欢乐。

而顽皮的雨心有时也偶尔会轻轻地闭上眼睛，去尝试着仅凭借这些听觉来引导自己的前行。她还真的成功过几次。

后海岸边，银锭桥畔。

雕栏、玉砌、石板，清风、绿柳、鸣虫，锦鲤、雀鸭、垂叟，碧波、荷莲、扁舟。感觉上，在张雨心的主观而言，所有那些会使她产生出舒适感受的景物之美都是一定要带上一个“静”字的，这或许是天生的性情，也可能是后天的养成，总之，就是这样。

这种所谓的静，并不一定就意味着是要绝对的寂静无声，它其实更像是一种极致的平缓与坦然且还充满着安全保证的稳定心情。而也就是从那时起，雨心也开始掌握到了一点小小的技巧，有关于当自己需要找回这种心情的时候该怎样去做。

从性格的特点上来讲，雨心去选择从事散打运动也许并不合适，可命运的安排却从来都总是这样地差差错错，谁又能有什么办法呢。不过，也正是因为如此，这名少女的天赋才得以了一生都是在以一种最为与众不同的方式在神奇地向我们展现着。

从北海北门通往柳荫街，往偏西一点的方向还有着一条可以选择的步行路线。虽然雨心并不常走这边，但她有时会在学校下课之后至训练开始之前偷偷地跑去那里买冰糖葫芦吃。她那会儿每周的零用钱大部分都是花销在了这个用途上面。

又圆又大的山楂，红红的，洗净后去了核儿，夹上甜甜的豆沙，再裹满冰糖，这可真是天底下的第一大美味啊。而除了好吃的糖葫芦，在雨心对于那边世界的记忆之中同样属于印象比较深刻的，还有那些息憩在了威严富丽的王府檐脊上的神猛的屋角兽们。

同样是在地安门的西北方即什刹海的西南方，坐落着目前中国建构最为华美、保存最为完整的清代王府建筑——恭王府建筑群。之所以会使用建筑群这个提法，是因为这里聚集着诸如恭王府、涛贝勒府、庆王府，以及郭沫若故居等多处著名的清代皇家庭园，而其中当以日后成为了国家 5A 级景区的恭王府（经修缮后，2008 年全面开放）最是知名。

翠绿的琉璃瓦、雪白的须弥座，这些与午后的日光由葱郁浓密的杨树叶间穿入而形成了的耀动斑点一起，共同绘就了一幅涂抹着厚重历史墨彩的瑰丽风情画。

这一天，闲适的雨心还是在如此独自的享受着她于这幅画中的短暂而又美妙的训前休息时段，一边叼着糖葫芦，一边又研究起了檐角上的“大龙、小龙”。

“张雨心，你又偷吃，一会儿你又跑不动啦！”熟悉的叫喊声，是隋清！女孩坐在爷爷的三轮车上，放学后也赶过来训练，在路上遇到了雨心。

三轮车并没有停下，而雨心也立刻来了精神，奔跑着追逐在后面，并大喊道：“你才跑不动了呢！”眼看着快要追上，隋清伸出了手：“快点儿快点儿！”雨心一手捏着糖葫芦，一手抓住隋清的手，顺势一跃，窜上了后座，和小队友抱在了一起。三轮车继续欢快地向着柳荫街小学飞去，而在车上，隋清要做的第一件事肯定就是去分雨心的糖葫芦吃……

多么素朴而又快乐的童年啊！

美好的时光并不会因此便流逝得更快，但它也从不曾愿意停下来等你。于是，就是这样，清清淡淡的风景和美、普普通通的训练和累，然后就是背着两只大包的走路、坐车、回家，每周两天的去找李奶奶拿钥匙，再独自吃饭、写作业，之后点亮起窗前写字台上的那盏小台灯，安静地看着书，等着爸爸妈妈快点回来。这样的日子，风雨无阻、阴晴如常，一天连着一天、一月又是一月，转眼之间，一年的光阴……稍等，在这期间好像还发生过一件非常偶然的小事，虽说当时也并没有让谁觉得它会有多么地重要，但是对于我们的整个故事而言，还是很有必要去讲述一下的。

那应该是隔年过完了春节之后的第二周，因为当时寒假还没有结束，所以并不用去上学，但柳荫街小学散打班的每日训练却已是提早开始了。而这一天，又赶上了要去找李奶奶拿钥匙的星期二了，傍晚时分，雨心按时回来了，去到人家的门前，却发现……一把铁将军紧锁，李奶奶的家里没有人。

据李奶奶事后讲，她是因为没有记住雨心过完春节这么快就要开始训练，所以赶巧在那一天出门去走亲戚了，又或者实则就是去打麻将了，反正这些都已经不是关键了，关键的是，现在的雨心应该怎么办？

天气很冷。

雨心先是在李奶奶家的门口等了一阵子，之后又到大院门前的台阶上坐了一会儿，但这样一来太无聊，二来也确实是太冷了。于是雨心便决定，不如走出去找一个足够暖和并且还有点意思的地方，在那里等着爸爸妈妈下晚班回来，而这样的地方又是哪一处最为合适呢，小姑娘的心中已经有了主意。

在 1994、1995 年的时候，VCD 机这种设备已经飞速地取代了录像机，成为了广大中国家庭借以增添视听娱乐并顺带着小小炫耀一把优越环境的最为时髦的一件家用电器。可遗憾的是，以上这两样东西雨心的家里都没有。

从丰盛胡同东口往南边去，不到五分钟步程的街边开有一家音像店。自从雨心练起了散打，观看电影电视这些曾经钟爱的娱乐活动就已几乎是与她绝缘了，而这家每天在不停地滚动播放着各种影视 VCD 的显眼店面自被发现了之后，便也是很快就理所当然地成为了女孩心中的一个对其极具着吸引力却又从未去探索涉足过的神秘好去处了……

店里很温暖，店员阿姨对这个说明了原委的挎着一只大运动装备包的女孩子也充满了善意，还主动搬了椅子给她坐。这下，雨心总算是可以踏踏实实地好好看一场电影了，而人家还居然特意又为小客人换上了一张新碟，是一部日本的动画片，她们可真是好人。

动画片描写的是两个孩子去追寻漂浮在天空中的城市，有点像科幻题材，也有点像是神奇的童话，总之，真的是太好看了。雨心看得完全入迷了，尽管她还并不能全部理解其中的情节，因为这是没有经过配音的，而字幕中又有很多四年级的孩子还不认识的字。结果，雨心就在这里一口气看完了整部电影，而这部片子的总时长超过了两个小时。

当雨心心满意足地离开音像店时，她还并没有意识到现在已经有多晚了，因为她的所有思绪还都沉浸在片中的那位主角少女在奇幻的光与美丽的风和云的映衬之下翩翩飞向了天际的感人画面当中。直到，她回到了自家的胡同口，听到了从里面传来的妈妈所大声喊出的“雨心！张雨心！”这样的焦急的寻找呼唤声。

“哎，哎！”雨心高声答应着跑进了胡同……

可十几秒后，她又惊恐地跑了出来。“你干吗呀！”雨心哭喊着逃窜着，因为在她身后气愤追逐的母亲在一怒之下抄起了墙角的扫帚，而父亲也跟着跑了出来，还一路在拦阻劝说道：“哎呀，你这是何必啊，这不都回来了嘛！”……

这是黄雅英这辈子唯一一次打女儿，而且还没有打到。

隔日，雨心依然像是往常一样去学校训练了，只不过从这一天起，她的颈上多出了一只黄灿灿的小钥匙。双职工家庭的孩子们把家门的钥匙给挂在脖子上，这可能也是出生于七八十年代的城市中国人对自己儿时的那些岁月会最为鲜明地留存下来的，或酸或苦又或甘或甜的共同回忆之一吧……

于是，还是这样，清清淡淡的风景和美、普普通通的训练和累，然后就是背着两只大包的走路、坐车、回家，自己用小钥匙打开房门，再独自吃饭、写作业，之后点亮起窗前写字台上的那盏小台灯，安静地看着书，等着爸爸妈妈快点回来。这样的日子，风雨无阻、阴晴如常，一天连着一天、一月又是一月，转眼之间，一年的光阴……就过去了。

在这一年中，雨心已经慢慢地彻底适应了散打班这种单调无味的基础训练，那一方面是由于她渐渐懂得了，教练会这么去做应该是自有着他的道理的，而另一方面，就是因为自己……已经习惯了。想来，若是一个人能够在生活之中历久如一且又从不停歇地去每天做着一件他自认为值得去做的事，那么这件事或许也就很快便会悄无声息地转变成为在他生命里面不可切割而又任劳任怨的一部分了，不论他在初始的时候对它是抱有着一种怎样的不同目的。就今天的张雨心而言，想要去学习高强功夫的强烈欲望早已随着现实的时光流逝而消磨殆尽了，而取而代之的，则已是换作了一份她对于自己所选择的这项体育运动和这种度过日子的方式的最为简单的坚持与爱。

雨心经常在想，那种真正的对打到底是个什么感觉，当我真实地站上了那块擂台的时候，又将会是一种怎样的心情呢？在秦老师放给我们看的比赛录像中，那种迅猛的出击、强悍的对抗，我在将来的有朝一日也能够去亲身的做到吗？而如果真的等来了那一天，但愿我能赢，然后，我一定会以最快的速度跑回家，去告诉爸爸和妈妈，我赢了！

这就是一个孩子在自己所练习的体育项目上，对于可以预见的未来的一种最为原始与质朴的幻想和期待。这时的雨心还意识不到，当然她也不可能意识得到，这样的想法其实就是她一生所渴求追逐着的搏击之梦的最初的萌发之芽。

一切都在按部就班，不用着急，而进展，在它该来的时候便自然会来……

吊在半空中的梨球上的塑料套被摘了下来，而盖在擂台上面的苫布也让秦勇拽住一角猛力地一扯……于是，在漫天飞扬的尘土里面，梦想之中的舞台终于现出了它的真容，孩子们纷纷兴奋地扑了上去，打起了滚来。

是时候了！秦勇宣布，从今天起，进入到新的训练阶段！这一天发生在了张雨心即将要升入进五年级的那个暑假里面。

全新的训练内容中加入了更多的用来模拟实战攻防的新鲜科目。

击打梨球。梨球是一种由弹簧连接着根部，从上垂下，悬挂在了半空之中的皮革弹力球，说是形状像鸭梨，其实按大小来说更像是只柚子。静止之下的它只要被击打一下，就会在弹簧的扭力作用之下开始快速而无规则地反弹摆动起来，至那时，再想要去当当正正地一击而中可就没有那么容易了。反复地击打梨球是锻炼散打运动员们手眼配合及寻击移动目标能力的重要基本功训练，而且这种击打最好是手脚并用的，但是鉴于目前很多小队员的身材还都达不到可以向上踢到它的高度，所以就暂时先差别性地要求，身高矮的就只用拳击，而身高够的便拳腿组合。

撞击沙包。所有队员们排成一队，轮流用身体去撞击悬吊着的大沙包，每一名参与者都要承受沙包上一次摆动带来的力道，同时也要奋力地给予它下一次运动所需要的能量。很显然，这种训练在对运用全身力量的技巧加以强化的过程之中，也在相对柔和地进行着身体抗击打能力的早期锤炼。不久之后，这一科目带有着抗衡性质的对练又出现了，而这也是最早能够让孩子们走上那块擂台的真正实战机会。两名队员各持一只套臂的方形沙包进行对撞，先倒地的下台，而胜利者则可以留在台上接受下一位对手的继续挑战。这样的规则带有着很强的趣味性与竞争性，大家都很喜欢，尽管占优势的一方在初期似乎总是那些纯粹的身高体壮者。不过也正是因为如此，才让这帮小队员们在体会到了擂台上对战感觉的同时，也渐渐开始去下意识地主动摸索和积累下了最为初级的临阵格斗智慧，并且，亦逐步养成了在整个运动生涯当中都最是不可以缺少的好胜之心。

攻击移动靶。这也是一项需要两名队友去互相配合的科目，训练时，两个人面对面，其中一人手持击打手靶以较快的速率将其上下左右地随意移动，而另一个人则要尽量准确地以拳脚去追击这个目标。这项训练的高要求在于，击打的一方不仅要持续盯准靶子滑动的方向和轨迹并在瞬间做出攻击方式的即时选择，同时还要去自我处理好连续出击发力后所必须要面对的身体重心协调与呼吸节奏把握等诸多的问题，的确是很有挑战性。而在实际练习当中，这些不好克服的难点也确实是给初试者们造成了比较混乱的局面，很多反应稍慢的孩子面对着眼前的快速移动目标根本就是无所适从、手足失措，即使是勉强地出了手，多半也是偏离了靶心或者完全落空，就算是有个别人偶尔侥幸地击中了一两下，但在整体的命中率上也肯定是不能达到标准要求的。所以，头几天的初步练习下来，表现能够勉强及格的人数寥寥无几。不过秦勇虽将这些看在了眼里，却也并不着急，毕竟是提高了不少的难度嘛，小队员们总还是要有个去掌握熟练的过程。

不得不说，这些立意新颖且带有着游戏性质的训练形式很合孩子们的胃口，与基础的纯体能科目相搭配在一起以后，大家的兴趣热情和训练积极性也都是提升了不少。而张雨心自然也不会例外，况且，这几项看似颇具有难度的新上科目对她来说，操练起来简直就是出乎意料的如轻就熟与得心应手。

说来也奇怪，那狂摇乱摆的梨球，别的孩子无从下手，搞不好还会被弹到脸上，但是雨心却能够轻松潇洒地应付自如。训练中，她所打出的每一拳基本上都可以不偏不倚地击中在球体的正中，似乎丝毫也没有受到目标正高速移动着的不利影响，而当结结实实的拳拳中的了之后，在每一组结束的哨响之时，她往往还会再出其不意地去飞起一脚来作为一套连贯动作的漂亮终结。“砰”！没有例外，同样也是当心命中。

再看擂台上的沙包较量。雨心虽然个子挺高，但她很瘦，体重也远远不是班里面最大的，可是每次最后一名留在了台上的胜利者却几乎都是她。是因为掌握了什么独到的制胜窍门吗，还是拥有着某种无理由的天生神力？这个答案就连雨心自己也不知道，女孩只知道自己用力了，也用心了，结果，就赢了。

而最为让人难以理解的还是她对于移动靶的全面征服。每次练习，不论持靶人甩动手臂速度的快慢，雨心的出击竟是无一例外的全部都精准地捕捉到了在靶面的运行轨道中所有可能成为进攻机会的短暂停顿点，甚至是在线性行进路径下的预计必经点，就仿佛是她已经彻底地提前洞悉了狡猾猎物的逃亡路线一样。左右出摆拳，正面出直拳，下面就用腿踢，针对所有可攻点的最正确也是最顺手的击打技术，她也是完全可以非常合理恰当地将其选择与运用出来。而这便也使得了那只手靶自始至终也无法脱离出她的攻击范围，以至于持靶者和击打者之间的主被动角色都已经产生了根本的反转。

张雨心，你到底是怎么做到的！

这些疑问，秦勇也在思考。

实际上，看好张雨心并建议她来练习散打的并不是秦勇本人，自打到了柳荫街小学就一直专心地带领着手上队员们训练的他，自身也并没有走出去参与到大面积选材工作中的时间和兴致。那一次，越俎代庖的是北京市武术协会的另一名散打项目的业内人士，而现在看起来，这名人士也必是一位慧眼识珠的行家。

雨心来到散打班的第一年，除了身材条件还算不错以外，在体能科目的训练上并没有展现过什么突出的优势，因而秦勇也并未曾去特别地关注过她。但是到了第二年，当队伍触及到了散打运动那些真正核心的专项训练之后，这位少儿启蒙教练的惊诧目光就再也没有离开过这名身手奇异的女孩子了。

仔细地观察，秦勇无时无刻不在仔细地观察着张雨心，他似乎看出了一点端倪。

击打梨球的时候，雨心的身体似乎总是能在不知不觉之间进入到一种富含着击节韵律感的极度放松的状态，感觉上她并不是在费力地追随着冰冷的器具，而是主动地赋予了器具一种需要来服从于自己的生命力，从而反过来去引导着器具在追随着自己。这就好像是跳着一曲双人的舞蹈，高超的舞者已经和舞伴融为了一体，即使是全程闭着眼睛也能感知到对方一定会做出自己想要他做出的动作，而且，整曲还都是与那优美的音乐节拍严丝齐缝、珠联璧合，不会见着分毫的差池闪失。

而在与其他队友展开沙包对撞时，雨心也是很明显的较之别人能够更加细腻地控制住自己的重心，以及建立在这种重心平衡感之上的发力分寸。她并不具备强人一等的绝对力量，但却很会观察对方的脚步和体位，进而审时度势地去捕获到最为有效的给力角度和位置，完成一推制胜。且更为令人惊奇的是，从她发现了战机到实际做出动作之间，居然是零思考时间、零犹豫时间、零反应时间，甚至有时还是负的。怎么还能是负的呢？难道就是因为她已经提前预判到了对手的行动而抢先去进行了反应吗？但即使是这样，她的大脑通过神经传导把指令输送到骨骼和肌肉上就不需要时间了吗？秦勇是百思不得其解。

关于这个疑问，将来是自会有人来为我们做出解答的，现时暂且不表。

最后就是移动靶的问题了。开始注意到雨心后，为了更好地研究她出拳的状态，秦勇每次都会有意安排具有着不同动作频率与幅度的队友去和她配合练习。而从教练员依此所记录下来的数据上看，雨心的总命中率和目标手靶移动的绝对速度间基本上是没有联系的。这也就是说，靶子移动得愈快，雨心出拳的速度也就愈快，该打多少下，还打多少下，该打中多少下，也还是会打中多少下。那么，由此进一步地分析，是否就可以这样来认定，张雨心在攻击移动靶的时候，其自身体内是存在着一种固定的节奏的，且这种节奏也是可以追随着目标手靶移动速度的变化而相应的（被动）变化的。而这就代表着她是……遇快更快、遇强更强！那么，她本身的这个节奏是天然恒定而不可打乱的，还是能够通过其自主意识的强力控制去再进一步地（主动）加快呢？而再进一步加快了以后，准确性是否就会下降了呢？力度是否就会下降了呢？

这些，秦勇没法给出答案，因为以他的业务理论基础和短期执教的实践经验，是无法支撑其在遇到了这种特殊案例的时候去迅速地参透出其中之玄机的。所以，或许对于困惑难解的教练员而言，现在唯一还可以做的就是亲自上阵去试一试了。

于是，某一天。

“张雨心，我跟你讲，教练现在和你单独一对一练习移动靶，就是想要看看你到底可以打中多少下。三分钟，打中了 100 下以上，你今天就不用跑圈了，怎么样？”秦勇希望通过这种奖赏的方式来测试出雨心真正的极限实力。

“秦老师，我觉得吧……”雨心还没有说话，围在一边看热闹的隋清又搭上腔了，“还不如那么算，就按每打中了 100 下儿就能免跑一天为标准，要是还能再多打中的话，就再多免，这样不就更能让她去使劲儿地多打了吗？”

欸，说得很有道理嘛。那个隋……隋清，确实聪明，就这么办！秦勇心想。

“那就照隋清说的，你同意吗，张雨心？”

“好，同意！大伙儿来计数儿！”雨心答道。不用跑圈，这个诱惑可着实是太大了，不就是打手靶吗，跟他拼了！

秦勇搬过来一把椅子坐下，这样面对着雨心的高度就正合适了，然后还特意活动了一下右臂，并把秒表递给隋清，自己套上了手靶。

“预备……开始！”

秦勇只感到迎面的一阵风吹了过来！已经 10 下了！

他赶紧将手靶加速地活动了起来，上、左、右、左、上、下，毫无规律且速率很快，而且是按照成年人基准的那种很快。

然而，只听得“噼里啪啦”的响声不绝于耳，瞬息之后便已是……50 下了！

这实在是令秦勇始料未及的开局，他用力向上抻了一下右臂的袖子，发出了前专业散打运动员的十足力道，让手靶顿时便是如飞梭地极速滑动了起来。可此时，掌心正中的被击打感竟已是连成了一点，就像是顶在了什么实体硬物的上面一般。

拳拳红心，百分精确！ 100 下！

秦勇有些急了，他突然感觉好像回到了当年的赛场擂台之上，难道自己今天要输给这个小姑娘吗？不！他使出了全力，肌肉猛地绷起，速度又快了一倍，而幅度也拉扯得更开更大了。理性地讲，以竞技体育中的激烈对抗性而言，现在的状况应该已经绝对不会是一名只有十岁大的孩子能够去驾控的了。

150 下！

至了此时，围观在周边的小队员们也已无一不是被惊叹得眼花缭乱，而这导致了计数的工作也渐是有些跟不上步点了，不同人嘴里数出的数字已开始变得含混凌乱了起来。于是……“179、180、181、182、183……”与出拳动作一样的迅捷无误，飞速累加的数字从张雨心本人的口中逐一迸出，她开始自己计数了！

“200！”

测试到了这个份儿上，秦勇的大脑中也已经是一片空白了。为什么，这到底是为什么！这个孩子，她是从哪里获得的这种惊人的能力！我现在该怎么办，就此停止吗，还是继续忍耐下去？教练员并不知晓当前的时间进度，他现在就只剩下了一个念头，便是希望这令人恐惧的离奇一幕可以快点结束。

“250！……260！……270！……280！……”

“时……”隋清发出了宣布到时的口令。

“299！”这是张雨心与隋清口中的“间”字所同时喊出的数字。

这一时刻，秦勇操控的手靶正在他自身的左侧，第299下命中是张雨心用左拳击出的摆拳，而由于需要追击的距离过远，她身体的重心已经被自己的左臂领得有些向右前方向偏移了。见此，秦勇的第一反应是立刻站了起来，而他的动作也已经足够快了。到此结束吧！持靶人奋力地将右手向右侧头顶躲了去，那里肯定是雨心无法再继续攻击到的位置了。

像是一只……凌云翻腾的飞燕……

秦勇的眼前光影一闪！那原本是一个标准的散打回旋踢吗，但由于攻击目标过高，所以又顺势以上半身重心向右前方的急坠而带动了右腿往左上方的反向疾速高踢，因此就出现了这么一记更像是个变形为了跆拳道反抡踢的自由形态动作。

正中靶心！

“300！”

“到！”

同一个百分之一秒。

孩子们在击掌相庆，训练房里一派欢腾。秦勇依然保持着被雨心的最后一脚所击中时的姿势，半举的右臂许久都没有放下，而一线未知冷热的汗水则已是悄然而至。

秦勇确实很吃惊，但让他吃惊的绝不仅是这300下的连续击中，那个造成了使其略感到了行动困难的最震撼发现，其实是来源自张雨心的眼睛。

这是秦勇第一次在雨心出拳的时候直面她的眼睛，在此之前，他都是从背后的角度去进行观察的。在刚才雨心打到了200下以后的时候，穿过四散飞射的拳影，秦勇搜寻到了女孩的目光，而这也因此使得搞了半辈子散打的他直到现在胸腔里面也依然还会有种异样的揪动。因为当时的那位攻击者根本没有去看手靶，而是在以一种足以压倒自信、慑人志气的强势眼神在紧盯着持靶的自己。且再到后来……应该没看错，肯定没看错，就在张雨心打到299下之后并准备去发出第300下之前的那个刹那，她的眼睛……是闭上的！

十几年前，当年轻的秦勇还在为了能够入选省集训队而努力拼搏着的时候，曾经听自己的教练聊起过一次关于所谓的“天才”是否真的存在的问题。那时教练告诉他，在这个世界上有一种人，他们控制身体依靠的并不是凡人所周知并共具着的，由感官传递信号到大脑进而大脑再发回指令去控制肢体的正常方式，而是靠……“心”。这种人在战斗中的每一个动作，每一下应激，都是依靠着那些神秘莫测且又难以言表的直觉与本能去直接加以调度和指挥的，而他们的这种直觉与本能却又绝不是来自后天于肉体上的刻苦训练，实是源自于某些与生俱来且又绝难复制的在精神层面之上的天意所赋。这种东西……怎么讲呢，若是站在尊重科学的立场上运用神经生物学的理论去定性及表述的话，那便是——“心灵原力”。

对于这一类人而言，看得见或看不见，听得到或听不到，根本就不重要。真正重要的，是足够他们去用心感知的欲望，和平静。

而且，这类人还有一个共同的特点，那就是当他们自己的内心世界足够强大时，还可以去向外部空间输出具有着强烈压迫及引导性的精神气场。无论是人还是物，如果被笼罩和吞没在了这种气场的作用半径之内，而其自身内在的坚强又不足以去抵挡和对冲掉这种无形的力量的话，那么其最终的结局也就注定只能是对那颗“心”的彻底之臣服了。

当初这些抽象的理论相对秦勇来说太过深奥了，这么多年以来，他始终也没有真正洞透过其中的本质深意，而直到今天他终是直观地感受到了张雨心的“心”。

难道……矛盾的男人都不知道该用什么样的心情去面对这个引人慨叹的现实了。作为这名小队员人生之中的第一位教练员，他该去高兴吗，还是身为着在某种意义上的一名资质平庸的碌碌无为者，他该去悲哀。难道……这个貌似平凡的还正在上着小学五年级的瘦弱女生就是在那传说之中的……

绝世奇才，万中无一！

雨心的笑脸天真而灿烂，和小伙伴们沉浸在欢闹中的她显然还并不了解这 300 下击中的真正意义，她只是为了可以三天都不用跑圈而在自豪地尽情快乐着。秦勇凝视着自己的学生，在心潮已渐平复了之后，转过身去，不声不响地缓缓摘下手靶，并拿出了训练日志，把今天所发生的事情默默地记录了上去。

“秦老师，那我就三天都不用跑圈儿了是吧？”身后传来了雨心确认奖励的询问。

“可以，他们跑的时候，你跳绳。”秦勇冷冷地回应。

“啊？”也没差多少啊，雨心失落无语。

在训练日志上，秦勇用加粗的笔画重重地写下了“张雨心”这三个字。他此时其实是产生出了一种不好言喻的微妙心情的，似乎是有点庆幸，但同时又有些压力。而且，自从他千里迢迢地只身来到首都背着行李住进了北京市体委的集体宿舍，并且决定把从事少儿散打教练的工作当作为自己下半辈子的谋生手段了之后，这种似曾只是在他的运动生涯初期时才体会到过的类似感觉还是第一次重现。而也就是在这一刻，已是很多年都没有做过梦了的男人还忽然找到了一个曾经无数次地逼问过自己的问题的答案，那就是，他站在这里，面对着这群孩子们，到底是为了什么……

然后，秦勇转回身，拍着手喊道：“好啦好啦，集合集合，开始跑圈……”

奔跑吧，欢快的孩子们，我会尽我的所能去助推你们的梦，因为那在以后也将同样会是我自己的梦。成长吧，幸运的张雨心，你此刻还全然无知，你今后的人生舞台会是有多么地广阔与恢弘。因为，这整个雄伟的世界，还有那无尽的天空，都在等待着你于不久的将来去无比骄傲地……展翅飞翔……

身边发生的每一件事和自己去看待它们的心情，好像也就都是从那一天起开始变得不一样了。是因为巧合吗，还是生活本就到了该要去迈入新阶段的时候了。总之，张雨心很明显地察觉到，从五年级的下半学期开始，她的生活幸福起来了。

幸福，是因为结识了新的朋友。

一个春暖花开的中午，柳荫街小学从家里带饭来吃的孩子们照例领取了由锅炉房热过的饭盒，三三两两地聚在一起，开始了午餐。这一天的雨心刚好是自己一个人，她坐在了训练房门口的台阶上，吃着妈妈为她准备的面条。而这时，在她的身边又过来了一名同年级的女孩，也是独自一人。于是，雨心先是偷偷瞧了她一眼，没有说话，继续吃着面条。而女孩感到了雨心的目光，也是看了看雨心，并从包中取出了一只易拉罐，“扑哧”打开，还故意把声音弄得挺响，有点像是在炫耀，又像是想要故意引起雨心的注目。

听到声响，雨心边闷头接着吃面条边冷不丁地冒出了一句：“我妈跟我说，饮料是第一口最好喝，而面是最后一口最好吃。”

女孩笑了，她看着雨心，把饮料友善地递了过来。

雨心放下饭盒，接过饮料喝了一口。“你是艺术体操班儿的吧？”她觉得自己见过这个女孩，放学后在校内参加课余体育训练的孩子们彼此都会混个脸熟。

“不是，我是练舞蹈的。”女孩答道。

“哦，是吗……”见女孩这么说，雨心没有再多问什么了，但是她知道，柳荫街小学只有艺术体操班，没有舞蹈班。

这个女孩叫董薇。

幸福，是因为收到了心爱的礼物。

兴奋地扯开包装盒，太棒了！这就是自己一直都盼望着能得到的……VCD 机，还有那些武打片和动画片的光碟，这下以后就可以在家里看电影了。雨心高兴极了，紧紧地搂住了爸爸的脖子。张国柱怀抱着如此开心的女儿，心中却难免泛起了一丝酸楚，在一年多前宝贝闺女挨打那天当晚就做好的决定，却一直拖到了她十一岁生日的今天。

雨心翻看着所有的碟片，哎呀，美中不足，没有那部飞上了天的日本动画片啊！而张国柱也不愿让女儿留下遗憾，这还不简单，走，去那家音像店！

那部片子叫《天空之城》。

**注：《天空之城》（《天空の城ラピュタ》），日本，1986 年出品，编剧、导演：宫崎骏，音乐：久石让。**

这一晚，雨心守在电视机前，聚精会神、完完整整地又看了一遍《天空之城》，还是那么地如痴如醉。临睡前，她告诉妈妈，下周还要再看一遍，以后每周也都还要再看一遍，而黄雅英给女儿定下的限额是，今后每周总共允许去看三张（次）碟。

幸福，是因为……开始有梦了。

的确就是从打过了移动靶的那天起，秦勇对于张雨心的训练安排开始变得完全不一样的，这一点也是其他小队员们所一致公认、没有异议的。因为大家都看到了，秦老师自那日以后，一方面对雨心的基础体能科目要求得更加严格了，而另一方面，他也为雨心专门开起了小灶，对她进行了大量的单独教学。

拳法、腿法、抱摔，秦勇亲身示范。步伐、闪避、格挡，秦勇倾囊相传。规则、理论、知识，秦勇知无不言。经验、技巧、花招，秦勇心血灌注。

而什么是天才，天才就是一旦进入了正确的轨道便会立即爆发！

第一次实战试练，张雨心战胜了柳荫街小学散打班中的所有队友，包括了男孩子们。当天，班里除她以外总共还余十三人，其一次连续对战了十二人（隋清说自己拉肚子），击倒十二人，打哭五人，而自己被击中的点数为零。

从这以后，秦勇开始带着他的首席爱徒张雨心，每周末都出门去寻找其他学校的少儿散打队伍来进行优秀队员们间的单打比赛交流。而在张雨心五年级的整整一年里，她与同年龄组的男孩女孩总共对战七场，战胜七场，击倒七场，被记遭击中点数为零。与比自己大一岁的女孩总共对战九场，战胜九场，击倒九场，被记遭击中点数为四次。与比自己大一岁的男孩总共对战五场，战胜三场，战平一场，负一场。

六年级中段，秦勇为雨心报名参加了某场北京市的小学生散打交流赛，这也算是专业体校的选拔赛了。而结果不存在一点悬念，女子组五战全胜，第一名！

清秀而灵动的点滴音符仿佛使人身处在了深远且又宁静的纯蓝晴空之下，展开你的双臂，朗朗天地间只有一人，顿挫的旋律带动着心跳的拍节去共同遐想那远方的无尽梦幻。无限的希望就是这首经典的乐曲所给人们带来的最为直观的感受。那是雨心喜爱的《Carrying you》（《伴随着你》，电影《天空之城》主题曲）飘逸在了空气中和心里。而它的陪伴也会让你时刻都在相信着，现在的自己就站在了即将要去张开翅膀的迎空起点。

颈上的小钥匙依然在摇曳着，两只大包也还是那么地沉，张雨心快步地走在了地安门那高高的红墙之下。她有点蹦跳着，就像是一只在早春的青草原上第一次嗅到了泥土芳香的初生小兔。身旁的景物都没有变，那些人也都没有变，被改变了的是自己去看待他们时所拥有的心情。这是一个多么美好的世界啊，每一天都洒满了暖洋洋的光，而将来，它也一定还会变得更加美好，且那些光也都必将永远不会消逝。

我要拿世界冠军！

雨心已经彻底爱上了散打这项运动和有了这项运动之后的生活中的一切，站上那块擂台并获得胜利的滋味，我终于尝到了，而跑回家，大声地告诉爸爸妈妈我赢了，然后得到鼓励的拥抱与甜蜜的奖赏，这种美妙欢乐的时刻也已经经历过了不知有多少回。这就是我所真正想要的日子，从今往后的每一天我都要去这样地度过，去战胜所有的对手，去戴上至强的王冠，并直到……拥有世间的全部！

这一天夜里，雨心做了一个梦。

就是在那种朗朗的晴空之下，独自一人，胸前的小钥匙忽然发出了耀眼的光，而自己犹如是获得了神力，张扬开舒展的双臂，慢慢升起，慢慢升起……直到，飞翔了起来，向着那遥远的天际。在天空之上会是什么？飞向这片无边的蔚蓝，我又可以找到些什么，得到些什么？而那些也就是我此生所注定该去拥有到的东西吗？那么……就飞吧，继续飞吧，不要回头，带着希望，继续……向上飞翔而去吧……

刚刚才学会了去懵懂地憧憬未来的小姑娘，梦得笑了。

走吧，接着走吧，可爱的雨心。走过地安门，走过后海，走过那银锭桥。大家都在看着你，而生活也在看着你，背着两只大包的，那时的少女。一直走，不停地走，走过了星辰起落、日月更替，走过了寒来暑往、秋去春回，走过了自己的……美好童年……

弹指岁月如梭间……

“好啦，走吧！”女生宿舍的楼道里，张国柱揽着黄雅英的背，略带着无可奈何的温馨笑容挂在了脸上，“一会儿人家管理员该说咱们啦！”

“哎呀，我知道！你再好好儿想想，还落下什么了没有啊！”黄雅英的眉头深锁，有点紧张，看样子她是在处理着一件对于整个家庭极其重要但却又还从未有过经验的事情。“那饭票儿，在她小包儿里呢吧，那些换洗的衣裳，还有那……”

“好啦好啦，都在呢，一样儿也不缺，走吧，走吧。”张国柱拉住黄雅英，下了楼梯。

走出白色的宿舍楼，夫妻俩步入了庭院。这里环境优美，宛若园林，叠嶂山石下，清澈的流水涓涓淌过，波纹映景，细物无声。环顾左近，一眼鲜草绿树，一眼红果香花，微风习习而过，带起嫩叶哗动，吹散桃李芬芳。这里是，北京市地安门西大街57号。

“爸、妈！”雨心的呼唤忽是从头顶上传了来。

父母俩应声回过头去，只见三楼的窗户中探出了女儿的身影。

她长大了。清纯的脸庞雪润里浸透红晕，明眸俏眉，樱唇皓齿，如清笔朱丹间画中的仙子。她身形修美，臂腕纤长，一瀑乌黑垂于肩上，正若那燕瘦和风，未舞也醉。好一个美人坯子，竟降在了凡间，莫待时日，今朝已羞花月。

“忘带什么东西啦？”黄雅英立刻焦急了起来。

“没有……”北京市什刹海体校女子散打青年队本年度入学的新队员，漂亮的张雨心撒娇一般地对爸爸妈妈喊道：“我……周末回家！”

然后，雨心把肘拄在了窗台上，用手托着腮，将迷人的笑意送给了我们，暖融融的夕阳里，好像一朵开自幸福尘埃中的花儿……

# 3. 那时的少女（三）

THE LEGEND
OF HEART AND DREAMS

## 3. 那时的少女（三）

那么，聊聊什刹海体校吧。

说句心里话，在北京本地人的语境里，如果提起了什刹海这三个字，首先会让人联想到的就是体校。造成了这种情况的原因可能是北京人在说起这一带地名的时候，总是习惯更多地去使用后海、前海或西海这样较小范围的表述，而很少会去讲出什刹海这么一个涵盖了整条水域、泛指着这一大片地区的统称吧，这是为了保证其言之地点的具体性，也会更加易于去准确地区分所指。那既然如此，什刹海这个统称又是会在什么时候被用到呢？很凑巧，当年这片地区里的一所体育学校用它来命名了自己，而这所学校在日后又是变得非常的具有了知名度，所以，结果就是很多不熟悉老北京城地理的人们都是率先知晓了有此一家名唤什刹海的学校，而后才慢慢地了解到了这个校名的本来出处与含义。

而至于什刹海体校之所以会那么著名的原因，其实也非常简单，因为它完全就是一座制造和磨砺着北京市青年体育人才的超级梦工厂。

始建于 1958 年的北京市什刹海体育运动学校伴随着新中国体育事业的蓬勃发展，多年以来为首都和国家输送了大批极为优秀的体育人才。其中，获得过全国冠军、世界冠军乃至是奥运金牌的知名运动员数不胜数，在体操、乒羽、排球、国象等优势项目上可谓是人才辈出，名将如云。不过，若是问起哪类运动才算是这里最为突出、最为强势的特色，答案却也只有一个，那就是武术以及各种类别的搏击对战型项目。

就竞技武术这个项目而言，什刹海体校完全可以称为是中国武坛的名门圣地。其校内的武术班，实际上就是北京市武术队，在巅峰时期时，但凡门下弟子一出，各级别比赛便无一不是所向披靡，摘金夺冠、蝉联包揽，犹是探囊取物一般。而雨心的偶像李连杰，当年也是师出于此，听队里的后辈们传说，他就是在七十年代中后期横扫华夏、孤心求败、绝顶寂寞了之后，才淡出武术界而进军影视圈的。

而与竞技武术同属于北京市武术协会（北京市体育局武术运动管理中心）管理

的散打项目也一直都是什刹海体校招牌式的拳头队伍之一。事实上，（在现实中）北京市历史上的第一支（男子）业余散打队就是由什刹海体校的一位摔跤教练员于早年奔走成立的。而时至了今日，什刹海体校散打（自由搏击）班即北京市散打（自由搏击）队，无论是男子还是女子，都早已是成为了一支名震国内外的强悍劲旅。

并且，什刹海体校在拳击、柔道、跆拳道以及摔跤等其他搏击对战类运动项目的成绩与建树上也同样都是声名显赫，实力超群，诸将功成，传奇竞出。

说到这儿，不妨再来透露一点有趣的小花絮。还记得当年，老北京四九城里成帮结伙的小青年儿们如果想要在同伴面前吹嘘一番自己有那么两下子，或者是急需要去威吓一下球场上正在剑拔弩张着的群架对手之时，通常最为惯用，而且也是最拽最酷的一句牛皮就是："告儿你，哥们儿可跟什刹海练过！"

梦工厂，它源源不断产出着的是北京人民自己的子弟兵，以及他们坚韧而又远大的冠军梦想。什刹海，这三个字不仅仅是一座讲述着永不落幕的传奇故事的宏伟殿堂，更是那些所有热爱着这个城市的人们心目中最为崇高的体育图腾和深深眷恋的文化符号。

实际上，什刹海体校的具体位置就在前海以西、地安门西大街的路北，而当年学校的西门也正是开在了雨心前往柳荫街小学的必经之路前海西街上。

每每向里面望去，最先看到的是几棵柿子树。

在张雨心的印象里，小学时代中秦勇用以去勉励队员们的那些话语中出现频率最高的一个名词好像就是什刹海了。按照他的说法，进入什刹海体校应该就是现在这些在跟随着他练习散打的孩子们在其可掌控范围之内的终极目标了。这就好比是一位造船的工匠，他付诸心血、含辛茹苦地打造出了一艘小船，在他可掌控范围之内的终极目标自然就是能让这艘小船去驶入浩瀚的大海，虽然它日后到底能够行得多快、驶得多远与造船匠本人已是没有太大的关联，但是通过自身的努力得以让小船们获得了去挑战汪洋、搏击风浪的机会和资格，祝福与欣慰之中的造船匠就也已然是足够地心满意遂了。

于是，1997 年的初夏，即将就要小学毕业的张雨心和隋清，怀揣着几张少儿比赛的获奖证书和秦勇郑重地签下了名字的入学试训推荐信，第一次迈进了那扇她们曾是无数次的途经，但却又从来也都未得有幸能步入过的神圣大门。

哦，隋清，呵呵……

我们几乎都要忘掉她的存在了，如果不是在雨心的某些片段中偶尔提及的话，不过，坦白讲，这个女孩这几年来也真是确实很不容易让人注意到她的存在。

从张雨心的角度去看，她可能早已经忘记了隋清是她在柳荫街小学所认识的第一个朋友。从十一岁那年开始，雨心最要好的小闺蜜就一直是董薇，因为那个女孩也是少有的自己坐公交车上下学，并且和雨心还有点顺路。而隋清呢，虽然关系也挺好，但终归不是一所学校的同学，每天只在散打班里接触交流的时间非常有限，而且最关键的是，隋清这个小姑娘和与之同龄的其他孩子们相比起来，很另类。

有时候雨心真的不明白隋清的脑子里到底都在想着些什么。

要去知晓一个人的脑子里都在想着些什么其实倒也不难，你可以去细致地观察一下他会把注意力更多地集中在什么东西上面，或者说是会对什么样子的事物与状况更为在意，并因此而会去动用感情，等等。

可是隋清呢？她从来也不会去参与小伙伴们为一件共同关注的事项而聚在一起的叽喳谈闹，因为她似乎永远都怀揣着一个深入精辟且又不屑去与人争论的独到观点，亦或者，就是她觉得这个肤浅的话题根本就没有可去探讨的必要。她也从来都不会上心在日常训练中的任何成绩进退与胜负得失，当然，你可以说她是缺乏对于这项运动所应有的激情，但现实的情况却更像是她胸有成竹、胜败不惊，并自信着一切都尽在掌握。

不可否认，隋清曾经并且现在也依然还是个很爱表现精明与好耍小聪明的人，可如果你真正仔细地去与其相处一下就又会发现，随着年龄的增长，她的分寸感拿捏得已经是越来越好了。该表现的时候，她不会错失良机，而不该表现的时候，她也从不会去哗众取宠或弄巧成拙。需要点小聪明的时候，她总能让自己收获到某些应得的小便宜，而不该去过多计较的时候，她却又深谙得那些得理饶人、吃亏是福的质朴人生道理。

很奇怪的一个孩子啊，她还明明就只是个小学生，而这些如此独到的特质又是仅仅去使用“早熟”这两个字就能够完全解释得了的吗？还是……不会吧，秦老师，您的运气也太好了，一个班里就收进了两位绝世奇才啊！

开个玩笑。

而也正是源于这样的性格特点，隋清始终和散打班里所有队友们的关系都是不好也不坏，因为在他们之间缺乏共同的语言。

那么，换作教练的角度去看呢？说来惭愧，在这一批孩子们进入到六年级并开始了综合成绩统计的数据分析工作之前，秦勇甚至还有很多次的就连这个为数不多的未在本校就读的小队员的名字都给叫错了。

现实中的情形是，在开始训练的初期，隋清绝对算得上是在秦老师眼中的那几个最爱偷懒的不招人喜欢的小孩之一了。资质很一般，又完全没有将勤补拙的心气，这样的路人甲乙丙很快就会被时间自然淘汰掉的，秦勇一开始根本就没把隋清放在心上。

于是，就在秦勇如魔鬼般地严格督导着像张雨心这样所谓的有潜质队员把体能练得死去活来的时候，隋清往往都是躲在了一旁悠闲地看戏，因为她知道在下次测试时自己的表现能够将将达到及格线的概率还是很大的。也同样，就在所有的队友们都不服不忿、前赴后继地勇猛冲向张雨心并随之被她打得七倒八歪的时候，隋清则要么是编造出个牵强的理由以彻底避战，要么就是勉强地凑过去，但三招之内马上便假装挨到了重击，并进而大叫一声，主动扑街认负。隋清心里想得很明白，人家张雨心是天才，我打不过她很正常，而既然怎么着都是打不过，干吗还非要上去无谓地自找挨揍，我还是多留着点有限的体力精力给那个一样要劳心费劲的周末器乐班用去吧。

这样的队员可真是能把教练给气死。

不过，时间这个东西却又总是会给人们带来很多的出乎意料。

一个学期又一个学期过去了，柳荫街小学散打班里的很多孩子都因为无法承受艰苦的训练而主动放弃或被淘汰劝退了，但就是这个几乎已经被完全忽略掉了的最不起眼也是最不上进的队员隋清，却居然一直到了六年级都还依然笑呵呵地站在这里，在继续稳定安享着她的这非典型性的悠闲散打生活。

这又是为什么呢？这个问题的答案其实也就正是存在感并不显著的隋清最终却获得了一整班的队友里面那唯二的两个进军什刹海机会的其中一个的关键所在了。在小学的最后一年，为了科学地判断还有谁是更有希望升入专业体校的苗子，秦勇给所有的队员们做起了综合成绩统计的数据分析，而他也便是由此才惊异地发现了这个关键的答案。

在张雨心天才光环的耀眼炫目之下掩盖了一个令人意想不到的事实，在柳荫街小学散打班里，每名队员在身体能力和技术指标两方面全面考核所有项目成绩后所进行的综合排序，以及全体队员间相互对抗胜负关系的总积分，排名在了第二位的都是隋清。

这真的有值得那么大惊小怪吗？从整体上看，隋清的体能和技术虽是没有哪一环特别的突出，但却也不存在任何过于明显的弱点，她几乎所有的数据都是中等偏上一点，而这就会让其最后的综合平均分数变得很高。同时，在相互对练的战绩中，除了张雨心一骑绝尘、天下无敌以外，全班中也只有隋清一人非常平稳地赢下了所有应该赢下的比赛，并且在输掉的少数几局当中，她极富针对性和耐心的高质量防守也都把落后的点数尽量压缩到了最少。其实这些秦勇早就应该注意到的，只不过，可能是他这两年以来的目光都一直只是过于专一地停留在了张雨心一个人的身上了吧。

而且，那次北京市的小学生散打比赛，隋清也是进入了前四名。

所以，既然事实如此，秦勇当然也就会很自然地转变了对于隋清的看法，并且随即便做出了一名尽职的启蒙教练所应该去做出的正确选择。

其实在这中间还有着一个小插曲。

就在六年级的下半学期，当秦勇已经决定了要把手中仅有的两个试训什刹海体校的推荐名额用在张雨心和隋清的身上了之后，他给两名女孩的家长各都写去了一封热情洋溢而又言辞恳切的通知信。当然，这也是在他自认为已经从这两个孩子的反馈之中得到了她们各自的家长对于这一推荐决定都给予了赞同与感谢的口头回应了以后。

张家的回信很正常，再次感激教练的悉心栽培，并明确表示尊重和支持孩子自己所选择的人生道路。但隋清家的回信却有点奇怪，很是值得玩味。

叶蓉蓉在信中这样写道："……虽然您所做出的决定是隋清因她卓越的才华和刻苦的努力而理应所得到的肯定，但我们也会充分地考虑到这一选项与家庭既定培养计划之间的整体契合性……保证和延续具有足够竞争力的文化课程体系始终都是我们最为关心和必须恪守的原则……目前隋清在器乐演奏领域中也同样取得了足以支持其进一步向专业层面发展的优异成绩……经过艰难而理性的家族会议讨论，我们决定视隋清稍后在什刹海体校试训的具体结果，再来定夺其中学阶段是否以专业体育之侧重去作为发展主轴的这个问题……"

秦勇看完信后，一时有点昏沉，不知道该说些什么。

秦勇的文化水平并不很高，他也很不适应要从这种滴水不漏的咬文嚼字当中去揣摩和猜测对方的真实想法。反正隋清家里也没有"临时改变主意"明确表态反对，那就按照原计划不变吧，即使这封回信让他感到非常的别扭，犹如鱼骨鲠喉一般。

好啦，关于这个小插曲背后所隐藏的情由以后有机会再说吧，总之，我们为隋清抓紧补上的这一段，到此也就可以结束了。

回到刚才说起的那一天，雨心和隋清第一次迈进了什刹海体校的大门，去参加了那场对于她们的运动生涯乃至整个人生而言都是极其重要的选拔试训……

什刹海散打队所使用的训练馆看起来宽阔而空旷，因为没有开灯，午后的日光从墙壁高处和天花板上的阁窗中穿透进来后，与馆内整体的灰沉色调之间形成了分明的对比，显得直直棱棱的。而在光线照射不到的地方还有着很多昏暗的死角，身在亮处的人若是一眼望过去不会看到任何的景物，就好像那里本来也是什么都没有一样。这一切都使得初次来到了这里的人们会感到一种很厚重的压迫力，就仿佛是置身在了玄机重重的黑白迷宫之中，被凝密而又严厉的气息所层层包围着。

偌大的空间里，十几名女孩孤零零地在场地中央站成了一排，而这显然也会更为加重了她们的紧张感。对面，一位高大的男人坐在唯一的一张椅子上，正低头翻看着应试者们带来的简历和相关资料。在他的身旁还站着两个女孩，一个是十八九岁的样子，而另一个应该也就比雨心她们大了一两岁，看得出来，她们都是散打队里的正式队员。

从集合列队到现在，这种沉默的状态已经维持了十几分钟了。

雨心在用视觉阅读着眼前的这三个人。中间那个三十多岁的男人应该就是教练了，他的身材好魁梧，而且看似充满了力量与攻击性，秦老师和他比起来要差了不少啊。左边的年轻女孩没有什么特别的，而右边的那个大女孩……看上去很有些不一样。

已经是个成年人了的她，长发盘起，一袭白衣，从来到这里开始就一直在温暖地环视着每一名诚惶诚恐的小姑娘们，并且对她们也全部都投予了热心鼓励的友好微笑。而这种安全且和善的目光让雨心生出了一种奇妙的感觉，一种前所未有过的感觉，就好像是，居高临下的威严与呵护心灵的柔软结合在了一起的样子。

“你们好！”中间的男人突然毫无征兆地站了起来，他声若洪钟，几乎激起了体育馆内的嗡嗡回音，雨心被他的这一句问好惊出了一个哆嗦。“我是什刹海体校女子散打队的主教练，我叫成金龙，队员们要称呼我为成指导。”

指导，这就是专业队里面的叫法吗，雨心感到很新鲜，即使这根本就是最为基础不过的日常规范。在小学里，他们一直都是称呼秦勇为老师。

“她叫郭雯雯，是去年进队的新队员，一会儿会配合你们进行测试对练。”成金龙介绍了他身边的年轻女孩，并随后把手中的资料簿递给了那个大女孩。“这是陈微，是队里的老队员，她今天负责主持你们的试训。”说完，就又坐回了自己的椅子。

“大家好啊！”陈微把手五指张开在脸旁，很可爱地和小选手们打了个亲热的招呼。

在场馆的正中铺了一大块半软的运动地毯，测试就在这上面当即展开了。首先是郭雯雯的出场，而被陈微叫到了名字的人就要上去与她对练。

这可真是直奔主题，雨心本来还以为会先有点基础体能或是单项技术的测验什么的，没想到一上来就是直接对战。她赶忙从包里掏出了拳套，并把那副棉絮内套也塞了进去，她的手太瘦了，即便是已经长大了几岁也还是离不开这样东西。

第一个被叫到名字的女孩上场了，而其他应试者们围成半圈，席地坐下观看……

好快！好劲！

在大家眼前现出了身手的郭雯雯也不过就是只比这些后来者们多接受了一年的系统专业训练，但就是这样的一年，已经让她变得和这些小学生们完全的不一样了。

她的拳头迅捷凶猛、落点准确、力道十足，每一记出手的姿态都是非常的协调合理，拳腿组合击发时的动作顺畅连贯、舒展自然，看得出来都是经过了非常专注的反复练习。她的步伐稳健，防守到位，同时寻找战机与捕捉对方破绽的能力也都明显是比面前的对手要高出了很多，往往小队员们才只是刚刚露出了一个根本还意识不到的微小空当，就已经是被她迅即占据了主动，拿下了点数。那绝对不会是仅仅因为比对方有着一岁年龄的体格优势，这所体现出来的显然就是在整体训练水平和实战经验上面的悬殊差距。

成金龙坐在那里，端臂不语，沉心静观，场上只要是强弱一现，他便微一抬手，而陈微就也立刻会去施令叫停，点名换人。

一会儿工夫，三四个女孩已经各走了一局下来，无一能够讨到半点的便宜，看似郭雯雯还是由于只为试合而未尽全力，否则，便定是会有重招击倒的出现。

雨心的心中暗暗生紧，她扭头看了一眼身边的隋清，见隋清也是一直在特别专心地盯着场上，那双小小的眼睛眯成了一道缝……

又一名女孩退下来了。

陈微随之翻到了资料的下一页：“好，下一位，板厂儿小学，张欢迎。”

“到！”憨憨的声音，一副异常高大而健硕的身影站了起来。

这是一个会给人留下非常深刻却又略带点怪异印象的女孩。首先，她实在是很高，在报送给成金龙的试训资料上，张雨心只是这批十二岁女队员中的第二高度，一米六五，而作为第一高度的张欢迎要比雨心又足足高出了十公分，达到了惊人的一米七五。而且，和看似弱不禁风的雨心相比，张欢迎壮得就像是一堵墙。

说她怪，是因为她的形象看起来有些……呆头呆脑的。

张欢迎有点驼背，走起路来四肢僵硬，而头也总是会习惯性地低下去看着地面。她的头发很凌乱，好像已经有多半年没有修剪过了一样，一身洗得褪了色的老款运动服已经很不合身，短小的上衣会让她在偶尔挺直了腰杆的时候把肚子给露出来。她的嘴巴永远是微微地张开着，眼睛虽然很大，但射出来的光却总是直的，不会拐弯。而最要命的是，这名永远都比别人要慢半拍的女孩对于任何稍为复杂的信息所一定会展现出来的一种最为常见的应对办法就是，愣愣地沉默，表达出自己的不解，然后，再愣愣地沉默。

而现在，该她登场了。

张欢迎脱下了脚上的旧球鞋，整齐地摆在了地毡的边缘处，然后小心翼翼、蹑手蹑脚地走到了自己的位置上，先是朝着成金龙和陈微的方向深深地鞠了一大躬，之后转回身又给郭雯雯也同样地鞠了一个。

郭雯雯早就瞄上了这个扎眼的对手，现在看着张欢迎慢慢吞吞、古古怪怪地进到场中，她不耐烦的嘲藐之情已然是毫无掩饰地挂在了脸上。连续的压倒性胜势已经让这场测试的标杆运动员彻底地看轻了这群小选手，她才不会被张欢迎的特异身形所吓倒，干掉这个傻大个儿，就是要让这帮小孩儿们都好好地见识见识早一年进队前辈的厉害！

“开始！”陈微一声令下。

只见郭雯雯一个箭步侵上，右路鞭腿已出，直取向了张欢迎的左膝关节外侧。她的战术非常明确，抢先攻击下盘，这是一般的进攻型运动员在对付身高高于自己的对手时的基本常用套路，只要对方一旦屈膝失稳，其上路的拳击即可觅得机会。而且攻者也清楚地知道，越是身材高大的选手，双腿也就越有可能是易于被击破的弱点。

张欢迎对这一击没有做出任何的防守动作，一声闷响，鞭腿正中在了她的左膝要害。

“啊！”现场响起了一声女孩下意识的惊叫。

发出叫声的是郭雯雯，她只觉得自己踢到了硬铁一般，右脚背上立感麻木，待到收回腿来，竟是有些站立不定。这下，失去了平衡的反而成了她。

张欢迎还是面无表情，看来其早已料到了这下碰击的结果，但她也并未乘势回击，而是主动地把背驼得更低，并将双臂交叉端于胸前，做出了防御的姿态。

郭雯雯略一镇定，马上施出了一个标准的潜身防守晃动，这看似是在进攻受阻之后的被动调整，但实则上是想吸引对方追击近身并为下一波出拳攻击蓄势的承接动作。

张欢迎不为所动，寸步不移。

肋侧击打！郭雯雯的左手探高，挡住了对方反击时可能的下勾拳线路，同时右手连续三记摆拳，拳拳到肉，“噗噗”作响。她希望通过对躯干的佯攻去捣乱张欢迎的防线，以寻找到进而去向其头面部出拳的理想空位。

这三拳，如捶石柱，张欢迎巍然未动，郭雯雯费力无功。

暂时退却。郭雯雯后撤几步，让开了距离，她需要去思考一下对策了，因为她现在正迎战着的是一名体格条件和自己根本就不在一个量级上的敌人。

敌攻我不动，敌退我紧逼，好成熟的战斗节奏。张欢迎开始缓缓向前了，速度虽慢，步步为营，而她的防守态势也依旧稳固，团臂紧缚险要，疏失不露半分。

郭雯雯见对方进身，倒也乐意。她看张欢迎的动作迟钝，就如是齿轮锈涩的老式蒸汽机车那般一挪三顿，自感若是与其在移动当中接触，则将必有可乘良机。

算准了步点！张欢迎甫一迈腿，郭雯雯便蓦地发力急动，迎面冲上。她就是要利用对手动作迟缓的弱点，在其可预见的行动节点上利用速度去杀对方一个立足未稳、措手不及。

不想，张欢迎竟也同样是算准了时点，抢攻的一拳早已先出！她能够了解并看破郭雯雯的思路，是因为她的交战对象自开始运动生涯以来就一直都是那些比自己要快了不知有多少倍的小个儿选手。

张欢迎这一记右手的直拳，拳套已在空气之中擦出了“嗖嗖”的风声，足见其的势大力沉。本来是自己想要打快的郭雯雯，未想到却反被对手占去了先机。不过好在张欢迎出拳动作的速率并不快，在高速移动当中的郭雯雯虽然因身体的惯性而导致了无法闪避，但施展出格挡技术的时间勉强还够。于是，她对着这正面袭来的一拳抬起了双臂……

好重拳，够力度！

这一下，脆脆地轰在了郭雯雯两臂的结合处上，伴着张欢迎那“哈”的一声大喝，就犹若是千斤的钢铁利斧劈开了细弱柴竹，生生地震透了已是完全到位了的保护屏障，将无理的蛮力直抵面门。看郭雯雯的这两只防守小臂，猛然里就在那欲断似碎的剧痛之中和夹在了它们中间的攻击者拳头一起，重重地砸在了自己的脸上。

这一击几乎致命，但还只差一点，尚未致命。

步履趔趄，门户大开！正面挨上了这一拳的郭雯雯意识虽还算清醒，但已是完全丧失了防护位置与重心的她，此刻，已为刀下鱼肉。

张欢迎未作贻误，欺上两步，收胯缩腰，解决战斗之强硬横鞭腿凶悍扫出！

张欢迎的身材那么高，腿也够长，如果想要去攻击和她同年龄组的对手的头部，根本不需要高踢，用横扫就足矣了。而这一腿，她那像是牛腱般粗壮紧实的髋股肌肉拉出了一条畅快淋漓的发力弧线，爆出了十成的全部功力。

郭雯雯现在所想的，是保住性命……

就像是用棒球棍去奋力地抡击一只泄了气的篮球，这记横鞭腿炸落在了郭雯雯以类似是举手投降的形态在扬起抱头的左臂肩窝处，并随即将她的整个身体崩得斜飞了出去。而这一飞足有了五六米的距离，让失败者直接就远远地摔滚出了地毡之外。

体育馆内，一派鸦雀无声。

没有人敢鼓掌，也没有人会想到此时该去扶一下郭雯雯，所有来这里试训的女孩们都在用惊恐而无措的目光颤颤地仰视着张欢迎。而张欢迎在耗费了七八秒的时间后也终于搞明白自己已经获胜了，于是她掉转回身，傻傻地向着成金龙和陈微又深鞠上了一躬。

另边厢，郭雯雯痛苦地趴在了地板上，埋着头，大喘着粗气。这一腿的冲击力实在是太大了，即使还隔有着大臂与护头套，其于头颈处所制造出来的撞击震荡也已是足够叫这位不可一世的小师姐去体会好一阵子的眼花耳鸣和昏头转向了。

“嗯，不错！”成金龙发声了，打破了这令人尴尬的局面。他并微微地点了一下头，以示了对于胜者的肯定，这让张欢迎很是受宠若惊，她笑了起来，嘴咧得很大。

要继续安排后面的测试了，成金龙接着说道：“小雯儿累了吧，休息一下，之后再上场的人和张欢迎打。”在说出这句话的时候，一身威严的主教练相当地平静，甚至是有点漫不经心和无所为然，他完全没有去看上郭雯雯一眼，更是对那些剩余的应试者们所表现出来的恐惧与骚动视若无睹，全不理睬。

那边郭雯雯已经坐起来了，她听到了教练的指示，一边揉着胳膊，一边不服气地小声嘀咕道：“没错儿，我就是累了……”

而依然还站在场地中间的张欢迎，她的反应是：“呃？……（沉默半分钟）哦……”

“好啦！就照成指导说的，大家接着测试。小雯儿没事儿吧，先歇会儿啊。”陈微的笑容阳光依旧，像是在哄着郭雯雯，她显然也不希望这个变故打乱了今天的试训。“那么，下一位同学，我看看……柳荫街小学散打班，隋清。”

妈呀，完蛋了！雨心心想，隋清这下可死定了！

“老师，我觉得，张欢迎同学才刚打完了一场，还是让她先休息一会儿吧。”隋清举起手，冒出来这么一句。

陈微一愣，她没想到居然会有小选手提出了这样的要求，试训主持者看了看张欢迎，犹豫了一下，说道：“应该……不用吧，小雯儿刚才连打了那么多场呢。”

这一问一回后，张欢迎没有说话，一边坐着的郭雯雯却又开始有意无意地自言自语了起来：“可不是吗，我要不是因为连续打了那么多场……”

隋清则是继续着她莫名其妙的主张：“呃……老师，是这样的，我拳套上的系绳儿刚才一不小心给缠了个死扣儿，我想用点儿时间给解开重新绑一下儿，所以您看……要不，就让下一位同学先上行吗？”

排在下一位的就是张雨心，隋清，你可真够朋友！

陈微有点疑惑了，心想这个小孩怎么这么奇怪啊，不知道葫芦里卖的什么药。她转回头去，用眼神试探着请示了一下成金龙，但此时的成指导就只是在冷淡无语地轻瞟着隋清而已，如石塑般固态且显而对以上对话全然置若罔闻的脸上并没有给出任何答案。

要是依着陈微自己的把握，她当然也并不想被这么一个小队员牵着鼻子走，于是，其便略带严正地向多事者明确回复道：“隋清同学，按照既定顺序轮到了谁上就该谁上，这样对其他的同学们也才够公平，你说呢？我们必须都要学会去遵守秩序与规则，在运动队里面尤为如此。所以，现在请你上场！”

这下没招儿了，硬着头皮上吧。无奈的隋清也只好是挂着一副愁眉苦脸，极不情愿地向场地中心走了过去，一路上她左顾右盼、磨磨蹭蹭，动作比之前的张欢迎还要缓慢。

等两人都站定了位置，张欢迎又是一个标志性的九十度大鞠躬，而隋清也忙不迭地满脸堆笑，像是讨好一般地还予了一躬。

“切，求人家手下留情吗，真丢人。”郭雯雯的这张嘴还真是有点……

“开始！”

……“开始！”

……“开始！”陈微催促式地连喊出了三声开始，但是场上的两个人却依然还是和听到了第一声之后的情况一样。

对战双方原地不动！

张欢迎含胸塌背，双臂交叉在前，此正是其所惯用的隐藏着上路后发拳击的防守反击之起势。而隋清略带侧身，双脚前后分开，微微屈腿弯腰，两手同样护于身前，这也是降低重心、观察敌手，视对方行动而后动的防守态势。

这场较量，一开局即陷入了僵持，因为没有人愿意发动进攻。

“请开始进攻！”陈微发出了最后通牒。

张欢迎勉为其难地向前移动了半尺便又停住了，而隋清则是等距地向后面又退还出了半尺，场上的局势没有丝毫变化。

“如果你们再继续这样都不主动进攻，那我可就要‘指定’了啊。”陈微此时必须要去起到场上裁判的作用了。

此言一出，隋清竟然是很配合地主动申请道：“好啊，你可以先‘指定’我，但我一样还是不会先攻，你直接‘劝告’我‘消极’就行了。”

在这一刻，包括了陈微在内，如果我们对于隋清的这句应答产生出了某些反感或是耻笑的情绪的话，那可就是大错特错了。恰恰相反，隋清作为一名业余的少年散打运动员，在临场测试时所表现出来的战术制定和规则运用方面的能力之强，令人惊叹。

在传统散打项目的规则里，如果比赛中双方运动员始终都不主动进攻，则裁判有权依据临场的情况“指定”其中的一方必须先攻。当被“指定”了之后，如果五秒钟内仍不积极进攻，那此名运动员将会被判罚技术犯规一次，即被“劝告”“消极比赛”一次，而对方选手就会因此而得到一分。但是问题在于，如果其中的一方已经被“劝告”过了之后，双方互不进攻的态势还依然没有改观，那么裁判出于公平就只能再次去“指定”另一方来作为必须先攻的一方，若是该方同样也仍不进攻，等待他的则也必将会是同样的“劝告”一次，而如此一来，双方就扯平了。

所以，一旦在赛场上出现了两边选手全都坚守战术、不畏判罚、拒不进攻的罕见状态，极端情况下，便会是双方被轮番“劝告”、轮流加分，并直至裁判去终止比赛，双方都被判负，而致以闹剧式的取消比赛或是共同弃权的结局来尴尬收场。

当然，这种仅是于理论上存在着的情况在实际比赛当中绝少发生，其原因在于，总是会有一方比另外的一方更应该或自认为更应该去获得本场较量的胜利。

就今天的局面而言，张欢迎实力明显占优，除非她会愚蠢地误判形势，认定隋清的水平强过自己，而同样也甘于去先让一城以搏后发，否则，她是绝不可能也没有必要去让这场本该属于她的比赛陷入到那种无聊的长时间对峙之中，并甚而还会就此去冒上与隋清“同归于尽”的风险的。要知道，在很多正式的团体赛中，以己方的劣势选手通过各种战术计谋“兑”掉敌方的优势选手，这种战果在整体争胜的战略层面上是绝对要比赢下了一场本就该赢的比赛还要更具有价值得多的。张欢迎虽然并不聪明，但这样的基本常识她肯定还是有的。

因此，面对着同样决意防守待机的隋清，更应该、也更渴望能够获得这场比赛胜利的张欢迎也就只好被迫地妥协退让，去采取其并不擅长的主动进攻方式了。而隋清实际上是合理地运用规则，以自愿的（点 / 分数上的）暂时落后换来了打乱对方惯有战术节奏、增加己方反攻制胜机会的更有利形势。

“好吧，‘劝告’隋清‘消极’，张欢迎加一分。”陈微这时心里也已经明白了隋清的意图，于是她随之又转向了张欢迎：“张欢迎，接下来‘指定’你发起进攻。”

事已至此，张欢迎抿了抿嘴，跨出了自己沉重的步子……

脚腕……腰胯……左肩……下颌……

隋清在努力观察着张欢迎的每一个动作特征，并精细地分析着她身体各部位间运力联动的习惯规律和由此而可能显现出来的弱点与破绽，但是，这需要时间。

在上一场张欢迎与郭雯雯对阵的时候，眯眼旁观的女孩就已经开始了她的思考，可是那场战斗结束得实在是太快了。而当轮到了该她自己上场之时，她也试图去使出缓兵之计及拖延战术来用以去增加可进一步思索的时间，不过，也都没有成功。因此现在，被逼上了前线的她也只能是到实战当中去继续寻找这些线索了。

刚才那连续几场的观战，隋清的上下眼皮就一直都没有分开过，今天的她特别认真，和往常那个悠然自得、随遇而安的小姑娘完全不一样。这是因为她非常的清楚本场试训意味着什么，而且，为了让自己在以后能过上自由的日子，她好不容易才让家里……

所以，今天必须赢！

其实关于张欢迎的技术特点，隋清目前已经看得很明白了，这个对手的强项是身体条件、绝对力量与抗击打能力，而弱项则应该是反应速度和灵活协调性，当然了，看样子也还包括了战斗智商。而以刚才的战例而言，那应该就是张欢迎的看家个人套路的经典演绎了。首先，是以防守和抗击能力磨灭掉对方的锐气，之后，等待敌人因急躁而冒失抢攻，她自己则是守株待兔、以逸待劳，利用其身高臂长的优势，提早蓄力、以定打动，在最合适的中等距离上发动如架设了尖锐拒马一般的迎面重击，且一旦得手，必不会错失杀机，旋即便将是穷追猛打、痛下重手，以力求能够速战速决，击倒取胜。这样的战法可以最大限度地发挥出其自身长、硬、强的优点，也尽量地回避掉了慢、拙、偏（准确性差）的缺点，确可谓是极富针对性地做到了以己为主与避短扬长。

显然，这样量身订造的战术不会是一名小学生自己想出来的，那一定是出自张欢迎的授业教练之手。但是，在临场应战、短兵相接之时，固定战术往往是很容易被高手辨识、扰乱，乃至是破解掉的。所以，每到了这种时刻，尤其是当教练员不在身边的时候，想要去与同样优秀的对手一争胜负，最终依靠的还只能是运动员自己的审势决策与随机应变的能力，而从这一层的意义上来讲，本场胜利的天平其实已经开始向隋清倾斜了。

隋清知道，和面前的这个敌人战斗，是一定不能在其有准备的情况之下贸然进入到她的正面攻击半径之内的。同时，应该时刻以灵巧活跃的脚步去转移和扯动着对手的注意力，以让她无法捕捉到足够稳定的进攻目标。并且，可以重点考虑从侧身位上以快于其迎击反应时间的高速度点击来进行袭扰牵制。倘若是能够高效地做到了以上几点，那么处于在完全陌生的主动进攻模式中的张欢迎，就将必定会陷入进一种极度无所适从的疲于奔命当中。

可……即便是做到了这样，那之后又该怎么去击败她呢?

事到如今，也只能是走一步看一步了。隋清一个低身的探步，从已逼近了的张欢迎的肋下蹿了过去，张氏急一跟转，回身却见欲追之人的上勾拳已经在等着她了。于是高大的被攻击者适当后仰，同时双臂一合，轻松地挡下了这记威胁，为自己的下巴扫除了危险。但当其意欲还击，再去找寻标靶之时，定睛一看，那对手已然是闪到了两米开外了。

而在接下去的回合里，隋清也仍旧是运用着踮跳的步点忽左忽右地快速横向滑动着，始终与对方保持着比较安全的间距。想要逮到她，张欢迎必须要提升起自己的移动速度去追着目标进攻，当然，最理想的状态应该是稳稳地接近，争取把敌人顶到边角，然后猛地掩杀上去，一下子就将其笼罩在拳脚的射程之内。不过，这种计划虽然设想得很好，但是张欢迎很快就发现了，在实战之中，笨拙的自己根本就做不到。

隋清的策略完全奏效了。

双方交错了几个照面下来，张欢迎丝毫也找不到出手的感觉，勉强挥出了几拳也全都是差之甚远。而相反，隋清瞧准时机的牵制骚扰却是把对手搞得不胜其烦，其中尤以是来自侧面的冷拳冷腿最让张欢迎闹心。去防的话，她的转身速度偏慢，几次强行的扭腰已经险些让宽重的躯体失衡栽倒，但不防的话，她的躯干面积又太大，万一被隋清侥幸打中了计分部位造成失点，那局面可就彻底的被动了。

现在看来，焦躁与不安的心理起伏已经慢慢地浮现在了张欢迎的脸上。

而所有的这些，自然也都已被隋清分毫不落地收入了眼中，并且……

有办法了，就这么干！随机而断的隋清已经找到了决胜的手段，她决定，一旦得借的东风刮起，就立即去果断地使出那一招。而剩下的，便听天由命好了。

结果那阵东风还说来就来了，真是天助隋清！

“隋清同学，这场比试的时间也差不多了，如果你再没有有效的攻势，我可就要喊停了。而那样的话……因为有个‘劝告’，就只能算是你输喽。”陈微的提醒声又一次传来了。

隋清停下了动作，扭头瞅了瞅陈微，之后回过头来，皱起了急切的眉头。

而与其目光交汇之时，陈微的笑容，意味深长。

怎么办，看样子也只能是去冒险进攻了！于是隋清立马一改之前的从容镇定，转而摆出了一副咬牙切齿、目露凶光的恶煞模样，只见她草草虚晃了几下，随便捉了个空子，二话不说，拍马就是向着仇敌张欢迎不要性命地杀将了上去。而这一上，可真是张牙舞爪，门户洞开，通身失守，要害尽露！

“呵！”隐暗处，成金龙竟不自禁地笑出了一小声。

而在对面，又惊又喜的张欢迎都有点不敢相信自己的眼睛了。早已是心浮气躁、急不可耐的她面对着这份送上门来的大礼，哪还有时间再去多想，也更没有必要再去客气了。此时不取，更待何时！大个儿姑娘运足了全身之力，奋勇地大喝上一声“哈！”，恭候多时之得意铁拳恰如蛟龙出海一般，已是直奔着隋清的眉心而去！

我们其实可以和成金龙一起去笑的，因为这群练习散打的女孩子们非常可爱，值得人们为她们而笑，不是吗？

谁曾想，张欢迎的这一喝音还未落，人就已是突感到了不妙，尚还未及回神，“啊！”的一声惊呼便已又是紧连着脱口而出了。

好个隋清，眼见假动作赚得了对手的全力一击已出，竟忽是一个俯身的向下翻滚，以完全舍身倒地的方式躲开了攻击，同时，用自家的后背向张欢迎的脚腕撞了过去。

这是什么奇怪的招法？不过，很有效！

张欢迎这记附上了全力的重拳一经挥空，上半身就已是失重前倾了，再加之克敌心切并孤注一掷的波动心态又导致了其早就方寸全失、下盘尽乱，本就在运动战中控制重心能力极差的她，此时便犹是一棵悬空的枯木，根基已酥，一触即坠。

因此，隋清对着张欢迎脚腕上的这一撞，立刻就让被算计者那脆弱的一对立足支撑点齐齐地脱开了地面，并以致了这一具硕大而又笨重的身躯当即便是直挺挺地向前方扑倒了而去。现场只闻了“啪”的一声巨响，真就如是之前所说的像一堵墙那样，张欢迎上演了一个标准的直拍马趴、五体投地，而地毯的上空也随之便腾起了一阵烟尘。

“哇，隋清，真棒！”雨心激动得跳了起来。

隋清，此攻击方式符合传统散打项目规则中“以主动倒地的进攻动作导致对方倒地，而自己顺势站起”的计分条目，得两分！反超一分！

形势瞬间逆转！

张欢迎手忙脚乱地爬了起来，现在的她必须要去缓一缓神，用心地思量一下了。

其实高个儿女孩目前所面临的这种处境虽是意料之外，却也还在她与教练员的最坏预期当中。来之前，她的教练就曾叮嘱过她，若真是不巧碰到了打法灵活多变而又无法近身的难缠对手，且自己还处于了点数落后的时候，千万不要慌乱，因为以她的身体条件，至那时还会存有着一个可以去舍命一搏的最后变招。这姑且就算作是一只包藏了救命希望的妙计锦囊吧，而张欢迎此刻便在心中默默地回忆了一遍里面的内容。如果没有记错的话，现在应该去做的，也是唯一还有可能挽回这败局的办法就是，疯狂进攻，不计失点，以挨到十拳去换取打中一拳，而抢在测试结束之前，重手击倒对方！

也只能是如此了！时间无多，事不宜迟，张欢迎激怒地对撞了一下拳套，以自己最快的速度再次冲向了隋清。跟她拼了！

可这么一来似乎反倒是没有什么悬念了。就以张欢迎的运动速率、综合技术以及作战智慧，是断然无法在追击战中从隋清的身上捞回颗粒战果的，而其在冒险放弃了谨慎防守之后所能换回来的也只能是于点数比分上的迅速崩溃而已。

果不其然，又是几个回合下来后，张欢迎就连隋清的衣角都没有碰到，但她自己的前胸和下颌却已是结结实实地挨中了好几下，而且更为糟糕的是，她的体能也即将耗尽了。

如此场面下，陈微已开始回头去征求成金龙的意见了，看样子，随时都可能喊停了。

如果本场对练就在此时照这样结束，那么隋清无疑是打了一场漂亮的大胜仗，同时也肯定会给本次试训带来很多的加分。可是……人算不如天算，一次对于隋清的运动生涯影响深远的小意外，好死不死，偏偏就在下一个秒钟里倒霉地出现了。

在这一整场的对局当中，隋清总共向张欢迎的头面部发起了八次攻击，累计击出了二十多拳。这里面，有三拳算得上是有效的击中，被记作了点数，而其他的不是偏出就是被对方以手臂格挡下来了。隋清在这场战斗里所习惯的技术应用是，每当其出拳击中和被格挡住了时，也就是当拳头与对手的身体产生了正面碰撞后，便会立刻后撤或移动穿越对手，快速脱离出接触的圈子，而当出拳偏出，即是被对方成功闪避开了之后，她则是会立即去连接出一个屈身下潜防守的动作，以防遭到张欢迎的就地反攻。

这样的技术应用无疑是正确的。在前种情况时，对方的反击难度很大，己方适于直接退却，而后一种情况，对方原地定点顺势反击的可能性就增加了不少，所以最好先去保证自身的防守，待确认了情况安全之后，再行退却不迟。

但，如果情况是介乎于两者之间呢？

就在陈微即将要喊出停止之前的那倒霉的一秒，这种情况还真的让隋清给碰上了。

那又是一套隋清向着对手头部祭出的组合拳击，但这次恰恰是为了赢得反击的时间，张欢迎在格挡之后将手臂回位的时点稍稍提早了一点，这导致了隋清的最后一记上勾拳既不是击中也不是偏出，而是刚好擦触到了被攻击者的面颊。

必须要承认，隋清在这一刻有些不够专注了。那可能是缘于对这场唾手可得胜利的盼望太过于强烈，也可能是因为大比分领先后所自然会产生的注意力放松，反正总之是，当这一拳出现了之后，隋清的大脑发生了一瞬息间的卡壳与脱线，她未能就这一特殊的状况在第一时间去做出后续动作的果断选择，而是……迟疑着愣住了。

结果，这一下短暂的迟疑给隋清带来的后果却是灾难性的。

张欢迎的坚持终于获得了回报，虽然已经精疲力竭，但她还是牢牢地抓住了这次千载难逢的大好机会。重拳手在超近的距离下一拳刺出，瞄准的靶心正是隋清的鼻子！

“砰！”

可怜的隋清本可以发出一声凄厉的惨叫，但是最终就连这一声也都被张欢迎这兜头盖脸的一拳给硬生生地闷回了肚子里。被击中者只觉得嗓子眼中猛而喷涌出了一股腥腥咸咸的怪味道，脚下一软，就瘫倒在了地上。

包括了郭雯雯在内，所有的女孩一片惊乱。

这绝对是隋清自从事散打训练以来所遭受到过的最沉痛重创，能感知到某种液体从鼻尖上滴滴滑落的她知道自己已经无法再战了，于是只得虚弱地拍打着地面，声若游丝地断续嘟囔道：“输了……输了……认输……”

其实也不用隋清自己再多说什么了，陈微早已经抱起医药箱跑了过来……

很可惜，隋清就这样输掉了这场比试。张欢迎，两连胜！

“大家原地等待！张欢迎，回列！”成金龙的每一句话都好像是天神的威压，女孩们立马便恢复了秩序与安静。而张欢迎则是赶紧向着教练又鞠上了一躬，然后一路小跑地回到了自己场外的位置上坐下，就连鞋都没有敢再穿上。在少儿比练中完成了 KO 的胜利者内疚惶恐、噤若寒蝉，把头低得都快要埋进了衣领里，她不敢去看向任何人，尤其是卧在地上的隋清，她不确定自己是不是因此而闯下了大祸。

陈微用了不到五分钟的时间来处理倒地者的伤势，五分钟后，隋清晃晃悠悠地自己走回了场边，鼻子里塞进了一团大棉球。

“继续测试！”成金龙吐出的这四个字就像是冷兵器相撞击时所发出的锵锵厉响。果敢而刚硬的做事风格是他留给了所有初识者们的最为深刻的第一印象。

听说过什么叫作“青年级别的竞争”吗？相信今天所有这些在场前来参加试训的女孩子们谁也不会没有过关于这个词组的心理准备。或许，她们中的某一些人在之前还会很期待、很兴奋，很为自己有希望能够加入进一个伟大的团队并由此去开始这种梦想中的竞争而倍感到骄傲。但是现在，就在她们开始切身的体会到了这个词组的真正含义之后的半个小时左右，她们中很多人的身体都已经在止不住地抖动着了。

不过张雨心和她们不一样，不管在接下来的测试里她要去面对的敌手是谁，她都不害怕。一直在念着家人的女孩只是想尽快地结束这一切，好让在体育馆外守候的爸爸可以少等一会儿，然后，带着她有说有笑地一起回家。

“最后一位，柳荫街小学散打班，张雨心。”

陈微的话音刚落，成金龙就一下子站了起来。从最开始做完了自我介绍直到现在，即使是在测试中发生了那么多事，他也始终都没有离开过那张椅子。

“你就是张雨心？”成金龙伸手从陈微那里要回了资料，“你和陈微打。”

所有人都颇感到意外。

“啊？跟我……”陈微也是一脸的狐疑。

于是成金龙把陈微拉到身边，低声地耳语了几句，看样子像是交代了一项任务给她。而陈微听完之后则是露出了惊异和不解的神情，但是随即，主教练便再次用无比确定而坚决的目光指示了她：“就照我说的这么办！”

既然教练做出了这样的安排，陈微也就只好服从了，她回更衣室取来了自己的拳套，和张雨心一同站上了场地。

要去和陈微对垒，这让雨心的心境有些莫名。自己是该庆幸呢，还是该更加的畏惧？不，不会是后者，就像刚刚所说过的，雨心不害怕任何人，而相反，一种无缘由的幸福感却是在十二岁女孩的心底里油然而生着，因为这位像是大姐姐一样的散打先辈此刻给张雨心所带来的是如温风化雨一般的舒适与坦然，即使，是身为一名无限强大的敌人。

“张雨心，你知道她是谁吗，她是连续两年的全国锦标赛冠军。”成金龙似乎也注意到了雨心在不经意间所流露出来的异样表情。

全国冠军！她就是全国冠军？天啊！闻听此言，张雨心对于陈微的情结顿时间便由朴素的好感升级为了倾心的仰慕。

陈微，纯白衣衫，雾鬓清颜，无嗔无愠，素然而立。这一刻，佩上了器具，准备着要投入进战斗的她徐徐发散出了一股和刚才截然不同的气质与自信。这就是传说中的冠军气场吗？无需一动，无需一言，“心”自凝眉，天人若轻……

雨心只感到自己还仅存着的一点点的战斗意志也都快要被压制于无形了，她赶忙深吸入一口气，沉了沉心，摆出了战斗的姿势。在她的身体深处也同样有着一股声音正不断地提醒着自己，不要忘记了今天是来做什么的，只不过，有些微弱。

“雨心同学，可以开始了吗？”陈微的右臂微微上抬。

雨心屏气聚神，做好了一切准备，并坚定地答出了一声：“可以！”

张雨心记忆中最后的视觉印象就是陈微的右臂在微微上抬，而接下来的仅有留存好像就是……有一道白色的闪光轻轻划过……

迷乱，眩晕，旋溺在无尽的黑暗之中，就如同是灵魂已经剥离了躯壳，在无助地找寻着去往天国的出口。慢慢向前，静静地飘动，时间已静止，无知又无觉。自远方一边，一片渐进的光亮隐现，那……是否就是旅途的终点？而这一丝的触感又是什么，是我因不舍生机的逝去而产生出来的临终幻觉吗？

当雨心再次醒来时，自己正躺在陈微的臂弯上被这位尽责的救护者按压着人中，自天窗里射入的一束强烈的光明将她俩笼罩在了纯洁的无瑕世界之中。而也由此，女孩在恢复知觉并睁开了眼睛后所接受到的第一幅景象，就是在这柱神圣的逆光当中正在救助着自己的一位白衣仙女，以及，那个人身边所环绕着的耀目而至美的晕。没有错，她……就是天使。

而这项童话般的认定从此便也恒久地留刻在了雨心的心中。

这是张雨心有生以来第一次被击倒，而且还是让对手闪击到左腮后的秒杀致昏。陈微为什么会下如此的重手，难道就是因为她不得不去执行的成金龙的授意。

接下来，就是冷血教练的最后一次发话：“今天的试训到此结束！”

就和开始的时候一样直接……

女孩们从什刹海散打队的训练馆中鱼贯而出了，而早已久等了的自家父母们也是纷纷涌上了前去嘘问相迎。张雨心和隋清走在了这批结束试训者队伍的最后两位，这一对苦难的小姐妹一个脸肿、一个鼻青，面貌好是惨痛。张国柱见女儿受了伤，可真是心疼得要死，忙掏出手帕去浸了凉水给她冰敷了起来。

另外，据说那天陪着隋清前来的也是她的父亲，不过因为张家父女和我们都还不太熟识这个人，所以，就暂且先不去提他了……

自这天以后，雨心有一周的时间都没有见到隋清，直到自己的家中收到了什刹海体校所寄来的录取通知信。而信到后的再一个多月，隋清才也又是恢复了像从前那样来到柳荫街小学散打班继续参与日常的训练了，因为她在一个多月前也同样收到了这封录取信。这让秦勇很是高兴，为了雨心，更为了隋清。

而关于自己被什刹海所录取了这件事，雨心在实则上是既开心又纳闷的。

就在试训完的当天，雨心还一度非常的沮丧，她觉得自己很丢人，什么都还没做就被一拳击倒了，这让她的自尊心和自信心都很受挫。而她也是有生以来第一次的感受到了，和那些真正站在了云端之上的人物相比，自身是多么地渺小与卑微。

这就是失败，一种对于现时的张雨心而言还很为稀缺的体验。

那一晚，雨心没能入睡，因为她以为自己肯定是进不了什刹海体校了。刚刚才有的梦就要碎掉了，女孩别提有多伤心了。

可是到了第二天，当雨心把昨天的试训经历和秦勇一讲，秦勇竟然马上就哈哈地大笑了起来，并且当即便拍着雨心的肩膀放言，什刹海她是进定了。对于教练的这一判断，雨心是将信将疑的："就这样不堪一击的表现，人家凭什么要我？"但秦勇却也并未就此多做出什么解释，而只是卖下了一句听起来有些俗不可耐的关子："以后，你会懂的……"

结果，就是在这种绝望与希望相互交织着的坐立不安当中，那封好似为纯金锻造一般的录取通知书居然还真的就被盼来了。在亲手拆开了挂号信的那一刻，雨心兴奋地一下子大跳了起来，把头都磕到了门框上面。

梦想终于可以延续了，而且还向前迈出了一大步，雨心再回到老队伍中训练起来时浑身都是劲。而她现在也有理由去更多地关注一下那位未来即将就要和她一起去前往什刹海的老队友了。可隋清那个家伙却依然还是一样，总是眯着个小眼睛在呵呵地笑着，你仍旧看不出来她到底是在想着些什么，不过能感觉到的是，她那阵子也确实很愉快，而且还是那种在她身上会比较少有的，好心情都因此而写到了脸上的真正的喜乐。

熬过了漫长的暑假，已经成为了中学生兼专业散打运动员的张雨心和隋清在入学日那天先后前往了什刹海体校报到，并按分配入住了女生宿舍中的同一间四人寝室。而在她们的室友中还有着一张大家颇为熟识的面孔——张欢迎同学，她最先抵达，并且早已把这个不大的房间给里外打扫得窗明几净、一尘不染了。

坐在属于自己的床上，雨心真情而实感地抚摸着身下的被单，她直到此时还有点不敢相信，这里，就是什刹海！

那么，就请开始去迎接全新的生活吧，美丽的姑娘们……

呃，全新的……生活，的确如此。从她们第一堂训练课的开端那刻就可以反映出来了。

当时，成金龙粗暴地一脚踹在了张欢迎的屁股上，怒吼了一声："挺直了背走路！"

没错，新的一幕就是这么开场的……

让我们来再次明确一下"青年级别的竞争"的核心含义吧，那就是要在对体能与心智的要求更高，训练科目及要点更侧重于实战，以及必须不断地去参加更大更多的比赛这样的整体环境之下，去和原本一样同为是少年时期尖子的梯队队友们进行一场与青春的成长相同步着的，任何人都无法选择重新再来过的淘汰拉力赛。

不论是瓢泼大雨还是数九寒天，什刹海体校女子散打队的姑娘们都总是会在清早六点半准时集合去进行每日的晨跑，而之后，就会开始了那同样为周而复始、日复一日，只不过是更加残酷也更加军事化了的艰苦训练。

和成金龙相比，秦勇就像是一位和蔼的老祖母。

听散打圈里的人们讲，成金龙指导是当前全中国最优秀，同时也是最严厉的女子散打教练员之一，而且还很有可能再过上几年就可以去掉这个"之一"的后缀了。而在实际接触当中也的确是可以明显感觉得到，这位当年的名将对于散打这项体育运动的本质有着极为深刻的个人理解，并且同时，也在就各种观念细节而去力争规范和追求标准的这一意愿上患有着一种近乎为偏执的完美强迫症。

就拿每天都会进行的常规训练来说吧。

首先，对于队员们在技术动作和战术套路上所存在的问题，成金龙会非常严格而又细致地去向每位弟子进行因材施教式的详尽讲解。他的表达能力很强，辩证思考的逻辑性也很清晰，且更为难得的是，他就像是一本会说话的中华武功大百科全书，不管是理论科学还是实践经验，只要是与散打运动有关的一切他全都知道。

在全部讲解完成了之后，这个男人一般都会很平淡地抛出一句颇为习惯的话尾口头语："去吧，练五百遍。"每当在说出这句话的时候，他那硬无表情的脸上总是会渗透出一副不容置疑的绝对权威感，这不是在开玩笑，你真的就是要去练习五百遍，一遍都不能少。而要是队员们在训练的过程之中主动提出了什么疑问或是又被其发现了哪里的不对劲，他则也还是会继续不厌其烦地去为你反复拆解、矫正示范，然后，也依然还是会以那句"去吧，再练五百遍"来作为了再一次的话尾口头语。

基础训练也好，技战演练也罢，只要是成金龙安排你去练习的科目，你就必须要百分之百地按照他的要求去练，不得有丝毫的偷工减料或是偏差走形，否则，后果会很严重。

就基础体能训练而言，教练若认为你欠缺某一单项，你就一定要去增补这一单项，不会因你个人的感觉好恶而存有任何形式的折扣可能，即使，你本人一再地坚信自己在这一项目上并不欠缺且也极度地痛恨着再去如此无边无尽地枯燥加练，但是就凭主教练的一句话，练不完你就不能吃饭。而在技战术层面上，成金龙一方面确实见多识广，但另一方面，也绝对是有够精益求精与瑕疵必纠的，据说，其麾下运动员所做出的每一个技术动作与极限规范的教科书标准之间的可容忍误差程度，在他这里全是以毫米来计算的。

最后，如果讲也讲透了、练也练足了，可你就是不开窍，甚至是还藏有着懒惰松懈、不求上进的不良情绪的话，那么对不起，等待你的则必将是一顿完全不留情面的拳打脚踢。不过成金龙这个人倒也还算是比较有原则的，体罚这种手段他向来是对事不对人，而且一直以来也都是只打皮肉，不骂人心。

其实仔细看起来，这也便正是成金龙其鲜明的个人风格所在了。他所秉持的训练体系在保证了为运动员积淀出坚厚扎实的基本功底的同时，更是在一刻不停地为新一代们持续灌输着务必要去坚持与发扬散打运动的至纯血统之“正溯”的执着信念，而这里面也当然就包括了蕴含在中国武术的悠久传统之中的师徒尊卑与苛责诲人的历史传承。

另外，在成金龙的身上还有一点是一般水平的教练员所绝不具备的，那就是一种可以去影响和引导着弟子们积极向上的对于散打这项体育事业的超然世界观。更确切一点地说，那应该是一股作为一名习武者会去信仰武德，同时作为一名运动员也会去崇尚真正的体育精神的凛然正气。而此种风骨的造就为年轻选手们所带来的内在气质的提升，定然会是即便经历过了百场千场的寻常训练比赛也难以达就的深层质变。

我自真心，胜败由定，宠辱不惊，邪魔不入。

这种境界，显然与那些伪君子和失败者们所聊以自慰的虚假高调或自甘放弃是有着天壤之别的，它注定是淬炼自一位曾历尽了成败峰谷，也看破了江湖起落的大智大勇之士的毕生阅历沉浮之中。就像是隋清有次在私下里对张雨心所说起过的那样：“成指导这个人，一定是见识过很多大场面的……”

故，如此明师，必出高徒！

“听说今年全国青少赛，北京派四个，都是 85 年前后的。”

“就是那……张雨心她们那拨儿吧？”

“是啊，全是什刹海的。”

“这还怎么打啊，张雨心那个级别干脆就别报了，等明年再说吧！”

“可不是吗……”

以上对话出自某次赛会上的几位其他省市的女子散打队主教练。

1999 年，进入什刹海体校女子散打队两年后的十四岁的张雨心获得了当年全国武术散打锦标赛女子散打青少年组的冠军，获晋为国家一级运动员。而次年，即以最轻量级选手的身份正式加入进了成年组别的竞争。

其时，张雨心横空出世，奇才毕露，夺目四方，惊艳天下，国内诸多名宿无不叹赏而赞：“如此异禀，十年难遇，领秀武坛，指日可待！”

丰盛胡同的老房子里，雨心的荣耀之物也在飞快地累积着。

自从在小学时开始参加了正式比赛起，张国柱就特意为女儿腾空了一只玻璃门的木柜子，专门用来在家中摆放小英雄的各种战利品。起先，只是几张手写的奖状和三两件极为普通的小奖品，像是搪瓷缸子啊、小笔记本什么的。后来，柜子中逐渐出现了一些较为正规的奖牌与证书，以及雨心在登上领奖台时所留下影像的大幅相框。而再后来，工艺精良、款型各异、闪烁着黄灿灿亮光的大小奖杯金牌们也都开始争先恐后地挤了进来，并以致很快这里的地方就不够用了。于是一家人便又跑去了家具城一起定制回了一只又大又漂亮的专业展示柜，把所有的珍贵陈列全都重新安置了进去。

柿子树的叶子黄了，一片片归落根土，而红红鼓鼓的果实留在了枝上，再过几天就可以摘下，到时又不知是学校里的哪支队伍可以凑巧能分回来几个。

《天空之城》的优美韵律依然跳动在每一次的呼吸当中，而且，好像离得更近了。

什刹海里的日子是非常清苦的，但却真的很能够让人满足，那是因为它让每个人的梦都变得清晰而真实了，仿佛触手可及。

那个飞上了天空的梦景还是会不断地来找雨心，而每一次，也都似乎可以再飞得更高一点了。女孩已经仰望到了那浮在天际尽头的云，穿越过那里，或许就是梦的终点。

终于，就在雨心得到了全国青少赛冠军后的不久，这个在数年间早已经令她无比熟悉了的梦中场景发生了突破性的变化。那一晚，她看到了一道金色华光的天梯自云间延伸而下，而再一定神，那便已是就在脚下了。

我……要踏上去吗？当然！

张雨心跨出了脚步，慢慢地，慢慢地……伴着心动，一级级台阶留在了身后，愈来愈接近的终点，就要到了，就要到了……她感到自己已是置身在了雾气之中，就只差一点了，只要再向上一点，就一点点，藏在了云霾那一端的世界，已近在眼前……

而在现实生活当中，雨心也已经再也不是从前的那个小女孩了，从很多方面她都切切实实地感受到，自己长大了。

进入到青春期后，雨心的身体迅速发育，体重稳步增加、身高继续增长，而身形也开始更接近于是一个美丽的成熟女人了。而这其中最具有标志性意义的一件事就是，那副拳套里面的棉絮内套，她终于再也不需要了。

所有的这些都让她非常快乐。

张雨心快乐于自己的生活，快乐于自己的美，快乐于自己的梦，更快乐于身边所拥有着的那些亲人和朋友们。

雨心有一只粉红色的小日记本，是陈微送给她的，豆蔻年华的北京姑娘把很多心里面的悄悄话都写在了上面。

“爸爸，妈妈，你们是我全世界上最亲爱最亲爱的人。我们一家人要永远永远地在一起，任何事情都不能把我们分开，没有你们，我取得的所有成绩就都没有了一点的意义。

微姐，你就是我全世界上最崇拜、最信赖的那位天使。你对我太好了，每次有困难都是你来帮助开导我，生活上也是那么地照顾我，没有你，每天里那么多复杂的难题我真不知道该怎么去解决，我好希望你一辈子都能一直留在我的身边啊！

隋清、大迎儿、小雯儿，你们是全世界上最最可爱的人。要知道现在每天大家最开心的事情就是可以一起去逗逗隋清、耍耍大迎儿、再气气小雯儿了，要是没了你们，不训练的时候可怎么熬啊？当然还有薇薇，你目前可是我全世界上最想念的人了。

成老大，你是我全世界上最痛恨的人。今天就因为我练杠铃偷点懒，你又踢了我一脚，真是太可恶了，等我将来练成了世界冠军，第一件事就是要好好地揍你一顿！可是……话又说回来了，要是没有了你，我也不太好练成世界冠军哈。

彭冲，你是全世界上最帅、最棒、除了微姐以外最厉害的人了！……嗯……反正你就是最帅的！要是没有你，我每天才不去加练力量呢！

大春儿，你是全世界上最最最最讨厌的人啦！你怎么还不肥死啊！要是没有你，咱们学校食堂里的粮食一年就够两年吃的啦！

……”

哈哈，这些青春花季的体校生活。

好吧，必须承认，到目前为止，故事的一切都是那么地纯美。

其实，或许我们很应该也确有必要去回忆一下，是否在过去的很长一段年代当中，我们每个人都曾经拥有过这样的纯美，并直到在某次或某几次的已经不愿意去再度提及了的愤怒、沮丧、嫉妒或是悲哀之后，渐渐地失去了它们。

而我们的主角们呢？他们的纯美，在未来又会要面对着怎样的命运呢？

伟大传奇的第一章已经翻过，这里在记叙的是真实的生活，而非童话。

所以……

就让他们在那还有很长很长的人生岁月里面，去自己，全心地经历与感悟吧……

# 4. 那样的春天（一）

荒芜的大地随风化去，漫漫黄沙飞散，离了故乡。

根茎裸露在土壤干裂缝隙中的低矮灌木还没有放弃抗争，它想活着，虽然就此死去是更为简单与舒适的选择，但是，它真的很想活着。

女孩的眼睛漠然盯着脚下的这条黄土路。

一阵沙尘掠过，吹乱了女孩的短发，身旁的妈妈见了忙是伸手去帮她梳理，但捋着捋着，妈妈的泪滴滑落，竟已是泣不成声。

通往明天的路，只有……这一条……

……

2007年11月24日；泰国，曼谷；第一届世界女子自由搏击锦标赛，58公斤级，决赛。

张雨心（中国）VS. 丁建秋（中国）

第一节比赛，进行中。

“波澜不惊。”

何耀强使用了这么一条成语，来回答了杨健所提问的自己对于当前场上比赛的看法。

而杨健也随即附和着做出了自己的评论：“的确，我们看到……虽然两位选手现在也一直是在你来我往着，但是比赛整体上的对抗激烈性和双方的投入程度都还没有进入到比较高昂的状态。可以说，到目前为止，丁建秋和张雨心之间的这场中国德比似乎还始终是处于在一种相互试探的前奏阶段。”

“她们并不需要相互试探。”何耀强总是愿意与观众们去分享自己的深入视角，“她们是在交谈，在彼此阅读着对方今天的气息与情绪。”

“哦？是这样啊……”杨健似懂非懂。

何耀强于是又补充了一句：“等到了合适的时候，相信自己的‘心’在今天更为强势的一方就会主动去搏取胜机了。”他冲杨健笑了笑：“很快。”

擂台之上。

丁建秋的身体强度和技术特点都非常的男性化。

在这名运动员的躯体上，一道道的肌肉线条与血管脉络都格外地分明，关节连接处可见的每一块骨头凸起也都是异常的坚实凌厉。这为她在任一次的闪展移行间都持续地制造与供应着源源不断且又极具有侵略性的丰沛动能，并使得了其不仅动作硬朗，力出似铁，一拳一腿，劈空有声，更是身形矫健，野性十足，一纵一跃，如虎生风。

相较而言，在当前的对局中丁建秋会更多地成为去主动发起每次回合接触的那一方。相峙中，她往往会先是一个闪如错影一般的快速迷惑晃动，之后借助超强的腰腿爆发能力于瞬间蹬地疾行抢近身位，并随即便去发动出凶猛狂暴的组合拳腿攻击。而且，她的每一拳在刺破了空气之时还都会发出些犀利的呼啸声，就仿佛是她在挥舞了精钢肱二头肌后所扬起的扩散气浪也都可以伤人。

而与之恰恰相反的是，轻巧灵动的张雨心就像是一片羽毛。

再坚厉的钢铁钝器也都很难击中飘浮在空中的轻盈羽毛，因为后者总是会在发生实质接触之前就被攻击物体所送出的冲击气流所推开，如是迎风起舞一般地飞离出了危险的境地，而随后，一旦挥空的铁器回撤，其所划带出来了的气体真空便又会立即将这枚远去的羽毛给再次地“吸拽”回来。并且，如此往复，无外无他。

就是这么地奇妙。

不可思议的身法！张雨心运用她灵活的脚步控制和对丁建秋行动意图的精准判断，始终完美地让自己和对手所相隔的空间保持在了对己方最为有利的距离之上，分毫不差。

所谓的对己方最为有利的距离，就是指可以在战斗之中去最大限度地弱化对方而强化己方之攻防优势的极致理想的身体位置间距。这个数值，应该是由交战双方的身高臂长、技术特点，以及动作习惯等多重因素所综合决定出来的，而在实战中，去尽可能地与对手保持住这个关键的距离，是选手们得以抢占到对抗初期局面主动的非常重要的一步。

一般来讲，要普通的搏击运动员在临场之中去实时地观察预判对手，并快速做出精确的分析测算，再进而控制好自己的每一记移动步伐以达到这一要求极为严格的状态，几乎是一件不可能的事情。但张雨心却就是具备着这样的能力，且不论对方的速度有多快。这是一种神奇的下意识自觉，也是她超级天赋的体现之一。

人称——“羽毛步”。

而面对着这位施展出了“羽毛步”的绝顶高手，最重要的，就是尽力去掌控好自身合理的进退节奏以及攻守衔接时段的防护严密性，切不可遗下半分的懈慢疏失。否则，稍有一星差错，“雨梦拳心”的恐怖就必将成为所有挑战者的终极噩梦。

因而现在，丁建秋已经不适宜且自身也不想再像其此前在面对着其他对手时的比赛之中那样，再从一开局就强行进入到全力单边压制性的主动进攻模式当中去了。此刻，她同样需要也确实是在慎重地把握着自己的每一次战术选择，比如，在面对着张雨心如激光突射一般的强力直拳回击之时，她所在更多采用着的也是一种相对保守的闪避格挡以后的暂时退却，而不再是其所最为擅长的勇猛对攻了。

丁建秋并不畏惧“雨梦拳心”或是“羽毛步”，因为她这辈子早已经是见识与品尝过很多次了。她太熟知张雨心了，还有这个女人的一切本领，以及对方也定然是同样这般地了解着自己的这个事实。丁建秋和张雨心，她们彼此掌握了足以能攻破对方神一样绝技所必需的方案与能量，就只在待着去决定将牌相互摊开的那一时刻。而那一时刻的到来，或早、或晚，或是闪瞬便可分出胜负，又或是可能会陷入进无尽的拉锯与对拼，总之，如此巅峰的对决，双方没有任何的秘密可言，两强既已相遇，成败便只在毫厘之别。

而这微末的毫厘差别也就只是存在于了她们的“心”间。

何耀强所说的完全正确，张雨心和丁建秋此时正是在读取与博弈着是役敌我两方在各自之“心”上的点滴高下和一毫一厘。

“何指导，赛前我也查了一下资料。”可能是看到场面略显平淡，杨健适时地开启了一个新的话题，“丁建秋和张雨心这两位选手作为国内最为顶尖的女子散打以及自由搏击运动员，同时也是身为着北京队和国家队中的双料队友，她们之间真正在正式比赛上面的交手其实并不多，而其中能够给大家留下了深刻印象的，好像也就是在 2005 年全运会的小组赛阶段里面，发生了那一幕的那一场了……”

“……是啊，队友之间嘛，更多的时候，共同的身份还是一起去迎战敌人的战友……相对来说，大家认识雨心的时间应该会更早一些，她属于是典型的年少成名，从小就是备受着整个中国武术散打界的呵护与关注，第一次获得了全国成年比赛冠军时的年纪也就是只有十六岁。”何副总教练总是可以不动声色地去转移开谈论的主题。

“而相信肯定也有不少的观众朋友们初次相识雨心，是缘于了她在时尚圈里也同样非常抢眼的表现。”杨健貌似是道出了诸多男性观众的心声，“当然了，今天我们讨论的重点还是要放在眼前的体育赛场上。那么何指导，张雨心被众所周知的最强一项独有技术，也就是在《黑带》绝技谱上总排名第二位的‘雨梦拳心’，在本届世锦赛上直到了本场决赛之前一直都还没有真正意义上的出现过。那您觉得，在稍后的时间里它会出现吗？或者说，您是否觉得她的这一招，也会是像费奥娜·哈德森的‘IT’一样，将会成为被保留到了最后，并且只会去使用在足以决定整场比赛胜负的关键时刻上的那张杀手王牌呢？”

何耀强拧了拧眉头，思索了一下，然后答道：“嗯……这个嘛，主要还是要看比赛的具体走势……其实啊，我们现在去分析这种可能性的前提，还是要建立在对双方运动员的个人技术特点都加以了充分了解的基础之上。《黑带》杂志绝技排名的第五位才是建秋的‘钢之态度’，我想这个排序是欧美人搞的，如果是咱们中国人排的话……”

“那‘雨梦拳心’‘钢之态度’和‘IT’，您又会把哪一个放在第一位上呢？”你真的愿意自己的偶像落至第三吗？杨健同志。

“都有可能。”何耀强继续说道，“所以我想说的是，每名运动员所固有的技术特点，其实本身并没有绝对的高低强弱之差，存在着差别的，只是她们对于体育比赛的心理态度以及内在的战斗意志而已。不过当然了，如果只是去单纯地讨论运动员其个体的先天条件的话，我倒是可以毫不讳言地在这里表达出我个人的看法，那就是，张雨心、丁建秋，包括了费奥娜·哈德森，她们全都是这个时代所不可多得甚至是绝无仅有的超级天才。”何指导似乎又来了状态，这可是杨健很乐于看到的。

“哦？都是绝无仅有？那……”杨健也算是一位很会配合的积极求知者了。

“费奥娜的身体天赋在骨骼，丁建秋在肌肉，而张雨心……在神经。”何耀强略一沉吟，抛出了这句很有深度的总结评价。

“啊！”杨健一定是又在记忆中搜索到了什么新的猛料，“如此说来，何指导，我也曾经听到过很多的传闻，说是张雨心在进入了‘雨梦拳心’的状态之后，是可以提前预知到对方下一步的行动的。真的是这样吗？她所依仗的就是神经的力量吗？”

何耀强笑了：“呵呵……应该不是你说的那样。一些老运动员通过实战经验的积累，有时候确实是可以偶尔预判到对手于下一步会去做出的动作，但是这和张雨心依靠着自己独特的能力所做到的那种所谓的提早应对还是两回事。我知道你所指的那个传闻，我认为它实际上是人们对于张雨心那超强的身体反应速度的一种来自主观上的错觉与夸张的神化。

那么，我也不妨再次来为大家解释一下，传说中的‘雨梦拳心’到底是什么。

事实上，并非像是一些业余的搏击爱好者们所片面理解的那样，‘雨梦拳心’就是一套无比快速精准的组合攻击招式，即使它是，那也是狭义上的。在广义上，‘雨梦拳心’的本质其实就像是杨健刚才所提到的那样，是一种状态。它是张雨心为自己在比赛中所设定的一种能够使其自身的神经反应、手眼配合，乃至是下意识自觉等各方面的优势全都可以发挥到超水平极限的，极度专注与绝对自信的忘我状态。因此，‘雨梦拳心’在战斗中的作用，实质上是攻防一体的。”

“就比如那个搏击迷们至今还在津津乐道的‘NMD’模式，对吧。”杨健插了一嘴。

“嗯……也可以这样来理解吧。”似乎并不完全认同的何耀强接着说道，“只不过呢，在大多数情况下，‘雨梦拳心’被雨心运用到了攻击中的时候，其强劲的效果更为凸显，火爆的场面也更加的具有观赏性，所以观众朋友们也就会在直观的感受上多少产生出了一些误解，认为那一招只是一项单纯的进攻型技术。

那么，接着再说刚才的那个问题，为什么张雨心会让人们觉得她在处于了这种状态之下的时候，是可以在比赛中提前预知到对手下一步行动的呢?

我觉得，让人们神化出了这样一个传说的根本原因就是在于，雨心在‘雨梦拳心’状态下的场上应激反应速度已经完全超越了场下和电视机前的旁观者们的视觉解读速度。换句话说，就是那时的张雨心在客观上已经完成了一个反应行为的时间，是要快于我们普通人通过对其对手动作的视觉读取与大脑运转，而在主观上得出了她应该去为之做出一个反应行为的逻辑思维结论的时间的。而这也就因此造成了，我们产生出了认为雨心在其对手的实际行动做出之前就已经先知先觉并且先动了的时空感知错觉。”

哇，认知相对论！要不要这么厉害啊！杨健通过这次决赛日上与何耀强的搭档解说可也真是长了不少的见识。

谈话间，第一节的比赛已经结束了。

“何指导，我们看到在整个第一节的比赛里面，丁建秋和张雨心正如您所分析和论断的那样，始终都是处于了一种……收敛与保留的均势当中。不过刚才您也说了，她们之中很快就会有人去率先发力了，那么就您现在的观察，进入到第二节的比赛以后，能够去一举打破这种平衡局势的突破点是不是就该要到来了呢？而您认为，更可能去主动谋求做出这件事情的那个人又将会是她俩当中的哪一个呢？”

面对杨健的这个问题，何耀强沉默了一会儿。这或许是因为他需要为此思考一下，但更大的可能性还是，他正在掂量着，到底该去运用一些什么样的恰当措辞来表达出这个在实则上早已存在于了他心中的答案。

“我想……这两个人之间的这场对决，会首先去拼搏出全力的，一定是建秋……”何耀强的这句话说得很慢，有点逐渐凝固住了的感觉，不太像是他之前的风格。

“噢……好吧，那就……让我们拭目以待吧！”杨健也察觉到了何耀强似乎有点走神，于是他便自行圆起了场面，“观众朋友们，借助现在的节间休息时间，我们可以再次去回顾一下在本届世界女子自由搏击锦标赛上中国运动员们所取得的优异成绩。本次世锦赛共分为了四个级别，目前正在进行着的是次中量级的决赛，也是本次世锦赛上的最后一场比赛，中国选手丁建秋和张雨心实现了会师，已经包揽了本级别的冠亚军。而在稍早前结束的一场中量级决赛中，中国运动员隋清遗憾地惜败于了美国著名选手费奥娜·哈德森，获得了一枚同样珍贵的银牌。在重量级的比赛里，中国选手张欢迎进入了四强，而在轻量级中，我国选手郭雯雯和王迎也都是进入了八强。自由搏击运动是近年来在国际上……”

看台的东北角上，黄雅英已经不像是比赛开场之前那样紧张了，她甚至轻声地和丈夫交流起了当前的观感：“我怎么觉得雨心今天打起来，有些……谦让似的呀？”

“对建秋儿，她可能心里多少还是有点儿……”张国柱看来也同意妻子的说法，他们俩一起观看女儿的比赛也已经有很多年了。

南侧看台，各国选手及代表团成员所坐的专区里面。

“小雯儿、大迎儿、小迎儿……”一个略带疲惫的声音从上面传了来。

“哎，隋清，没事儿了吧？”坐在这里的郭雯雯、张欢迎与王迎闻声回头，向从看台上方入口处慢步走下来的隋清答应招呼道。

隋清下起台阶来还需要加点小心，她一路礼貌地和左右伸来表达着鼓励与慰问的其他国家运动员的手轻轻地击着，回到了中国队友们的身边。之前在更衣室里休息了一会儿，隋清感到自己并无大碍，于是就来到了这里，因为没有人会甘愿错过如此重要的比赛。

“什么情况了，俩人还没怎么着呢吧？”隋清边向场内伸着脖子探望，边问。

“还没呢，不过看着快了。”小雯儿答道。

在隋清走下来的时候，她注意到了，前一场比赛的胜利者美国队的一干人马也都已经坐上了看台。而似是有意地游离在了这群人之外，一位裹着红色套头帽衫、带着大黑墨镜的孤单女人远避开了所有人的视线，独自坐在了这片席位的最左上角位置。

不想与人说话，也不希望别人关注到自己，只想一个人安静地看着比赛。

费奥娜·哈德森。

场地内，擂台的两角，张雨心和丁建秋面对面地坐着。

雨心这一边，她身后的孟大海正忙得不亦乐乎，他一会儿拿起大毛巾为雨心用力地扇着风，一会儿又没头没脑地给雨心上下捏按着，嘴里还一直不停地问道："雨心，喝水吗？雨心，要洗牙套儿吗？雨心，要……"

雨心早已习惯了孟大海的这种样子，知道不要去理他就好了。但此刻的她也不想把目光投向对面的建秋，于是，为了找到一个可以面朝的方向，她瞧向了摄像机的镜头。

结果，张雨心那张美丽的、被汗水完全打湿了的面庞便就此微笑着出现在了全球的电视转播信号以及现场的大屏幕上，致拥趸们爆出了阵阵崇拜的尖叫……

美国曼哈顿，那名正在从平板电脑上收看这场比赛的中国女孩。

看得出来，这个女孩挺漂亮，也很有艺术气质，但是她的妆化得有些浓了，眼睛四周的深色影彩很厚重，再加上夸张的假睫毛，已是全然把本该能从她双眸中映现出来的所有心境与情感都统统地掩藏遮盖掉了。她佩着硕大的金色耳环，披着浅色条纹相间的豹纹皮草短大衣，在手里还摆弄着一支没有点燃的香烟。

女孩默默地盯着屏幕，手中的烟一直在紫色的长甲间旋转翻舞着。但就在张雨心的脸部特写出现了的那一刻，这只烟，停住了……

中国，北京，那位在购物中心家电卖场的液晶电视前驻足的斯文青年。

青年戴着丝框眼镜，皮肤细嫩，瘦瘦高高，他穿着普通的格子衬衫和灰色西裤，拎着几只大手提纸袋。显然，他是因前来购物而经过了这里，并在偶然间被某些出现在了电视转播画面上的熟悉影像所吸引住的。

当镜头中闪现出了雨心的笑容时，他整个人都静固住了……

成金龙也在注视着头顶上方的大屏幕，此时坐在建秋身后台下的他是无法直接看到雨心那边的，而这也本来就是他在内心中所希望着的。成指导忠实履行了自己的承诺，没有对近在咫尺的建秋说出过一句话，而是始终静观着他的队员们去自行决定着一切，这其实也同样正是他一直以来都最为喜欢的感觉。

在成金龙的眼前就是丁建秋的背影，一副低着头、眼睛盯着脚下的地面、永远都像是一座坚硬的雕塑的冰冷背影。

所有的人都预感到了，这场比赛即将就要掀起血腥的风暴，但是真正有权利去决定这件事情何时发生的，只有这个女人。

而现在，差不多是时候了。

成金龙好像感到他身体周围的温度在慢慢地下降。

尘沙起处，寸断肝肠……女孩松开了紧紧抱住母亲的双臂，霍一转身，踏着那一路的黄土决然而去。从此，天涯无情回首，唯有直前……

丁建秋缓缓抬起了头，看向了张雨心，那道疤痕，分外骇人。

狮子……杀气……

**2002年，晚春**

欢迎来到属于中国的二十一世纪。

这可能是比最好要坏一点的时代，也可能是比最坏要好一点的时代。这个时代的最伟大之处就是永无止尽的变革，不停地变、不断地变，直到变得你已经有点不认识它了，不知道该用什么样的态度去评判那些曾经是无比分明的好，与坏。

这，就是社会的前行吗？而我们，又该……

那一年，张雨心家早已借助单位的房改政策另添置了一套大房子，还购置了经济型的私家轿车，而年纪轻轻的她也已经幸福地拥有了属于自己的手机和电脑。

所以，绝大多数的人们都应该为享受到了更为优越的物质生活而开心……

对吗……

北京什刹海体校的训练馆内。

鲜花献上，掌声响起。

陈微，仍旧是那一身靓丽素朴的白衣，立于场馆中心的她胸前挂满了数不清的金牌，而眼中也盈含着收不住的热泪。在勉强坚持着与领导们合完影后，她随即就与相处多年的小队友们抱在一起，哭成了一团。

今天，对于陈微来说是个大日子。她，中国女子散打界中的传奇，名震武坛、战无不胜的“什刹海白色闪光”，在这一天宣布退役了。

张雨心肯定是所有的年轻队员里最伤心的一个了。这几年来，陈微对她悉心照顾、无微不至，不是亲人，胜似亲人，而且，“微姐”的白衣天使形象也早已是成为了她在训练比赛当中去直面困难、奋勇拼搏的精神支柱。陈微的这一退，对于雨心而言，可真是失去了一位值得崇敬的良师益友与无比信赖的同袍至亲。

人丛里，隋清、小雯儿、大迎儿、小迎儿，与陈微也都同样是依依恋恋、难舍难分。而陈微则就逐个拭去了大家脸上的泪珠，并安慰着她们：“没事儿，没事儿，以后我会常回来看看的，又不是从此就见不着了，有什么事儿，给我打个电话就行了……”

很明显，这种煽情感动的场面并不适合于成金龙。

成指导刚才已经发过了言，现在，见手下队员们都在忙着道别，他便礼貌地请了一下领导们，引大家一起退出了训练馆，只留下了自顾自地也在那里抹着眼泪的孟大海。

其实今天北京市体育局和武术协会（武术运动管理中心）的领导们来，更为主要的目的还是要和什刹海即北京市武术男女队以及什刹海即北京市散打男女队的诸位主教练和管理者们召开个政策通气会……

什刹海体校的主楼会议室里，与会者们都已坐定，市体育局大领导先是很随意地讲了几句开场白，随后："……另外今天呢，也正好儿是借着这个机会向大家介绍一位新同志，这位……（北京市体育局武术运动管理）中心以后主管散打项目发展的，陈光荣同志。"

"大家好！"一位西装笔挺、稳健精干的儒雅男士应声站了起来。从一早起，这人热情大气的礼仪举止就已经给向来都不谙此道的成金龙留下了深刻的印象。

今天，是他们的第一次见面。

"您好，您好！"成金龙也马上跟着大伙儿起身，轮流着和新任的顶头主管领导握了一下手。他感到陈光荣的手很柔软，而再细去端详，这位也就有个三十四五、比自己还要小了几岁的新领导，可以很明显地看出来并不是一名专业运动员的出身。

这算是全新的尝试吗？外行人！成金龙坐回到座位上时，头脑中闪过了这样一个并不让人觉得会含有着褒义的称谓。

介绍完新同志，大领导便开始了正式的议程："今天召集大家开会呢，最主要的内容还是想把最近（国家体育）总局关于今后非奥项目发展的一些最新思路和指导意见跟诸位传达一下儿，通个气儿……"……

春天了，柿子树的枝丫上育出了新的绿色，它们生长得更加茁壮了。在去冬的时候，工人们对这些树木进行过例行的修剪，他们锯掉了一些看似多余也没有前途的小型枝干，而这样做的目的就是为了保证它们不会过多地分散走主干本就有限的养分。

但谁又愿意记得，这些被抛弃掉的小枝干上面，曾经也都结出过鲜红的果实。

"非奥"这两个字，是成金龙心中如深的讳忌。

在新中国早期的体育史上，武术散打这一饱含着中华深厚历史底蕴、承载了民族炙热爱国情怀的国术国粹一样的世界独一的体育项目，于几十年里一直都在牢牢地占据着国人们瞩目的中心与焦点。它和乒乓球、女子排球等项目一样，都曾是在那艰苦而辛劳的岁月中，中国人去寻求理解、尊重与自信的梦想之寄托。在那个人们的心中都还燃着红与火的年代里，为民族自强、报国家习武，又是多少的志气健儿粉身不熄的毕生无悔之愿。

但，曾几何时……

自中国重返回奥运大家庭后，这个国家的举国体育体制也便跟随着整个时代的飞快脚步在共同地发生着彻骨而又无情的深刻变革。

1964 年，柔道成为第十八届（东京）奥运会正式比赛项目。

2000 年，跆拳道成为第二十七届（悉尼）奥运会正式比赛项目。

它们是幸运的，但幸运也永远都只属于少数人。

几十年来，中国体育人倾尽了全部的努力、动用了所有的资源，到目前（2014 年）为止所获得的最大成果也就仅仅是让竞技武术成为了亚运会上的正式比赛项目以及奥运会上的表演项目。而照现在的情形看，散打，特别是女子散打，想要真正成为奥运会的正式比赛项目，依旧是遥遥难期，几无希望。

与柔道、跆拳道等项目相比较，散打最大的劣势在于：一、不具备全球范围内足够的群众基础和相应的组织建制。按照现有经验看，一项新兴的体育项目起码要成功地举办过三四届具有着广泛代表性的世界锦标赛，其世界联合会才有可能会被国际奥委会所接纳、承认为正式的单项协会会员，并进而再去考虑该项目成为奥运会正式比赛项目的可能性。二、项目的现行规则缺乏在国际比赛中普遍适用的共识性与完善性。三、项目特征与奥运会上现有的搏击类项目，如拳击等，存在着类似和重叠的问题。

如此，又奈何。

其实在中国乃至全世界上像武术散打这样的“非奥”项目又何止百个千个，未来的路怎么走，也唯有是让它们去自己抉择。

公元 2001 年 7 月 13 日（北京时间）晚 22 时，在俄罗斯莫斯科举行的国际奥委会第 112 次全会上，中国的首都北京获得了 2008 年第二十九届夏季奥运会的主办权。

从那一刻起，不知不觉间，一个俨然在上、压倒一切，而又冠冕堂皇、不容置疑的名词开始频率越来越高地反复出现在了所有的中国体育人以至是普罗大众的口中。

那就是“奥运战略”！

所谓“奥运战略”的核心思想，众所周知，无需冗言。而当其落实在了去对待包括像武术散打这样的“非奥”项目的国家态度上时，又是怎样的呢？这就要涉及到与“奥运战略”几乎是在同时间里诞生的另一项对于中国体育事业发展影响异常深远的改革措施了。

中国体育的“职业化、市场化”。

需要说明的是，中国体育事业的改革复杂而艰辛，绝非一朝一夕可以速成，且凡事也都需要时间来作为检验真理的重要标准。而中国社会的整体改革与发展又何尝不是如此呢。在这里，我们无意对这一层面的问题或争议进行太过深入的研究与探讨，小小略加妄评，也仅是为了去升华些故事背景的真实性而已。

全力保障奥运重点夺牌项目的投入，对“非奥”项目进行体制与建制的全面改革，赋予其走向市场去寻求自我完善与进步的更广阔空间。不去讨论“奥运战略”的初衷和本质，客观地讲，这样的变革对于那些实际上已经陷于没落，甚至是被边缘化了的诸多“非奥”传统项目而言，也未尝就不是一件好事。

当然，这是往相对好听里说，往难听里说呢？“断水断粮，踢向社会，形同下岗，一推了之！”反正成金龙是经常这么想的。而他刚才在开完会返回办公室的路上看到了柿子树时所产生的那些凄凉感触，想必也正是出于了此心中一贯的偏激看法吧。

“职业化、俱乐部制、商业比赛”，这些刺耳的新鲜名词成金龙从2000年悉尼奥运会后就一直在有关散打队面临着全面改革的时断时续的闲语流言中反复地听到，而刚才的会议也无非又是给基层教练员们吹了吹上面意思的风，让大家都增加点心理准备，好等具体政策下发的时候才不会显得那么突然。唉……看来体制转轨，山雨欲来啊！而我等小人物们纵是身在楼中，又能去改变些什么呢？……

推开办公室的门，孟大海坐在屋里。

“陈微走了？”成金龙回到自己的办公桌前坐下，随口问了一句。

“走啦，永远都不会回来了……”孟大海这个人总是这么地多愁善感。

成金龙听后，没有再多说什么。诚然，他也很舍不得陈微的离开，但是男人同时又很清楚，竞技体育的专业运动队，新老交替、后浪前浪，这是必然的客观规律，谁也无法从中跳出，且更何况，这样的事情在他的教练生涯当中也经历得多了。

“开会都说什么了？”孟大海有一搭没一搭地问。

“没什么具体的，还是那些事儿，时机根本不成熟，搞不起来。”成金龙答道。

这里是一处狭窄拥挤的仅够三四个人容身的小房间，主教练成金龙靠门，队医兼助理教练孟大海靠窗。屋子里，摆放着三张老式的木质办公桌，成金龙的那一张因为桌腿与屉边的钉合处已经裂开了一条缝，所以有些歪斜，当手臂压上去的时候还总是会“吱呀吱呀”地作响。同时，放眼望去，在房间内所有的桌上、窗台上和墙角里，以及室内仅有的一套资料柜中，全部满满地堆摞着成捆的簿本纸张，那些都应该是经年累积下来后被装订成册了的资料表格，有些由于年代过于久远，残破的边角已经枯黄卷曲。因而，这样的一切让这里在第一眼看上去时，有点像是一间生意萧条并人气稀疏的废纸收购站。

北京市女子散打队的教练员编制应该是三人，但近两年以来，由于包括了经费紧张在内的多种原因，一直都有着一个人的空缺，而成金龙也并未介意。

“刚才那份儿批文儿，放你桌儿上了。”孟大海低头抄写着数据。

啊，差点都忘了，今天仅有的一条好消息。成金龙刨了刨桌上散乱的文件，拣起了一只白色大信封，这里面是一份盖有着很多枚红印章的人事调令，批准了一名外省市的青年运动员“交流”来北京市女子散打队入编注册。这也算是陈光荣的前任，已经退休了的主抓散打的原北京市武术协会副主席（北京市体育局武术运动管理中心副主任）在离任前为成金龙办下来的最后一件大事了。

**在中国体育的现行体制下，（地方）各级分项体育运动协会的主席、副主席多由同级体育行政管理部门的对口主管领导同志经过选举后担任。**

成金龙打开桌子左边的柜门，又取出了一只档案袋，掏出里面的运动员档案和调令附在了一起。而在档案的第一页上，贴有这名运动员的两寸照片。

是一个短发的女孩……

天色渐暗，忙碌了一天的成金龙收拾了一下桌面，告别孟大海，离开了办公室。他并没有回去宿舍，而是径直前往了训练馆，现在，该是他自己每天的例行功课时间了。

不论是在运动员时代还是退役之后，成金龙一直都保持着每晚独自加练力量的习惯，掐指算算，怕是也已有三十年了。训练馆的一角摆有几套支在了半人高托架上的铁杠铃，其中有一副通体乌黑的老家什，正是他这辈子最为亲密的好朋友。

男人练习的方法很简单，加满足够的重量，将杠铃垂臂提着，之后下个半蹲，双臂一弯，就势把杠铃翻到胸前，然后直腿，杠铃落下，之后再蹲再提，再起再放，如此往复。多年以来，就这样一个单调重复的动作，成金龙每天都会像是台定时启动的机器一样一丝不苟地去练上个四五十分钟，从不间断。对于他如是“乐此不疲”的奇怪行为，队员们一开始也会有点侧目，但是后来时间久了，渐渐地也便见怪不怪了。

就在这会儿，同一间场馆里也有着不少晚间在自行加练的运动员们。

实际上这间不大的训练馆是由什刹海（男女）散打队和拳击队所合用的，在学校里面被称为“搏击一馆”，而由柔道队、跆拳道队以及（各式）摔跤队所共同使用的另一个较大些的馆则是称作“搏击二馆”。

今晚，“搏击一馆”里最大的一颗明星正又一次地于仰慕者们的集体簇拥之下，在尽情地挥洒着他那火红的个人魅力了。

彭冲，北京拳击队里的头号当红小生，现时正在沙包面前左右开弓、挥汗如雨，全情投入地苦练着他那纯熟而又精湛的进攻拳法。他赤裸着上半身，任由大粒的汗液沿着他那俊朗而性感的肌肉沟壑条条淌下，这使得他在每一次孔武地轰击过后，伴随着沙包腾起尘烟的同时，震动的肌体还会有节奏地喷溅出片片暴力的水雾。可以理解，这种于烟尘与水雾的混合体中所大量含带着的强烈的雄性荷尔蒙气味，将定然会是其身畔那些自小便崇尚着搏击之道的青春异性们所完全难以抗拒的。更何况，二十一岁的新科亚洲拳王真的是太帅了，起码在什刹海体校的运动员圈子里，十七八岁的年轻姑娘们都是这么一致认为的。

所以很自然，这些姑娘们就也都成为了彭冲在每晚刻苦加练之时的最忠实追随者，并也以至了他身边的各种力量器械之上总是不会剩有空位子。而在一些好事者们的哄笑和杜撰当中，那位与彭冲最为登对般配的神仙侠侣，亦代表说是最有可能从众多的追随仰慕者中脱颖而出、美梦成真的那个女孩子，就要首推是咱们漂亮俊俏的张雨心同学了。

不过，这一晚的雨心情绪并不太好，她此时正抱着自己的胳膊，孤零零地一人闷头坐在场馆中最昏暗的一处角落里楚楚可怜着。女孩到现在还不敢大口地吸气，因为那依旧会令饱经恸痛的气管产生出零星的抽搐，而她的眼眶上也还残留着一些浮胀的红肿，谁都知道，陈微的从此离开会让她有多么地难过。

也许正是看到了女孩需要被安慰一下吧，今天的彭冲在结束了训练之后突然做出了一个会让雨心遭受到无数的羡慕与嫉妒的亲近举动。

男拳击手套上了一件T恤衫，把毛巾搭在肩头，来到了雨心的面前。“没事儿吧？别不开心了。”他蹲下身，看着姑娘红红的眼睛，微笑着拍了拍她的手臂，温情地说道，“她还指着你接她的班儿呢。”

这句慰问可真是太管用了，雨心受宠若惊，在她内心中低沉的土壤上，于心跳与激动的浇灌之下倏尔间便拱起了一棵兴奋振作的绿色嫩芽。能如此近距离地直面着自己心仪的对象，对这位姑娘来说还是有生以来的第一次，看着男孩那英俊迷人的笑脸，紧张而羞涩的少女有点窒息，一时竟不知该去如何的回应了。“啊……谢谢你！彭……”

“咣当！”一声巨响。

怎么回事？在场的所有人都被这声吓了一跳，纷纷忙是把视线从彭冲和雨心的身上移去了传出这一音响的源头方向。

愤怒！一把扔开了力量器械抓手，让悬空的配重铁片重重地摔落相撞的那个人……

什刹海体校女子柔道队，最重量级（78 公斤以上级）选手，邓春妹！

在中国的体校运动队里，运动员要统一称呼教练员为“指导”，对于年纪大于自己或先于自己入校（队）的校（队）友，习惯上会称呼为“师兄”“师姐”，而面对着同龄人或是小校（队）友时，直接叫“同学”就好了。

邓春妹和张雨心同龄，而且是同一年进入的什刹海体校，她们之间的关系并不会比自己项目的队友之间要更为陌生。很多人都知道，张雨心讨厌邓春妹，不过起因是由于邓春妹先去讨厌的她，虽然这个中的具体缘由任谁也说不太清楚，不过总的来看，在邓春妹同学和张雨心同学之间闹矛盾的这个问题上，她们的彭冲师兄是个颇为关键的因素。

“嗨，大春儿……真练啊，上这么多片儿（配重）啊！”彭冲显得略有尴尬，向那边草草招呼了一句，然后就对雨心打出了个告别的手势，快步地离开了训练馆。身后，留下了彼此还在怒目相对着的两名女运动员。

“回了回了，大家都回了啊。”场馆管理员出现得还挺是时候，他准备要闭馆关灯了。

那，就散了呗。

训练馆的另一侧，成金龙也已经完成了自己的练习，刚才的那一幕他亦是全都看在了眼里。不过可不要指望他会对此去做出任何的反应，对于这种少男少女之间的小孩儿事，只要不影响到正常的训练比赛，成指导照例都是一概漠不关心、视而不见。

至此，什刹海里的一天便又是这样地过去了……

……

娇艳的阳光又甜又暖，一个难得的好天气。

西单，北京城里最繁华的商业街区之一，星期六下午的一点钟，一家超大型的百货公司内正是宾客犹织，美女如云。这里距离雨心家的老房子步行只要十分钟路程，而她家位于长安街边上的新楼房离这儿也并不太远。

董薇左手捧着粉盒上的小镜子，右手则在用粉扑不断地拍打着面颊与额头。如此象征性地补补妆已经成为了她近来用以去打发等待时间的习惯性动作，每隔七八分钟就会不自觉地重复上一次。从今天下午来到这里开始，她已是这样去做了十几次了。

和董薇妆容的艳丽浓重相比，雨心的打扮就明显清纯了许多，她此刻身穿着一套蓝色的天鹅绒运动服，坦然而随意地被孤立于了这片高跟鞋与超短裙所织就的茂密丛林之中。好一片热闹的景象，百米之外都能嗅到扑鼻的喷芳香气，这里是SSTV电视台所主办的大型选秀活动《神奇女生》的海选初试现场。

董薇和雨心的手臂上分别贴着印有数字“57”和“58”的号码贴纸，可以想见，前面那56位选手们每人所享有的三分钟展示时间，总和起来以后肯定会是一段极其漫长的需要去耐心等候的过程。不过还好，现在已经抢到了一张别人留下的椅子，于是两名女孩合坐在了上面，而陪她们一起来的一个男孩则是继续留在了地板上。

赵亚伟，穿着格子衬衫，戴着金丝框的近视眼镜，拥有着对于男性来说有些过于白皙了的洁净肤质和一副弱不禁风的清瘦身板。此时的他抱着一只看上去很让人眼熟的大运动装备包，在女孩们的身边席地而坐着。从今天来到了这里开始，这个男孩从隐背的角度去望向雨心的眼神就总是那样地羞涩和谨慎，好像是生怕对方会突然发现了自己正在偷看一样，而且几乎可以确定的是，这位一直都不大说话的随从者在之前的日子里面就也一定是非常喜欢并也早已习惯于了这样去做。

赵亚伟和张雨心的关系有些奇特，他是后者的家庭教师，按理说，他仅是应该出现在每周五、周六晚上七点至九点的这位学生家里才对。

“57号，57号！”工作人员叫号的喊声又传来了。

太好了，终于轮到了！董薇拉着雨心快步跑向了面试的房间，而亚伟也忙是拎起包紧跟了过来。房门口，前面的一个女孩刚刚获得了初选晋级的“通行证”，正兴高采烈地与同伴们击掌庆祝着，董薇和她擦身而过，自己一个人进入了考场。

这是一个架有着多台摄像机位的相对封闭的空间，强烈的照明灯光有点晃眼，选手们所站的位置是这个空间的正中，在其对面一字排开坐在了桌子之后的是三位负责评审的嘉宾老师，而其他的三面都是置景板。

这三位老师……

左边，是一位身着华贵的吊带晚礼服，并用大红色的羊绒披肩轻掩住了自己雪嫩香肩的成熟女性。在她亮黑的云盘之下，有两粒吸睛的巨钻正于耳垂上发散着奢靡的光芒和令到所有初见者都不得不去注目的超强引力，这当然会使董薇也不免去多看了一眼，并随之在心中念道：“真漂亮，应该是真货。”很明显，这位自信的女性一定是极度愿望着人们在品论她的时候，千万不要吝惜去使用上诸如“风姿绰约”

或是“韵味十足”这样的专属于她这类贵妇的上层辞藻，而既然如此，就姑且叫她作“风韵老师”吧。

中间，坐着的是一名可能并不太会讨到大部分寻常女孩子们喜欢的，扮相颇有些异性化格调的时尚男士。一般在这样取向的造型里面，可以被人们轻易辨识出来的经典印象元素从来也不会少了那高高翘起的兰花指和印满了彩花的丝绸头巾，不过，由于对眼前的这位彩妆美男那描画得极度夸张的紫唇弯眉已经失去了最起码的视觉忍耐力，所以他脸上的腮红到底能不能完全遮盖住胡茬的痕迹这个无聊的问题，董薇虽然很是好奇，但也无心再去细细地加以进一步的观察了。那么，就唤他为“中性老师”好了。

右边，是很普通的一位中年男人，一身并不很新的浅色西服，唯一的搭配亮点是一只同色系的小巧领结。不过这位老师的表情有些过于严肃了，难道是今天的心情不好吗？因此，与其尖刻凌人的目光相匹配，“严肃老师”的这个称呼很适合他。

“老师们好！”董薇向三位老师鞠躬致意。

“请做自我介绍，然后开始你的表演。”“严肃老师”并不热情，由于这句话他今天好像已经重复了57遍，所以此刻心中正在愤恨地抱怨着主办方没有再单独安排一名主持人来承担起这份职能，以及他身边另外两位点评搭档的懒惰和不尽责。

“我叫Ivy，是一个从小学习舞蹈的北京女孩儿。我热爱我的专业，能够成为一名成功的舞蹈演员是我人生中最大的梦想，而今天我所带来的才艺展示也正是一段舞蹈。”董薇的这套言语非常得体，能够显见出她具备着一定的舞台经验。“那就……请音响老师放我刚才给您的音乐，谢谢！”

音乐响起。《Ai No Corrida》（《爱的斗牛》），这是一首脍炙人口的快节奏舞曲，常会出现在Disco（迪斯科）夜店之中，董薇闻乐起舞，秀出了真心之章。

董薇青春灵气的步点与协调柔润的腰身把这一曲奔放动感的旋律给全情演绎得欢畅尽致、观者感染，相信即便是再不专业的普通人也都能欣赏得出，掌握着如此熟练到位的动作技巧和丰厚饱满的艺术表现力的是一位多么具有天赋且历经过了刻苦修炼的优秀舞者。

然而，对面的三位评审老师就像是三尊姿态永远都一成不变的僵硬蜡像。

“风韵老师”其实是位歌舞领域的内行，但是在这样的环境中，比起让她去为一个无名选秀女孩的表演来投注精力，她更愿意的还是时刻去留意着摄像机镜头的位置，以便保证当自己出现在了电视画面中的时候始终都是那么地风情万种。

“中性老师”似乎有些累了，他的眼神在绝大多数的时间里都是空洞而虚无地飘向了屋顶上的吊灯，而人们也真的很难以去分辨出这到底是他在确感到了疲惫之后的无奈流露，还是为了故作深情而刻意摆下的拿手美型。

"严肃老师"突然想起了董薇欠他钱吗？看他双臂无礼地环胸，眉头也紧锁成了一只铁疙瘩，向表演者所反馈回去的神色之中尽是些令人心凉的挑剔与不耐。

"好了，可以了。""严肃老师"一抬手，在开始不到两分钟之后便叫停了这支劲舞。"请苏老师来点评一下吧！"他随后没好气地往椅背上一靠，向右边瞥了一眼。

"呃……好的……嗯……我觉得，是这样……嗯……""风韵老师"看来需要些时间去组织一下语言，是因为有点准备不足吗，还是经过了前面选手们的消耗，这位老师的学识与词汇量已经无法再支持住她对自己所要求的每一次点评的观点都要被卖弄得无比新颖与极富见地的高端标准了。"嗯……这位选手，你的确是拥有着良好的舞蹈底子，但是我觉得你……缺乏……泡沫，明白吗？泡沫，就是……卡布奇诺（一种表面上浮有牛奶泡沫的意大利咖啡）！"

董薇的胸膛还在起伏着，隐隐的汗迹就藏在鬓角之下。女孩有点茫然无措，她已经尽全力去跳了，但却实在是听不懂面前这位老师的胡拉硬扯，这当然不该怪罪于无辜的被迫受教者，因为那番评论根本就是不知所云。

"中性老师"依然在盯着吊灯。

房间里的气氛完全死去了……

"我这么跟你说吧，这位同学！""严肃老师"忍无可忍，只能又站出来撑起场面了，而他此刻的声高与口气就像是在咒骂，"你的表演太普通了，完全没有新意，说跳舞就仅仅是在跳舞，而没有跳出任何的特点，像你这样会跳舞的女孩子，太多了！我们想看到的是选手们与众不同的能力和创新！知道什么样的表演才算是创新吗？就是得有人想看的、有人爱看的，以前从没有人看过的，现在听说了就忍不住都想来看的，看过了之后就能把所有人都给吓一跳的！"憋了一肚子气的老师说到恼处，一巴掌拍在了桌面上，山响。

愤怒总是会让人失控，他把大实话都给说出来了。

《神奇女生》？

董薇在决定拉着雨心来参加这档选秀节目之前，是否应该先从这个名字入手去确切地了解一下人家所设定的"鲜明"的选拔标准与审美方向呢。

生活总是需要理解与宽容的。站在了今天这件事的角度上而言，那些陷于了浩如烟海般的众多娱乐台诸侯们的残酷杀伐之中的SSTV管理层和跟他们同样心虚焦虑的赞助冠名商们，那些被逼迫到通宵达旦、悬梁刺股般地疯狂工作，去搜肠刮肚、绞尽脑汁地求新求异、求奇求怪的节目编导与创意团队们，以及那些为了顺利挣到不薄的出场劳务费而必须要去服从着一些不得不去服从的糟糕指令与愚蠢安排的评审老师们，他们实而都是需要董薇，还有我们，去理解与宽容的对象。

知道上一位选手是依靠什么晋级的吗？她用自己认为很有创意的方式改编翻唱了一首经典老歌，在塞进了嘴里的两颗五香茶叶蛋的帮助下。

其实“严肃老师”在平日里的教学工作中，脾气也并不太坏。

“老师，我小时候儿还练过艺术体操，要不我给大家再表演一个……”董薇还试图去做最后的一搏，但是……“姑娘！”“中性老师”不知何时已是回过了神来，他的声音与容颜相比确实显得有点粗犷，但当其在沉沉地看向董薇眼睛的时候，所传递过来的居然是一丝忠言劝慰的真诚。“到此为止了，回家吧。”

董薇明白了，她长呼了一口气，紧绷的身条也仿佛是一下子就解放松散开了。排了两个多小时的队，跳了不到两分钟的舞，得到的就是如此稀奇古怪的结果。

此时写在了她脸上的除了无可奈何，也就只剩下几分的鄙夷与不屑了……

接下来，换雨心进入房间了。

“哦，是你的小（男）朋友吗？”“风韵老师”对一起跟进来的亚伟表现出了兴趣，真难得，她竟主动开口了，或许是因为雨心的打扮和前面的选手们有些不一样吧。

“我……”亚伟的脸上闪过了微许不易察觉的喜悦。

“他是我的……表演助理！”雨心笑得有点不好意思了，看似她是说出了一个连自己听上去都觉得很厉害的职称头衔。

这一句之后，又冷场了。

“请做自我介绍，然后开始你的表演。”有气无力的“严肃老师”只得再一次挺身而出了，他对自己今天的悲惨处境或已是感到彻底麻木了。

“噢，好的！”雨心示意亚伟打开了装备包，“我叫张雨心，是一名专业的运动员，也是一个兼职模特儿。我所从事的体育项目是散打，而今天我想要展示的就是我们在日常训练中的一些拳腿技巧。”说完，发现好像又落下了点什么，便又补充道：“呃……还有，他叫赵亚伟，他今天负责……让我踢打。”

散打？这倒有点意思，就是武术吗，还是拳击，还是那种可以劈开木板的功夫？三位老师总算是被提起来了一点点的兴致。

亚伟已在臂上套好了踢打沙包，雨心也随之戴上了拳套，并凑到他的身前边纠正着姿势边轻声嘱咐道：“站稳了，千万站稳了，两脚前后分开，就跟之前练过的那样儿……对，就这样儿。”而这一个短暂的过程让男孩很是享受。

之后，雨心便开始表演了。直拳、勾拳、摆拳，正蹬、侧踹、横鞭，她记记用心卖力，助理手上的沙包被击打得“啪啪”作响。

但是，吸引观众的效果却似乎并不理想。

就是……这样的吗，如此地……枯燥与平庸？几十秒后，老师们仅有的一点兴致很快便流逝消退掉了，三个人也先后又都回复了那副蜡人样的标志性脸谱。显然，这项表演的观赏性大大地低于了他们的预期。

雨心也在观察着他们的反应，而现在的这种情况……看来得去使出个高招才能扭转气氛了。于是，散打女将向“表演助理”打了个眼色，并即蓄力凝神，翻身一跃，一记附上了九分力道的右腿回旋踢猛然踹出！

“乓！”

“表演助理”连人带着沙包一起向后飞了去，撞倒一面背景板，滚在了地上。

现场一阵惊愕，在“风韵老师”的大呼小叫当中，工作人员紧急入场。

“对不起，真的对不起！老师，这是个意外！”雨心现在所能做的也就只能是不停地道歉了，她真是恨死了赵亚伟这个弱男人，早知道这样，还不如带大迎儿来呢。

“可以了，你们……”“严肃老师”又要去决定选手的生死了。

“稍等，请稍等！老师，我还准备了别的更精彩的表演！”雨心和那些在她之前被否定了的所有女孩子们一样，都不情愿就这么轻易地放弃，而且，如此这般便结束了的话，真的会让人觉得特别的窝囊。

“我看不用了，就这么摆着踢踢打打的也没什么娱乐性，请下一位选手……”“严肃老师”对这种平淡无奇的演练毫不感冒，他不准备改变主意。

“张雨心，我问你……”“中性老师”忽然又插话了，“你练散打，取得过什么成绩吗？”

“我是……去年的……全国锦标赛冠军……”雨心怯怯地答道。

“全国冠军”，这四个字的意义在今天的这个场合里似乎只剩下了讽刺的意味，莫说张雨心，就算是当时七年六冠、如日中天的名将陈微，走在了大街上又有几人能够相识。这就是在中国普遍不受关注的“非奥”项目的寂寞与悲哀吗？尤其还是女子运动员。坦白讲，在十七岁的张雨心整个的运动生涯当中，媒体上对她配有过正面照片的报道总共就只有过两次，而且还都是大远景的多人合照。

雨心的话音未落，刚刚才经历过了花容失色窘态的“风韵老师”便忽是冷不丁地附和称赞道：“哇，好棒啊，冠军耶！”尽显出殷勤与造作。而她这么做的唯一目的就是要去提醒摄像师与导演，她已经恢复了应有的端庄仪态。

“你还有什么表演，继续吧，我们在看。”“中性老师”淡淡地说。他感觉到了“严肃老师”向自己瞄了一眼，而他也露出了一个浅笑，算作了给这位同事和所有人的回应。

雨心喜出望外，她马上命令亚伟：“带上那个！”

下一项表演，攻击移动靶。

这一次，雨心再度把亚伟拉到了自己面前：“动作快一点儿，脚下站稳了，一定不能脱手，知道吗？别再搞砸了，再砸了咱们就现大眼了，懂吗？”女孩紧盯着男孩的眼睛，咬牙切齿、一字一顿地说完了这段话。而赵亚伟听得冷汗直流，一个劲儿地用力点头。

开始了！我们很熟悉的，也是最震撼的，绝世奇才所舞出的暴风骤雨！以张雨心今时今日的能量，这一套拳脚已不知又比当年的版本强悍了百倍千倍！

春秋之时，鲁国乐师公明仪为牛弹奏一曲《清角》，牛不闻，伏食如故。

此为，对牛弹琴。

这的确是蛮值得被同情的三位老师，他们呆呆地注视着眼前所上演的这一幕好戏，但却谁也没能区分出来此景与之前的表演有着任何的不同。

张雨心有点急了，她大喊出一声：“远点儿！”于是亚伟马上奋力一甩，手靶快速地飞向了高高的右上角。而雨心则是识物在心，双目一合，迅即便发出了那招，腾跃反抡踢！

一击中的！可谁知……靶套竟脱手而飞了！

“哎哟！”

正中在了“风韵老师”的脑袋上……

……

董薇和雨心垂头丧气地坐在了商场大门前的台阶上。

董薇的手中拿弄着一支没有点燃的香烟，这是在她的生活圈子里面很容易，甚至是难以避免要去接触到的事物。不过跳舞的姑娘很清楚，这不是什么好东西，而且，她最好的朋友也告诉过她，女孩子抽烟，一点也不帅。于是久而久之，董薇便养成了一个有些奇怪的坏习惯，每当她遇事彷徨犹豫、无法决断，或者是心情紧张而又复杂的时候，就都会取出一支香烟在指上把玩着，就好像是，这代表了她内心里始终也无法回避掉的困顿与诱惑。

依然负责背着包，之前坐在了稍远处的赵亚伟，这时鼓了鼓勇气，凑了过来：“其实这也没什么，只不过是他们不懂得欣赏……”话没说完，两个女孩凶恶的目光就像是四把明晃的刀子，把他给吓得缩了回去。

又沉静了一会儿……

雨心：“你今儿晚上还跳去吗？”

董薇：“去，平时一晚上两场，周末四场。”

这两个姑娘一个低头发着呆，一个眺望着远景的霓虹，对话时谁也没有看着对方，而她们交谈的内容也没有什么主线，只是在想起一句说一句的断断续续地闲聊着。

雨心：“我明天有拍照，给服装厂家的，裤子。”

董薇：“累死你。”

雨心：“按小时算的。”

董薇：“那还行。”

……

雨心：“我下礼拜还有比赛呢，北京国际邀请赛。”

董薇：“嗯……”

雨心：“我再拿了就第三次了。”

董薇：“嗯……加油儿。”

……

董薇：“昨天有个老外客人跟我要电话，说要请我吃饭，谈合作。”

雨心：“恭喜啊……”

……

“雨心，最近有好几次，我都特别的能感觉到……”董薇转过了头，盯着雨心，看样子她也希望雨心能像这么认真地注目向她，“人在心里面想的是一个样儿，但在实际生活中却总是另外的一个样儿，真的是很难去……你明白我的意思吧！”

“明白，就是说梦想与现实的差距很大，对吧。”张雨心看来比她的朋友会更愿意去诚实地使用这种残酷而又直接的表达方式。

“唉……”董薇长叹了一口气，“对……”

天，渐渐暗了……

雨心和亚伟走在了一起回去的路上，等一会儿到了女孩家楼下，他俩还要再配合着演个戏，故意装作间隔着先后进门，这样，黄雅英就会很正常地认为是女儿先回了家，而家庭教师过了几分钟也正好到了。

赵亚伟是首都经贸大学二年级的学生，他的母亲和黄雅英是儿童医院里的同事。

自从张雨心进入什刹海体校成为了专业运动员，爸爸妈妈就一直在担心着两件事。第一件，是怕女儿受伤，而第二件，就是不希望她缺失了文化学习。于是，在两位护士母亲一次偶然的病房值班中的聊天过后，赵亚伟就走进了这一家人的生活。

一开始，黄雅英是坚决要付费用的，但赵家母子也是同样坚决地予以推拒了。不过后来，可能也确实是觉得自己如此定期、频繁、积极地去为女孩子补习，不拿些报酬实在是令人生疑，亚伟也就象征性地收下了一点，然后转头便又都去给雨心买了书籍和礼物了。

其实非常简单，亚伟就是喜欢雨心，不过雨心可是一点也不喜欢他，这一层就连黄雅英都能看得出来。并且，但凡是见过彭冲一面的人也都会有所感觉，赵亚伟的形象与性格和女运动员所青睐的类型之间的距离，确实是远了点……

胡同里的路灯亮起来了。

一路走来，亚伟一直跟随在雨心身后整五米远的位置上，这是表明了立场的姑娘给他所定下的规矩。而此时，恰好一群追逐着足球的孩童擦身而过，带起了一阵吵闹，于是亚伟也便趁机追上了几步，进入了与身前人可以边走边聊的范围。

亚伟："董薇为什么那么喜欢跳舞？"

雨心："梦想呗。"

亚伟："那你是更喜欢散打，还是当模特儿？"

雨心："你说呢？"

亚伟："如果有一天只能让你选一个，你选哪个？"

雨心："……不冲突。"

亚伟："雨心，其实我觉得吧，人有时候儿真的不能去要求太多，你看今天董薇也认识到了，好多事儿就是想起来容易，办起来难。"

雨心没有答话。

亚伟："所以要我说，人们凡事儿都应该想开点儿，别对自己期望得太高，我们学校里有个教会计的老教授就总是跟我们讲，知足者常……"

雨心（打断）："你说的谁都懂，但只要是一个人，就总会做过梦吧……或者最起码，每个人也都应该知道自己将来想要去干点儿什么吧！"

亚伟："这我当然也同意了，但我的意思是，真的不一定是只有那些苛求自己必须要去成为世界冠军、超级名模，或者舞蹈明星什么的这样宏大高远的人生理想才能被称之为是梦想，因为那终归只是极少数特别幸运的人才可能办得到的。我就认为，在日常生活中很多平平凡凡的、简简单单的愿望，其实一样也是梦想。"

雨心："比如呢？"

亚伟："就比如我的梦想吧，我就是想要将来找一个我喜欢的女孩儿，跟她结婚成家，一起过日子，再生个孩子，然后努力地让他们一辈子都很幸福，就是这样。"

亚伟刚一说完，雨心便突然站住了，并随即猛地一回身，转了过来。这让尾随者吓了一跳，也赶紧收住了脚步，两人险些撞个满怀。

张雨心又在看赵亚伟的眼睛了，每当这个时候，被注视者就都会被搞得心里发毛、手忙脚乱的。原本，爱做梦的女孩是想说上他几句的，例如"那不会是我想要过的生活"，或者"那只是你这种没追求的男人的想法"等那一类的。但是，她最终没有。

"别聊了，赶紧走吧，一会儿我妈该给我打电话了。"雨心把双眸沉下了一点，淡淡地抛下了这么一句，随即便又是一转身，接着向前走去了……

天完全黑了。

雨心和亚伟一前一后地继续这么走着，相隔的依旧还是那五米的距离。

赵亚伟，你也许注定就只能是张雨心生命中的一位匆匆过客……

而董薇呢？你，又将在张雨心的生命和她的故事之中扮演着一个怎样的角色呢？

凌晨三点二十五分，董薇回到了独居的小出租屋里。

疲惫的她脱下了高跟鞋，整齐地摆进了门后的鞋阁里。衣服也是，为了参加今天的选秀活动，她穿上了自己很珍惜的一件带有些晚礼款的紧身连衣裙，现在，细心的女孩认真地将其里外检查了一遍，在确认了没有弄脏或破损后，重新套上塑料袋，挂回了衣柜之中。而接下来，她终于可以卸妆了。

从整整九个小时前跟雨心和亚伟他们分开了之后开始，董薇就独自回到了那种她最为熟悉同时也是最为又爱又恨的环境里面，无味又无趣地度过了她的如常的又一个夜晚。

震耳欲聋的狂乱音响，频闪耀目的镭射灯光，缭绕着烟雾与酒精飞沫的浑浊空气，还有脚下那些热舞着的醉或不醉的男男女女。从屋顶垂下的巨大金属鸟笼里面，紧包银色亮衣的领舞女郎们扭动着腰肢，以机器人的身份在呈现着她们每晚千场一律的工作程序。这里就像是一座永不停歇的魔力工坊，它用青春与金钱作为燃料，在提炼着无比诱人的激情和快乐，而在其所由此产生出来并被排放向了背暗之处的污染废气的成分当中，则也是无可避免地含有了一定比例的放纵与迷失。

董薇就是这其中的一副规格化的量产零件。

在董薇小学三年级的时候，她的父母离异了，此后几年里，单身带着女儿的母亲为她和她的舞蹈之梦倾注了无限的爱。小学毕业后，董薇顺利地进入了一所艺术学校，那时她的梦想很明确，就是一辈子去跳舞。

一切或许都是从初二那年开始转变的。那一年，董薇的妈妈再婚了，继父并没有什么不好，但是，女孩却也就是从那时起逐渐一点点地变得敏感而又多心了。又一年后，小弟弟降生了，不必去深究那些经典童话里悲伤的灰姑娘故事到底有没有在真实中上演，总之，董薇与这个家庭的关系就是一天天地愈加冷漠而疏远了。

该进入高中了，对于期待着可以在艺术道路上走得更远的歌舞专科类学生而言，这个阶段无疑是需要着用以遍访名师及置装购物的巨大的资金与家庭精力的投入的。而明事理的董薇没跟家里面商量，自己做主，选择了一家民办的舞蹈培训职高。

像这种半工半读性质的学校，学生们如果想在艺术造诣上更进一步几乎没有可能，但要是想去尽快地获得社会实践机会的话，那可就算是来对了。场场相连的晚会伴舞、庆典活动、MTV（音乐电视）拍摄、综艺节目龙套，就连董薇自己也都承认，她的职业舞蹈艺员生涯事实上从十六岁起就已经开始了。

现在的董薇感觉自己更像是一名实际意义上的文艺“北漂”。学校里安排的低薪演出她早就不去了，甚至这多半年来她连学校的大门都没有再迈进去过了。坚持从家里搬出来自己住后，经济上确实面临着不小的压力，但是凭借着在专业水平上的真材实料以及勤奋务实的处世态度，离巢的雏鸟做到了自己养活自己。白天视情况接上一些商演，晚上则就固定去夜店做领舞，个体舞蹈从业者的生活紧张而又忙碌。

董薇赚到了一点钱，也认识了不少朋友，她为自己是一名依靠着双手劳动而获得了自立的年轻人所感到自豪，也为自己顺利地适应了这个现实的社会而暗自庆幸。

但是，她却绝少有过真正的喜乐。尤其是在每天深夜的这个时候。

洗完澡，董薇躺到了床上。

她当初决定租下这间小屋，就是因为窗户的位置和透过它所能够看到的景观。女孩喜欢在关灯之后，打开窗帘，然后仰卧在枕上，静静地望向窗外的世界。其实，窗户外面什么也没有，就只是一片茫茫的星空。

爱，源于过着自己喜欢的生活，而恨，则是源于只能这样地过着自己喜欢的生活。

今夜的天空晴朗无云，点点繁星缀着，悠远深邃。董薇很喜欢这样的美景，因为如果用心去凝望，时与空都可以望得很远很远，远到，没有人去过的地方。且望着望着，姑娘就会睡去了，而那令人憧憬的远方，也就会被……带入了梦中……

女孩，接下来，人生还会再给你一个选择，或是一扇门吗？

桌上有张纸条，一个英文的名字，以及电话号码……

……

没过一会儿，第二天的清晨就已经到来了。

每天清早六点，张雨心都会很自然地醒来，这是常年的体校生活所使她形成的固定生物钟，即使是周末在家的时候也不会例外。

昨天提过了，雨心今天要去做她的兼职模特。

吃过早饭，素颜的漂亮姑娘背起了自己的大装备包，告别爸妈，出门了。因为今天是去拍照，所以雨心并没有化妆，而在平时，如果是上街出门或去参加比赛的话，她都会适当地化些淡妆。在下午完成了工作以后，她也不打算再回家了，会直接就返回什刹海体校。

雨心最早进入这个行业跟董薇有着一点关系，但也不全是，她所接到的第一次试镜邀请完全是得益于在某场超市促销工作中的热情笑容，而之后，当她去向亲密的女友请教个中门道的时候，熟门熟路的个体演员首先给她进行讲解的是如何收费的行情。

其实，有不少早年练习体育的姑娘们凭借着独特的气质与出众的身材，都在模特或是演艺工作的道路上获得了很多发展的机会，从这个角度上讲，张雨心不比任何人差，包括了接触社会的乐观大方以及坦然自信的爱美之心。

一开始时，家里还并没有注意到雨心的这个新的业余爱好，直到骄傲的女孩把放在餐桌上的时装杂志故意翻到了载有她作品的那一页。家长们很开明，一如既往，张国柱和黄雅英完全支持女儿去尝试她自己喜欢的事。

九点整，老刘的摄影工作室，准时抵达！

推开门，厂家的人已经先到了，而雨心所感受到的他们的目光是先由礼貌的客气，再到暗地的审视，并最后落定为了满意的赞许。这一个过程是一般只提供照片资料而极少参加真人面试的雨心在初次面对客户时所必须要经受的考验，虽然前两个阶段可能的确是不太让人舒服，但获得了最后的认可之时却又是能让女孩感到极致享受的美满一刻。那很像是擂台上的胜利者在完成了一次痛快的 KO 之后在接受着观众们的欢呼。

刘泽平正在摄影布景前调试着照明灯光。他就是老刘，这家工作室的主人，此人时年 27 岁，老刘是一些常与之合作的年轻模特们对他的称呼。

今天的模特只有雨心一人，拍摄时长预计要四个小时，不含午餐时间。

开始工作！

9:00-10:30，一直在化妆。应客户的要求，模特的造型被修改了好几次，化妆师都有点不耐烦了，她可是按场收费的。而雨心态度很好，一直保持着微笑。

10:30，终于定妆了，开始拍摄。厂家方面的一个女孩负责来给模特换装，打开箱子的时候雨心吓了一跳，三十多条牛仔裤，这个品牌的全部本季秋冬款系列。

10:30-12:30，老刘的手很快，十分钟一款，两个小时拍完了少一半。雨心并不轻松，但依然在坚持着微笑。

12:30，吃盒饭了。雨心不敢多吃，那些仔裤都很瘦，她把鸡腿夹给了化妆师。

13:00-16:30，雨心以她专业运动员的体能和毅力把微笑一直坚守到了最后一分钟，而老刘的手也都累得快要抽筋了，客户很通情理，见状收起了几条不重要的不拍了。

17:40，送走客户后，卸了妆的雨心强烈要求老刘请她和化妆师去吃晚饭，于是三个人在楼下的小餐馆里吃了一顿饺子。下楼前，雨心拿到了今天的报酬，三百五十元。

这一餐，雨心吃得很香。

张雨心并不是在单纯地为展现出了自我的美丽而开心，也不仅仅是只因为赚取到了金钱而就会感到有多么地高兴，这是一种相对复杂而又综合的成就感，一言概之，就是她自认为自己已经做到了“用自己喜欢的方式让生活变得更好”。而这种完美状态的得以实现，相信也就正是包括了世界冠军、超级名模，以及舞蹈明星在内的所有的人类们都在共同地渴望与追求着的普世之愿吧。

这，或许也就是所谓的梦想的真髓了吧。

如此说来，马上就要成年，已经开始更为广泛而实际地去试着理解起了社会和生活的本质的张雨心，她的心里，又是在经历着一种怎样的微妙变化呢？

老中国曾有一位温良凄婉的女作家在自己的作品当中描绘过一些就于人生而言，情感与岁月这两样心间之物的奇妙关系。设想，三年五载的一段情缘，对于早已是历经过了太多世事的中年人来说，可能真的并不算什么，没准儿就好如是又一次消散在了指缝之间的过眼云烟一般。但若是对那些本就只曾才有过短短十数年的前半生的年轻人而言，却便已是他们含尽了生死悲欢的全部生命了。而这个道理放之于芸芸之中也还可以适用出很多种类型的解读，不管是采用同向的思维还是逆向的。

对于那些一直都安然地生活在了自己的纯美世界之中的年轻人们来讲，少时的梦想曾经就是其生命的全部。但是，当他们长大成人，进入了更为广阔而多元的现实天地，并也去体尝过了更多的人生阅历和岁月沉积之后，也许就会苦涩地发现，这些于往昔中曾是如比肩日月一般不可动摇的梦与决心，实则上……

在十七岁的这一年中，生活里已然或是即将发生的一切就于正在经历着成长的张雨心而言，或许还只能算是刚刚被提出来的一个问题，而这位传奇的主角可以真正寻找到这一问题之答案的那一天，还在故事的未来遥遥等待……到那时，关于“心”和梦想，关于那个普世之愿，她，还有她的朋友们，又将会去做出怎样不同的思考与抉择呢……

19:35，什刹海体校的大门前，一辆黑色的七座商务车缓缓停下，张雨心和她的大背包一起下了车。驾驶室这边，刘泽平降下了车窗，和女孩最后一次的商量道：“雨心，下礼拜那冰激凌广告，我还是算你一个吧！”

“哎呀，真不行啊！真得打比赛！”雨心边乐着，边一个动作两种含义地向老刘摇了摇手掌，随后便转头进入了校门，扛着大包，一路小跑地隐入了初降的夜色之中……

至此，张雨心的一个周末便也是同样地又这么过去了……

所有的事，不论是发生在了什刹海的里，还是外，都是那样地真，和实。

就像是我们之前所说过的，生活，终将会变得更像是生活。

对吧……

# 5. 那样的春天（二）

THE LEGEND
OF HEART AND DREAMS

风有点热，柳絮浮在其中悠闲而得意，它们很愿意亲近人类，去主动粘上谁的衣服，或是直接撞到人家脸上带来些痒痒的烦扰。庭院池塘中的小红鲤重新找回了尽情追戏的灵感，争着往一蓬蓬的莲荷下面藏了自己。梧桐冠上的蜡嘴雀或是寻着了去年夏天时的旧巢，一对对又是“叽叽喳喳”地争吵起了孵育宝宝的事事碎碎。而我们的老朋友柿子树也是颇为尽职，就在昨天，它已是给什刹海送来了今岁的第一朵绽放。

这一年的北京，夏天来得格外地早。

在这样一个安宁的午后，成金龙和孟大海站在了“搏击一馆”的大门前。成指导想必没有料到天气会变化得这么快，虽然他已把厚厚的运动外套脱下搭在了臂上，但在灼人的阳光之下，些许滚圆的汗珠还是不久便攀上了他的额角。不过他现在并不想回去室内，心急的汉子已决定就在这里一直等待着，为了礼貌，也为了在心中怀有着的那点小小的兴奋。

他准备迎接的人应该就快到了。

蜡嘴雀们又开始了歌唱……

不一会儿，一辆出租车驶了过来，两人赶紧招手，车子便在他们的跟前停下了。

成金龙很是热情地去为客人们拉开了车门，而从车里面下来的是两名中年男人和一个年轻的短发女孩。

这两个中年男人，一个瘦高，一个矮胖。矮胖的这位，穿着还算考究的深蓝西服，臂夹着那几年很为常见的黑色手包，以一副世故而又客套的场面做派在自然且亲热地与两位北京友人拥抱寒暄着。瘦高的那位，一身质朴的运动衣裤，看上去要内敛了许多，他似乎并不习惯于过分热络的情感表达，只是诚恳地与成金龙用双手交握了一下，而这一握，沉甸甸的，亦是足以见到了心中的分量。随后，他又转过身去和孟大海握手，在挪步间，右腿一拐，显而可见，他是一个身有残疾的人。

那个年轻女孩同样是一副简单的运动装扮，只不过；鞋是全新的。她可能有些紧张，所以始终没有说话，而且目光也在刻意回避着所有的陌生人，让人感觉冷冷的。

争抢着行李，五个人走进了训练馆……

由于不喜欢漫天乱飞的杨柳絮，张雨心把宿舍窗户关得紧紧的，此时，房间里的其他三张床前都是空的，屋里就只有她一个人在用指甲油补着丝袜。

因为昨天刚刚参加了北京国际武术散打邀请赛的各级别决赛，所以今天队里给几名主力队员都放了假。同屋的隋清和大迎儿又不知跑去了哪里，就留下了三连冠的雨心在独自一人打发着无聊的下午。她先是看了会儿武侠小说，又打开电脑玩了几局翻牌，然后……

“砰砰砰！”连续的拍门声，还有隋清急切的叫喊：“雨心，雨心！”

隋清忘带钥匙了吗？雨心忙乱地一手捧着半干的丝袜，一手打开了房门。

“雨心，快，快去……”隋清气喘未定……

雀儿继续歌唱。柿子树下，两个女孩匆匆跑过……

“啪！”一名年轻队员重重跌落在了毡上。好一个干净利落的抱摔，秒级制胜！

制胜者，原山西省大同市阳高县女子散打队队员，而从今天开始成为了北京市女子散打队中的正式一员的，丁建秋！

地毡上爆起的灰尘在光线的折射下清晰而分明，同样是个没有开灯的下午，这一刻，“搏击一馆”里的气氛与味道和五年前的那一天很是相似。

建秋于入队的第一时间就在成金龙的安排之下与队友们展开了实战试练。北京女子散打队的全体队员共十九人围成了一圈，率先上场与新来者展开了切磋的全部都是年轻的小队员，因为小雯儿、大迎儿，还有同样是刚刚赶到的隋清和雨心都还穿着便服。

那两名中年男人也在圈子中，而孟大海去办理新队员入校的相关手续了。

最晚赶来的张雨心低调地站在了人丛的后排，她看到了刚才的那记抱摔，不仅看到，也感知到了。移动、捕捉、发力，极强硬的发力，甚至是野蛮的，没有收，一发到底！雨心只感到迎面扑来了一股刺人的戾气，这个女人，和之前遇见过的所有运动员都不一样。

丁建秋面无表情地瞟了下地上的小队友，可能带出了一点轻蔑，但不明显。

她此刻的态度就好像是随意地翻动了一下手掌，或是从衣兜里掏出了一块手帕之后的那般闲暇无事。然后，她抬起了头，光照打亮了姑娘的脸面，洁净完好，平整无痕。

“啊！”人群中一阵惊动。那名承受了凶狠摔击的小队员在勉强回到了队列中后突然一下子向前跪倒，大口呕吐了起来。这是头颈部遭到了强烈冲撞后的轻微脑震荡表现。

下手太重了！就算是在争夺激烈的正式比赛中，将对手抱举过了最高点后也应该即时撤力，让被攻击者以被推出的自由落体方式去自行着地，这是正规散打抱摔技术的基本动作要领。附加下压动作，人为加重摔撞的伤害力，这是在日后的自由搏击武技库中才会存在的招式，虽然，在传统散打的规则当中也并未被明文禁止。

所以显然，这种打法肯定会引起队员们的非议。

每当进入到了这种时段，成金龙就会暗暗地念动他那邪恶的咒语，让自己变身成为一尊雷打不动的无声石佛。而今天，在他心里打的又是哪样的算盘？

“小迎儿！”成指导一甩眼色，一名身材娇小的女孩走出了队伍。

王迎，是北京市女子散打队中继已经成为了中生代领军集团的张雨心那一拨儿队员之后，年轻选手们中整体能力相对出众，同时也是在个人技术上很有特点的一位后起之秀。不过，这名队员在意志品质方面……还有待进一步的提高。

丁建秋定立如杵，静待挑战。

电光石火般的启动初速度！小迎儿，其所擅长的闪击战法尽得“什刹海白色闪光”的技术身形精髓，队内戏称“小陈微”！不等照面双方抬臂起势，一记猝不及防的前冲步直刺拳偷袭就已是正中在了丁建秋的面门之上！

好拳！小队员们中间传出了声声的叫好。

可是，实际上……

小迎儿的确是击中了目标，但是她的右臂还未及收回就已经被丝毫未显创伤的对手给一举擒获住了。传统拳击手套是无法施用指力的，但建秋似是运用出了一种很为独特的双臂绞夹的方式，将对方的手腕给牢牢地锁在了自己的两只小臂中间。

这完全都是非常规的技术动作，她是怎么练成的！双臂擒单臂却没有立刻连接施展出任何摔法，建秋想要做什么，她难道不顾忌王迎的左手拳击吗？

“砰、砰！”果然，小迎儿的左手摆拳马上一下连一下地砸在了建秋的脸上。

但是，五六记过后，她攻击的强度就明显地减弱了下来。是力竭了吗，还是，丁建秋的反应和其眼中的寒光已经让她丧失了斗志。

丁建秋在结结实实地挨中了每一拳的同时，面不改色、目不转睛地将心中的杀气滚滚射向了眼前的这名可怜弱者。那就像是在令人肝胆欲裂地厉声呵斥着：你是在挠痒痒吗！

终于，小迎儿的无谓抵抗停止了，她转而把左手按在了建秋的小臂上，用尽了全身力量想要将右腕给抽离出来，但却怎么也无法做到，而同时，在她的脸上则也是赫然呈现出了一副痛苦万状的扭曲神情。怎么会是这样！小迎儿的右手手腕被夹在了建秋的两只小臂之间并惨遭到了暴虐的剪铡强压之力，几乎就快要被折断了。

在（当年的）中国传统武术散打的现行规则中是明确禁止使用反关节技术和膝肘击打技术的，也就是说在自由搏击运动中赖以实现降服制胜的重要利器——关节技与绞技，在标准的散打比赛（全国锦标赛、全运会）中全部都是不允许去使用的。

不过，这还真的不是关节技！

丁建秋这种罕见的攻击方式本质地区别于了利用人体关节的天然组织构造去施以反向力量来进行伤害的反关节技原理，而是纯粹地依靠着自己钢铁一般的手臂肌肉和令人难以想象的怪兽一样的绝对力量，所独家打造出来的一把人体“铡刀”。并且，这把足以能去切断常人筋骨的铁臂之铡一旦在临战之中捕获到了合适的机会，便是随时都可以将敌人肢体上的任何部位都拖入进那极尽摧残性的无解绞杀当中。

小迎儿想要放弃了，她一边还在死命地挣扎，跳动着强扭右臂想以此来撬开一点可用以逃脱的空间，一边向成金龙投去了呼救的目光，意在恳求教练就此叫停这场比试。但是她却绝望地发现，成指导根本没有看着自己，而是一直在注目着那个瘦高男人的动态。

没办法，认栽吧！

“我认……啊！”小迎儿的那个“输”字还没得说出了口，竟已便转为了凄惨的哀嚎。

近身斜下鞭腿！见到对手意图挣脱，建秋毫不留情地又发动了下盘的袭击，她不准备留给王迎一丁点的活命机会。这是让人惨不忍睹的一幕场景，小迎儿就像是一只被吊起了前蹄的待宰羔羊，任凭着屠夫手中那烧红的铁链残酷地抽打在了两条白嫩的后腿之上。一下、两下……总共七下！正是小迎儿刚才击中了建秋的全部拳数。

犯我之恨，如数奉还！

“喂！队友之间练练，用得着这么狠吗！”队中的大姐小雯儿忍无可忍了。

而此言一出，人群之中便也立刻就响起了“对啊！”“就是！”“太过分了吧！”这类群情激愤的附和声一片。

从神态上看，建秋对抗议未做出任何的理会，但在身体上，她停下了攻势，双臂一松，小迎儿便瘫落在了地上。想是这位胜利者本来也已经失去了再继续出手的兴趣。

小迎儿的双腿已近乎失去了知觉，而剧痛的右手腕也已是完全无法再受力了，趴在地上的她半点都动弹不得。几名小队员赶紧上前，在建秋的面前俯下身，把伤者给抬了出来。回到队友们身边后，小迎儿难忍伤痛，竟是当场“哇哇”地大哭了起来。

这些全都不是应该出现在正常训练中的状况，这名新队员为什么会这样！两战过后，现场的空气味道中已渐渐带有了火药的辛辣。

成指导仍旧在稳坐着钓鱼台，他为何看似是已把去掌控此时局面的决定权交给了对面那个瘦高的男人？而那个男人的那副沉默不语的石化尊容，则又好像是和正在与他刻意相互回避着视线的成金龙是从一个模子里铸出来的一样。

这个瘦高的跛腿中年男人同样来自于山西省大同市阳高县，他就是丁建秋在家乡运动队中的主教练，王劲松。而那另一个现在脸上充满了得意之情的矮胖男人则是一位当地的中层体育官员，名叫吴德埔。

隋清抱来了医药箱，镇痛的喷雾飞漫过后，小迎儿仍然在哭，而大家也只好是为她继续揉拭着痛处。在这种氛围之下，看来也不需要那些反应迟钝的男人们再去做出什么决定了。

一声长长的拉开了运动服拉链的声音，以及一句愣愣的叫战。

“同学，请指教。”2002年北京国际武术散打邀请赛女子散打75公斤级冠军，北京市女子散打队，张欢迎，出阵！

十七岁的大迎儿已经完成了她生命之中绝大部分的身体发育，从两年前起，高大的姑娘在所有信息资料和报名表格里关于身高这一栏内所填下的数据便已是永久性地固定为了182cm（厘米）。虽然在此后的若干年里她的实际高度很可能已是又增长了不少，但是这个数字却再也没有被改变过了，因为自从那年以后，张欢迎就拒绝再量身高了。

而她的体格也已是健硕到了令人惊叹的程度。此时脱下了外衣的大迎儿做了几个随意的直臂扩胸，权且是当作了准备运动，而这竟在人圈的中心里瞬时就卷起了一阵气旋，让站在前排女孩们的头发都向后飞了过去。现在，她浑身的肌肉硬块已是全部按照指令进入了战斗预备状态，这让强壮的女战士看起来就像是一个包裹在了红色圆领衫里的岩石巨人。

其实，大迎儿的挺身而出，更多还是缘于了小雯儿的愤怒。

郭雯雯，还是那样，嘴上不饶人的个性，再加上火暴又泼辣的脾气。自从陈微离开了以后，小雯儿就已经实质上接替她成为了这支队伍中当仁不让的更衣室领袖。这一方面是因为十八岁女孩96年入队的资格确实够老，而另一方面，这个人敢说敢做、敢做敢当的豪爽性情也确实是在这个全部由女性所组成的集体之中去承担起这一职责的最佳人选。

所以，当看到年轻队友们接连吃了大亏，并且队伍的尊严也遭遇到了挑战之时，那一句适时的呛声，还有用力地拍在了大迎儿背上的那一掌，就自然是郭雯雯此时必须要负责去做出的事情了。而从这个角度上讲，张欢迎的主动出战，实质上便已经上升为北京市女子散打队全队同仇敌忾的共同意志了。

那么，来自穷乡僻壤，名不见经传的半专业运动员丁建秋，今天你竟是真的想要以一己之力来挑战这支蜚声中国武坛的冠军之师吗？

建秋深吸了一口气，伴着颠步晃动了几下肩膀，把双拳提到了进攻起势的位置上，并以此来回应了张欢迎的例行躬礼。她那永不升温的目光已经将答案传递给了所有的人。

是的！

直接前冲，组合下压直、刺拳！

屈伸晃动，之后弹步向前抢近，连续直、上勾拳！

张欢迎与丁建秋，没有保留，同时启动，两强相碰，以攻对攻！

成长到了这一年龄阶段的女子散打运动员正在向着运动生命中的黄金成熟期迈进，面对着什么样的对手应该去采取什么样的战术，她们在做出判定的时候已是较低龄时拥有了更具逻辑也更加自信的智慧与果断。而当下，丁建秋和张欢迎这两个人在战略层面上对于她们之间这场突发对决的看法与判断基本上是一致的。

这就是一场注定要去从正面血拼真筋骨的硬碰硬！

坦白讲，如果就单一的绝对力量与肌肉密度而言，大迎儿对自己还是很有信心的。因为这几年里，她在国内的女子选手当中于这一方面早已是罕逢敌手了，即便是偶尔与同级别的男队员们交流，她的体型和力道也是全然不落下风。一般情况下，最常见的可能就是，大迎儿在与强敌的对攻之中总是可以利用自己坚实强韧的肩颈及手臂肌肉抵挡和承抗住对方的连番击打，不惧伤痛而屹立不倒，但在对手之中却是从来没有一人可以扛下女巨人那如崩山碎石一样的猛烈轰击三拳以上。

因此按道理说，张欢迎目前实际上已是异常顺利地把这场较量的决定胜负方式押宝在了自己所最为值得信赖的强项之上了，并且认为根据以往的经验，此局必胜！

可是丁建秋呢？她为什么也愿意在这场战斗之中就这样简单化地去以力拼对攻来一决强弱，难道她没有看到大迎儿那明摆着的优势吗？还是，她竟会敢自信自己的抗击打能力和绝对攻击强度还要更高于眼前的这名身型几乎是她两倍的陌生敌人。

当在争斗着的这两方里面有一人最终倒下的时候，所有这些疑问就都自然会被解答出来了，而这很有可能也就是在接下来的一二十秒钟以内的事。

场馆里，铁臂划过空际的尖利与骨肉暴烈撞击的闷沉声声相连，此起彼伏。

张欢迎火力全开！那些调动出了腰腹与肩臂肌细胞中的全部能量，再叠加上了得天独厚的居高临下之势能的无理重锤，一记记地抡向了她目光所及处的敌人头部轮廓的中心。虽然丁建秋凭借着相对敏捷灵活的移动身法也闪避掉了其中的几拳，但是在这种防守意义已经不大了的贴身白刃战下，那些粗放式攻击中的绝大部分还是渐次地砸落在了她的格挡手臂、肩胛胸颈，乃至是额头与面颊之上。

而与之同样，低位者的逆流还击也是在像以杀人为目的般地凶恶无情地持续回敬着。丁建秋决意夺人性命！她的大脑已强行封闭了躯体对于痛觉的感知，她的皮肉被杀戮之心异化成了赤红的盔甲，而她的拳锋在仇敌身上凿出了四散飞溅的金黄火星。

在场的小队员们可能这辈子都还没有领略过如此震撼的场面。可以将正处于恶战之中的那两名女子散打运动员形容为是两台用炮管顶着炮管，在连珠一样的高速互射着超爆破甲弹的重型战车吗？还是，两位分别为纯钢铸造与巨石堆积而成的，因被宙斯阴险地挑拨起了争端而正在进行着殊死肉搏的巨神泰坦呢？

到底是谁，更厉害呢？

也许那后一种的比喻在某种意义上会更加接近于真实。

那就是，岩石永远都不可能硬过钢铁！

麻木、晕眩、失明、颓势尽显！勇敢的张欢迎可以把剧痛忍耐到生命的最后一刻，但是已经被无法承受之重所彻底摧毁了的凡人血肉所必然要面临到的生理性崩溃，却是任由哪一颗再为坚强的心也都无法去抗拒与抵挡的。

再坚持一秒，我乞求能够再坚持住一秒！对方一定也遭遇到了相同的困境，神圣的胜利天平啊，我不曾奢望建下如何丰功的伟业，也无欲索取哪般壮烈的声名，我只是哀求你，请赐给我最后的一秒钟，让我可以比对方再晚上一点点倒下的那最后的一秒钟！

大迎儿是名可敬的散打运动员，也无疑是位顽强的斗士，但是，她却真的是把形势从一开始就完全估算错了。

此时，发出了同样多的攻击，也承受到了同样多的打击的丁建秋，攻防如常，状态正佳。这可真是，强中还强，硬中更硬，以彼之道，完胜彼身！

攻破了！从已经颤抖迟滞的失位双肘间突刺而过的迅猛上勾，整拳正中在了张欢迎的左侧下颌之上。劲脆的一击！受袭者顿失神志，再无还手之力，直直地倾倒了下去。

丁建秋压倒完胜！但……你在干什么？你真的想要杀人吗！

没有停止攻击！丁建秋完全无视张欢迎已是被KO了的事实，在继续挥动着铁拳，且拳拳都直奔着对方的要害而去。这是已然被某种邪毒的情绪吞噬掉了理智之后的无端凶残吗？在这等的行径之下，那名已经彻底丧失了自我防护意识的被击倒者的脑袋就像是一坨绵软无力的正在被暴力和打着的发面团，瞬息之间就又是横遭到了四五记毁灭性的恶毒痛击，在摔落到地面之前的下坠过程当中。

触地了！大迎儿侧倒在了强者的脚下，头部朝向着右边。

在这一个刹那，丁建秋的脑海中正闪回着什么？想要去砸碎一切的狂暴、被亲人背叛与抛弃的绝望，还是在那尘沙之中，母亲断肠的泪……

仰天长啸！还有那于霎时间变得无比狰狞的脸。

怒吼！雄狮！

建秋飞起一脚，直向着大迎儿的头面而去！

“你丫疯了吧！”一声大喝，保护大迎儿！一人猛然蹿出，从建秋身后斜出一拳，重重地打在了这名毫无防备的施暴者的右脸和耳朵上面。

建秋只觉脑中“嗡”的一响，便向左方磕绊了出去。但随即她就确感无恙，立定清神后回头一看，背袭者正是刚才出言指责的那一人——郭雯雯！还有……所有的队员！

北京女子散打队的全体队员们此前早已都是众怒沸腾、怨气强压，而小雯儿的这一冲出就恰似是火入干柴，燃了爆点，只看大家就如收得号令，哄然群起而上，拳脚一心，齐就向着建秋合力攻了过去。想是她们心里也很明白，若只凭着郭雯雯再去单打独斗，定一样还是羊入虎口、吉少凶多，故既事已至此，还不如就干脆先上去围殴行凶者一番寻个痛快，待解了大家的心头之恨，再说其他！

这下可不得了了，圈子里顷时间便是杀声震天、场面大乱！

三个大男人肯定谁也没有料到眼前竟会上演出这样失控的一幕，刚刚还是满面荣光的吴德埔第一个就被吓掉了魂儿。“成指导，成指导！这可……小王，小王！你赶紧让她住手，快让她住手啊！”他一边焦急地唤着成金龙，一边用力摇拽着王劲松的胳膊。

然而成金龙却依然没有做出我们所急需的表态，即使他的下嘴唇也是在让人不易察觉地轻微抖动着。东道主自始如一、坚定不移地将率先发言权礼让给了远道而来的客人，他散打事业的山西同行。而看着王劲松那同样紧张却又强作镇定的样子，人们真的不禁要怀疑起来，这两个人难道至了此时还在彼此斗着什么心机，或是争着什么颜面吗？

既然如此，那就看看接下来到底会发生些什么吧！

好一个阳高丁建秋！

被十几人围攻在内，竟是面无惧色，决然应战！

环顾群敌，瞄准妄敢先进三步之内者，建秋右路假鞭腿微是一晃，左手前摆拳即迅疾杀出，直取来将首级。而冲在最前面的这名队员赶忙撩臂格挡，却已不及，右颈上登时惨中此招，顿就于平地里横飞出去，跌出了战团。

虽得先毙一人，但敌方大军旋至，那守将未等回身，腰眼间便已先中了一脚，再看左右，肩背胸膛上又是挨到三拳。然这丁氏建秋，铁血孤胆，不畏不乱！她心知在如此狭小的空间内，来犯者们必是拥挤不堪、腿步浮泛，于是便盯住了此中身材较小的一个，猛一沉身，逮住了其下肢，随后咬紧槽牙，霸道地一举！生是把这人扔起了两三米高，就如弹射小丑一般地抛过了人群头顶，掷出老远，落地开花。

而强弓既出，便也再无还手的余地了。连斩两将之后，那铺天盖地而来的拳打脚踢立时就如同雨点一般骤然降至，而被遮于了其下的建秋就也当即便像是被困进了八卦炉中的大圣一样，三昧真火焚身，被烧得睁不开眼，也喘不过气！

这等困境，若是放在一名寻常的角色，定已是身心俱垮，永难翻盘了。然而，丁建秋的恐怖意志，却是犹胜了那只猴子！

就凭尔等，能奈我何！

再一次，超剂量的肾上腺素分泌，让肌肉急剧充血、皮下脂肪被迫收缩、全身软组织短时变硬……这，可以算作是一种有机生命体的极端状态吗？一种痛感被意念封闭、皮肉呈现为赤红、拳锋能够凿击出金黄火星的超级形态！

或者，你更情愿将其视作为是一种源生于内在至真之心间的，态度。

而此种态度，唯称之，钢！

又一声劈裂云空的咆哮，食物链顶层的终极掠食者无可阻挡地挺起了头颅！

狮子之心，杀生之气！

上风反转！丁建秋昂首再战，十余人合击竟不能压制！

人世间的拳脚上了钢锻之身，就犹如隔铁打牛，见不到半分的用处。看建秋就是迎头硬顶着这般已所不视的狂攻围堵，尽展神力，纵横开阖，单枪匹马，横扫千军，真如是一员不死的天将驰骋于那枪林沙场、箭雨之疆。

而北京队的姑娘们也是个个都已红透了眼珠。士在此，皆可杀，今日若是留下了一口儿，就都是与你这怪物血拼不尽的死活！

激战到了这个份儿上，双方已无异于都是祭出了背水抬棺之决与破釜沉舟之勇，一群赌上了搏击信仰的女子散打运动员们宁愿是头断骨碎，也誓不后退半步。看来，狮子既已入了豹群，不见着血光伤残，今天的这堂试练课是断然难以收场的了。

擒贼先擒王！郭雯雯，哪里走！

混战之下，丁建秋终于锁定了这个第一优先的攻击目标。不光是群架中之“斩首”策略的问题，这名无耻的背后偷袭者，适才那一拳之仇今日必报！怀恨者直是想把她就于当众里来个碎尸万段、挫骨扬灰！

建秋肩膀撞走身侧人，铁肘开道，劈出来一条血路。仇敌近在眼前，出拳！

小雯儿见状，急一潜身，欲避迎面来拳。不想……拳击为虚！建秋乘着仇杀对象低头之机，双手顺势按压其颈，使出了膝撞！

这一膝，超出了底线！如此的出招角度、距离和力量，一旦袭中了未佩护具者的头部要处，后果将不堪设想！

情势急下，千钧一发！郭雯雯危在旦夕！

成金龙冲上！王劲松冲上！

但不等二人抵近施手，忽闻到耳边破空之音，一道蓝光似闪已至！

正蹬腿踢出，脚跟精准点中了丁建秋右腿膝盖的内侧凹陷处！

被点者提膝刚过半程，立感到酸麻酥软，只得被动卸力。而同一时间，来人上路又连出如幻梦光影之激射直拳！建秋只觉得眼花，哪敢怠慢，忙是回臂封挡。却原是佯攻！来者一抓小雯儿后领，双双退后五步站定。

逼退险招，救下队友，只在一眨眼间。

而见此人一出，本还酣战的众队员们也竟像是又再次收到了本营的鸣金喝令一般，纷纷停手后撤，让开了中心。令人感到惊讶的是，这些人此前的那些不死不休之心仿佛也已是于转瞬之间就被某股厚积薄发、至纯无瑕的绵绵气场给抽去了薪火、安平了躁亢。

丁建秋练习散打也有些年头了，在她动身赴京之前亦是早已有所耳闻，国内第一队中除了已退先贤之外，现役还有一人，其实力强劲，可谓云端之上。

而今时的这位高手，想也无他，就是这个人！

说来奇怪，当每次进入到这种紧张对峙的状态之中时，这个人的对手都总是会从周遭充满着压抑和戒备的空气里面嗅到一抹淡淡的清香。而这抹清香在让其对手们情思失治的同时，还会再给她们送去一个愧言的副作用，那就是让她们都不敢去直视着这个人，不论是她的眼睛还是身体。这也许，是因为那种会产生出耀眼光亮的错觉吧，也可能是，当这个人在准备好了要进入战斗的时候，会让每一名看到她安详美丽的敌人都自惭形秽。

无需一动，无需一言，“心”自凝眉，天人若轻。

什刹海体校“搏击一馆”，上位不久，这块女子散打场地的新主人！

张雨心，驾到！

目前的情况是，之前所有涌进了场地里面的人全部又都退了出去，也包括那两个再次又延续回了定力的男人。当然也还有小雯儿，虽然她特别想指着敌人的鼻子向最强的战友暴怒地大喊上一句：“快把她干掉！”但是就在回头看过了雨心的双眼之后，她还是强忍住吞回了这句话，仅是狠狠地瞪了建秋一会儿，其后便也是默默地自己走回了场边。

现在，人圈之中只留下了那两个人相互对视着站在了圆心。

训练馆里一下子变得极其的安静，只剩下了些许呼喘着粗气的似有时无，此刻莫说是一根针，就算是一滴汗落在了地上，仔细点也都能听得到。大门开着，偶尔略有一点微风拂进，带起了雨心披下的长发，而从窗户中看出去，太阳也逐渐偏向西边了。

丁建秋的感觉很不舒服，在她的运动生涯当中还从没有机会去参加过全国性的正式大赛，就在今天之前，她还仅仅只是一个窝在偏远的小县城里没日没夜地闷头苦练着的籍籍无名的准业余选手。这个女孩也曾经去尝试着设想过，当自己真正面对上了那位全国冠军的时候可能会是一种怎样的心情。但，在那很多种的可能性之中……

绝对没有包括像现在的这个样子！这个女人，刚才只不过是侥幸踢中了我的膝关节筋腱而已，难道就因为如此，在我的心里……就该，怕她吗！

张雨心浅浅呼了口气，把目光稍稍收回了一点。她轻缓地解开了服装绳扣，慢慢褪下了上身外衣，露出了里面清凉的紧身吊带背心，还有那把依旧坠在了胸前的小钥匙。之后，她又不慌不忙地从裤子口袋里掏出了一只发卡，先是将它叼在嘴里，然后将双手伸到脑后挽好了长发，接着再用其扣好扎紧。在整理头发的过程中，雨心还随心地横向小踱了几步，先是向左，再是向右，而对面的建秋竟也是不自觉地以完全对称的方向同样来回挪动了几步，就只是为了与这位不敢轻视的敌手保持着现有方位的不变。

最后，雨心摊出了右手，一副拳套飞了进来，正挂在了她的手上。那是隋清扔的，一时紧急冲了进来，救人者到现在还赤着拳。

戴好拳套，雨心的视线再次朝向了对手，她很和气地，就像是礼貌地邀请一样地对建秋轻声说道："同学，你的水平很高，不过，希望你了解，我们什刹海的水平也不低。"友敬三分的防守起势让出，张雨心露出了淡淡的微笑。

是有……一缕光束从天空中射了下来吗？

此一刻，处在了这一密闭空间之中的所有女子散打运动员们全都产生出了似这样的奇异幻觉，当然，也包括了丁建秋。头上的屋顶明明是完好的，那么，这些如同是拨开了七彩云雾后将张雨心柔和地笼罩在了其中的圣洁光线又是从何而来？这让她看起来就像是一位刚刚才由天上降下了凡间的绝美仙女。

仙女就静静地站在那里，的确，她是在用眼睛看着你，但是也就仅此而已了。而你，野兽，你该就此跪下吗？现在，你是否就该向这颗至高无上的、普照着威严与尊贵的天界光辉的"心"，去献上你的对其崇敬为了神明一般的谨从和臣服呢？

不！绝不！

那一切……那一切的困苦、无助，那一切的悲伤、委屈，还有，那一切的，所有所有的愤怒与仇恨！都来……赐予我力量吧！

钢，之态度！

丁建秋！狂怒的狮子再次扑向了胆敢挡在面前的人，不管她是谁！

左拳前手上勾，右拳隐藏后手直击，同时，不惜代价强行近身，伺机抱摔或施展双臂绞杀。这是丁建秋在一对一作战的进攻中能够尽可能充分地发挥出其身体优势和技术特点的最合理战术，在此之前，屡试不爽。而且以后也是。

“啪、啪！”建秋的鼻梁上中了两拳。这两下其实并没有张欢迎的拳头重，但是却让钢筋铁骨的女人感到了有些晕旋，不过没关系，这本就是计划之内所必须要去承受的，只要能够换来强行进入到合适发动攻击的空间范围以内的战略意图得以实现。

张雨心在完成出拳后，无声无息地向后飘移开了四分之三臂的距离。

这？……可恶！

建秋在心中暗骂着，心想张雨心的运气怎么会这么好！如果这个人早退了四分之一秒，肯定无法用直拳准确地迎击到自己，而如果晚退了四分之一秒，自己的擒抱招法则就必定能够成功出手，且以可预计到的技法到位程度和被擒获者的绝对力量来看，相信她也就再无法挣扎脱身了。可现在，还得去重来一次。

再次突进！

“啪、啪、啪！”建秋的鼻梁上又挨了三拳，和前一次相比，位置分毫不差。这连续的五拳力量都不是很大，但却无一例外地都精准击中在了鼻中隔区域的同一块软骨上，而这种势必会产生出叠加式伤害的复合能量波也迅速地刺透了抵御者的钢制外壳，剧烈地传导至了自家头颅内最为脆弱的神经垂体周边。

建秋的眼前黑了一下！这一次晕旋的程度起码是刚才的两倍，但她还是奋力挺住了心神，钳出双臂，想要坚持着去捕获到那近在眼前的猎物。

只剩下空气了。连尘埃也没有带起，张雨心又轻盈地飘出了险地。

这到底是什么情况！

丁建秋停下了动作，同时退后了几步。被成指导寄以厚望的年轻选手绝非一名有勇无谋的头脑简单者，以她的运动智商此时已基本上洞察到了现在究竟是在发生着什么。不慎陷入了对方节奏的攻击不利者需要思考下对策，而且，也确实该去休息几秒了。

建秋已经清楚地认识到，对手这种严丝合缝的身位控制以及那目的性极强的连续重复落点追打，还有此前的那记在其自身极限高速移动状态下的对同样是快速抬起的敌人膝盖的精确到了毫米的点踢，全都不是偶然的。

面前的这位全国冠军，具备了超越人类现阶段普遍进化层级的特异能力，也就是说，她是一个在神经反应和肢体控制方面的绝世天才！

这听起来很厉害，但却一点也吓不倒丁建秋这种性格的运动员。一代选手里，天才总会出现几个，她还记得王劲松以前也曾经对自己说过，她也是个万中无一的天才呢！自己是不是天才建秋并没有所谓，只不过，她在同一次思考中所确认到的那些张雨心可能会存在着的相对弱点，就正好是比较于她本人的一些极为出类拔萃的最强优势而言的。

张雨心受限于自己的纤瘦体型，在同级别选手中并不拥有最为出色的绝对肌肉力量和爆发力，或许，也还包括了肌体恢复力与耐力。

所以，当张雨心在面对着那种抗击打能力超强的对手之时，除非握有了极佳的致命空位机会，否则是比较难以打出足以碎甲破盾的一击 KO 的。她只有通过对敌方可见脆弱部位的持续准确连击，才有机会达到以累加伤害的方式来逐渐击溃对手的积小胜为大胜的效果。当然了，在实战之中也还可能存在着的另一种较为常见的情况就是，对方还未及等到被彻底击垮就会因为大比分的点数落后而被裁判直接判负了。

这样看来，张雨心的确是在绝大多数的时候都可以去稳定而保险地击败各种类型的对手。但是，在今天的这场意外的遭遇战中，她面对着丁建秋这个之前还从未接触过的莫测之敌，这个同样也是天赋卓绝、“心”意神予的稀世之敌，这个从今以后会给自己的人生带来诸多次巨大转折的宿命之敌，鹿死谁手，会有变数吗？

建秋准备再次展开攻势了，她已经拿定了该如何去赌上这一局的主意！

跳步杀上，一改施用近身摔抱战术的初始计划，丁建秋孤注一掷！

以上路拳击结合高鞭腿勇往直前，不畏痛楚，一攻到底，力求产生更多的肢体接触，用骤升的对抗硬度去破坏、打乱对方固有的身法节奏，并寄望借此造成其在闪避和格挡中反击的命中率及力度下降。同时在防守中坚决不给重复落点，宁愿铁甲遍身全是坑凹也绝不让敌人集中力量将一点穿刺，而以此来尽量地延长可留给自己去完成决胜一击的宝贵时间。

丁建秋的核心策略非常明确，放弃技术性套路，简化对攻方式，在逼迫张雨心变速以及尽可能地压缩其可回旋余地的基础之上，去寻求一次性决战！

这就像是在不添加任何惰性缓冲剂的情况下去直接检测两种极为活跃的未知元素间相互的冲突与反应的化学试验，是一种极其危险的行为。

天下武功，唯快不破！唯硬不破！这一局所赌的就是，到底是你张雨心更快更准，还是我丁建秋更硬更强！

这一套似如搏命一般的极端战法完全独立在了丁建秋个人的整体技战术体系之外，不论是在她的散打还是自由搏击生涯里面都从来只是为了张雨心一人而设。事实证明，这也确实是让她会有可能去战胜这位一生之敌的唯一正确选择，而它的起源，就是在两个人此生初次相遇的这一天，这一战中。

张雨心被动格挡了！由于并不掌握可以完全闪避开这等立体猛攻的超级技术，所以在躲开建秋一记摆拳并见机还以刺拳打中了对方的脸颊之后，她必须迅速地回收双臂，出全力去抵御敌人接下来那招已近在肋边了的横扫半高鞭腿。

这一挡，雨心全身猛烈地一震，肩臂甚感疼痛，重心也随之隐隐失稳。参照和大迎儿多年来共同训练的经验，她知道，这种力度的强击自己最多只能接下三记。

因此……

既然对方已是敢于把全部的筹码都统统押上了桌面，那么云端之上的冠军又岂还能有丝毫的理由会临阵畏缩！

跟了！

无路可退，张雨心同样加速！

这两把大牌已经不需要再去进行任何的心理博弈了，就只待着去真真地比拼那终极合计数字之后的小数点位高低。最后一张底牌的翻开进入不可逆！

这无疑是一场让人瞠目结舌的尖峰对话。拳来腿往间，丁建秋不惜鳞伤遍体，只望能够重手压制，而张雨心游走悬崖刃尖，但求可以觅得良机。此二者，只但凡要是分出了个上下半筹，稍纵即可夺定生死。

西北强冷空气遭遇到本地暖湿气团，形成了短时局地的强对流天气。战圈之内，狂风暴雨！双方都是只有一个信念——攻击！攻击！攻击！绝杀！

需要再来重复一遍在这种绝顶伯仲高手间的极限鏖战当中，更有可能会获得胜利之匙的那个人到底依靠的是什么吗？没错，还是我们反复提到的那样东西。

“心”！

这一个时点终还是来了，可能正是应验了偶然与必然之间的那个著名的辩证关系吧，丁建秋的这记右手勾拳刚一挥出，便是顿感大事不妙。

在这一战之后的相当长的一段时间里，建秋一直都把这次微不足道的疏失归结为了是体力下降的原因，直到某一天，她终于读懂了人生。

闪转之间，张雨心避开来拳，忽见，破袭理想身位、一线定胜之机！于是她迅捷弹速，侧腿上踢，一脚完中在了对手的腋下软要险处。建秋受此一击，纵有钢躯，却也如是遭了千伏电压穿膛之苦，右身经脉立时错乱不畅，无奈下臂膀一沉，现了门户……

四年多以后，在2006年去美国参加比赛时，建秋坐在拉斯维加斯米高梅酒店（MGM Grand）商务套房的沙发上，接受了福克斯体育电视网（FOX）的专访。当时，她有一个被提问到的题目是："在你的搏击生涯之中，哪一次的被击中是最为令你终生难忘的？"

建秋沉静地思考了一会儿，回答道："那发生在我加入到北京队的第一天……"

初登场！传说中的"雨梦拳心"！

最开始的时候感觉有点怪怪的，丁建秋并非是没有经历过在暴露了空当之后要眼睁睁地看着对手出拳，而自己只能无奈地去等待着坠入到地狱中的那种痛苦体验，但是这一次，很不一样。视线有些模糊不清，头脑中的思维也产生了错位感，这让姑娘有些难以分辨今时的自我正身在何处了。而这一刻时间的流逝仿佛也已是被逆转了，以致让建秋觉得自己好像是回到了在所有苦涩历程的起点到来之前的，那个充满了欢声笑语的最后一天。

这种感觉，像极了是……在梦中。

据说，很多有过濒死体验的人都曾经进入过如此这番的迷离情境。在那一刻，无比幸福的他们重新看到了亲人、欢乐，还有天堂的样子。而或许，这也便是我们每一个人在有限的生命即将就要终结之时所都必须要去经历的一件事情吧，一如让纯洁的灵魂来告诉自己，到底什么才是这一生当中最应该去珍惜与怀念的根与本。

朦胧的仙游中，有种响动在一直跟随着建秋，那很像是因为两块皮质表面的连续碰击而产生出来的"噼里啪啦"声。而这种声音缓慢地由遥远的隐约渐至为了耳畔的刺扰，并直到把梦中人拉回了现实……

天衣无缝的拳脚配合，每一击都是最佳可攻落点的超快速、无间隙、饱和式的忘我攻击状态！任何对手一旦陷入其中都再也绝无幸存机会的……

如梦如雨，"心"拳合一，之，雨梦拳心！

右腮！建秋已不知道这是被击中的第几拳了，她甚至都有点分别不出在这段持续的响动当中，哪几声意味着打中了自己，而哪几声没有。但事实上，是全部。左眼！咽喉！建秋依然在坚持站立着，她想试着用手臂去招架来袭，但这毫无意义，因为这样去做的结果也只能是让她会变得更像是一副任人随意蹂躏的咏春木桩。嘴角！眉眶！颌底！丁建秋已经不能阻止自己的身体被人予取予夺了，不论再怎样努力，她的每一点微如针孔的破绽在张雨心的眼里都像是大海一样广阔！

击中！击中！击中！永无止境地击中！

丁建秋，你已经被彻底地打入了时空俱灭、生死枉然的无间道！

完，败！

垂死的凶兽喉咙里喷漾着鲜红的血沫，并发出了令所有人都毛骨悚然的嘶哑嚎叫。建秋斜仰着躯体，踉跄着向身后摔退而去。她的腰还是直的，已经失力的双腿也还在徒劳地蹬踏着地面以奢望可以守住平衡而不要栽倒，这个人从不恐惧灭亡，但是她发过誓，若那一刻真的来临，自己必须站着。

丁建秋不服，她不明白自己到底比张雨心差在了哪里。问这世间上还有谁，会比我更加地执着、更加地渴望、更加地需要……去战斗、去胜利、去流干身体里面的每一滴鲜血、去杀尽所有那些敢于伤害自己和妈妈的人。

但现在……也罢……

建秋停止了挣扎，不再动了，仿佛是肉体在半空中已然失去了来自灵魂的支撑。女孩松弛地向后面倒了去，没有了一丝的气息，而这一倒，这棵顽强活着的低矮灌木赖以去抗争命运的所有信心、尊严和梦，也都将会随着那漫天的风沙，无声……飘散……

一只强健的臂膀伸出揽住了建秋。姑娘没有摔倒，她回到了安全的港湾。

“够了，建秋。”一瘸一拐的王劲松。

在这种时节，只要太阳一落下山，暑气马上就会散去。而现在，没了兴致的雀儿也不再发声了，温凉的傍晚可正是初夏一日中的最好光阴。

“啊？怎么搞成了这样儿！”去主楼办理完了手续，还为建秋顺道领取回了服装被褥的孟大海被这眼前的惨烈场景吓了一大跳。自己才离开了不到一个小时的时间，这里怎么就已是“尸横遍野，血流成河”了。

到此为止，这一场战争终于结束了……

建秋一个人独自坐在办公室门外的长椅上。一分钟前，她一口气把多半瓶矿泉水一饮而尽，而现在，她蜷曲着腰颈，用一块白毛巾盖住了自己低垂的头，在依然无法平复的急促呼吸当中任那些打湿了头发的汗水滴滴点点地落在了脚边。

她的体力完全透支了。

大战之后，队员们有伤的治伤，没伤的解散，此时只剩下了雨心和今天唯一没有出手的隋清还跟在一旁远远地观察着建秋。不知是出于什么样的好奇心驱使，雨心很想更多地去了解一点有关建秋的事，心平气和、不带成见地去认识一下这名新的队友。

陪着雨心的隋清最了解她的心思，聪明人用手搭着朋友的肩膀，意味深长地说道："每个人都有着他自己的故事，即使是毫无保留地说给了你听，因为没有去亲身地经历过，所以你也并不一定能够理解。"

这时办公室的门打开了，成、孟、王、吴四人相继走出了房间，看样子，这已经该是送客前的最后告别了。成金龙先后又握了王劲松与吴德埔的手，真诚地致意道："感谢你们为首都培养、输送了这么好的队员！"王劲松没有多说什么，而吴德埔则依旧是一副心有余悸的样子，满脸上赔着不是："成指导，这以后……您再受累多管教，多管教……"

王劲松站到了建秋的身边，沉了一会儿，轻轻说道："建秋，我们走了。"丁建秋缓缓地抬了一下头，看了教练一眼，但很快就又低了下去。于是，王指导转过身，不再回头，一跛一跛地当先走向了楼道的尽头。再过了几分钟以后，这四个男人的话语以及脚步声就全都远去并至最终消失了，而建秋的姿势却还是凝滞为着刚才的那样，没有做出丝毫的改变。

昏闪的灯管下，是女孩孤单的侧影与凄凉的静。

这些，都被雨心看在了眼中。

这一晚，什刹海里的生活似乎也并未有别于往日的照常，只不过事后听人说，被建秋进驻了宿舍的小迎儿那夜在上铺上哆嗦着，一宿都没敢入睡。

据说在大多数的情况下我们很难会记得与生命中非常熟悉的某个人在初次见面之时的细节和感受，因为当人们在日后真的被问起了那一天的时候，都总是会不由自主地将后来对于这个人的了解与印象转化为了那些在脑海中实则上本并不存在着的原始记忆。而类似于这样的现象在人的一生当中或许会发生上很多很多次，故此说来，我们谁又敢保证能够完全分得清楚，在头脑中所留下的所有过往人事的情节之中，哪一个章节是真，而哪一个片段又是梦呢。所以，也许可以这么来讲，所谓的人生回忆，其实本也就是我们为自己所随性编写出来的一个虚幻的故事吧。

只是，当业已翻过了偶尔的高潮之篇后，接下来的记叙就依然还是会回到那些生活里面所固有的现实与平淡中去了……

自从丁建秋加入了以后，北京市女子散打队的日常训练强度就被她带得提高了一个档次，因为这个人似乎完全就是一台专门用来制造出耸人听闻数据记录的核动力机器。

两公里跑，四百米的跑道她可以把全体队员都套圈，也包括了自诩精于此道的雨心和隋清。平躺卧推，大迎儿曾经在一顿肯德基的诱惑下于去年拼尽全力创造出的队史纪录 118 公斤，未出三天就此作古。另外，单手俯卧撑、单腿蹲起、负重引体向上……这些就连男队员们都为之咋舌的超高难度动作，她自行编排、加量补充，且还是累了稍歇，歇完再练，每晚不到闭馆熄灯绝不收工。这是一种令常人难以理解的近乎于是自虐式的极端刻苦，用小雯儿的话来说就是：“丫也不怕练炸了肺！”

建秋这样高调的表现显然就更加不会引起队里面这些土生土长的北京姑娘们的任何好感了，而什刹海女子散打队更衣室中最为热门的话题，便也很快就从大肆地批判隋清所编造出来的各种为临阵不前所进行开脱的荒诞借口，转变为了去商议探讨如何进一步地孤立和排挤这名落了单的外地女孩。

或许只有雨心会愿意去尝试着接纳这位已经被全盘妖魔化了的同窗队友。

在跑步的时候，雨心常会有意无意地赶上几步去和建秋平行着并并肩或碰碰肘，但人家的反应却从来都总是目不斜视地立刻加快速度，继续一马当先地向前冲刺而去。而一旦这样了，雨心也就没办法再去追了，因为那样去做的结果只能是把每天清早的日常训练都变为了一场引人哄笑的滑稽赛跑。有时全队去一同练习力量器械或是集体观看录像资料，雨心也都会故意地和建秋凑得近上一点，并偶尔投过去问候的目光，可建秋对此的回报则也依然是一概冷漠的不理不睬、装没看见。所以，在如这样反复碰壁了很多次以后，雨心也就只能承认自己的努力纯属是自讨没趣了。

丁建秋，她可能天生就是这样冷冰冰的，不喜欢与人交流，也不需要朋友，或许，保持着这种我行我素、不近情故的独特个性才正是会让她感觉到最为舒服的生活方式吧，那既然如此，我也就不要再去打扰她好了。后来，雨心就这么去想了。

张雨心有着一颗与人为善的心，这是我们喜欢她的最主要原因。一直以来都是这样。

当然，喜欢着她的人也不光是只有我们。

六月份雨心过生日，她收到了来自彭冲的礼物，一只粉红色的名牌唇彩。很能引起人们遐想的挑选，不是吗？情窦初开的美少女着实是为此兴奋了一阵子，不隐瞒地讲，在夜深人静的时分，女孩真的想到了以后的美事……

于是，在这之后很多的同学们便也都发现了，这两个人一起走在了路上的时候，好像挨得比以前又近了。

不过同一时间里的烦心事也有不少，比如大春儿的这个问题，近来就搞得越来越严重了。这个人不仅继续变本加厉地去说雨心的坏话，在人前背后的挑拨口舌是非，而且还已经逐渐发展到公然去以实际行动来进行挑衅的地步了。而与此同时，这等本来只是存在于个人身上的紧张关系，也随之是一步步地蔓延到了什刹海女子散打队和女子柔道队这两支队伍之间整体不和的层面上来了，且这种危险的迹象在建秋进队之后，表现得愈发明显了。

其实，很多问题都是有着其深层次的成因的，而造成了今天这样局面的根源也绝非仅是年轻的运动男女们间那似是而非的情感纠葛这么简单。说白了吧，这实际上就是什刹海体校里“搏击一姐”这个威猛名号的王冠之争，并同时也是女子散打和女子柔道这两个项目之间的女子搏击运动龙头团队的地位之争。

很多事，在这座传奇的校园和由它所孕育出来的运动员圈子里面就是这么地微妙。搞竞技体育的人天性争强好胜，而血气方刚的青年武者们彼此间就更是爱去互为争个高下与较个长短，古今中外都皆是如此。有人的地方就会有江湖，而有体育的地方，尤其还是有深具着悠久历史与传统的体育的地方，则就无疑是更加会成为了那如同江河湖海之交汇中心一般的波涛涨落、风起云涌之地。

拳击、柔道、散打、跆拳道这四个大项是中国现阶段在大规模开展着的于现代体育运动中较为规范、成熟，且也同时具备着足够号召力的搏击类项目。当年什刹海体校还没有成立女子拳击队，跆拳道女队的实力超强，后来出过奥运冠军，不过，由于现代竞技跆拳道运动受到了比赛规则的诸多限制与改良，实战对抗性已经大为退化，其从事运动员的实际战斗能力是无法和其他三项的选手们去相比的，所以，多年以来，什刹海里最强女斗士的这一威名，向来都是在柔道与散打两队各自的第一高手之间来争夺产生的。

按说，女子柔道是奥运会的正式比赛项目，而且中国还拿过金牌，因此若纯就项目的地位性而言，它理应是该比散打更为强势才对。可是这样的道理放在了什刹海里，却也并不尽然。因为在国际比赛上所取得的战绩是要归于整个国家队层面的功劳，那从不会与什刹海里面任何一位并未入选其中的柔道选手有关，所以，如果就单以校内那些代表着北京去出战的运动员们为本市和本校所夺回的国内外荣誉来看，柔道队还确实是不如散打队。

据说在陈微担任队长的时代，散打队就一直压着柔道队一头，而到了张雨心她们这一代人接班上来以后，则亦是展现出了后浪更高之势。因此，当同样是才华出众、志存高远，且立誓要为北京柔道运动去重塑辉煌的邓春妹成为了什刹海女子柔道队的统军主将之后，她所表现出来的对张雨心的处处针对与步步紧逼，以及因为丁建秋的加盟而迅速升级了的焦躁不安和蠢蠢欲动，也就都是不足为奇了。

坦白讲，站在张雨心个人的角度上，她真的无意去和大春儿争些什么，对这个女人的厌恶也仅仅是出于被频繁无理招惹后的正常反感而已。可是，当某些避无可避的事情已然直接地牵扯到了其所属团队集体的声名得失了以后，散打队中的新任女一号也就只能是别无选择地去默默承受起这人在江湖的责任与无奈了。

青春期时的人际关系往往就是这么地难处理。当人们离开了少时的童真与玩笑，开始要去学着面对情感、道德和利益这些生僻而棘手的难题，但却又尚未具有成年人那样圆厚与包容的处世经验，那么，去选择用简单粗暴的对立和冲突来回应某些在生活中一时无法解决的矛盾，这样的幼稚举动也就必将成为他们于这一时期中会在所难免的常事了。

包括丁建秋目前的情况与处境，应该也是这样。

说到这儿，可就真的要去问问成金龙了，您作为一队的主教练，难道就不该为此去做上一点什么工作，来尽量调和与缓解一下年轻人们之间的这种不友好的气氛吗？

算了，还是放弃这种不切实际的愿望吧。以成指导那种奇特的个性，即使是在极其空闲的日子里面，想让他去向训练和比赛以外的事物上投注入一星半点的注意力也都是一件极为困难的事情。就更甭提，最近的他不仅很忙，而且心情还不太好了。

距上次体育局的领导过来开通气会也有三个多月了，成金龙发现，自己在这段时间里见到北京市武术协会（武术运动管理中心）主管领导的次数比他整个教练生涯中的总和都还要多。就连队员们也都已经很明显地察觉到了，入夏以来，几乎每周大家都会有一到两次在训练中窃窃地传言私语道：“那个大夏天还穿西服的协会副主席，又跑到小屋儿里跟成老大捏咕（北京方言，意为策划协商、私下密谋）去了！”……

办公室里，成金龙与陈光荣面对面地坐着，由于地方太小，两个人的膝盖几乎都要顶在了一起。主教练在认真地读着一份文件，而领导同志则脱下外套，挽起了袖口，在耐心地就地等待着。一台电风扇正对着他俩，因为怕搞乱了一屋子的纸张，也就只好不摇头地直吹着了。看样子，他们今天的会面还是在围绕着那个最为关键的主题。

陈光荣，一位典型的学院派体育官员。

不避讳地讲，陈光荣连一天的散打也没练过，更不避讳地讲，他这辈子自从初中毕业了以后就连架也都没有再打过一回。求学时的他长得太过文雅，尽管也总是很努力地想去避免暴露出普通知识青年的弱不禁风，但瘦弱的身型却总还是会让他在体育大学里那些都曾是专业运动员的同学们面前显得是那么地“鸡立鹤群”。这没有使他自卑过，但总归还是会带来一点弱势感，不过，这种弱势没能阻止一位中国顶尖搏击理论学者的诞生，也更没有能影响到他被不拘一格地提拔至了北京市散打运动管理者的岗位上来。

此时此刻的他就好像是一名刚刚又提交了已历经过了反复修改的规划方案的最新版本的设计师，正在眼巴巴地观察着客户的脸色。

“这不还是要改规则吗！”成金龙放低了文件，向陈光荣抱怨道。

“国内的正式比赛，（国家体育总局武术运动管理）中心在很长的一段时期内肯定还是按照现行的规则走，但是以后咱们自己出去参加的商业比赛……主要就是那些要跟外国选手们打的，估计多少还是需要点儿……变通。”陈光荣很注意措辞地在解释说明着。

“怎么个变通啊？不就还是要加膝肘跟关节，改自由搏击吗！然后再改时间、改场地、改器具，全都改！全改完了，等（全国）锦标赛跟全运会一开，又都得原封儿不动地再改回来，这还怎么练啊？”成指导是个明白人，作为一位多年奋战在散打运动训竞一线的资深教练员，他一语道破了重点。

成金龙手里拿的是由陈光荣所起草的北京市（男女）散打队的体制改革方案。

身为一名拥有着全球化视野和现代经营理念的专业体育管理型人才，积极推动北京乃至中国散打运动的市场化改制并全面提升其综合竞技水准与国际影响力，本就是陈光荣的个人事业梦想和高层领导的任人初衷。所以，就职以后，陈副主任的第一项，同时也是最为重要的一项工作，就是要尽快出台一揽子的对现行散打运动实施系统性改革的切实方案，并且随即在自己所管辖的北京市范围内推行落实、展开试点。

现在这份已经数易其稿了的草案，实际上和那些年绝大多数走向了市场化运作的传统体育项目在改革的基本思路上是一致的，其核心内涵就是国家体制与职业体制的双轨并行。一方面，运动员、教练员的个人身份依旧隶属于各级体育局所下设的专业运动队，代表地方参加国家级的体制内赛事，如全国锦标赛、全运会等，以及应招进入国家队代表中国去参加国际赛事，如世界锦标赛、奥运会等，还是他们不可推卸的天然义务。而另一方面，行政主管机关也将逐步转责放权，为原有队伍引入职业化俱乐部式的经营管理机制，取消或放开之前在产权、人事及规则等层面上的各种限制，授权体育经营主体自主安排日常运转，允许其参加以获利为目的的商业、职业化比赛及接受赞助冠名等营利性的市场行为，以此鼓励其生成自身的造血功能，并争取最终能够实现一支队伍在平衡资金收支与提升运动水平这两条线上的相互积极促进与稳定良性循环。

成金龙并不是一名抱缺守残、食古不化的反动者，对于目前方案中绝大部分的制度性变革，他没有抵触太多。时势所趋，而且早有先例，虽然自己感觉很不痛快，但对于这些实在意料之中的改变，他也不想再去多说些什么了。其真正在意的是散打运动本身的形式和模样会不会因此而产生了改变。正如之前所说的，成指导这个人对于外部因素不太敏感，他的注意力永远都只是投注在具体的训练与比赛之上。在他看来，改革以后为什么而打、和谁去打，这些都并不重要，真正重要的是怎么去打、是不是还像以前那样打！

成金龙的意思是，不论制度怎么改，规则不能改，起码是不能大改。作为自己这个观点的支撑，他现在揪住的一个最大同时也是最为直接的现实问题就是，双轨制比赛在规则上的差异会给运动队在训练和备战上带来无所适从的巨大困难。

他说的有道理。

“老成，这确实是需要克服的地方，但我相信以你的能力可以做到。国内正式比赛的规则不是我们能够左右的，但是中国散打想要市场化、想要走出去，就必须得提高实战性和观赏性，得和国外的同类项目对上口儿。这一步早晚要走，晚走不如早走。散打本身就是自由搏击运动的组成部分和起源类型之一，二者之间的差别没有你想的那么大。再说了，就算真的是按兼项那么练，不也一样是该怎么练怎么练嘛！”陈光荣苦口婆心。

他说的也有道理。

为了更有效地推进市场化和吸纳先进经验，在本国联赛中采用了与国际正式比赛并不完全相同的规则，篮球运动在今天成为了中国体育职业化的一个成功案例。CBA（中国男子篮球职业联赛）的现行规则大面积借鉴于 NBA（美国男子篮球职业联赛），在比赛时长、场地布划以及犯规判罚等诸多方面都与 FIBA（国际篮联）（在世锦赛和奥运会上所采用）的规则不尽相同。但是，这些年来中国篮球所取得的发展与成绩（不单纯是指国际比赛上的国家队战绩，而是指整个社会的群众基础与参与度，以及项目所产生的影响力和掀起的民间热情）却是世人有目共睹的。

陈光荣是一位才干卓然而且富有远见的优秀革新者，这一点也许成金龙也不会否认，但是，中国最好的散打主教练就是有着一团解不开的心结。

“光荣，要不就还是照那个方案吧！”成指导的态度鲜明，并不容易被别人说服，“所有的人分成两边儿，愿意练自由搏击的就分出去练，教练你再找高水平的单请，想要继续练散打的呢，就还是跟着我，一切照旧。你看怎么样？”

唉，说着说着就又来这套了，这根本算不上是什么方案，纯粹就是成金龙个人的消极抵抗威胁，搞分裂不说，对改革的本意也完全是一种本末倒置的曲解与误读。

一旦老成抛出了这番言语，陈副主席就知道今天的这次商议又要无功而返了。

“呵呵……行吧，老成，回去我再研究研究，等过几天，再来找你商量。”陈光荣无可奈何，只好起身穿衣了……

可能是出于对再次抵制了领导后的不安吧，抑或是自己也确感到了有点难言的愧疚，在送客到楼门口的时候，成金龙的手搭住了陈光荣的胳膊：“光荣，我知道你很不容易。你是领导，之后报上级批下来的方案我必须得服从，你先来问我的意见是尊重我，所以，我也得对你负责任。我……现在心里面儿是怎么想的就都实话跟你说了……我真是觉得这事儿的时机不成熟，强扭的瓜，不甜。”

“老成，我知道，我都知道。回去以后……我再研究，再修改……”陈光荣点着头，强笑着诺诺回应道。想来，眼前这位保守固执的女队主教练也绝不会是新任改革者现在所要去面对的唯一难关吧。

于是，两个情绪不佳、心事重重的男人就这样作别了……

在成金龙的这一生当中曾经有两次做好过打算，如果明天就离开了散打自己应该去干些什么。在二十多岁的时候，他曾很想去当一名刑警，三十来岁的时候，他还考虑过去开一家餐厅，但是现在，到了即将就要年满四十岁的时候，他却再也想象不出来，除了散打，自己的人生里面还能再有什么任何别样的选择。

晚间，“搏击一馆”内的人气一如既往，而成金龙也还是老样子，在偏僻的一角和自己的杠铃老朋友单独聊着天。今晚的成指导动作幅度很大，器械在翻提之间不断“咣咣”地作响，而汗水也已是染透了背心。他似乎有些焦躁，以致于无法专心地投入冥想，因为每当其想要静下呼吸的时候，都总是会有很多与现在的思考主题全然无关的记忆丝线扰人地飘进脑海里面，而且，还相互勾连着地拧成了很大一个错综复杂的结。

成金龙第一次像这样举起杠铃，是在1972年的春天。

出生和成长在困难时期的成家长子自幼顽劣，家人们怕他学坏，托人将其送入了体校习武，而后因缘际会、几经周折，他幸运地拜在了什刹海名师江涧的门下，并也正是从那时起，正式得名成金龙。岁月一箭，白驹过隙，从小师弟到大师兄，从运动员到主教练，风霜雨雪、沧海桑田，转眼，已是三十年了。

三十年后，散打的世界就是成金龙的世界，散打的骨血就是成金龙的骨血。散打，早已不再是成金龙的心中梦想，而是他活着的全部意义。

成金龙愿像保护自己母亲的名誉一样去维护着他所理解的散打运动的尊严、传统与正气。就如是一个孩子被他的母亲含辛茹苦地自小养育成人，那么，即使是这个孩子长大以后发现了自己的母亲其实很丑、很粗暴、很蒙昧无知，但在他的心中也必定都会是永远毫不犹疑地去把她当作那位最美、最温暖、最不可替代的，母亲。

但是，面对着早已巨变的时代与社会，这位母亲如果真的患病了、贫穷了，这个家庭如果真的已经到了那个不得不去做出痛苦改变的时刻，孩子又该怎么办呢?

一旦大范围地修改了比赛规则，一旦真的把所有的动作限制全部放开，那么我之前这么多年以来的严格要求，队员们这么多年以来的刻苦训练，还会有着什么意义?割裂与脱离开了最为权威的正统（国家）标准，就好比是一件事物赖以维系着血脉与衡量出是非的终极准绳都已经被彻底地颠覆，而到那时，我们还在这里鼓吹着历史的如何传承，空谈着梦想的怎样延续，这可笑的一切，又还会有着什么意义?

成金龙的心里愈来愈乱。

此时此刻，在训练馆的另一边，一群年轻的运动员们也都已经嗅到了一场对于他们的未来很可能会产生出至关重要影响的重大变革即将就要到来的味道。

雨心和彭冲肩膀靠在一起，并排着坐在了厚厚的垫子上，他们这一整晚上的聊天话题也都是在围绕着那些甚嚣尘上的改革传闻。

“那你说改了职业化，到底好不好啊？”雨心轻声地问着彭冲。

“当然好了，到时候儿条件、待遇、收入，都能大幅提高啊。打的比赛水平也高，观众也多，自己也能成名……谁不想成名啊。”彭冲答着这些话语的时候眼睛并没有看着身旁的雨心，而是在空空地瞧着前方的墙壁。

“你说的是你们拳击，我们这女子散打没那么好弄吧。”

“都一个道理，就看比赛去如何包装呗，反正只要是有人肯看就行了，甭管怎么着也都比憋在这小黑屋儿里，一年就拉出去放上那几回风儿，冷冷清清地自娱自乐着强。”

“可我听说男子拳击是奥运项目，必须得业余选手才能参加，要是转了职业就不能打奥运会了，所以你们那儿没法儿改，是吧？”

雨心这句话一出口，彭冲便沉默了，隔了好一会儿，他才似是有点答非所问地说道：“我明儿晚上不来了，要看电视，莫斯利对弗雷斯特……”

“张雨心！过来！”突然间传来了一声大喝，震得整个体育馆“隆隆”地回响，正在谈情说爱的女孩惊得心脏都差点飞了出来。

是成指导！雨心赶紧站起身，一路跑到了主教练的身边。

“你每天晚上过来干嘛的呀，是不是来加练的啊！让你练的提拉你练几组了，你力量不够你知不知道啊！你是不是非得……”“行行行！成指导、成指导！我知道、我知道！我这就练！”一看成老大有点要发火的意思，雨心赶紧应承，并随即提起了杠铃。

这实际上是成金龙对张雨心早已有之的要求，为了改善她肌肉强度不足、四肢细瘦少力的缺陷，教练员要求她像自己一样，自觉地来加练这套提拉杠铃的标准动作。但是，这却仅仅成为了长久以来姑娘每晚前来相会小伙儿的一个名正言顺的说辞，功课没有真正去做上几下，谈笑聊天倒是占了大把的时间。可是，对于这种一直就在眼皮子底下发生着的散漫，成指导不是一向以来也都会放任自流的吗？而今天，又是从哪里冒出的一股无名邪火烧旺了他的肝脾之气，让其这样全无征兆地抽起了风来！

没辙，练吧。雨心虽然在心里暗恨着，但明面上也只能是对教练唯命是从了。

见此情景，彭冲也重新脱下了外衣，继续打他的沙包去了。而在场地的远处，还有两个女人也都在各自热火朝天地苦练着，一个是此刻正不忘幸灾乐祸着的邓春妹，另一个则就是从来都两耳不闻窗外事的丁建秋。

什刹海体校就是一个独立的世界，而生存在这里边的人们也跟那扇大门之外的其他世界中的所有人一样，都是正于每日无规律的交集与平行之中，在开心或是不开心地随性编写着属于他们自己的人生故事。

生活的变量总是在每一个分秒中不断地积蓄着，而丁建秋的加入显然又给这一过程带来了更多的不确定性。不过，有一点是可以肯定的，对于传奇的主角们而言，一些很大很大的改变恐怕已是无法避免地就要在下一个章回之中，来临了……

# 6. 那样的春天（三）

THE LEGEND
OF HEART AND DREAMS

那块每次形状不尽相同但颜色却总是金灿灿的小牌子又一次戴在了张雨心的颈上。常胜的冠军有点兴奋，但似乎比不上去年初次登顶时的那一刻了，当然，如果今天对面空荡荡的看台上可以多坐进一点观众的话，感觉肯定会更好一些。

2002 年秋，大连的全国武术散打锦标赛对于北京市女子散打队来说是一次意料之中的大丰收。她们拿下了全部七个级别当中的四块金牌，分别是 52 公斤级，张雨心；56 公斤级，丁建秋；60 公斤级，隋清；以及 70 公斤级，张欢迎。

除了张雨心，其他三个人还都是首次在全国等级的正式大赛当中折桂，恭喜北京女子散打队，你们在又一次的自我突破中创造了新的辉煌。不过，在欣喜之余，姑娘们也不免泛起了一丝怀念的感慨，因为，这应该是她们最后一次作为纯粹的举国体制内的专业运动员去参加传统的国内散打比赛了。

下次再来时，她们很可能就都已经兼具了职业自由搏击选手的崭新身份了。

丁建秋首次代表北京队征战全国锦标赛，初试身手便一举夺魁。国内散打圈里不由得又是一片惊叹艳羡，这么强实力的队员怎么一下子就冒出来了，看来成金龙不光是当教练的水平高，运气也着实是不错，不知又是从哪里捡来了这个漏、淘到了这块宝。

在现场拍摄的唯一一家电视台上前来采访冠军们了，他们径直地走向了张雨心，因为这个女孩够漂亮，而且也是他们仅有的一位勉强能叫得上名字的运动员。于是，雨心开始对着镜头从国家到队友地背诵起了和去年完全一样的感谢名单，之后，对于那几个关于比赛本身的老套提问，北京姑娘照例把“艰苦、努力、拼搏、不放弃”这几个很好用的词语反复排列组合了一下，便也就都中规中矩地应付过去了。

“最后一个问题，雨心，你下一步的目标是什么？”

“呃……”雨心隐隐犹疑了一下，“继续努力，为取得更好的成绩而……拼搏。”

“好的，谢谢雨心！”记者和摄像师完成了工作，收起设备转身就离开了，没有去看上就在雨心身边站着的那个冰冷的新面孔一眼。

雨心目送着他们离去，略带茫然的眼神若有所失。随后，她把胸前的金牌摘下，捧在手中，细细地端详了起来。

目标？你们问的……是过去，现在，还是将来？

过去，说真的，我小时候想要拿世界冠军。现在，我早已经清楚了散打运动在国际体坛上的尴尬位置，接受了它并不是奥运项目的残酷现实，也接受了它根本就没有真正意义上的世界冠军可拿的这个更加残酷的现实。而如果你们非要让我说出一个心中目标的话，那可能……就是尽量地再去多拿到几个全国冠军了吧。至于将来……我目前确实不知道等队伍改成了职业化模式以后，自己的运动生涯会是个什么样子，而且，我也好像从来都还没有为此去设想与考虑过什么……

在赛场的另一侧，刚为选手们颁完奖牌的中国武术协会苏主席（国家体育总局武术运动管理中心主任）拉住成金龙聊起了天。这一聊，时间还不短。大领导的每一句话都是围绕着北京市需要尽快落实散打运动职业化改革试点的相关问题，这让成指导感到非常的话不投机。而且更为关键的是，最高决策人对于陈光荣所提交方案的欣赏与看好的溢于言表，已足以让功勋教头的失落和郁闷抵消掉了今天收获到傲人成绩后的喜悦与自豪。

很明显，成金龙已经成为了这场体制改革的多方博弈当中的最大失意者之一，而这其实在最开始时就已经注定了。陈光荣人情化的工作方式与礼貌客气的协商姿态在一定程度上掩藏了他坚硬而强大的内心，这曾一度还使得成金龙产生了幻想，认为方案中允许比赛规则变化的部分可以在自己的坚决抗拒之下取消或是暂缓施行。但现在，中国武术散打界中的顶级管理层以此种不经意的形式对他所进行的敲打已经无情地提醒了这位省级地方队主教练，最好不要去和高层意志的既定战略唱反调。

谈话的最后，苏主席拍了拍晚辈的肩膀，笑道：“行了，金龙，回去也问江老的好，这件事，他也是很赞同的。”……

从大连回北京的火车上，成金龙靠在窗户边，一路上都没怎么说话，他此刻为今后而必须要去思考的事情一定有很多。和他状态差不多的还有张雨心，女孩一直趴在硬座中间的小桌板上呆呆地望着窗外那些不断闪转而过的简单风景，几乎整个旅程都没有换过姿势。而情绪相对能好一点的反而是丁建秋，一整天的时间里，她把人生中的第一块冠军金牌像个宝贝一样，拿出来看了又看，擦了又擦……

2003 年 1 月 1 日，在北京市女子散打队教练员办公室门边的墙面上又挂上了一块新的牌子：“北京什刹海女子自由搏击俱乐部”。

……

春来还料峭，小雪润长街。

春节假期过后的第一天，成金龙独自走在了略显冷清的市区街道上。晨早的北风就像是剪刀，尖刻地划着男人粗糙而低沉的脸，年前的积雪尚未完全化去，而新飘落下来的冰花又已是让这条湿润的路面再次积起了一层纯白的绒毛。

这样的心情与天气，好似是……又与往事奇妙地巧合在一起了。

其实，这世上的事可能本也没有那样地巧，但是对于某些上了点年纪的人来说，若是对一件事情看得太重，念得太久，总是日夜都盼着它可以再次发生，那么，到它真正再度来临了的时候，你就保不准会在心里生出一点错觉，感到那岁月的场景真是别来如旧。

今天，成金龙要去一个从未去过的地方，见一个曾经熟悉的人。

这趟令人忐忑而纠结的会面，最初是源自大年初一去师父家中的那次拜年……

1959 年，中华人民共和国第一届全国运动会举行之际，来自祖国各地与海外归来的武术健儿们汇聚一堂，受到了贺龙元帅的亲切接见。当时，四位在比赛中获得了优异成绩，并且被公认为是足以担当起新中国武术事业之未来大任的风华正茂的青年运动员代表，有幸在会见现场为贺龙同志进行了套路与对练的精彩表演。

表演结束后，领导人主动与四位青年合了影，而当逐一询问了他们的名字之后，贺老总更是灵感大发，吆笔题词，当场写下了八个大字。这八个字事后又由一位著名的国画大家配上了一幅清雅的水墨山水，从而成就了一件承载上了中国人民之拳拳体育梦想的极具有历史价值的艺术珍品。并且，这四名年轻人于此后的表现也全都是不负众望，他们刻苦修业、百战功成，随后又是纷纷树人桃李、传学授艺，而时至今日，俱已是成为了中国武坛上立派开山、德高望重的一代宗师。

这幅字画到今天依然完好地保存在了中国体育博物馆里，而那八个字和四个人，写得就是：“飞云流水，一山一涧。”

古色古香的书房里坐着两个人。

成金龙恭敬地坐在一张老式的方凳上，而他对面的雕龙床椅正中那位穿着一身中式灰色布衣，和眉善目、满头银白的慈祥老者，就是他的授业恩师，江涧。

“师父，小强回来了，为什么不早点儿告诉我？”以我们对成金龙的了解，他此时的口吻和神色说明，他一定是又陷入一段极为被动且又紧张与不安的交谈之中了。

“之前你们各有各的路，现在时候到了，自然不就再碰面了？”江涧的声色并不洪亮，语速有点慢，但其中每一个字的音调顿挫都咬得清晰分明。他在身前的几案上沏着茶，腾起的雾气偶尔会阻隔住成金龙那迫切寻求答案的目光。

“可这……师父，他能回来肯定是好事儿，但要让他……来跟我共事儿……”成金龙有点焦急，因为他迫切需要组织好一番恰当的言辞去在不失礼节的基础上来表达出对于某项提议的严重不认同。这可比跟陈光荣说话时的难度大多了。

“怎么了？”江涧摆弄着茶具，头也不抬，算是对弟子焦急神态的一种回应吧。

“师父，其实之前我自己也物色过一个人选，您还记得当年山东队那个‘拳中诸葛’孔令刚吗，现在就在（北京市）崇文（区）体校带小孩儿呢！他的战术制定……”

“大龙，小强这件事儿是我经过了认真的考虑以后亲自向光荣推荐的，你要是有什么想不通的，我可以陪你慢慢儿地聊。不过呢，你最好要先跟我说清楚了，你到底是对小强想不通啊，还是对光荣想不通。”江涧的语气仍然平静，但是，他不仅就此打断了成金龙的建议，而且也基本上彻底封死了徒弟再次开口的余地。

对话的结论已经很明朗了，成立不久的北京什刹海女子自由搏击俱乐部即将就要加入一名新任的教练员了。而看起来，那位我们已是久闻其声了的老熟人也终于是将要现身登场，实际地来到这个故事之中了。另外，大家也可以留意一下成金龙刚刚所提到过的那个人，他的名字以后也还会再次出现。

“大龙，光荣在体（育）大（学）听过我的课，也算是你们的师兄弟，你岁数儿比他大，心，要开通。新的东西，不管喜不喜欢都总是要来，我这一辈子，经的多了。”看着沉默下来的爱徒，江老语重心长。随后，他把自己和客人的砂盏又都斟到了七分。“喝茶。”

江涧喜欢品茶，很多弟子受到他的影响也都承袭了这一爱好。

茶，可以使人神清气定，尤其是每遇大事之时。二道水饮过，成金龙也不再纠缠于复杂的话题了，他轻声地问江涧：“师父，身体好点儿了吗？”

“唉……背上还是经常会疼……”

临别的时候，由保姆搀着的江涧坚持把成金龙送到了门口，而他对感情深厚的弟子所说出的最后一句话也一定正是他最为放心不下的地方。

“大龙，自己的事儿，也该再往前迈一步儿啦……”

对此，成金龙并没有作答，他温情地扶住老师的手臂，微笑着留下了一句“师父，您要多保重”后，就转身离去了……

很多年以来，成金龙的心中一直都有着一个疑问，那就是他总也琢磨不透，到底是自己更了解自己，还是师父江涧更了解自己呢？

雪，似乎比刚下车时更大了一点，这让成金龙的肩头已经覆上了些许绵绵的浅白。这条长街笔直地伸向了远方的尽头，终点隐在了雾里。走着走着，男人停下了脚步，因为在倏忽间，他很想要去回个头看看。而身后面的世界和前面的几乎一模一样，起点也同样是早已隐在了雾中，唯一的区别，就是自己在雪地上留下了的那一排足印。

整整十二年前，也是在这个季节，也是像这样的雪天，什刹海门前的草坪上，从学校里追出来的成金龙和意欲不告而别的师弟何耀强狠狠地打了一架。很多鲜红染在了那段白色的记忆里，而从警车上下来被分开带进问询室前的无意一瞥，也就从此成了这两个男人于彼此间的最后相视。直到今天。

这趟会面，应该怎么开始，又该……怎么结束……

迎面吹袭而来的暖流提醒了步行前来者，这里已完全是另一个世界了。成金龙身上的浮雪瞬而化作了衣上的水渍，他在门口的脚垫上仔细地蹭了蹭鞋底，以防会踩脏大厅里明亮整洁的地面。“你好，我来找……何耀强教练。”

“哦，您稍等，何教练上午的第一堂课……”健身中心前台小姐的后半句话成金龙并没有听清，因为透过面前的玻璃幕墙，他已经被那个熟识的身影在即刻间占据了精神。

何耀强的形象阳光时尚，笑容诚挚悦人，他头戴着耳麦，边运动边口令，正在台上引领大家练习着搏击健美操。而从台下那些会员们专注投入的效果来看，何教练也显见是一名称职并且颇受到欢迎的好老师。这种融合了搏击运动中拳腿动作的大众健美操基本上是属于民间里强身健体的一项体育娱乐活动，成金龙在电视上似乎也看到过，而今天，他静静地站在透明的墙外观摩了一整节课。到了后半段的时候，他确信何耀强也发现了他。

课程结束，何教练却依然被学员们团团包围着，直到又过了十五分钟，在细致耐心地解答完了所有的问题之后，他才快步地向成金龙这边走了过来。推开玻璃门，于凝视之中露出了感动的笑，何耀强主动张开了双臂。而这也使得成金龙在之前反复思索着的那个难题被迎刃而解了，他未加迟疑，同样本能地敞开了胸怀。

一个轮回之后，兄弟的拥抱！

就职手续的办理并没有成金龙所预想的那么繁琐，以什刹海俱乐部的名义和员工签下一份格式化的聘用合同，就如同那位员工辞掉了上一份在健身馆中的工作一样简单。三月初，何耀强就这样正式地走马上任了。

从此，那间小办公室里显得更加拥挤了……

当成金龙第一次看到何耀强所拟出的训练计划时，心中五味杂陈，他既为师弟的成熟与进步而感到欣喜，也对助理教练在工作中的稳妥和兼顾颇为欣赏赞服。但同时，他也依然是就如预期之中的一样，对于很多全新的动作要领、训练方式以及指导理念抱以了先天性的保留与成见。特别是对那些已经标注在了中文行话之后，即将要求自己也在日常的执教当中去全面使用的极为生僻的国际通行搏击专用英文词汇，产生了异常的反感。

何耀强在离开什刹海之后的十余年间，游历修习、多经锤炼，拥有了成为一名称职的自由搏击教练员所应该具备的充足的理论知识和深厚的实战经验。一年前，他只身回到了北京发展，但由于当时国内的自由搏击运动尚未系统地开展起来，迫于生计只好暂时委身在了健身中心里面任教。至今年，北京市女子散打队进行了体制改革之后，聘请一位充分了解自由搏击运动的专业教练员便成为了队伍在新形势下的迫切需求，而这也正好成为了何耀强得以回归故里、一展身手的最佳机会。于是，一直在为每一名弟子都暗操着心计的江涧便不失时机地向前来请教的陈光荣提出了自己的人选建议，而事实上，在陈光荣进行了深入调研与多方的征询之后，他本人也同样发现何耀强确是一个非常理想的合适人选。

以上这些真实的情况，陈光荣也都适时地说给成金龙听了，所以，纵还是身有不愿、心难释然，但作为一名同样是顾全大局、通达情理的体育工作者，成指导也就只能是努力地去让自己适应所有的改变了。因此，当副手提交来训练计划并请求他的认可通过之时，他也只是象征性地提示了一句“基础科目和体能训练的部分不要压缩太多”，便全案批准接受了。另外还有一件事成金龙也接受了，那就是由陈光荣来同时兼职俱乐部的技术顾问。

而站在了运动员们的角度上又是怎样看待这位新来的何指导的呢？女孩子们愈来愈多的笑声或许已经给出了答案，因为何耀强这个人无论走到了哪里都是那么地讨人喜欢。这位只有三十岁出头的年轻教练员，白皙俊朗的面容上写满了开明、随和与坦诚，而在举止言谈间也是无时不在地散发着充满了热情的亲近、风度和幽默。

是由于已经在太长的时间里受压迫于成金龙那种无比严厉的苛刻与呵责了吗？在何耀强负责主持的第一堂训练课上，他频频随口而出的“挺好”“真棒”“很不错”这等最为简单不过的小小鼓励，竟已是几乎要让队员们都感动得滚下了热泪。

配发了新的露指拳套，引入了膝肘攻与关节技等曾经的“禁术”，同时，也完全放开了那些刻板教条的动作限制与规则羁锢。自由搏击运动突出的就是“自由”这两个字，请以你们的心和创造力去随性地把握任何一次的技术应用，也请以你们的青春洒脱与生命力量去张扬、去享受着搏击运动那最为本质的乐趣、美感和精神。

何耀强的人格魅力以及他所带来的感性创新与煽情鼓舞，很快就使姑娘们的训练积极性掀起了一个不小的高潮。看来，队伍改制后，在率先所进行的去转换规则技术要求和训练教学方式这一项的工作上面，一切都还算顺利。

面对着心情都很不错的同事和队员们，成金龙主教练在这段时间里则是要显得低调与谨慎了许多。他既没有刻意去扫大家的兴致，也没有违心地故作已然想通，他只是依旧在恪尽职守地做着那份一直都属于自己的工作，然后，就是去安静地观察着这支队伍于每一处点滴巨细之间的不断改变。

谁又能体会得到这个男人现时所正在承受的酸楚，当一支浇注了自己的全部心血而塑造起来的团队，沉浸在了因抛弃了他所坚持的规范标准和颠覆了他所信仰的严师风格而产生出来的快感之中的时候。

没有被改变的可能只剩下了那副乌黑的老杠铃，只有无言的它还在每晚不离不弃地陪伴着成金龙一起流着汗。物是，人非。每一件事，每一个人，都要变了，而他们或许又都是对的，那么，我呢？成金龙真的很想有一个人可以来告诉自己，往后的日子里他到底该去怎么选择。变，还是不变……男人抬起头，望向了春分时节的月光。

晴，又到了该去和你说说话的月份了……

清明节到来之前的最后一个周末，成金龙又一次像是多年以来一样，捧着白色的鲜花和祭扫果点，独自一人坐上了远途公交车，去往了位于北京市北郊山中的八达岭陵园。

精心地擦拭过墓碑，再摆上祭品，成金龙在一处墓位之前席地坐了下来，而思念与眷恋的深情此刻已是充盈了眼窝。“晴，这一年里发生的事儿，挺多的……”

爱妻，舒晴之墓。

舒晴，曾经的一名普普通通的热爱武术的女孩。并没有稀世罕有的超级天赋，但凭借着最为朴实无华的刻苦和努力，她是巅峰时期的北京女子（套路）武术队中不可或缺的一员。同样，也并没有惊艳出众的身材和相貌，但就是因为那每每总能够在别人需要之时去温暖到人心的乐天与善良，她成为了整个八十年代中什刹海里最美，同时也是最受欢迎的姑娘。

十七岁时，成金龙鼓足了勇气，对十五岁的舒晴说出了第一句话。从那一天算起，在一起走过了艰苦执着而又酸酸甜甜的八年又二百八十七天之后，两个人结合了。

那一天，师父来做了证婚人，而小强也是忙前忙后的。至今回想起来，成金龙都始终认为那是自己在这一生当中最为重要也最为快乐的一天，即便是和他在运动生涯中也曾同样拥有过的那些极为荣光的显耀时刻相比。

成金龙在二十九岁那年成为了一名助理教练员，而状态始终都保持得很好的舒晴到了二十七岁时还仍然奋战在一线的赛场上。老将总是说，现在队里的年轻人比较多，一时还顶不上来，她作为一名老队员有义务再去坚持坚持。丈夫很支持妻子，但是身边越来越多的亲人朋友们却都在心疼地劝说着，歇歇吧，也是到了该要个孩子的年纪了。于是，舒晴向大家伙儿承诺，再一年，等打完了 1993 年北京主场的全运会，就退役。

然而，悲剧却总是会在幸福即将到来的前夜，无情地降临。

急促的电话铃声、昏暗的天地，还有那永无绝期的彻骨哀伤……

那是一种罕见的，但会较多发于运动员身上的急性肺栓塞。

回想起那日在食堂午餐时两人对家中窗帘的讨论，竟已是成为了夫妻间最后的诀别。伊人已去，天地永隔，转眼，十年了。

“……后来小强跟我说，他回来以后自己偷偷地来看过你，呵……我都不知道。”这十年里，成金龙一直都是这样跟妻子说话的。“陈微走得挺是时候儿，建秋儿再来可就不是时候儿了……唉……陈光荣来得不是时候儿，可小强回来得倒正是时候儿……你说这世界上的人和事儿，来来去去、走走停停的，到底都是谁在安排的呢？”

远方的山梁已挡住了半颗垂落的红日，而峡谷里的风也变得更凉了。

把舒晴安葬在这里的第一年，成金龙曾经注意到过，在这一带某处岭间的峭壁上挂着一条银亮的冰龙，那应该是一眼在冬天会被凝冻住的山泉，很美。可是自那以后，每一年再过来看时，它便都会变得消瘦了一点，待到今年，则就已是完全的没有了踪影。而人们也并不知晓，让它就此消失了的最大原因是由于气候的变暖，还是因为土壤水位的普遍下降而导致那脉地下的泉水已经彻底地干涸了。

“晴，前段儿时间我总是在想，如果当年我真的没有去当教练，而是开了那间炸酱面馆儿……到今天，咱们的日子会是个什么样儿……”

成金龙的手扶住了爱妻的肩头，暗色下，他们的身影逐渐模糊了……

很令人伤感，不是吗？尤其是当我们对一些蓦然转折的情感线索于一时里还有些难以适应的时候。而生活偶尔就是会像这个样子，在毫无心理准备之时忽然地透露给你一些其实长久以来一直都写在了某位朋友的人生故事里，但你却又从未有所察觉过的心灵往事。

……

张雨心和刘泽平遇到了麻烦。

这应该是刘泽平所接下过的最高层次的订单了，规模不大也并不高调，但却是极具着先锋品位与独立个性的国际女包品牌“Odelia”（奥蒂），新一季亚洲区平面广告的主视觉素材拍摄。事实上，对于这家已创立经营了70年的法国公司而言，刚刚把整个亚洲地区的销售重点调整至了大中华区域的他们，决定启用中国大陆的摄影师及模特来进行广告摄制，同样也是一次首开了先河的大胆尝试。

而张雨心呢，她真的该要多感谢老刘了，这么好的机会，模特保荐人所首先想到的又是她。要知道，力争去为更加富有时尚领导力的知名品牌进行专属代言性质的广告拍摄工作，可正是雨心目前在模特行业的发展道路上为自己所设定下的明确奋斗目标。

对于平面模特而言，这种级别的工作是需要经过严格且繁琐的面试选拔流程，并且签订下正式规范的肖像代言协议的。预定去参加面试的前一天，雨心找了个并不充分的借口，壮着胆子去向队里面请假，成金龙当时没吭声，而何耀强只是大概的问了几句居然就给痛快地批准了，这在以前可是根本就不敢想象的。当然了，顺利中选的面试结果倒也没有辜负了这一次难得的好运气，由于雨心还没有经纪公司代理，所以几天以后，她以个人的名义在代言合同上签下了自己的名字。

第一个周末的工作一气呵成！

但是，全部样片传去了法国后竟然无一通过。

第二个周末，刘泽平、张雨心、所有的现场工作人员以及奥蒂中国负责该项目的员工们都是格外用心、加倍努力，拍摄出了比前次更多的备选系列。

三天后，巴黎传回了消息，还是无一通过。

第三个周末，“Odelia”品牌创始人奥蒂莉亚·杜兰（Duran）女士的儿子、公司现任首席设计师兼企业形象总监小杜兰先生，亲自飞来了北京……

杜兰先生有些稀疏的栗色头发整齐地背到了脑后，鼻子挺长，一双深沉的眼睛是湛蓝色的。这个法国男人肯定经常去健身，因为他虽已年逾花甲但胸前的肌肉却依旧硬挺结实，而他也是颇为自信地把它们用一件绷得紧紧的黑纱短袖套头衫美化过了之后大方地展示了出来。先生彬彬有礼，走路时会踮着脚尖，说起话来也是轻声细气的，作为一位设计师和艺术家，他最大的特点就是不论去看待任何物体都会首选侧光的方向，据说这也是消费者们在初次注意到提包时最有可能的视觉角度。

摄影棚里，人员、设备、道具都已经准备好了，大家在等待着杜兰先生给出一个可以解决掉现在麻烦的决定性建议。

杜兰先生用食指点着下颌，盯着雨心看了一会儿。雨心的笑容里带出了些惶恐，她想到了最坏的结果。随后，杜兰和翻译小声交谈了几句。

“杜兰先生问你的年纪，我告诉他了，然后他说……光线从你身上反射过来的感觉，让你看起来很像是名运动员。”翻译小姐对雨心说道。

张雨心惊得目瞪口呆，这间屋子里除了刘泽平没有人知道她的本职身份。

杜兰接着阐明了自己的观点，翻译随之将其转述了出来。

“杜兰先生认为，年轻模特并不是一定会被排除掉的选项，而且张小姐的形象和身材都非常完美，内在的气质也很有特点，但是，她似乎还并没有完全领会到奥蒂这个品牌的内涵与真髓，所以也就无法给出先生想要的东西。杜兰先生有一句话我不知道该怎么来翻译会更为恰当，他的语句直译过来就是：很遗憾，这位模特的心脏还没有写上奥蒂的名字。”

足够婉转，但这里所有的人都解读出了艺术家的意思，需要更换模特。

实际上，对于这样的临时变化，刘泽平也早已做好了提前的预备。几天前，他就已经把一名自己并不相熟但据朋友介绍水准很高，最近刚刚来到北京发展的女模特的相关资料呈交给了甲方，以备急时之需。而现在，奥蒂中国区总裁与杜兰先生在确认过之后，转回身对他说道：“让她过来吧，先生等着。”

不远万里的旅行，只为了坚守自己对那个名字的爱。在等待的时候，杜兰先生儒雅地踱着步，惬意地欣赏着刘泽平挂满了墙壁的前期作品。他很放松，见不出半点急躁，当看到了某幅比较欣赏的佳作时还会去向摄影师赞叹地伸出拇指。

但其他人可就没有法国绅士这般闲庭信步似的潇洒超然了，房间里的整体氛围紧张而冰冷，尤其是奥蒂中国总裁和刘泽平。能感觉到，他们的心里完全没底，可想而知，搞砸了这项重要工作的代价会是他们绝对都难以去承受的。

而雨心则乖乖地猫在了一个小小的角落里。女孩反复地琢磨着杜兰先生刚才所说的那些话，并且在不断地安慰着自己，她被换掉不是由于自身水平的问题，而仅仅是因为客户方面于前期在对模特的风格进行选择时所产生的偏差。没有人告知其可以先行离开，并且她本人也没有想要独自逃走的念头，总之，就先留在这里，看看之后将会怎样吧。

时钟就这样“嘀嗒、嘀嗒”地走过了一个小时。

刘泽平的手机终于响了，看似是人到了，他接通之后赶紧三步并作两步地跑去了楼下迎接。又过了五分钟，房门再次被推开，两个人一前一后地走了进来。

“杜兰先生，这位就是纪娜小姐！”刘泽平略带惶窘地介绍着身后的女士。

姗姗登场的主角，一次被瞩目的亮相。

比雨心还要再高上了一点，身材也略较丰腴匀称，二十出头的纪娜相比于十八岁的清纯少女肯定还是要更具上些熟韵风姿的。她在衣装的搭配上显然下了一番功夫，紧身的横纹连衣裙外加皮裤与高跟鞋的组合不但凸显出了优势线条的莹润饱满，同时也将体态之中某些不甚理想的暗处悄悄修掩于了无形。再看妆容与饰品的把握，简洁中也很是从容大气，寥寥几抹之间便是尽显出了其一身名媛风情当中那极富想法而又不失方寸的上乘心机。

如此玉人娇颜，貌似信手随心，实是妙工细琢。内行人一眼便能看出，这定不仅仅是一名天生丽质、尤物绝色的简单美人，而是一位心思雅致、内蕴灵秀，经受过专业的熏陶与训练、阅历过起伏的人生和场面的高水平职业模特。

纪娜首先是礼貌地与大家环顾致意，而这让她的目光与那位藏起来了的被取代者也轻轻地碰触了一下，在这个瞬间，雨心突然感到她很像一个人。

“Bienvenue！”（法语：欢迎女士）杜兰先生很热情，他依照自己对于女性的感知和定义，向眼前这位年轻的中国女人施以了吻手之礼。

在做造型的时候，自觉抓紧时间的纪娜浏览了奥蒂史上历代专属模特的形象广告，并且把几件杜兰先生特地从总部带来的经典设计款型也贴近身体细细地触摸了一番。而在这一过程中，法国人就是微笑，并没有再去多要求些什么，他只是于最开始时透过翻译向试镜模特提示了一句话：“当你的心属于了她，你就真正读懂了她。”

稍后，换装完成了。纪娜站起身，向所有人爽朗地说道：“咱们开始吧！”……

还记得张雨心的日记吗？这些年来，女孩一直都没有遗失掉这个优雅的习惯，虽然书写的频率比之小时候确实是要降低了一点，但是在她人生之中所发生的很多重要事情，都依然还是会于那些用以珍藏心情的纸笔文字间留下了它们曾经来过的鲜明印迹。而记录着雨心十八岁那年的生活故事的，数来已是总收藏中的第六本了，封面是淡蓝色的。

那么，我们不妨就来秘密地借用张雨心在其日记之中的主观视角，去身临其境地感触和体会一下，在那一天接下来所发生的事情吧。

“……她就位以后，快门的声音便又响起来了，可是……为什么和刚才我在拍的时候相比，听起来就完全不一样了呢？那不再是一声声单独分开的生硬的命令，而像是很有节奏地连贯在了一起的一首正为她伴奏着的乐曲。这真的很奇怪，所以，我就去偷看了。

我看到了……那些光，那些很神奇的，环绕在了她身体周围的光。

作为一名模特，我不太可能也从未在拍摄的进行过程之中用肉眼去看到过站在聚光灯下的自己，因此也就并不知道当自己处于在了这种状态之下的时候会是个什么样子。但是，我觉得她……实在是太美了！

她就站在那里，没有怎么样，只是随意地摆出了一些 Pose（姿势、造型），那些 Pose 我也会摆，之前在拍摄的时候也是这样去摆的。可是，为什么现在由她再摆出来了以后，感觉就会是如此地特别，就会是……与别人那样地不同了呢？我该怎么说，天啊，我都不会形容了。那些镜头、灯光，还有她拿在手里的包，好像全都变活了，具有生命了，而且，还一起坠入了一片被她所创造出来并全面掌控着的专美时空之中，在跟随着她、追求着她，为她的魅力而沉醉、受她的气场所引导。而她，就像是一位权威的女王，令到这片时空之中所有的人和物，全部都是无一幸免地臣服在了她那耀目而又圣洁的普照光芒里面。

也包括了，我。

没有错，我再次确认了我最初的感觉，她就是像陈微，非常的像，从里到外都像。

这就是法国先生所说的‘心’吗？如果这和我们平时会在搏击运动中所聊起的是同一样东西的话，那我倒也还并不陌生。不过，这肯定是我第一次知道，原来这样东西不是仅适用于体育圈子，在文艺领域中也是同样存在的。

哎，想起来了！这样说的话，在董薇的身上也曾经有过类似的情况。

这几年来，大多数的时间里我看她跳舞都再也找不到小时候的那种感觉了，比如在她为了挣钱而跳，或者是必须要去表演给那些她不喜欢的人看的时候。那会很平淡，就像是死气沉沉的躯壳在为了跳动而跳动。但我记得刚上初中时，她跳起舞来可不是这个样子的，那会儿，很好看。印象里有很多次，她在舞台上转啊转的，就像是能让所有的光芒都追随着她一起去为四周的空气加温一样，而在旁边看着她舞蹈的那些人们便也都会是如同被这股光和热所吸引着那般，慢慢地向其靠近了过来。以至到了最后，在场的每一个人都会被她感染、被她带动，而全部都情不自禁地也跟着舞动起来了。

后来我就问她，这跳舞到底好不好看，最重要的差别究竟是出自于哪里呢？为什么以前我看她跳时连心情都会变得好起来，而现在就再也不行了呢？结果她对我说，以前她是用心去跳的，但现在，不太用心了。

董薇所说的那个‘心’，也是……这个意思吗……”

以上，就是从张雨心的青春回忆中所摘抄下来的一段真实的思绪。

关于生活的记录与思考其实是我们所有人都从不该去忽略掉的一件事情，而对年轻的朋友们而言，在自己承受到了挫折或是品尝到了失败的那一天似乎就更加适宜这么去做了。因为那样会给你带来很多的与以往并不尽相同的认知和感悟，而这些也都将会成为在你今后还要去行走的道路上的最为有益的方向指引。

还是回到那天广告拍摄的现场吧，不管怎么说，纪娜的及时出现确实是为很多人都解决掉了一个巨大的麻烦。

看了新完成的样片，杜兰先生显然足够满意，在那当中有一张坐姿的作品，法国老人还特别将其单独拣出并专心地凝望了许久，以至于蓝色的虹膜都有些闪闪发亮了。他为此请求刘泽平再去帮他多打印一张出来，摄影师当然不会拒绝，而当这幅影像呈现在了众人面前之后，或许是为了满足一下争相传看者们的好奇，也可能是希望可以用最为真挚的方式去表达出对于优秀模特的赞赏，来自法兰西的艺术家为大家打开了自己所贴身佩戴的一只银制项坠，在那里面嵌有着一幅女士的老照片。

好像啊！凑上来的雨心也不禁赞叹着。明明是不同年代，不同肤色，且身材样貌也都全然有别的两个女人，但是，她们的气息，她们的神韵，她们的心，却是那么地相似。

“她就是奥蒂莉亚·杜兰，我们品牌的创始人，也是我此生最爱的，故去的母亲。”杜兰先生缓缓地把项坠捧到唇边，真情地一吻……

接下来的事情就进展得非常顺利了。杜兰先生在真诚地拥抱过每一位工作人员后就先回酒店休息去了，用他自己的话说，上了年岁的人在感动过之后一定要尽快睡眠。而纪娜，则也就顺理成章地得到了一份奥蒂中国所新为她开出的条件优厚的代言合同。

同时，在新的合作者们准备着去签订合约的商讨过程之中，还出现了一个让雨心颇有点感动的小小细节。纪娜特意提醒了甲方负责人，按照行规，前一名模特已经签下的协议不应该因为客户其后的个人好恶与审美取向的主观改变就被单方面终止。而在得到了对方也依然会履行原订合同，支付给张雨心应得的全部酬劳的承诺之后，新代言人才安心地在属于自己的那份合同上面签下了名字……

夜色中，刘泽平的车行驶在了长安街上，摄影师在送两位模特回家。

张雨心喜欢死纪娜了，这也是可想而知的，因为如果不是这样，今晚的日记本上也不会又写满了整整的两页。这位新认识的模特姐妹不但水平高，而且心地好，人又成熟，年轻的女孩和她坐在一起很有安全感，现在的雨心刚好很需要一位这样的朋友。

刘泽平也很喜欢纪娜，这一点雨心能够察觉得到。一路上，老刘总是通过中间的反光镜频频地看向后座，还会时不时很主动地抛来几个希望能够带起闲聊的话头，而雨心明白，这些都是因为有纪娜坐在了车上。

雨心到家下车后，刘泽平继续护送纪娜，其间他热情地邀请女士到前面来坐，但是人家却说：没关系，不用麻烦了。结果，整个后半程里车内的言语就变得非常零星了，更多的时候，纪娜都是透过车窗在独自看着外面那座对她来说还很陌生的城市。

到了女士家楼下，刘泽平也跟着下了车，他需要用这个机会去面对面地诚意表达一下心中的感激之情。“纪娜，今天真是多亏了你，你……真不错，以后咱们……多……”男人在想，他是该用“合作”，还是“联系”呢？

“有活儿就给我打电话，等我要是签了经纪公司，就把经纪人的联系方式给你。”纪娜的回应大方而爽快。漂亮的女模特希望男性友人明白她的意思，即使这种意思的表达在更多的时候只是一种完全不分对象的习惯性技巧。

“哦，好，我知道……嗯，我明白……你慢点儿啊。”刘泽平保持着此刻该有的笑容。

目送着纪娜的背影消失在了昏黑的楼群间，刘泽平深吸了一口气，转回了身来。他没有径直开车离去，而是走进了一家路边的连锁超市。牛奶、鸡蛋、水果、小蛋糕，男人买了不少东西。之后，回到了车上。

“妈，翔翔睡了吗？……哦，我这就过去。”合上手机，发动汽车……

另一处的居民小区里。

一对已近老年的夫妇为刘泽平打开了房门，他放下了所买的两大包食品，并和他们交谈了一会儿。随后，他轻轻地推开了里屋的门，床上，一个四五岁的小男孩正在恬静地熟睡着。刘泽平走近了一点，温情地看着这可爱的孩子，但或许是很怕一不小心把他吵醒了吧，不到半分钟，他就小心翼翼地退出了卧室。

“妈，这个月给家里多存了一点儿，生意挺好的。”穿上外衣，刘泽平这就要走了。

“你可要多注意身体啊！别光顾着挣钱，开车要慢点儿啊！哎，那苹果你也带走点儿吧……”老人在唠叨着妈妈们一辈子都不会改变的叮咛。

“不用了，你们慢慢儿吃吧。”但她的儿子已经跨出了家门……

更深的夜色中，刘泽平的车又行驶在了长安街上，他现在该回自己的家了。

有兴趣来听听这位先生的故事吗？

刘泽平，他是一个丢失了爱的男人。

刘泽平算得上是一位文艺青年，不过他在大学里面的专业并不是摄影，而是美术学，事实上，这也是他在未能被那所二流影视学院的文学系录取之后所无奈接受的第二选择。谁都知道，这样的学历背景在毕业之后的就业面会非常的窄，除非他愿意放下那自来高雅的艺术身段，去包容接纳许多曾经不屑一顾的选择与现实。所以，在迷迷蒙蒙而又疯疯癫癫的四年光阴很快过去了以后，一位自认为是才华盖世的自由作家也便就此如约诞生了。

在那些青涩的梦与激情还都未曾消退的灿烂年代里，一位思想深邃、性情孤傲的文学美男会是多么地令到涉世未深的叛逆少女为之倾倒。尤其是在他颓废地唾骂，这完全是个没有灵魂的卑贱年代的时候，真是太有内涵了。

邂逅、纵情、海誓山盟，稚嫩的情侣还未及思考过太多的未来，却已发现那最为背运的事情已然发生在了他们的身上。奉子成婚，倒也一切顺利，只不过，仓促混沌间，人生日后所有矛盾与痛苦的种子也便都就此浅浅地埋下了。

记忆中第一次剧烈的争吵就发生在了新婚之夜后的第二天早上，而那与此后的三年间里每一次冲突的大致主题也都是一样的。理想、现实、家庭、责任，两名对生活实则上还完全没有准备好的年轻人已深深地陷入了永远也找不到出口的漫漫黑夜。

孩子降生了，他是无辜的，但却注定要承受到最大的伤害。三个年头，足够使人成长，看清很多，想通很多。三个年头，也足以让人绝望，不得不去放弃很多很多。爱，在苦痛中消磨，恨，在麻木中淡漠，或许，只有彻底的解脱才是得以去延续生命的唯一出路。

相濡以沫，不如相忘于江湖。

离婚之夜，三口之家静静地躺在了床上。孩子睡在中间，他哪里会晓得现时的哀凉，于爸爸的臂上梦得格外香甜。而妻子紧紧地和他们靠在了一起，她与丈夫都是彻夜未眠，两人间也未有道上一句的告别，或是祝福。刘泽平的那一夜就是呆呆地看向了天花板上，直至了临近拂晓时，女人忽然死死抓住了男人的睡衣袖管，最后一次无限伤感地喃喃轻唤了一声：“老公……”随后，便是泣成了泪人。但那一刻，老公没有做出丝毫的反应，因为他知道任何微微的一动，所带来的都只会是更加难以了结的失控与崩溃。

撕心裂肺，生不如死。

分开以后，妻子很快就办理了出国手续，从此便远走异乡、音信全无了。而刘泽平也只得是在默然之中接受了一个万般无奈的苦难现实，那就是当自己才刚刚学会了一点该如何去作为一个男人的时候，却已然是变成了一位悲剧式的单亲爸爸。

孩子很惹人怜爱，健康懂事、聪明伶俐，他的名字平凡简单，就叫刘翔，这让很多人都想象不到他的父亲曾是一名那么自命不凡的青年作家。刘翔从两岁多起就被爸爸送回了爷爷奶奶家照看，在那里，他无忧无虑地长大了。而他的爸爸呢，也长大了，这个男人现在必须要去经营起自己至此时才真正开始的人生了。

曾经选修过的业余爱好，现在成了赖以养家糊口的谋生技能。刘泽平不再写作了，他终于发现，自己其实根本不会，也不爱写作。如今的他，感到自己爱上了摄影，而且也越来越擅长于摄影了，就自从他把用摄影工作赚回的第一份收入所买来的那块小蛋糕悄悄地放在了儿子枕边的那一天开始。

这两年的刘泽平，事业上有了一些起色，也投资了自己的工作室。他还是独居在和前妻一起生活过的那间房子里，也仍旧还是睡在曾经与一家人共同安眠的那张床上。而这一切也都在时常提醒着这个男人，那样被他丢失掉了的东西对于今天的自己而言，或许早已经成为了一件可望而不可即的遥远奢侈品了。

……

诸位观众，故事的又一幕高潮就要来了，什刹海历史上著名的大事件，即将上演。

浴血，一战！

从这年开春就传得沸沸扬扬的一则喜讯这几天终于得到了证实，（国家体育）总局重竞技运动管理中心的正式通知已经下发到了什刹海体校里的北京市女子柔道队中。

“现征调邓春妹同志进入中国国家女子柔道队集训队备战 2004 年雅典奥运会，请该运动员自行于六月中旬的全国冠军赛结束之后赴总局训练局报到入队。”

为国效力，征战奥运，这是全世界所有运动员们的终极梦想，而在中国、北京、什刹海，此一无上的尊荣被命运赐予了这位十八岁的北京籍女子柔道小将。

一时间，“巾帼须眉、国家栋梁”之一干溢美言词如飞花纷至，女子柔道队全员昂首阔步之处，无不是击掌叫好、竖指侧目，此情此感，恰似得道升天。

而大春儿的两只鼻孔也开始越来越频繁地出现在人们的视觉之中了。

旁人的交口称赞，大春儿其实并不在乎，艰辛的付出得到了回报、自幼的梦想即将要实现，这些对于现在的她来说竟也都还只是次要。在什刹海的女柔队长看来，今次成功最最主要的快感竟是在于，那股自心中憋积了多年的恶气，此番终是可以一口扬眉吐出了！

怎样！我们柔道说到底都还是奥运项目，是有国字号的队伍可以去参加正式的国际大赛的，你们散打在国内的成绩就算再强也终归只能是窝里横，拿不上大台面。只有在全世界的赛场上从外国人手里夺回来的金牌，那才叫是真有分量，回来以后，国人们才会真正地把你当作英雄，各级的领导和社会大众也才会真正地去关注你、记住你，而你的头像照片也才会真正地拥有资格能上得了那面世界冠军墙！

这一点我们柔道能够做到，而你们散打，永远就只有眼馋的份儿！

当产生出了这样的观念之后，邓春妹的思想就开始扭曲了，她已是迫不及待地想要在自己前往国家队报到之前去向女子散打队发起总攻，收复失地。

既然现在己方气势正盛，那乘胜追击就也理所当然，最低限度，起码也要让散打队失去今年度的北京市优秀运动队伍评选资格。大春儿天真地以为，趁着这段时间去搞几件事出来的话，校友舆论估计多半都会偏向于她们这边，况且自己还有着国手身份的护符保佑，就算是真把事情给闹大了，动了手，校方肯定也是会极力袒护她的。

所以，打定了主意后就立刻行动吧！什刹海女子柔道队的重新崛起，在此一举！

呵呵，可笑吗？不会，我们谁又没有年轻过呢。

大春儿的最近两次发难就在上周。

周一，她向教务处实名举报女子散打队文化课数学作业抄袭。这倒也是事实，因为除了建秋，队伍里所有人的功课都是抄隋清的。而周四，就在学校对女散队的通报批评下来了之后，她又在食堂里面成心找茬，故意把小迎儿的饭菜给撞翻在地，因为当时正好有几位老师在场，双方的人马才没有爆发事端。这两件事，还真是搞得女散队很丢面子。

是可忍，孰不可忍！这种事情都做得出来，以后还有什么她不敢干的？雨心可忍，小雯儿不可忍！这个时候再不反击，将来在什刹海里还怎么抬头做人？张雨心要是胆小怕事就干脆别叫她，我带着隋清大迎儿她们也一样可以搞定！郭雯雯这样赌气地想。她决心一定要为女子散打队去争回这一口气。

于是，这天上午的训练课上……

“大春儿！今儿中午吃完饭，小树林儿里等你啊！”“搏击二馆”里传出了小雯儿前来下定战书的叫嚣声。

“大春儿，怎么回事？”正好在一旁的女子柔道队主教练洪指导疑惑地向邓春妹问道。“没事儿，我借给她两本儿书，她今儿要还我呢。”大春儿嘴里敷衍着教练，而眼睛则是狠狠地瞪着郭雯雯。随后，她又扭过头，用斜光在几名老队员的脸上阴阴扫过，而早已是严阵以待了多日的女子柔道运动员们也随即便是与带头主将一一换下了得令的眼色。

无可避免之战，一触即发！

午餐时，已经串通好了的隋清、大迎儿、小迎儿以及另外的几名小队员在小雯儿的带动之下草草扒完了饭后，没有再去理睬散打队的其他队友们，而是按照计划陆陆续续地汇聚到了指定的集合地点，什刹海体校主楼后面的一片偏僻小树林里。

而十分钟不到后，又有七八个穿着柔道队统一白色训练服的女孩在大春儿的喝令统率之下，趾高气扬、彪横跋扈地杀了过来。

这样的群体性场面在任何一所校园中其实都是随时可能看到的，正常的流程是先去谈判，而谈不拢，就打！

据这一事件的某位亲身经历者回忆，那一日的天气非常好。

阳春时的正午，日光就像是软软的绸丝带，透过了头顶上密密麻麻的杨树花在烘焙着这块青黄相接的林间园地。才刚新探出了头的绿草嫩芽都还只是稀稀簇簇地抱着并未连片的小团，它们不仅自己在散发着浓郁的植物清香，还把土壤中不少得自于昨晚那场润夜细雨的表层水分也都化作了不觉的薄汽，一同送入了人们的鼻腔。这说明，那天每一位出现在了这里的当事人所呼吸到的空气都是甜湿味儿的。

“怎么着大春儿，今儿咱是三对三，还是五对五啊？”柔道队的前锋还在十米开外，郭雯雯的下马威就已经嚷了出去。这一方面是为了表明决心、提振气势，扬言散打队今日不惜一战，而另一方面，她也是希望通过这样先入为主的叫阵来设定下一种思路，一会儿若是开战，双方采用的应该是逐一放对的团体战规则。因为小雯儿知道，若是以本方现时的到场阵容去面对邓春妹，单挑，恐无胜算。

“哼！……那个姓张的小婊子，怎么没来啊？”大春儿警惕的视线一直在谨慎地搜查着四近的林荫。看得出来，没有见到对方的最强主力现身，她也是有些不解和意外的，所以战端挑起者此时多留了个小心，生怕会是落进了圈套，中下了伏兵。

“她是说我呢吗？”站在小雯儿身后的大迎儿没头没脑地问道。“她说张雨心呢，你个笨鸡蛋！”郭雯雯低声骂了她一句，随后便戏耍般地向大春儿回道：“怎么个意思，您还非得想尝尝她那天马流星拳（源自漫画）是什么滋味儿是吧！告儿您，对不住了，她昨儿晚上跟我们斗地主（打扑克牌），输了，这会儿正挨宿舍给我们刷鞋洗床单儿呢！”

“甭废话，不敢来就说不敢来！”大春儿突然很惊讶地发现，绝对优势局面的得来竟是如此地全不费功夫，这比预想之中的可要简单太多了。“要光就你们这几条臭鱼烂虾，我都懒得跟你们扯了。这么着吧，姐我就给你们指条明道儿，今儿呢，你们就恭恭敬敬地一块儿喊我一声儿大春儿姐，然赶明儿往后呢，这学校里边儿见人说话聊天儿的，你们就逮谁跟谁讲，说这柔道队，我们家服了！怎么样，就这么办，痛快点儿应了，咱以后什么事儿没有，今儿，扭头儿就散！”真快意勃发了，大春儿这番话说得。

而当即，散打队这边就有人给出了回应：“可以，可以考虑，完全可以考虑！我们现在先口头儿上答应你，等回去认真研究研究，再给您正式答复，好吧！走了走了……”

不说是谁，大家估计也都能猜得到这句话出自何人之口吧。

隋清，她今天也来凑这场热闹，为的又是什么呢？

每个人都有着独立的品格与性情，而这种东西会帮助一个人在他的集体之中找到专属于自己的定位。论能力和成绩，张雨心无疑都是现在这支什刹海女子散打队里面最为突出的一个，而且，以她的为人处世，相信别人也很难会找到丝毫该去讨厌她的理由。但是，如果想要再更进一步地去成长为一名真正的领袖，尤其是还能够把威信与权势都覆盖到赛场之外的那种，这些就显然还并不足够了。正如之前所说过的，在内心深处对于安与静的那份生而俱来的依恋，始终都是雨心在其整个运动生涯之中的一把锋利的双刃剑。

而也正是因为如此，郭雯雯才会自然而然地站到了现在的这个位置上。坦率地讲，这位姑娘的体育天赋很有限，但是她在处理日常生活与人际关系之时所表现出来的那份慷慨与豪气，却肯定还是有着足以令其能够一统人心的过人之处的。一支团队中的成员们性格可以琴瑟互补、相得益彰，本是幸甚，但是，在上次建秋入队那天所发生了的事情，近一年以来却一直还是让这位老队员的心情相当地复杂。磊落直爽的小雯儿从来不知酸为何味，跟雨心之间也绝对没有存在任何的芥蒂，只是这一次，她确实是真的很想证明给大家看看，没有了张雨心，自己也一样可以去解决掉这件棘手的事。

此外，在这支年轻的运动队里面还有着一个绝对和一个相对的两个治外之民。丁建秋不用多说，自是那个绝对的，而隋清，便是那个相对的了。

一名十七八岁的绝顶聪明的女孩到底会比她身边的同龄人们高明出多少呢？在我们就要使用隋清这个具体的案例去展开讨论之前，不如先来参考一下张雨心在某次与队友们背后闲谈之时所针对其而道出的一句很难以辨别出是褒义还是贬义的评价吧。那就是：“隋清啊，她这几年可已经是比小的时候儿正常了好多啦！”

什刹海女散队里的所有人都知道，那位学习超级棒的另类队友的大脑型号跟别人是不一样的，这当然也同时包括了在那里面所装着的东西。不过幸运的是，周围的人们能够通过平常的相处与观察去发现到这一特征的时间在隋清的生命当中是正在随着其年纪的增长而逐渐延长的。希望大家都能够理解这句话的意思，这说明了，这个女孩近来已经是愈来愈少地在寻常的生活之中去刻意地表现出她的绝顶聪明，而是采用了一种自己感觉更为恰当的方式，宽容、洒脱与快乐地和在这个星球上面占据了绝大多数的，并不是像她那样绝顶聪明的人们平静地生活在了一起。

而这，或许也就正是所有那些真正高明或是自认为高明的人士们在这个确不如他们期待之中那般高明的尘俗世界里面，所都最应该去加以选择的一种可以保留下很多会令他们不致那么痛苦与孤独的幸福感和平衡心的理想生活方式了吧。

大智若愚，大隐于凡。

就拿今天这件事情来说吧，当清楚地看到了邓春妹的走火入魔、成金龙的无为而治、张雨心的心不在焉，以及郭雯雯的冲动气盛之后，隋清所得出的结论是，她应该一起来。因为这样的话，也许还可以或多或少地把这场不得不去发生的事件给大家所带来的伤害给好歹减轻个一点点。隋清并没有幻想能够凭借自己的力量去阻止今日之事的发生，因为她早已知道那会是徒劳的，而现在的她在这里所言所行的唯一动因，就是出于对朋友们的爱。

隋清刚才的那句话差点没把小雯儿给气得头顶冒出了烟。开什么玩笑？这今天干吗来了！“考……考虑你个叉子！”领头大姐一把拽过举白旗者，甩向了后排。

“肥春儿，你甭狂！你不就是进了个国家集训队吗，我还提醒你一句，你以后有本事就憋着永远别撒尿，要不然，就你们家大老洪给你塞的那些化肥饲料，全得一瓶瓶儿地挨样儿给你检出来！再有了，你还千万别角（觉）着我们干不过你，我们现在可全改练自由搏击了，个个儿那都练得是心狠手辣，真要是动上了手儿，这眼眶鼻梁概不负责！劝你们还是先想好了回去怎么交代，可别是把那摔跟斗磕门框的倒霉故事都给编重（复）了！”小雯儿好一通的牙尖嘴利，引来了身后己方成员们的阵阵哄笑。

女散郭雯雯，什刹海体校里威名远播、当之无愧，吵架王！句句揭短，字字扎心。“肥春儿”这个显见的蔑称是体重将近一百公斤的邓春妹平生里最为难以忍受的侮辱，如果你想要去彻底地激怒她，就只需要说出这个词即可。当然了，也请同时做好后续的心理准备，去承担接下来因此而必然会给你带来的严重后果。

“哎，没错儿！肥春儿，我看今儿，还是由你来叫一声儿小雯儿姐，然后……”王迎，不知死活地在为小雯儿摇旗附和着。大小迎儿这两位，纯粹就是追随在郭雯雯身边的哼哈二将，此时，小迎儿还大摇大摆地上前了两步，伸出手去指指点点了起来。

然而，甫一开口……

我们都见识过那道白色的闪光，而王迎长久以来还一直梦想着可以成为能够再造出这一奇丽景象的后继之人。但是，她并不知道，在这个世界之上还存在着很多完全不输于此的同样会致人极度震撼的造化与壮观。比如……

白色的龙卷风！

怒气燃顶，无意再斗口舌。大春儿陡然出手了！

小迎儿只觉得那个正在被她嬉骂嘲笑着的白衣大块头转瞬间便化作了一股狂风。这风眼见着扑面而来，却又如是鬼魅一样奇形怪异，因为它不是要把自己吹向远方，而是如同拉拽撕裂一般地卷入了体内。王迎只感到指向着对方的右手的袖口处猛地一紧，随之右臂连同着整个身体就都被扯进了这风暴的中心，当即便是双脚离地，斜仰腾空起来！

邓春妹！立投技·卷身钓进腰！

移动、擒敌、过腰摔，柔道国手之得意技一气呵成、迅雷闪至，小迎儿根本还未及反应任何，就已被大春儿扭身提腰抡飞了出去。赶巧地上还有一洼雨后留下的水坑，衰运的坠落者正正直直、大头朝下，一个猛子便戳了进去。这下可好，污泥浊浆尽入嘴眼，王迎是看也不见、喊也呛喉，一口泥水“咕嘟”一声就吞下了肚中。

“哇！”老样子，可怜的小迎儿经不住委屈，一声悲嚎，大哭了起来。

抢先下黑手？好你个肥春儿，我跟你拼了！郭雯雯眼看队友抬手就吃了大亏，二话不再说，举拳便向大春儿的头面打去。其实小雯儿完全不用担心轮不到自己出手，因为邓春妹摔出了小迎儿之后已是马不停蹄地回身就向敌方的首领杀了过来。

看此架势，什么单挑局战，人家主将今日就是要凭靠着蛮横实力，一招一个，单人就把你们这众杂兵虾蟹统统都给生剥横扫了。

只见小雯儿一记右勾拳挥出，力道虽甚是勇猛，却貌似短了半寸。好个柔道高手，看准了战机，先一个右手佯抓分了敌方的精神和重心，迅疾又是左手探出托住了来者右肘，正借拳力，顺势上推。这可真是千斤四两、恰逢其时，那出拳者立时就被一股妙到了针锋的精巧劲力给掀翻了平衡，滚了个大跟头出去。

秘技，隅落·空气摔！

这手绝技，技如其名，施技人看去好似是在空气中动作一般，并未触及敌方身躯一指，但却正如太极软功藏凶险，暗里杀伤。倒地的小雯儿初时只当是自己下盘不稳，小失了一足，正欲起身再战，却竟忽感到右手绵垂无力，待再一定神，剧痛旋即涌来。她的右肩膀关节居然已是被此轻轻地一推给扳拧至脱臼了！

强悍的邓春妹确是握有一争天下的底气与资本，干净利落的狠招接连祭出，连下两城好比吹灰拂尘。而反观散打队这边，才刚刚开战十几秒，其主将先锋就俱已是一触即溃、伏地难起，战力瞬时折损过半，一群小队员们则更是惊恐万状、呼叫退避，阵脚分崩大乱。中国女子搏击王牌之队，形势危急！

张欢迎还在犹豫，不是为了该不该冲上去，而是为了在冲上去之前还该不该再鞠上那一躬。“你还看什么呢，上啊！”这时，单手撑地的小雯儿向她大吼道。大迎儿听后赶紧打消了迟疑，对着大春儿暴喝一声，顶上两步，蓄力一沉，摆开了防御之势。

柔道运动员的贴身擒摔能力固然超强，但却从来没有系统地接受过拳脚攻击和移动作战的专项训练。所以，在实战对垒之时，我方切不可贸然接近其身，给她们抓拽住自己衣衫的起势机会，而是应该时刻保持着合理的距离，以静制动、稳守防反，等待对方在行进过程中现出了疏漏之后，再运用远程狙杀去一击决胜。

大迎儿清楚地记得，昨晚在宿舍临睡之前，隋清就是这么和自己商量定的。于是此刻她聚气凝神、会心静守，已是将此战略全面贯彻于身，而这也正好便是她最为擅长的经典惯用套路了。与敌人体重级别最为接近的一员心知，照此形势看，散打队今日之成败进退已经系于己身，这最后的一道防线不容再失！

见有人叫阵，大春儿毫不含糊。白色卷风转向来袭，眨眼即是兵临城下。

而骁勇大迎儿洞察线路，奋力扬起重腿，一记高鞭扫出，迎面取敌头肩。

这一腿大春儿还是要防的，虽然她的上臂格挡看上去是如此地外行与蹩脚。一声震响过后，邓春妹周身一晃，退撤了几步。想来毫无承接击打技经验的柔道女将纵使身如山峦，但被大迎儿这记又硬又重的强力鞭腿上了身后也是难言无恙。

见敌方暂退，大迎儿还以为可就此进入对峙，刚松一口气，不想……邓春妹这时的气势正盛，虽忍痛楚，但强续攻势、退而不懈，一个潜身，旋又杀回！

想这大春儿亦不愧是身经百战的一代上将，战术机智皆不落旁人。此第二波的冲击掩上，顿时便让大迎儿乱了手脚，慌忙之中，草草直拳打出。

正是破绽！大春儿看得仔细，一个快手，牢牢逮住了大迎儿的右手袖筒。迅即便是侧身屈膝，以后颈挤住对手腋下，而另一手就势搂向了对方大腿。

欲出之招，转体扛肩摔·肩车！

如是体位，此技没有不成之理！

可是，大春儿运气提拔力到，对方却是倚住稳劲相抗，原地立定未动！攻方见状紧启全力，再运再提，但是对手却依然未动。怎么回事?

漂亮！大迎儿稳固下盘、坚若磐石，万斤重心不动，虽处下风，守衡护身之势未破。

入队六年了，张欢迎一直以来都是教练们眼中那个最为刻苦、听话的好孩子。成金龙很喜欢让队员们跟着一起去加练的那套杠铃提拉动作，这么多年以来，真的就是只有大迎儿一个人做到了能够每日不嫌枯燥劳烦，全部保质保量地按时完成。而也正是受益于此，再配合上自身本就胜人一筹的体型条件，今时身为重量级自由搏击选手的张欢迎在强化战斗中定立不倒之稳定性的这一专项能力上面已是颇有所成。

恰如前言，（处于禁止使用当身技的国际柔联竞赛规则体系内的）柔道选手们从未接受过击打技术的攻防训练，但是自由搏击运动员却完全掌握着擒摔攻守与关节技术的初级技巧。若论“通识己彼”一环，习练自由搏击者明显占优。

然而，真是做到了这样就足以抵挡住顶级柔道选手的绝招猛攻了吗？邓春妹儿要嗤笑了，此等雕虫小技，无异班门弄斧，焉能堪我一击。

且看手段！

大春儿主动收招归位，与张欢迎转入了相互揪扯衣襟的近身相持之中。这可是柔道运动员最为熟悉的对战状态了，形势明了，此刻的大迎儿实际上已处在了全面被动之下，只剩招架之功，难存还手之力，唯有眼睁睁地去看着对手进行表演了。

以拇指之力为进，余四指之力为退！邓春妹，更胜阴阳推手之精奥，起承合转，虚实难测，不几下便已是将大迎儿兜甩诱导至了心力凌乱、定性散失。其后，觅个空隙，向后猛一腾挪，正借对手回顶之力，大春儿蹲身而下，双臂一抖！此法，即为柔道技巧中绝妙高深的破势之术，手技·浮落！

叹那欢迎可哪里识得这等路数，只此一下，她便当是被搅得腿下一绊，立刻现出了前倾失重之态，而其平衡守护功势也已就此尽被破除。

良机已就，立可决断！

只看，邓春妹钳敌右臂，迅猛翻身，以后背抵住其胸，弯腰一喝，一把就将大迎儿从肩上抛摔而过。真可惜了搏击女将这副高大雄伟的身板儿，就犹是以着大春儿为轴，直楞楞地在半空中划出了一道完满的弧线，还未看清是什么情况，就已经四脚朝天、脊背拍地了。

然，这还没完！邓春妹一不做二不休，并未松开的双手乘势又扣紧了张欢迎的腕部，自己跨上一步，将敌人手臂夹入到双腿之间，进而身体以一个逆时针的旋转主动倒地。

夺命凶招！技成！

必杀！背负投连接，仙人锁十字固！

“啊！啊！”这是极为罕见的，在什刹海女子散打队中战斗作风和意志品质都最为坚强的张欢迎，因无法忍受那撕筋裂骨般的极限疼痛而发出的悲惨嚎叫。

要了命的关节技！这是施技人运用自身双腿及脚腕的勾连，将身体与被攻击方的手臂完全绞缠在了一起后而形成的一招如一把无解之锁般死结难开的极尽歹毒的十字固技法。不论是以运动生理学还是物理力学来作为科学依据，在理论上，都没有挣脱的可能！

“啊！……啊！”大迎儿持续的悲鸣更加哀厉而绝望了。她的右臂被大春儿死死地制着，早已没了半分生路，人家只要加力一毫，其手肘就会传来十倍的痛楚，而若是加力两毫，那这整只的臂膀便将必是就此残废！

惨败，无疑！

而邓春妹在拿住大迎儿的同时，侧过了头，向着散打队阵营这边看了过去。这是一种令人心悸的、和变态凶徒的神色绝无二致的残暴与得意，而其目光到处，那班残将弱兵们也无一不是魂惊胆寒、冷汗沥沥，有个年纪小点的竟是脚下一软，吓得直接跌坐在了地上。

令人叹息啊，什刹海多年的女子搏击项目霸主，今朝已是溃不成军、败如山倒！

见此情景，邓春妹鼓足了肺泡，痛爽淋漓地大吼出一声：“服不服！”而其身后的柔道队员们也随之是群起振奋、众口相附，一时间，帮腔欢呼之叫嚷齐响不绝。

“服了，服了！”隋清忙不迭地应着，她太希望今天的事情可以就此便结束了。

“不服，不服！”而小雯儿托着伤臂，还要死撑。

“啊！啊！”大迎儿可真是一位很值得被去同情的战友啊，疼是疼在她的身上，但认不认输却由不得自己来决定。

“到底服不服！”大春儿一边威逼着，一边又在手上加了狠劲。

“服了，真的服了！”

“不服，就是不服！”

“啊！啊！……啊！”……

“是的，当时的场面很混乱，也很嘈杂……在事发多年以后，我也曾经去回想过，如果那个人当时没有刚巧在这一刻出现……我的意思是，如果她早来了一会儿，或是晚来了一会儿，再或者是，当天压根儿就没有从这里路过。那么，那一天的这个事件又可能会是一种什么样的结局，又应该是，怎么样的去收场呢……”

帮助我们回忆这起事件的那位亲历者说过这样的话。

“好像，那天在场的我们最先感知到的是温度和气息的变化……”

怎么在忽而之间会感觉冷飕飕的呢？柔道队的一位队员下意识地抬头望了一眼天空，阳光还是那么地明媚啊，并没有被飘来的云朵所遮蔽住，只是……有一群扑翅的黑鸟聒吵着惊飞而过。那为什么会是这样，通体上下都觉得很不舒服，就像是被捕食者给盯住了后背，隐然中生出了某种很强烈的被威胁感。而且，这本来很是怡人的空气湿甜里，是从什么时候开始夹带上了这一丝充满着压迫力的腥味的呢？

“哐当！”

这一响，听起来应该是把那种老式的铝制饭盒扔在了地上的声音。

是谁？之前始终都在一心专注于搏斗进展的所有人们不约而同地转过了头去。

这，这是……一股凛冽无比的寒煞之风吹袭而至，就像是在用尖利的冰刃削割着每个人的皮肉。为……为什么，会有一头狮子向这边走来！

那是……丁建秋！

女人缓缓地踱近，用冰冷的眼睛看了看散打队那边，然后，又盯向了邓春妹。

并说出了冷冷、淡淡的一句话：“你打我队友干吗。”

气场炸裂了！年轻点的柔道队员们甚至都感到了一阵晕眩，这句平淡无奇的话语在她们听来竟完全是如震天撼地的雄狮咆哮一般。

这是常人只要不慎吸入都会危及到性命的，至刚至猛的血腥杀气！

百兽之王被侵犯了领地，宣战！

大春儿放开了张欢迎，慢慢地站起了身。三连胜的她知道，自己真正的对手，来了。

女散队员们上前扶回了大迎儿，而隋清也还想再去做最后的尝试。“这打也打完了，要不就这么……”结果被建秋一把推出了老远。决意接管战局者对任何人可都不会留下半分的客气，在她排除掉干扰的同时，嗜血的目光一刻也没有离开过邓春妹。

而邓春妹也同样是如此。

这两个人，谁也没有可能会惧怕这场狭路相逢的遭遇战！

强援乱入！狂澜既倒的什刹海女子散打队即将会迎来大逆转吗？

最后一件事，丁建秋把她腕上的一块电子表摘下，小心地放在了一株正在春花盛开的桃树树坑里。然后，她回过身，低沉而又平静地对大春儿说了一句：“生死由命啊。”

话音未落，身影已如离膛而出！

白色龙卷风 VS. 钢铁雄狮！

什刹海大事件的正轴戏码终于开演！这就是那场在中国女子自由搏击之历史传说中早已是被尊为典经、奉作战谱了的，全无限跨界终极街斗！

名局，春秋大战！

邓春妹猛然失去了 0.5 秒左右的自主意识。而在这之后，当她的大脑再次勉强恢复了对于从外界所获知到的信息的读取与分析的清晰感之后，她震惊而又愤怒地发现，自己正在持续的被击打当中窝囊地抱着头。

她的一只眼睛看不见了，辨不出半点的明暗，只剩下了灰蒙蒙的一片。虽然此刻在疲于抱头防护的受攻击者暂时还顾及不到其左脸上所应有的伤痛，但是却也能知觉得到，正不断有着一些液体从那一侧的眶角中溢出后淌了下来。是泪，还是血？前者的可能性或许会更大些，因为那是这个器官在受到了重击之后的最初阶段所必然会产生的生理反应。

另外，以手臂外侧和身体其他部位的痛感来判断，目前好像是有着三四件纯金属质地的钝器正在不停地袭击着自己。不过大春儿知道，这一解读应该是错误的，因为她还清楚地记得，此时此地的状况是两名女性的运动员在进行着一对一的徒手格斗。

“那么，正确的结论就只能是，我在战斗一开始的第一下接触时就让那个家伙打中了左眼，然后，就被她完全压制住了。”

耳边还能够听得到那一波波的惊呼和尖叫，虽然有些含混与模棱，但是却依然足以说明，围在身边的所有的朋友与敌人们都还没有相信，强大的邓春妹竟会是这么快、这么简单地便输掉了这番决定性的较量。所以，对于当然也肯定不想变成那样的大春儿而言，当前需要立刻明确地去传递给她们、自己，以及那个家伙的坚定信号无疑就是，今天这场战争的最终胜利者，绝对，不会变化！

因此，必须反攻，一定要反攻！

到目前为止，邓春妹仍然没有被击倒的重要原因，第一是得益于她庞大沉稳的身形与体重，第二则就是仰仗了她身为柔道运动员所特有的，足以支持其在作战中尽可能地保持住站立稳定的卓越的平衡控制能力。而且实际上，当面对着当前这种眼部遭创、视觉被阻的极其险恶的贴身受迫逆境之时，一名真正优秀的柔道选手一定还是会具备着一项其他类型搏击体系中的战斗者们都绝少能够掌握的特殊技艺的，那就是，触感指战！

往时，曾有一些功力深厚的柔道高段与人对合之时以黑布遮目、棉团掩耳，自行断蔽视听，唯以身体碰触之觉察悟性去感受和判知对手，但却仍可无往而不利。

时至当代，竞技柔道运动的技战术发展早已是今非昔比、严谨科学，但是很多教练员在专项培养弟子们的“技感”之时还依旧会是偶尔去采用下摸黑训练的老法子，来用以强化运动员们在临场应变之下的敏锐嗅感的灵性与捕捉战机的直觉。

而在这一层面的积淀造诣上，邓春妹系出名门、不遑多让！

大春儿逆着拳风，坚强地把正在遭受着狂轰滥炸的身体又向前挪动了一点。丁建秋的拳脚越来越密也越来越硬了，但是邓春妹必须要这么去做，因为这就是她在眼前的这场苦战之中能够寻找到，或者说是创造出那个起死回生机会的唯一途径了。她需要让双方的肢体产生更多的接触，只有这样才可以在完全无法看见对方的极度劣势之下去单纯地利用触觉来侦测到敌方的体位，探察出还手的空间。

被袭目标因失去了方向感而在盲目地移动中与自己更加接近了吗？见到邓春妹已身在了一臂之距以内，正处于连续进攻的高度亢奋状态之下且急切渴望着达成速胜击倒的丁建秋，由此无意识地开始运用起了在近身战中更为犀利有效的作战方式——膝肘攻击。

但是这一下，她犯了大错！

明明知道应该怎么做，却总是不能在激烈的对抗状况下将战略战术去贯彻始终。十九岁的丁建秋并未身负张雨心那独步天下的特技羽毛步，也不拥有隋清那如集成处理器般电子运算级别的精密智商，所以，她疏漏了，她没有能够保持好与邓春妹应有的战斗距离。现在，攻打者和这位危险的柔道高手靠得太近了！

丁建秋已经贸然进入了邓春妹之体感触觉雷达的识别覆盖范围。

这记击打……是右臂的肘击！感知到了，大春儿心机一动，暗庆居然这么容易就与对手完成了贴近。那么，刚刚和我的右脚尖顶碰的应该就是她轴心脚的立足点了，并且就在此时此刻，她的左手为什么会擦蹭了我的右肩？那绝对不是拳击未中，而更像是一次有目的性的主动移动。这说明，她正在把左手伸向我的脑后。与之前一样，她一定会是去继续采用沿重心顺向发力的方式来连接攻势，所以，按照当前的动作趋势判断，她现在极有可能就是想要……按压住我的头，然后施展右膝撞！

识破了！邓春妹绝地生路、料敌先机！

真如预判，只见建秋以左手搂压住了大春儿的后颈，而身体则随即上跳跃起，其右腿高点攻面膝撞奋勇击出！感觉极好的自由搏击女将还全然无知，她这一撞的路线以及其后的下落时点竟早已都是成为了被对手掐准算中了的截杀死门！

就在丁建秋提膝起跳的霎时之间，大春儿这边也已是咬紧牙关，与之同时采取了行动！被压制者猛然地奋起余力，抛开守势，猝一迂回，先是避开敌招，随后更是直插到了对手的左身侧位之后，进而拱起大腿，垫到了敌方落地的受力支撑腿之下。

这就像是在坐滑梯，被垫者哪里还有可能站稳，看其仰合之际，邓春妹又是一下腰，就势用手臂合抱住了建秋的双腿！

逆流而上！后发技·掬投！

大春儿用半蹲的右腿顶作了一个杠杆支点，而把敌人的身体当成了跷跷板，一抬对手下盘，恰似倒拔垂柳！丁建秋完全没得抵抗，立马便是两脚朝天、头肩躺地，一个结结实实的仰面栽倒，（因双腿仍旧被擒而）再难爬起。可怜这只曾在一转眼前还是占尽了压倒优势的进攻猛兽，仅仅就只因自身毫许的失误，一转眼后，便已经变成了一尾在铁钳的紧箍吊起之下狼狈地做着无谓扑腾的陆上之鱼。

邓春妹！颓势扭转，反守为攻！

顶尖高手之间的对决容不得半点心慈手软，尤是在这等尖峰险恶的时刻，不是你死，就是我亡。大春儿知道，她绝不能再给丁建秋留下像自己这样进行反击的丝毫机会，接下来的那一招，必须痛下杀手、解决战斗！

这地面……事已至此，休要怪我狠毒！

大春儿爆吼一声，运起了全身蛮力，紧紧抱住建秋的双脚，腰腹强行做功，先来一挺，而后再是一甩。搞得那丁建秋的整个身体先是被当空地抡飞了起来，接着，又受到了来自腿部根点方向的猛烈拉拽，于是乎，这具血肉长成的人类躯体就犹是一条被挥起的皮鞭那样被手持者一个悠力，重重地抽打在了地上。

头部着地！不是“噗”的一声，而是“咚”的一声。这地面……是被大片柔软的土壤所包围着的一块隶属于石质林间小路上的花岗岩板！

惊叫过后，散打队中的小队员们几乎都要被吓昏过去了。

丁建秋好像不动了，是失去知觉了吗？完成了毒辣一击的大春儿也无意再上去确认些什么了，而是直接扔开了敌人的双腿，向后退开了几步，因为已经顾不上这么许多了的她身子有些摇晃，需要去尽快找到棵足够粗壮的大树来倚靠背部。自负的邓春妹是不可能在这个时候坐下或者示意队友们来上前搀扶的，即使她的左眼已经完全肿胀到被封闭了机能，且同样程度的创伤在她的身上也还有着另外的好几处。

“我赢了吗？当时我想，我应该赢了。而且我也已经做好了打算，如果她在我喘息了十下以后还是这样儿趴在地上，那我们就回去，离开这里，不用再去跟她们多说些什么了，就这么离开，马上离开……但是……”

在大春儿和所有人的注目之下，丁建秋慢慢地爬起来了。

额头上有血，手背上也有血。微颤着的建秋用指尖碰拭了一下脑门，看了看由此所沾下的血迹，对伤情做出了简单的自我评估。看样子，她前额的伤处半分钟后就会自动肿起，那也许会把皮肤上的破口给撑得更大，不过还好，被砸向地面时用手掌拼死隔垫的缓冲防护总算还是起到了一些作用。

几秒钟后，大春儿也只得不情愿地离开了背靠的树干，回到了战事的圆心。因为对面那个满脸是血的怪物已经用眼神告诉了她：继续啊，这不才刚开始吗。

现在是午时四刻刚过，邓春妹用她的一只独眼看了看脚下的影子。它很短，因为那已感到热辣的阳光这会儿是从大家头顶的正上方直直地照射下来的。要是有点风能吹过来降降温就好了，或者是，可以喝口水。大春儿觉得有些闷热难耐，而且，从她头皮上滚落下来的巨粒汗珠盐分很大，刺得左眼眶上的血包沙沙地痛。

右手刺拳！大春儿没机会得到她所期待的了，因为那只野兽又冲了上来，而且还直奔向了猎物已经受到了重创的左眼盲区。

这个女人，难道她不疼，难道她不怕吗！

邓春妹不是没有听说过关于丁建秋这个异类的恶魔传说，但是她曾经这样为自己的队友们鼓过劲儿：“就算是哪一天真的要去比流血，也肯定没有人能比得过我，因为我身上的血比较多！哈哈哈……”那一句玩笑是什刹海女子柔道队队长为了团队的尊严而赌上了性命的宣言！她同样是一位坚韧无畏的铁血战士！

不就是拼命吗，尽管放马过来，我大春儿今天奉陪到底！

抄手扭襟！大内割！

又是一招标准的柔道擒摔，这对于大春儿来说已近乎是一种条件反射式的机械性动作了。有练习过一万次吗，还是十万次？在那震天的喊杀和永不间断的身体与榻榻米间发生了剧烈拍击后所产生出来的“啪啪”巨响之中，这样的行为，这样在刹那之间去使出一种最为合理的技术将对方摔倒的行为，早都已经是成为了这群身穿着白色道服的强壮女孩们融入了骨髓里面的生命体征。

不过，这和平时的训练比赛还是有些不同的，因为被摔倒的一方并没有马上松开她同样是紧紧抓牢住了站立者衣袖的双手。很自然，那是因为现下这两个女人间的行为早已不再是规范礼貌的体育比赛，而是一场毫无规则与理性可言的街头斗殴。并也正是由于如此，本想着用胳膊一把卡死倒地者的脖颈并趁机去连接出夺命绞技的邓春妹，受制于了丁建秋的抓扯纠缠，其施技的手臂也确是一时难以到位。

既然这样，那就……

拽敌起身！舍身技・巴投！

大春儿把对手从地上拉起，自己来招后退下坐，进而仰卧抬腿，就势用脚蹬住了敌人腹部，向后上方一个连踹带抛！而那任由宰割的丁建秋则就再次是被摔得如麻包般的前空翻滚而过，待急坠至下时，整条的脊柱又是在地上重重地一拍。

继续施用连接技！在扔过了对手之后，大春儿自己也是紧跟着做出了一个快速的后滚翻起，当正正地压在了敌人的身上。同时，将她的左右小臂合以交叉之势，向着建秋的咽喉要害处凶暴地狠压了下去。

还是那个思路！绞技·片十字！

施展绞技来让丁建秋窒息昏迷，这已经成了邓春妹目前可以选择的能够尽快去结束这场痛苦缠斗的唯一办法了。可是，这同样也很难做到，因为上肢力量毫不弱于柔道国手的自由搏击运动员依然还在死死地揪着她的袖子，这让其完全无法自由地行动。

见到动作还是不能落实，大春儿只好收回了招式，自己如法炮制，相对应地也抓紧了丁建秋的袖管。这倒也是必须的，自反击成功以来一直都握有着进攻先手的她，绝不能反让对方偷走了随意率先撒手离身的变招主动权。

如此，在这样的僵持当中，攻势一方倒是有些一筹莫展了，因为柔道运动员可以置敌于死地的全部招数中，没有一项是可以在这种无赖式的相互撕扯之下成功发动的。

等等，原来如此！大春儿忽然也明白了过来。

怪不得第二回合一上来，丁建秋就完全放弃了坚持中远距离作战的核心策略，而是直接选择了钻进来主动粘身，想来对方自己也肯定是已经发现了，之前那种貌似合理的游击之策实际上的效果并不理想。那是因为，在远程击打技术短时间内无法 KO 对方的前提之下，寄希望于长时间的始终都能保持住最佳的战斗距离，这其实并不现实，那反而是会大大地增加让被击打方从容寻找到于反攻中的致命出手机会的本方失败概率。而现在，攻防彼此都被对方牢牢地缠住了手臂，谁也无法放出狠招，就那些不疼不痒的身体投摔，以丁建秋的强健体格就算是再给她来上十下也未必有效，更是还会空耗掉了出招者本身的有限体能。所以这样看来，自由搏击选手完全是运用了一个只有在全无顾忌的街头打架殴斗当中才有可能存在着的技术漏洞，于极为简单之间便同时“封”住了自己和对手两个人的绝大部分的制胜进攻能力，并从而把对抗拖入进了一条可能永远都无法了断的漫长死胡同。

在正式的体育比赛之中是不可能发生这样的情况的。首先，竞技柔道比赛有着其自身成熟的规则与必守的礼仪，胜负判定的标准也不是纯粹依靠着绝对意义上的生死角斗结局。赛场上，当一方选手被另一方合规地摔倒之后，不论你是否还具有着反击的机会，也不论你是否愿意承认自己的最终失利，只要裁判喊停，理论上双方就都要立刻无条件地松手起立，归位行礼。而在自由搏击的比赛当中，虽然战斗过程会更加具有开放性和自主性，但是运动员们的参赛着装根本就没有袖子，想抓也没得可抓。所以说，街斗就是街斗，它与正规体育运动项目的行为逻辑可是完全不一样的。

不过……让大春儿有些想不通的是，要做到互拽手臂这一点其实也并不困难，不用等到丁建秋来做，在她前面出场的小迎儿、小雯儿和大迎儿如果想要做到也都随时可以做得出来啊，无非就是干架耍赖嘛，但为什么只有丁建秋现在这样去做了呢？是因为战斗强度的升级让她畏惧了对方会再下重手，自己会再受重伤？还是，她就想照此混成个平手，等一会儿别人过来劝架拉开便就这么收场了事了？以这个人的性格都不太可能啊，按说，她一定该是要去拼上个鱼死网破，不把对手打垮誓不罢休的才对啊。但她现在自身也一样是被对方拿住了手臂，又还怎么能够再去做到这一点呢？

算了，也没精力去研究那么多了，反正这人现在也同样是无技可施。邓春妹心想，要不就再摔上她几下，然后看看后边局面的变化再说吧！于是大春儿又一次无奈地把丁建秋拎了起来，以此时的体位，她应该可以再去向对手施出个腰技什么的……

“没错儿，就是在那个时候，我看到了自己不该去看的东西。”

眼睛！大春儿看到了丁建秋的眼睛！

这是一双什么样的眼睛！是凶残的食肉性动物在去咬杀美味晚餐之前的例行通知吗？邓春妹浑身的毛细血管在这一刻突然产生了不明原因的急剧收缩，这造成了她体表温度的骤然下降，而同时，由此所带来的极速的静脉血回流也使得受惊者的心脏不堪重负，竟是让其在瞬时之间出现了过激性休克的征状。

而就在这一惊厥时刻的恍惚之下，大春儿也猛然地感觉到了，丁建秋挂在自己臂上的那双血手正在明显地抓拽发力！她这是想干什么，难道她竟要……啊！这就是她计划的最终目的吗！她准备要向我发动自杀式袭击吗！天啊！

“我以前曾听人家说过，女人在分娩时所能体会到的痛，是人体在其可以感受到的全部痛觉的等级里面最高的。但是我觉得，一个即将要成为母亲的人，她当时的心里面肯定是会盛满了喜悦、期待与自豪等这类非常正面的情感因素的，而它们也一定是会在很大程度上有所缓解她那时在肉体上面所承受到的痛楚的。因而据此推断，那种真正的最为极限也最为难以忍耐的疼痛，恐怕多半儿还是会发生在当人们不幸处于了像恐惧、战栗或是无望这类极为负面的状态之下的时候吧……”

丁建秋用自己肿红流血的额头向着邓春妹那同样是重伤鼓胀的左眼位置，用尽了全身最大的力量，撞了下去！

血肉迸飞，一命一命，同赴黄泉，共入地狱！

这正是丁建秋早就已经拿定的主意。

自第一回合的较量结束之后丁建秋便已经知道了，凭自己现在的技战术能力和体格力量是战胜不了邓春妹的。所以，以她的刚硬性情，在今时今日的这种状况之下也就唯剩下了不成功便成仁地去拼上一命这一条路可以走了。她想要最大限度地运用自己那超乎于常人的特殊强项——耐受力，去和大春儿拼上一把！拼赢了，还尚可求得一场惨胜，若是拼不赢，那也大不了就是与其来个同归于尽、玉石俱焚！

一年了，丁建秋加入什刹海女子散打队整整一年了。

虽然和队友们的关系并不融洽，也很少会有人真正把她看作是这个集体当中的一员，但是山西女孩梦寐以求的第一个全国冠军是在这里拿到的，而那个梦，那个乞求可以自由、安全和有尊严地活着的梦，也是在这里得以延续的。这是一种在潜移默化之中所生成的身份认同，也是发自于直白心间的对这支队伍的名字和荣耀的质朴信仰与本能守护。

所以今天，丁建秋的心意已决，誓与什刹海女子散打队这个荣耀的名字共存亡！

撞击过后，生灵涂炭，两败俱伤！

这对于丁建秋和邓春妹来说同样都是有生以来所遭遇到过的最为沉重的伤痛。灾难降临之时的崩裂冲击波把她俩各自震飞开了两三米远，现在，仰躺在地上的两个人身体所感受到的情形也相差不多，皆是只有一些尚仅存着的麻痹知觉与闪断思想。如果就此便结束了这一切，那么无疑，此战也将会是一场足够惨烈的无憾平局了。

但是按照丁建秋的完整计划，她的最终目标却绝不是这样，起码，绝不仅是这样。其真正要去拼的那一部分，正是接下来的这一两分钟！

依靠着那似有似无的精神力量，丁建秋在努力地加强着每一次呼吸的力度。尽快地提升起血液之中的含氧量的话，便可以更早地打开大脑前庭因为剧痛应激而对神经系统所启动的保护性封闭，同时也可以加速地稀释代谢掉受损的组织细胞向体内所排放出的痛感腺素，从而抢先恢复至正常肌体的可控状态。

邓春妹也在这样做着，她也同样在拼。而理论上，体重更大的人更容易做到这一点。

但最后，还是丁建秋先做到了。

挣扎着翻转，匍匐地前行，丁建秋不知道自己是怎么做到这些的，甚至是为什么要去做出这些。此刻，在支撑着她的身体行动的已经不再是具有逻辑秩序的思维能力，而是，在精神中枢里残存下来的那一点带有着唯一指向力的不破信念。

最后一击！最后一击！

丁建秋连滚带爬地摸到了仍旧还是动弹不得的对手身边，她必须要去完成那终致其可以宣告血染之胜利的，最后一击！

建秋趴到了大春儿的背上，把左前臂塞入了敌人的喉下，而右前臂则是对应地压在了其后颈的位置上！一样是选择了在极度虚弱的体能之下最为可行，同时也是最为奏效的夺命方式——绞技！这一邓春妹两次尝试未果的适用杀招，这一刻，反倒是被死敌转施到了自己的身上。不过，有所区别的是，丁建秋的这一招用上了她所随身携带着的那件神兵利器！

裸绞・铁臂断头铡！

在邓春妹还小的时候，也就是在她开始接触到专业柔道运动之前的那段无忧无虑的童年岁月里，她并不叫作“大春儿”。那些年，爸爸妈妈会喊她作“美美”，而姥姥和姥爷则是亲亲地唤着她“小春妮儿”。

小春妮儿生长在一个体育世家，她的母亲是原北京市田径队的铁饼选手，而父亲是一位曾获得过世界冠军的来自于广西省的著名举重运动员。

并没有什么特别的引导，也没有太多刻意的栽培，有的，只是在耳濡目染里萌芽的人生志向和于血液基因中遗传的神力天资。而当某一天，这些天赋的珍稀与生命之轨迹终是产生出了自然而然的共振，那么，就去推开那扇门吧。

在送小春妮儿去什刹海体校拜师前的那一天晚上，两名历尽艰辛的老运动员伤感地对自己的闺女说道：“美美，从明天开始，你就不再是我们的女儿了……”

每天都会增厚的手茧、每月都在累加的伤病，百万次的锤打磨炼、千万次的滚地翻摔，这些显然都不会是寻常人家的孩子情愿去承受的苦痛。那张单调得令人作呕的特制食谱，那份每个月都要增重两斤的既定任务，更不会是任何一位怀有着世人皆存之爱美心的青春少女能够去忍下的煎熬。但是这些，所有的这些，邓春妹都做到了。

十年的精修课业、卧薪尝胆，所等待的，就是这今朝之日的一鸣惊人、直飞云天！

我，早已经不是还依偎在父母身边的乖乖女，也再不是那个可爱调皮的美美、春妮儿。我，是中国国家女子柔道队运动员！我，是北京什刹海的搏击一姐，大春儿！

邓春妹睁开了眼睛！我，还没有输！

此时，残酷的铡刀已把受刑人的脖颈挤压得彻底变了形，不仅是气管，就连颈动脉也都被完全地阻隔住了。大春儿不能呼吸，更是无法发出一点的声音，她的脸面被憋得膨胀红紫，眼珠骇人的突出，就连舌头都快要吐出来了。窒息者清楚，她脑部的血液循环已经被物理性地切断了一会儿了，依靠着自身的意志力短暂惊醒之后，其自主心智的再次丧失也就只在悬丝之间，因此她必须现在就去发出指令，运用大脑皮层褶皱间还仅存着的微弱蛋白质能量去立即就向身体发出那进行强行垂死一挣的，最后一条指令！

丁建秋正被自己驮在了背上，而前方就是……既然已经没有时间也没有余地再去思考什么别的办法了，那就，痛痛快快地再来一次吧！

同归于尽、玉石俱焚！

邓春妹和丁建秋，她们两个人头部的前方一尺处正是一组花园庭院中的石桌石椅！而这个大春儿，她为什么还会有力气，她又是从哪里得来的力气！她竟是背着勒作了一团的敌人一起，纵起身地向前一跃！

双双，以头击石！……

这场争斗，似乎永远也不会结束，似乎永远也没有结束。

有产生出了一位最终的胜利者吗？或许有，也或许没有。有人说，后来又是丁建秋先醒了过来，然后她就用拳头去打趴在地上的大春儿，但是由于被鲜血迷住了眼睛，她的每三拳里就有一拳打在了地面上，而地上的碎石把她手指背上的肉都给剜掉了，露出了骨头。但她还是一直在打，一直在打，因为，她已经分辨不出痛是什么滋味了。也有人说，是大春儿先醒过来的，并且她还站起来了，之后她扛起了丁建秋，走了。而至于走去了哪里，又有着很多不同的说法，包括了从主楼顶上扔下来说，到张雨心面前去示威说，而其中最离奇的，还有一个是经解剖证实为机器人说，等等。不过当然了，一种最多人都表示了认同的最为可信的说法还是，隋清在又一个回合开始之前冲了上去，拼死地抱住了她们……

“当我真正清醒过来的时候，我发现自己仰面躺在了一个白色的圆筒里，耳边还响着仪器在运转中时所发出的嗡鸣声。我知道这个东西，我以前做过的，这是医院里面的CT（断层扫描）检查。身体出来了以后，我看见了洪指导，还有校领导们，但是在那一刻我最想见到的，其实是我爸妈……后来，我在病床上卧了整整一个月，六月份的全国冠军赛也因此而错过了，就更别提，再去国家队的事儿了……今天，你问我到底有没有为此而后悔过，坦白说，我有。不过，我即使直到了现在也始终还是坚持认为，这件事情对于我的一生而言，所给予我的，还是要多过，所让我失去的……”那位为我们讲述着回忆的亲历者——邓春妹，她本人的最后话语就是这样的。

实际上，还有一个客观存在的事实也是可以作为人们为去解开那个最终结局的谜团而所需要的重要研究依据的。只不过，绝大多数的传说参与者们都无意地忽视掉了，或者说是都并没有意识到，于这个细节之中所隐藏着的关键线索，对于分析判断丁建秋在当时的伤势与神智状况是多么地具有价值。

当与大春儿被同时送达到医院的时候，那一块沾染了很多泥土与血迹的电子表，是紧紧地攥在了建秋的手里面的……

尘沙起处，寸断肝肠……

这就是那起什刹海体校历史上著名的大事件，被广为传颂、演义、神话，但却从也未曾被多数人真正地读懂和理解过的，一群搏击女孩之间的浴血一战……

张雨心同学可能是这座学校里面最晚一个察觉到发生了这件大事的人了，一整个中午，她都是与往常一样，独自坐在食堂角落的老位置上等着彭冲。但是今天不知为什么，男孩并没有出现。当走出食堂大门的时候，雨心一边烦恼一边还在纳着闷，怎么这顿饭队友们都回去得那么早？而直到这时，她才发现很多人都惊呼着涌向了小树林，并且还有闪着蓝色警示灯的疾驰救护车逆向着擦过了自己的身畔。

事发地，当事人们都已经不在现场了，挤开厚厚的人丛，张雨心只看到了石椅边缘上那残留下来的隐隐暗红。而围观中的各队同学们也都注意到了这位身份特殊的迟到者，异样的眼神和窃窃的指点，让刚刚才听说了事件整个来龙去脉的女子散打队主将顿时便像是被千万根锐利的钢针扎透了脊梁。

我该怎么做，回宿舍吗？还是，去办公室找教练？但是听他们说，教练们也都一起跟着去医院了！雨心的大脑中一片空白，她觉得自己已经是完全听不见也看不清了，就剩下了只能感受到空洞的时间还在艰涩地流逝着。拨开层层人群，无措的女孩向着树林之外没命地跑了去，不管去哪，只要是能先离开这里，就行！

张雨心就这样向前跑着，跑着……忽然，她想起该去哪里了。去找他！

女孩一口气跑到了男子拳击队所住的宿舍楼下。此刻的雨心太需要彭冲了。

“建军儿，帮我叫下儿彭冲！”楼门口正巧有个熟人。

“啊？……”拳击队的李建军言语有些吞吐，“你……还不知道啊……”

那种明聪俱失的体感比刚才要更加强烈了，还能勉强辨别出来的视听就仅存下了自己粗重的呼喘和迎面而来的刺眼日光喷涂在了这条无尽长路上的放目苍白。张雨心还在跑着，继续跑着，这次，她跑向了学校的大门。她是在狂奔。

彭冲走了。

汹涌的车流于面前呼啸穿行，而陌生的行人也在身边交错而过。雨心茫然地站在了校门口的大街旁，她跑来这里干什么，是想要追上他吗？这又怎么可能。

这里，就是与什刹海一门之隔的世界，外面的世界。面前的每一个人都在焦急地赶着自己的路，同时也在思考着关于超越别人或是被别人超越的永恒主题。冥冥之中，与那年同出一辙，又一名不甘寂寞的年轻人不辞而别地推开了这扇大门，选择离去了。

人们到底都在想着些什么，而他们又为何会这样去做。什刹海大事件所发生的这一天，张雨心呆呆地立在了马路边上，一整个下午。各种人和车不停地在她的眼前闪过，它们彼此无关而又首尾相继，它们稍纵即逝却又滚滚茫茫，无止……无息……

后来听拳击队里的人说，彭冲是铁了心地想要去打职业比赛，为了这，他不惜一切、不顾一切，最后，跟教练和（拳跆）中心领导全都闹翻了。好多人都说他是受到了一名外国经纪人的蛊惑，但是雨心知道，这就是他为自己所选择的路。

几年以后，两人还曾有一个机会可以再次见面，一家并无多心的电视台邀请他俩一同去成为一档体育访谈节目的明星嘉宾。彭冲的经纪团队本来都已经答应了，但是拳手自己在得知了获邀者里面还有张雨心后，不声不响地给了个托词，就推掉了。

而对于雨心来说，这一段初识青春的酸涩回忆也就是这样在自己十八岁的那个春天之中，随着风儿，轻轻地飘散了。

回看昔往，莞尔一笑，如烟事……

……

已经上调了国家队的爱徒居然和散打队队员打架受了重伤，住进了医院，什刹海女子柔道队的洪指导在校长办公室里对着成金龙拍了桌子，同时，北京市柔道协会和重竞技（运动管理）中心那边的指责压力也是纷纷袭来。

对于这些，成金龙全然不为所动，他死死地咬住了三点。第一，是邓春妹先动的手，这一点无可争议。第二，双方实际到场人数差不多，是邓春妹自己主动去一对多的，所以根本就不存在散打队以多欺少的问题，相反，倒是她自己一直都在以（体重）大欺小。第三，邓春妹和丁建秋的伤情程度类似，都很严重，但是除此以外，还有郭雯雯的右肩关节脱臼和张欢迎的右肘关节韧带拉伤，所以这么看来，还是散打队这边更为吃亏。因此到最后，成指导扔下了这样一句话："要么就这么算了，要么就一起处罚，要是只单处罚我们，我就辞职！"然后便摔上门气哼哼地走了，谁劝也没用。

后来，还是陈光荣站了出来，左协调右说和，并由孟大海代表散打（自由搏击）

队教练组向什刹海校方和北京市体育局各上交了一份承认管理工作失职的书面检查（柔道队也交了），这才让事情慢慢地平息了下来。

在那一段时间里，女子散打队的日常生活与训练都受到了很大的影响，三名主力被迫因伤休养固然令人泄气，但是更加让人感到心情抑制的还是那些来自于四面八方的风传议论与途道曲解之声。甚至于是，不少国内武术散打界中的老前辈们，都已经开始去从自由搏击运动是否扭曲侵蚀了中国武者所理应恪守传承的优良品质德行这种过于敏感的着眼角度上来看待和评价这件事情了。

而在队员们中间，张雨心则自然也是被迫承担起了最大比例的误会和压力。从出事的当天晚上开始，一些联想过于丰富的武侠小说爱好者又或是极少数确为别有用心之人所杜撰出来的幕后阴谋论就已经源源不断地流入了江湖，而类似"借刀杀人""渔翁之利"这样的经典邪恶桥段也是频频地见诸于了故事的各个版本之中。

雨心总是认为自从出了事的那一天以后，整支队伍里面除了隋清，其他人和她讲话的次数都变得比从前要少了，虽然，其也一直很努力地在妄图说服自己这不过是因为自身的心理虚疑而产生出来的不实错觉。

要是彭冲他还在就好了，起码还可以帮着去说上几句公道话，但是现在……哦！停！同样也是自从那一天之后，每次只要当脑海中又出现了这样的念头，雨心就都会立刻使劲地闭上眼睛，然后再去用力地摇摇头，以便将其全部打消。因为委屈的女孩已经做过了决定，从此以后都绝不会再去想那个男人了。

张雨心觉得自己好像在一夜之间变了，变得不再像是以前那样会把真实的心里所想给写在脸上、挂在嘴边，变得会更加地介意别人针对于自己的看法，也变得更为习惯去含蓄、内敛地独自面对着这糟糕的坏心情了。即使那是此前在心中还从未出现过的，在很长时间里面都不能够自我缓解开的持续的低落。

就是在这种阴郁的心境之下，某一天，雨心接到了董薇打来的电话。

"雨心，咱俩去海边儿吧……"

北戴河……

空灵依偎着诗意，融入了这曲别离的伤感之中，音阶述说着不忘的往事，与海浪吟在了一起。这真是很能让人找回平静的节拍，它轻柔地抚着心底的哀怨，只把那些莫名的惆怅都诉给了对于春的无奈，和这幅苍茫的淡蓝水天。

在仲夏还未来临之前，中国北方的海滨之地还有些清冷与寂寥，一如那冰爽的海风给裸露在外的脸庞和臂膀所带来的感受。经过了几个小时的列车颠簸之后，两个北京女孩踏上了这片僻静的沙滩。她俩孤零零的，可人心疼，于是白色的波涛卷起了一些同是离了家园的绿藻和贝壳，来与姑娘们相依作伴。

向前走吧。

雨心和董薇各自挎着背包，一前一后地沿着那条蜿蜒无尽的海岸长线向着遥远的未知之地行走而去。这是一番沉默的远足，没有一句话语，只有耳机中的那支乐曲还在陪着她们一起于柔软的沙面之上留下了深浅不一的依稀足印。就这样走吧，不在乎走了多久，也无所谓行出多远，这是一次对朋友、自己，还有青涩的人生过往的告别仪式。也或许，就像这耳边的旋律中所不时喃起的那样，是一次“さようなら”（再见、永别）。

这首凄美的咏叹，《Silent Love》（《寂静的爱》）。

**注：《Silent Love》，电影《那年夏天，宁静的海》（《あの夏、いちばん静かな海》）主题曲，日本，1991 年出品，编剧、导演：北野武，音乐：久石让。**

极目到处，海平与天际的结合线上，即将隐去的光亮用流连的余温把身后的青蓝染成明灿灿的火红，留作了这一昼就要归去之时的绚烂背影。面向着海上日落，雨心和董薇也坐了下来，夕霞映着她们的面颊，如是绯色的玫瑰。

雨心走得累了，她脱掉鞋袜，把脚丫伸到了浪花可及之处，任那冰凉的海波冲刷着松弛的身体。而潮头在每次收去的时候也都会带走些许女孩足底的沙粒，于是在几番涨退起落之后，休息者的双脚便已经没入了滩涂。

“我要去大海的那边儿了……”

眼前那片渐深的红云正逐次褪了下去，天海再又合而为一，凝成了漫漫的暗色，衬托着星月的深沉。“而大海的那边儿……又会是一个什么样子的呢……”不可能知道答案的董薇向自己忧忧地问道。

两个女孩就这样望着一片苍凉的浩瀚，无言……若失……

不久以后，董薇也走了。

董薇独自去了美国。她告诉雨心，有一个美国男人，叫保罗（Paul），对她说他有很多朋友都是职业舞蹈剧团的老板，他看过董薇跳舞，觉得她的条件很好，也有提升的潜质，所以愿意帮忙联系，促成其去美国那边发展。后来，保罗说事情办成了，有舞团在看过录像资料后邀请女孩过去试演排练，如果符合要求就可以正式签约加盟。董薇答应了。

董薇辞去了领舞的工作，退掉了租住的房子，甚至把绝大部分的演出服装也全都处理掉了。她妈妈知道这件事以后把她叫回了家里，与其长谈了一夜，第二天，取出了多年来为女儿所积攒下的私房钱，八万多，全都交给了她。而董薇多年没有见面的亲生父亲也给了她五万块，据说这本是一份基金，男人原来是想等到女儿出嫁的时候再去支取的。

董薇把这些钱连同着自己的所有积蓄全部交给了保罗，去用于办理各种手续的花销和购买机票，而剩下的也请他全都给兑换成了美元。有人劝她，是不是也该在国内多少留下一点，但董薇说，一分也不留。

董薇就这么走了，走得那么坚决，那么急切，没有给自己留下半分的退路。也许，依着这个女孩的性格，这本就是一件必然会如此般地发生在她身上的事情吧，反正，作为从小和她一起长大的最好的朋友，张雨心对于董薇这次的决定一点也不感到意外。

雨心也曾问过董薇，为什么会这么地相信保罗，而董薇当时并没有正面回答，只是心有沉思般地向朋友提起了另一件事："有一次在咖啡厅里，保罗和我又正在说着去美国的事儿，那时候儿我还在犹豫，有点儿举棋不定，于是就又不由自主地玩儿起了香烟。他那会儿肯定是以为我想要去点燃它，于是就主动打着了自己的打火儿机递到了我的面前。就是在那一刻，我看到了一束在眼前跳动着的火苗儿……它很小，但很亮，因为那时的四周都非常暗淡，所以它就显得，格外地亮……"

所以，就是这样，张雨心又一次失去了她生命中珍贵的东西。

在张雨心已然走过的十八载人生岁月里面，她还从没有像最近的这一两年那样如此直观、清晰地体会到"失去"这两个字给生活所带来的切实意义。而事实上，这种令人完全不能回避也无法去抗拒的体会早已是成为了她在生命之中不可或缺的重要组成部分，甚至于是主要的部分。当你必须一次次地用娇嫩的味蕾去品尝这种失落的苦涩，用稚气的心怀去化解那些挫折的消沉，且逃也逃不掉、躲也躲不开的时候，慢慢地，你就会无奈地发现，其实这就是生而为人本来的样子。

这，就是长大。

而那些在生命之中最为珍贵的东西，你在成长的路上又是已经遗失了多少？纯美、喜乐、亲情、理想、良知、信念、心，和梦，或者直接概括起来说吧，就是你自己，他，还在吗？若真已不在，则你又是否知道该到哪里去再找回这一切，自己，以及那些在自己生命之中的无可替代的珍贵。

张雨心或许已经意识到了这个问题，但是，她还并不拥有答案。她当然也知道自己应该尽力去寻找这个答案，可是，前去寻找的路又在哪里呢？"用自己喜欢的方式让生活变得更好"，这一句话，以及在儿时为了这句话的成真而曾许下的承诺，在今天竟是似乎都正在和雨心无可挽留地渐行渐远着……

还记得那个梦吗？那个雨心在小时候经常会做的飞上了天空的梦。这几年来，她本已是很少再做起了，但就在和董薇去看过了海的那天夜里，这个梦又回来找雨心了。

还是之前那个步在了云间阶梯上的场景，雨心恍地发现，自己又一次站回了这里。飞翔，迷雾，穿行，终点……是的，雨心想起来了，翱上了天宇的少女踏着云霄里的金色台阶，要去寻找那存于苍穹之上的世界，那座至高而神圣的天空之城。

今天，终而会有机会去走完这趟旅程的最后一步了吗？

张雨心满怀着渴求地再一次向上登攀而去。在那天之上，云之后，到底会是有些什么在等待着自己？从小到大，那一切的鼓舞与支撑、希望和动力，请来告诉我，它们之所以会存在的真正意义！就让我去亲眼看一看，对于它们而言，那一处既是起点也是终点的神秘之地，究竟会是一个什么样子吧！

继续向上，一直向上！没有醒来，还没有醒来！会看到的，今天一定会看到的！

终于……身边的云雾散去，眼前豁然开朗……

张雨心看到了，她看到了自己多年以来都最想去破解开的秘密。实际上，她不仅是看到，也来到了，她现在就站在了这里。

这里是……

女孩孤身一人站在了寒冷的沙滩上。

在她的面前，是一片无边无际的，汪洋大海……

张雨心沉静地呆立在原地，双手缓缓团上，无助地护住了身子。

我们，该何去……何从……

# 7. 那一战（一）

THE LEGEND
OF HEART AND DREAMS

水灯的夜，色正浓。

靡雅瑰丽的传统宫廷服饰漾出了华美而高贵的鎏金明亮，在这条已被绣锦与花香所完全淹没了的喜庆之路上，本年度的泰国小姐用她紫百合一样的迷人微笑，令其所到之处无不是掀起了由欢呼和闪光所辉映交织着的又一波多彩缭乱。

在通往曼谷皇家田广场的各条主干道上，节日之夜的花车游行意兴正酣。

安乐地生活在这个佛之国度中的普罗百姓们，既习惯也善于用自己所喜欢的方式去追求着心目之中的美与好，而且，也非常的愿意和别人来分享这一切。他们运用神奇的灵思妙想和对于七色颜彩的任意放纵创造出了这些传播着爱与欢乐的移动舞台，并让台上那些载着歌舞的年轻人们把真诚的祝福及问候传递给了所有在共同享受着这个晚上的人们，就如演员们此时在从车顶上向下抛撒着花瓣那样。

而在与此般欢腾喧嚣仅是一江之隔的湄南河西岸，那些绝顶美艳却又无限神圣的灵魂祭品也已是渐次地浮上了这片寂静而安详的如镜水面。或在相亲、或在相爱的人们正虔诚地把手捧里那只精美的水灯送入进它们宿命之中的完美归途。同样，飘逸着寄望与思念的孔明灯亦是在那温纯晚风的陪伴之下纷纷地缀上了清朗夜空，来自于尘间的话语竟能去说给住在天堂上的人儿去听，就只有在这我们约好了一岁一叙的年年今天。

星星珍爱，闪烁着烛光流淌；点点深情，悦动着光华同行。请月亮做证，永不分离的家人相扶执手，山盟海誓的爱侣一吻缠绵。为此一生一梦，去和生命中最为重要的亲人们共度良宵，就只待着那绚烂的烟花可终而尽情绽放的时分。

倾心的夜，美丽的夜。这一夜，陶而深醉，神已去往。

笃信着天意的人们啊，你们已经不需再等候很久了，在这个夜里真正会给所有人都带来感动、领悟与幸福的那一刻，就在……稍后……

同一时间，在这座城市的另一角，泰国国家体育馆内，那场举世瞩目的最后一战也即将就要进入到可以解开所有悬念、了断一切恩仇的终极高潮了。

现场和全球电视机前的所有观众们都在继续被这两名正站在擂台之上的中国女人占据着精神、左右着心跳。而张雨心与丁建秋，你们接下来会让世界看到什么？

坦白讲，董薇是很希望这场比赛可以快一些地分出胜负的，因为她所身处的美国曼哈顿这时已经进入到了人们该去开始一天工作的时候了，如果他们在周末里也必须要去工作的话。现在，这间房子里面也不再是只有最早进入的中国女孩一个人了，从几分钟前开始，就又有一些不同国籍、不同肤色的姑娘们三三两两、有说有笑地坐了进来，她们全都是年轻貌美而又浓妆艳抹着的妙龄少女。

董薇把显示屏的角度稍稍调低了一点，她显然不愿意其他人注意到她正在做着的事。她知道只要再过一会儿就会有人来招呼她们去开始工作，而到那时也就必须要走出这个房间了，所以，她很希望在离开之前可以看到结局。

手中那只没有点燃的香烟依然还在不停地翻转着，这个已渐成了怪癖的小习惯总是会伴随着董薇的心情时不时地自己蹦跳出来，都这么多年了也改不掉……

赵亚伟看上去好像比前些年又瘦了。他轻轻地把手里的纸袋全都放在了脚前的地面上，因为他能感觉到这家商场里被大电视上正播放着的体育赛事所吸引至了这一带围观的停步者们已经越聚越多了，他不想让这些物品挤占到了别人的空间。

每隔一小会儿，赵亚伟就都会冲着自己左手边的方向去张望上几眼，即使是在比赛之中最为紧张激烈的、绝大多数观众都目不转睛着的时刻。这让他显得有些惹人嫉恨了，幸运地占在了最好的观赏位置上，却还是如此三心二意、左顾右盼的。

的确，亚伟的主要注意力似乎从一开始就都一直在挂念着另外一件更加重要的事……

“当！”

第一届世界女子自由搏击锦标赛，58 公斤级，决赛。第二节比赛，开始了！

那只狮子以“钢之态度”打造了不破的盔甲，用寒冰杀气磨锐了尖利的獠牙，直截了当地纵身便猛扑向了猎物。丁建秋如约开启了她的“进攻张雨心专用模式”！

对敌攻击的速率瞬时加快、力度陡然增强，以坚硬无惧的抗击打能力来置换掉徒费无用的防守投入，进而将战斗状态转化为纯粹的单向急攻，去全力以赴地一搏生死！去搏，谁先犹疑半步，去搏，谁还旁骛在心。

这是一往无前、不留退路的杀袭，丁建秋自行引爆了心脏，并把由此所获得的全部炸裂能量毫无保留地化作了击向张雨心的拳腿之力。只为了不计后果地强制近身，用其最为尖厉刚硬的骨与肉去主动撕开双方气场的均衡边界。

侵入了！

不会再有别的选项了，就跟以前的历次一样，你我之间只能剩下一个人还可以在终赛的指令喝响以后继续站着。决定吧！

丁建秋的拳头有多久没有品尝过张雨心的鲜血了？

五年前，是你更为平静；两年前，是我更加决绝。那么，今天呢？你和我又是谁在更加执着地去渴望着告诉全世界，也告诉自己，我们到底是为了什么才会站在了这里！

给我答案，就现在！

“啊，果然！我们看到，丁建秋率先发力了，她的攻势……排山倒海，张雨心几乎就要被她压制了！”杨健有可能是第一次在现场看到这种级别的正面对决，“何指导，就像您所说的，丁建秋已经在决胜之心上面较张雨心要占了上风了吗？”

“不，这只是源自建秋的固有风格，那些在战斗中会一如既往地表现出来的，不畏强敌的坚毅自信与放手一搏的立断果敢。”何耀强紧盯着场地中心，即使是他，这两名弟子之间的正式比赛在之前也仅仅只是经历过一次。“她们此刻正在进行着的这种生命之‘心’的比拼，只有当其中的一方被击倒了的那个刹那出现之后，才有可能分出高下。”

“击倒？接下来会有击倒发生吗？”杨健很是兴奋，他甚至因此而忽略掉了这句话里面所真正该去被关注到的地方。

张雨心感到呼吸愈来愈困难了。

丁建秋铁臂的舞动已经把擂台之上的空气环流给彻底地搅乱了。她每次挥出了重拳之后，留在对手面前的都会是一片令人窒息的真空，而随即补充了进来的周围气体却也已是同样被摩擦得烈热滚烫，人若吸进了肺里，会让气管觉得灼痛。

如果不是这种异常痛苦的感受再次提醒了雨心，她已几乎都要忘记了和面前的这个女人战斗所必定要去经受到的那些凶险煎熬曾是个什么样子了。确实，过去的这几年里，张雨心忘掉了太多太多，而去重新唤回这些记忆的历程却又是如此地辛苦和曲折，且为之付出了的代价也同样是那么地高昂与惨痛。

也许，这些本绝不该是当一个人已经站上了世界锦标赛决赛赛场中央的时候竟还在分心去想着的事情。但是，那些过去的犹豫与迷茫在占据着心房之时所留下的阴影，那些不管经过了多少次的洗涤、多少次的挑剔也总是去除不净的杂念残渣，这些可憎的东西却始终还是无时无刻地不在像是一块甩不掉的顽石那样在增加着雨心人生前行的负重。

连发了两记擦面而过的左右勾拳，建秋忽一沉肩，欲从下路低身刺入。而雨心则仍是如羽飘动，忙向着后方平移急退。但是，就在其这一闪过之时，余光却是刚好扫到了对手潜藏于了身下的一双待发的小臂，一双如是上下两具钢刃一般强健的、平行贴合着隐在了暗处的熟悉的小臂。那正是……一副伺机擒敌绞杀之用的滴血断头铡！

这一招，建秋她还在想着使出这一招！

雨心强行压住了心中的波纹，她必须要在此时保持住绝对的冷静沉着，因为只有这样才能够准确无误地去操控身体、协调攻防。蓝方选手知道，自己和对手所剩的时间都已经不多了。丁建秋第一次的“钢之态度”已开始消退了，她对所受中回击的承耐力正在持续地下降着，而自己，步履也已然被对方逼迫得渐而现出了凌乱与浮躁。“羽毛步”能得以施展的基础就是轻盈敏捷的脚步配合，这说明，己方的破绽也已是马上就要显露出来了。

这会不会，还是因为我的那只脚……

张雨心再次强迫自己把心思扭转回到了眼前的战斗之中。必须尽快去做出决断了，我要发动“雨梦拳心”，一定要发动“雨梦拳心”！先让身体宁静下来，努力进入到心拳合一的境界，然后再去寻找机会……对建秋……对建秋……

我可以做到，一定可以做到。我，一定还能够再一次地，对建秋她……

张雨心，你想得太多了！

敌人的正面鞭腿！雨心快速闪避，迅疾一个后仰，但脚下却是略显迟滞，需要再去多做出一个后撤步支撑来稳定住重心，于是，她便探出了右脚……

在本届世锦赛上，张雨心还从没有运用过右脚的攻击，一次都没有，即使是在机会最为绝佳的时刻，她也都是采用别的技术去替代掉了。是因为那里至今还在隐隐地作痛吗？这个问题，雨心她自己也说不清楚，虽然目前所有的证据全都表明那里已经是百分之百地彻底痊愈了，但是或许，这个所谓的“那里”的含指当中，却还并没有包括了“心中”吧。

为什么此时偏偏还是赶上了这只右脚，这只在每次出场比赛之前都会被雨心万分仔细地去缠上厚厚的绷带的受到过严重创伤的右脚。它，难道就是属于张雨心的那一只始终也无法回避开的阿喀琉斯之踵吗！

闪念，之机！

“啊！”最先发出惊呼的是坐在南看台上的王迎。

丁建秋，上鞭腿凌空转换，高劈下压踢！

“不好！”这一声是来自正在直播解说当中的何耀强。

在全世界的注视之下，丁建秋的凶招就如是泰山压顶一般地向着张雨心砸了下去。这一击不是很快，也并非是在最佳的发力角度上，但是，对于那名在突然之间变得异常迟钝了的被攻击者来说，却已是足以构成致命的威胁了。

她为什么不动！

我以为，我已经找回了所有失去的东西，也做好了重新再回到这里的一切准备……可最终还是差了一点什么吗？……它们，在哪里……而我，又该怎么办……

完全没有躲闪或格挡的可能了，此击必中！

张雨心在看着丁建秋，就安静地这么看着。

那道疤痕……好深啊……

压踢就在眼前，带着刺耳的风声一点点地接近，直到，挡住了视域中的一切……

**2004 年，隆冬**

“那要是没有粉色的怎么办啊？反正我在北京可没见着过。”

“我在网站上看有，那边儿的款式应该比大陆全吧。”

“就算是有个一两双，号儿也不一定合适啊。要不我就再多转转，看看其他牌子的有没有类似的……要是跟儿矮点儿的行吗？”

“那倒问题不大，关键是你去这一趟有那么多时间吗？”

这里很黑，低声嘀咕着的张雨心和纪娜相互并不能看见对方。前边几步远的地面上，一条横向的亮线让一些闪烁的光影漏了进来，而与其交织着的还有幕布之外那正在奏起的响彻了整个厅堂的震撼典乐。

“时间肯定有……听说只要是外国名牌儿就都比咱们这儿便宜好多，就怕是到时候儿挑上的东西太多了，带的钱不够啦！”

“那你就拿上我信用卡不完了吗，我把密码告诉你，海外通刷！”

“嘘……”于恬恬提示她俩应该收声了，“开始敲鼓了，马上了……”

炫目的激光锋芒四射，狂舞的水鼓演员们让现场的气氛燥热滚滚，而早已在前台阔论有时了的男主持人亦是亢奋地拉高了结语的声调：“……全新 2005 款，耀世登场！”

纯黑的帷幕缓缓升起，舞台上的所有灯光全都刺向了这一令人兴奋的焦点之上，而负责营造幻境的烟雾也是徐徐喷出，不刻便已环绕住了今天的那位大主角。可是站在主角身边的张雨心却是觉得这些浓烟湿乎乎的，吸了进去以后特别呛人。

今天的工作就是接下来的这几分钟而已。准备亮相了！

场景全开！纪娜、张雨心和于恬恬等四名模特依偎于一辆奢华的高级跑车周旁，在尽情地展现着她们的婀娜与妩媚。脚下的台面在缓步地旋转，为了配合陆上王子不同角度的性感英姿，美女们也在不时变换着各种艳冶的造型，不息的掌声浪潮与闪光灯雨下，她们身上那借由银色绸缎包裹着的柔润线条与火红的超级名车一起，成就了一幅在普天之下的男人们眼中会最是令人情迷颠倒的诱人美景。

看来，这场新车发布会上的核心环节被执行得相当成功。

这一年多以来，每当身处在了这种展示表演状态之下的时候，张雨心就都会牢牢地记住纪娜所教给过她的，不去想任何事，让脑子放空，因为只有这样才更有利于完美地融入进展演的既定情境当中去。于是，这时的她又开始努力了，不去想、不去看、不去听……

但是……

哎？台下的那个男人，他是刚才的……糟糕，又失败了！

张雨心的眼神动了，主观地偏向了自己所注目的方向，这可是模特临台之时的大忌。立志提升自身专业水准的女孩很是恼火，没办法，换个方向，重新开始吧！

这是一种有些奇怪的……不，是非常奇怪的，不由自主的身体惯性……

已然转过了身去的雨心竟不知道为什么又是有意无意地摆出了一个扭头的Pose，而目光也居然是再次鬼使神差地投向了那个男人。这一下，不仅是台上的模特略显尴尬，就连台下的这位观众也都是若现出了惶惑之色了。

这个男人是怎么回事？

把时间退回到二十五分钟以前……

“其实我的首选还是粉色系，你过去以后要真是……”纪娜在向即将帮忙境外代购的好朋友嘱咐着自己的需求。

“哎呦不成了，一会儿再说吧，我得赶紧上趟厕所！”张雨心同学，你可真行，离活动开场还有不到十分钟，连演出服装都已经换好了。

本次发布会所选择的场地是一家位于市中心的五星级酒店。溜出了作为临时后台的小会议室，沿着主会场大宴会厅侧面的僻静走廊，张雨心抱起长长的丝绸晚礼服下摆一路小跑地直奔向了洗手间。还算好运气，一道上既没有遇到参会来宾，也没有碰上那些一贯刻薄多事的甲方（的代理公关公司）人员。

如厕完成，神清气爽，雨心正要走出阁间，却突而发觉……坏了，这下麻烦了！

张雨心忘记了，她身上这条据说是意大利名师设计的露背长裙，其后面的绑结是要由多条丝带同时穿过一只精巧的悬空银环后才能扎在一起的，而这样别扭的系法只凭着着装者本人的双手是难以自行完成的。刚才在更衣室换装的时候，模特们都是相互帮助着依靠了四只手的共同动作才逐一将它们搞好的，可结果内急者一来方便，于未及多想间竟是随手便给解开了，也就是说，她现在自己一个人系不上这件衣裳了。

这可怎么办！叫纪娜她们来帮忙？没带手机。等别的女人进来？可偏偏就是半天也没有人来。捂住胸前探出头去一看，该死，楼道里面连一名女服务员都没有！

时间等不及了，就快要开场了！

事实上，偌大的回廊里就只有一个人，是一位正站在隔壁洗手间的门前背身讲着电话的年轻男士。距离羞怯的亟待援助者并不远。

黑西裤，深棕色衬衫，简洁的短分头干净利落，看上去有二十七八岁的样子。

顾不上那么多了，张雨心好歹也是名勇敢的运动员，她一咬牙："先生……"

雪白的玉背，还隐现着活力健美的明快曲线，这算是送给荣幸男士的惊喜吗？雨心能够感受得到，这个男人的手指灵巧而柔软，但指尖却是有点糙硬。

衣服很快弄好了，女孩感激地回过身，她看到面前的这位彬彬绅士中等胖瘦，比自己高了四五公分，而眼眸里守着同龄人少有的礼貌、儒雅与恭谦。

"谢谢您！"不便多说，雨心像来时一样，抱起拖地裙摆快步地往回跑去了……

这个男人，原来也是今天被邀请来的嘉宾。

现时的舞台上，思绪在不断杂乱飘动着的靓丽车模在确认了对方的身份之后，忽然间又产生出了一个实在是令自己极端费解，并且还马上便给自身带来了"我怎么竟会蹦出了这样的想法"的巨大疑问的无由念头。

他……穿上了西服外套以后还挺帅的……

发布会圆满结束了，宾客们渐已散去，而雨心她们卸了妆后也该回家了。

"我那卡你可千万别弄丢了啊！"纪娜一边回拨着电话，一边还不忘叮嘱着雨心。她很忙，每次工作结束后的第一件事就是查看手机，那上面总是会有一堆的短信和未接来电。

"哎呀，放心吧！"雨心还是斜挎着一只大运动包，她准备直接就回队里去了。

走出酒店的大门，模特们发现外面下起大雪了。

恬恬和另一名女孩合打了一辆车先走了，纪娜则又是拿出了手机："让老刘过来接咱们呗！"而雨心却有些不好意思总是麻烦人家："这又不是他的活儿，叫人来合适吗？"今天的工作是纪娜自己接的，拉上了雨心她们几个。

"没事儿，他乐意着呢！"纪娜准备打电话了。

就在这时，一阵柔缓的马达轰鸣声恰时地从身畔传来，一辆与今天展车隶属于同一品牌（另一系列）的深灰色跑车停到了两人的跟前，还未待辨清就里，驾驶员便已经推门下来了。

是那个男人。

“呃……这雪下得……挺大的，可以有机会……再帮你一次忙，送你回家吗？”显然，这位先生自散场之后就一直等在了大门口，只为了能够再次遇到之前邂逅过的姑娘。他的这番言语并不流畅，似乎略带紧张，不过可见的是，必定是有着某种巨大的诱惑让他终而说服了并不熟于此道的自己前来放手一试。

“呦，车真漂亮啊！可就是，只能坐两个人吧？”纪娜先是观察了一下唐突出现的男人，又看了看身旁并未回应的女人，坏笑着抛出了这么一句。这种事她见得多了。

“是啊，这也坐不下呀，谢谢您，我们还是……”雨心给出了答复。这也应该是绝大多数获得到了如此方式平白邀请的女孩子所几乎肯定会做出的第一反应。

“哎，没事儿没事儿，咱们也不顺路，我还是叫老刘吧，我还有事儿得跟他说呢！”可纪娜却马上识趣地挡回了雨心的话茬儿，并自觉地向后退出了两步。姐姐知道，对于自己所抛出的那个台阶，少女如果愿意“下”，就说明她同样也不拒绝“上”。

十九岁的张雨心小姐不是一个小孩子了，她当然懂得人在社会的注意事项，也完全保有结交朋友的分寸原则，更重要的是，她早已经熟练地掌握并也积累下了丰富的相关经验，有关于应该怎样去面对、筛别和处理生活中那些不断涌上前来的，条件优秀或是自以为条件优秀的异性们所献上的主动殷勤，不论是在体育赛场内外还是模特工作之中。

风雪确实不小，酒店的门童也过来催促挪车了，在这一刻，张雨心小姐决定相信一回自己的感觉。她认为可以信任面前的这个男人，信任他能够安全地把自己送回家，同时也信任他为女士所提供的真诚相助并不会是以任何有可能损害到对方利益的交换条件来作为前提的，就像是纪娜越来越信任刘泽平了那样。

于是，雨心对纪娜做出了一个打电话的手势：“到家就联系啊！”然后回过头，微笑地向男人问道：“你知道什刹海体校吗？”……

急骤的雪花打在前挡风玻璃上，用了一秒钟的光景由固体化为了液体，随后，就被雨刮器刷到一边并汇成了向下的径流。上路以后，张雨心的眼睛在很长的一段时间里都没敢去轻易尝试一下什么别的落点，而就是如此一直枯燥地平视着这个循环重复的过程。

姑娘现在必须要去承认，自己在几分钟之前对于这种有可能会出现的糟糕感觉明显是有些估计不足了，这甚至已经让她开始有点后悔做出这个搭车的决定了。虽然，她也并不清楚自己到底为何会在此刻产生出了如此不同以往的拘谨与慌张。

雨心知道，此时如果掏出手机来玩弄，肯定是可以给已渐感到无措的注意力找到一个更为舒心与安全的附着点，但是，那样无疑会让人家觉得很不受到尊重。同时，她也不得不努力地避免去贸然借助某些过度热情的回话及互动来解放自身早已经紧绷僵直了的腰背肌群，因为想必任何一名自视端正的女孩子都不希望对方在与其初次相处之时就因此而产生出了某些误会，比如错以为这个女人会由于一些外在的东西而极大地提升了与自己交往的兴趣和预期目标，或是，她会不会本就只是一朵随意开放的欢场交际花。

如果说一位单身的风华少女在当前的这种状况之下，内心中还依然可以做到澹泊水清而完全没有泛起涟漪，你会相信吗？

周末晚高峰再叠加上了不期而至的降雪，这使路况变得相当拥堵，也会让此趟行程延长不少的用时。男人不急不躁，平稳地掌控着座驾，这也许也正是他所期盼发生的。而新朋友间的对话也就像是这辆车子的移动一样，在走走停停里时顿时续着。

慢慢地，在艰难度过了初始阶段的生涩客套之后，张雨心开始欣喜地发现，这个人还真是挺对自己的胃口的，尤其是在他用那不卑不亢、平和大方的话题与情绪以及坦诚质朴、收放得体的语言和态度，去营造出并引导着她进入了一种得以顺利相互介绍及彼此熟悉了的倍感轻松的舒适谈话环境的时候。于是，暗自庆幸的女孩微微侧过了头，带有着更为明确一点的期望地向身边的男人望去了坐上车后的第一眼。

其实，也谈不上真有多帅……只是，很顺眼，会让人愿意接近。

通过交谈，雨心也大致了解到了男士的一些基本情况。他是辽宁人，今年二十四岁，大学的专业是金融管理，目前在北京的一家投资公司任职基金经理，同时他也并未讳言这家公司的最大股东就是自己的父亲。而今天他之所以会受邀来此，也是因为在两年多前购买了这辆跑车，算是这一汽车品牌的老（会员）客户了。以上这些倒是并未出乎雨心的意料，想也知道，会开着这种车上街的年轻小伙儿无非就是这么回事，只不过，有感到此君给人留下的第一印象可确是比他的实际年龄要偏深沉稳重了不少。

这个男人的名字叫作，沈铭鸣。

聊到自己，雨心也是未做丝毫保留，毕竟，现在她要回去的地方已经说明了一切。沈铭鸣在得知了她是一名职业自由搏击选手后表现出了预料之中的惊叹与赞服，不过值得注意的是，在那里面绝未含带着曾多次让少女运动员感到了极其厌恶的某些肤浅之人会展露出来的无聊调笑或猥琐猎奇，而是一种显见会令人有觉如遇知己并顿生自豪的出自于肺腑的由衷钦佩和肃然起敬。这一点，让张雨心很是受用。

就这样说着说着，不知不觉间车子已经驶到什刹海体校的大门前了。目的地既已抵达，就也该是要去说声再见的时候了，不过当然，也无需为此感到任何的遗憾，因为命运为这对青年人所精心安排的这次人生之中的偶然相遇于整体上而言已是足够完美的了。

“雨心，过几天……方便的话，一起吃饭？”陪着一起下了车，沈铭鸣面向着心动的女孩发出了第一次约会的正式邀请，这种主动的表示也是理所应当的。

“我下周要出去比赛了，回来以后电话联系吧！”张雨心这样的回话可以被视作为是一句相当标准的类似于是“好的”或“可以”一样的答复。

生活又一次为我们编排上演了一部大家都早已熟识了许久的类型剧本，而相较于数不胜数的海量前作，本季中会稍微创新了一点的情节设置，可能还是来自于了那个与华贵典雅的模特形象产生出了强烈反差的洗手间求助段落吧。

每个人都可以是个大人物，但同时每个人又都必定是个小人物。这是理应去欣然接受的真实，也是对最为平凡的人与人之间关系的一种充满了诚意的诠释。

张雨心和沈铭鸣，我们将毫不吝惜地为你们送上祝福。但愿人生只如初见，正像是这个看似俗套却又生而最真的开头一样，就请用这恒远不变的真实、平凡与诚意，去耐心地为你们自己书写下那必定会于后面所发生的故事吧！

“那……大概要走多久呢？能问问……你们是去哪里吗？”沈铭鸣的心情可以理解。

美丽的张雨心，她的柔美长发傲然飞舞在了漫天的寒风冰雪之中，那是多么深刻而又分明的白，与黑。“六七天吧，我们……是去香港。”女孩笑着说。

……

2004 年 12 月 24 日 16:00，距“红馆合战”还有整整 100 小时。

香港九龙，香格里拉酒店大会议厅对面的休息间里。

陈光荣的掌心里满是汗水，以至他手中在反复翻读着的文稿都已经被浸湿了一大片。男人不停地看着表，因为原定于下午四点整准时开始的媒体见面会现已因故向后推延了十几分钟，虽然这本是再为平常不过的小问题了，但在此时此地，还只能算是这方面的初来乍到者的这六位今天活动的受访主角们，却已都是把一个“急”

字给鲜活地写在了脸上。

终于，工作人员敲开了房门："陈先生，可以入场了……"

踏着引导的红毯，大家不经意地列成了一队。而当服务员才刚一推开了会场的大门，一阵攻人不备的闪光灯雨便是猛然间迎面扑了过来，直把走在了最前领头位置的陈主席给晃得有些喘不过气来，之后好一阵子里看东西都是白花花的。

这会议厅里总共到场了一百多位中外记者，各式长枪短炮早已严阵以待，特别是当他们注意到了张雨心以后，情绪再度骤然升级，连成了一片的"咔咔"快门响竟已几乎是要把"粉丝"们疯狂的尖叫之声都给淹没下去了。

陈光荣真是相当地佩服本次赛事的香港承办方，所有这些敬业的记者，还有尽职的"粉丝"，以及那十多位前来为中国队站台助威的已然就坐于了前排的本地搏击界名人们，全都是他们经过了精心的运作后所邀请安排而来的。

六人在主席台上落座之后，主持人随即宣布："女士们、先生们，2004 年香港中外女子自由搏击明星对抗赛，中方媒体见面会，现在开始！"……

我们的北京什刹海女子自由搏击俱乐部自成立两年以来，在总经理兼技术顾问陈光荣同志的苦心经营和教练员、运动员们的共同努力配合之下，虽说在初期也经历过了校内打架事件这样的意外波折，但时至今日，于整体上已经可以说是渐入轨道、初见声色了。

就技战术理论的层面而言，经过了陈光荣、成金龙与何耀强这研教铁三角的通力合作之后，自由搏击与传统散打之间融会贯通、平行共进的综合训练体系已是基本建立成型。从实战的效果上来看，除极少数队员（张欢迎！）还偶尔会在散打比赛中因不慎冒出了违规动作而领到个把犯规以外，已经顺利完成了双线训竞的适应与转型的绝大部分主力选手们的散打项目水平没有下降，而自由搏击项目的成绩也在稳步提升之中。

在队伍的日常运转及管理上，教练组成员们相互信任、各司其职。陈光荣主外，主要负责联系比赛、宣传经营，实际上已成为了这支大团队的总经纪人。何耀强主内，在分内的教练事务以外还承担起了行政总管、上传下达等领队的部分职责，当然在有些时候也要去代劳一把思想政委的重要角色。孟大海主管医疗、财务与后勤保障，说他晋升成了一大家子的老保姆，他一点也不介意，反倒是会非常的开心。而成金龙呢，他的工作就永远还是那极度专一的训练比赛、训练比赛和训练比赛。当前这个领导小集体的分工定位在组合之初也曾历经过了一大段时间的可想而知的调整与磨合期，但至如今，终于是充分发挥出了每个人各自的优势所长并达到了比较理想的运行状态，确属来之不易。

而站在运动员们的立场上来看待现在的生活，其反应也是令人比较满意的。队伍转了职业化以后，虽然她们还是要兼具着体制内专业运动队员的编制身份，但终归在理论上已经是依靠着合约来确定归属关系并有权获得劳务报酬所得的独立、自由的职业选手了。

首先，队伍平日里在起居作息与私人空间方面的管控要比从前宽松灵活了许多，当然，这也主要还是有赖于了主管人何指导个人的包容与开通。在这一点上张雨心和隋清的受益应该是最大的，前者被成全了业余模特的生涯，而后者则也可以更好地去兼顾学业了。（关于隋清这些年来就学之路的故事支线在后面还会有详尽的讲述。）

其次，由于在陈光荣的劳苦奔波之下俱乐部逐渐有了一些赞助进账与比赛收入，所以队员们在平时的器材装备、医务保健和衣食住行等各个方面的物质条件上也都获得了比较显著的改善提升。且更加美妙的是，现在的她们不仅可以继续定期领到标准更高了的原有固定补助，还能够依靠着出场比赛而赚到一笔数额不菲的额外奖金了，这一部分的增收对于丁建秋与张欢迎来说可是尤为重要的。

说到这里后，再向大家具体介绍起关于本次香港中外明星对抗赛的由来和因缘，就会显得更加的直观与明晰了。

自俱乐部成立半年左右时起，陈光荣就开始不遗余力地为队伍寻找、创造着各种的比赛机会。从最开始和外国留学生、民间爱好者们所开展的聚会联谊式的教学试验赛，到随后与通过朋友关系邀请而来的国外半职业选手及退役老将们进行的以赠票观众为主的小型商业赛，甚至是再到于各类体育展会、大型活动上以及干脆就是走进了大学校园里的，在队员们自己之间互相模拟对练的纯粹为了项目普及推广而举办的开放表演赛，不一而足。

同时，为了让更多的普通民众们尽快认知、了解并进而喜欢上这项新兴的运动，陈副主席也把自己身为基层体育官员的小小优势给运用到了极致。北京市武术协会为自由搏击项目专门印制的小册子他每天出门时包里都要背上几十本，只要是见了记者、领导就都会热情地给人家塞上一本。为了联络媒体采访发布，他利用职务之便四处求神拜佛，请摄影师拍摄的宣传照要是在哪本运动杂志上得见了一个小豆腐块，他就会高兴上半天，如果是哪家电视台播出了几秒钟的比赛录像片段，他只怕是恨不得都要开瓶香槟来加以庆祝了。

陈光荣不容易，真的不容易。

辛勤地耕耘、踏实地付出就一定能得到回报，这是从来也没有，且不论至何时亦都不可能被改变的最真之理，而在这些自由搏击人的身上则也同样不会例外。

进入到 04 年以后，一切都在向着好的方面发展。俱乐部正式比赛的规模、层次还有因此而产生的进项都在稳定地增长着，同时在赛场之上，连战连捷的什刹海女孩们那高超的武艺和飒爽的英姿也更是挥洒出万千的风采、振励了志气的众生。而由此，（女子）自由搏击项目在中国社会上的整体知名度以及在年轻人群之中所受到的关注和被喜爱的程度也都是得以大幅度地提高了。

总的来说，体育事业革新者的此番空前创举就像是帮助传统的散打运动领会顿悟到了自己在华夏大地上的重生中兴之道，更加坚实的群众基础正在打下，而国人们的尚武精神似乎也因之而又找到了一个绝对新鲜的理想载体。

正是在这样的大背景之下，国际上一些敏感地留意到了亚洲的生力新军正在崛起的业内同行们，也开始纷纷通过各种渠道向后起者抛来了尝试着交流合作的殷切橄榄枝。在中国经营职业体育，一块最为坚厚的天赐后盾就是拥有着无比庞大的受众市场，而国外那些精明的大小搏击协会和赛事推广人们可也是从来都不会否认与忽视掉这一点的。他们一直在寻觅和等待着的其实就是一个可以为共同的大生意来接下本地代理权的合作对手盘，亦即是一位或几位有实力亦有资格去与他们进行最高级别精彩较量的超级明星，就好比是篮球界中的姚明或斯诺克台球界中的丁俊晖那样。

同理，这其实也一样是陈光荣非常希望能够看到的局面。接轨国际，机不可失。自推动项目改革之始，融入世界主流的综合格斗运动范畴、跨上全球瞩目的职业体育竞争平台就一直是这位志存高远者最为主要的奋斗目标，甚至可以说是最终的目标。而现在，正是去迈出这实现宏大抱负所必经且已然是水到渠成了的第一步的最佳时机了。是时候去向那些先出发了一会儿的人们大声地宣告：我们也来了，而且，我们会更棒！

这年夏天里，陈光荣在北京招待了好几拨来访的外国朋友们，自己也是出国考察洽谈了不少次，而此后不久，一个设想在中国的一线大城市里所举行的由中国选手团体对抗外国明星联队的比赛计划雏形，就渐渐地浮出了水面。

但是，这项赛事计划想要最终成功的落实也还存在着不小的难度。必须承认，在中国内地才刚刚起步的自由搏击运动在营销系统覆盖、专业人才储备乃至是拳迷群体的培育累积上底子都还很薄，而商务开发与盈利收益也同样是暂时还无法达到投资者们的预期。

是否有足够大的场馆可以预留档期？是否有足够多的观众愿意花钱购票？能不能谈妥电视大台的现场直播？会不会在具体操作中突发难以预料的意外情况？

这些问题都很让陈光荣头疼。仍然还是个学习者的他首次应对这类大场面，能量有限，经验也严重不足，他迫切地需要一位成熟的高水平协作人前来助自己一臂之力。

而恰好就在此刻，一家根植于香港且颇具水准的专业搏击比赛运营公司适时地出现了。公司老板名叫白崇龙，祖籍佛山，早年也是位习武之人，收到了信息的他托人过来传话，明确表态："我看着中国人跟洋人们打擂台看了一辈子，不管怎么打，只要是照着人家的规矩来，遇上了真正的高手咱们就都是输多赢少。但现在，我们中国的姑娘们在老外自己所认可的自由搏击的规则架构之下，已经具备了与他们绝对一流的顶尖明星去公平地一较高下的坚强实力，若是能促成这样的比赛，我赔钱也要办！"

无比期待着心中的英雄们用高强的中国功夫去击败嚣张的外国人，这正是生活在了被誉为东方之珠的这块土地上的中华儿女们所最为特有的一份情结吧。

所以，就是这样！

发源了人类历史文明中最具有艺术魅力和神秘色彩的格斗术的这个古老东方国度的当代自由搏击精英们，去闪亮地登上新时代的最高舞台的起航之地，就定在了，香港！

在这之后，一切都是按秩就序地顺利、如期地进展着，并直到昨天，留下了孟大海在家里照看其余队员，而前来参加本次比赛的陈光荣、成金龙、何耀强、张雨心、丁建秋与隋清等一行六人，心似高歌地踏上了这趟昂扬的征途，并且，在他们抵达了大赛指定接待酒店后的翌日下午，就全体出席了这场由组委会所筹划召集的赛前媒体见面会……

"大家好，我是来自香港无线电视台的记者。我想请问的是成总教练，关于这次与中国运动员们交手的三位明星级别的外国选手，您在之前对她们的了解有多少？目前这三个人的出场顺序据说都已经排定了，而中国队这边相应的对阵人选是否也已然确定了呢？"这是一位资深的女记者，问题的含意成金龙听出来了，她想问的是自己会不会借助不同格斗流派间技术风格相互克制的原理，来为弟子们选择各自的胜面会相对更大一些的对手。

"本次对抗赛，我国的年轻选手有幸与……来自美国的琼斯、泰国的诗梅丽以及巴西的法比亚娜，这三位成名已久的世界级优秀运动员进行切磋交流，我们本身也是抱着一种来虚心学习的态度。”成指导出言谨慎，先是查阅着材料照本宣科地客套了一番，而后讲道：“至于中方队员与她们的具体出战对位，按照前期经多方商定的办法，还是要以运动员们的体重级别来作为配对的最主要参考依据。所以，这个问题的答案最早也要到大后天，等外方选手们全部到齐且称重仪式也结束了之后才能够给你。而从个人的角度上来讲，我认为不管最终的分组形势是怎样的，都不会影响到我们去全力拼搏并发挥出应有水平的既定信心。这次比赛是一个非常难得的可以让全世界认识到中国自由搏击运动的大好契机，我们已经准备好了，是绝不会轻言放弃掉这其中任何一场可能拼得的胜利的。”

“您好，我是内地《体坛周报》的记者，我的问题是提给陈光荣先生的。”这位操着北京口音的年轻男记者戴着窄窄的眼镜，蓄了一撮山羊胡，“陈先生，我们都没有忘记您所身具着的北京市武术运动管理中心副主任的官方身份，而本次比赛的举办是否就意味着您近年来在北京地区所大力推动的传统散打运动的国际化转型已经取得了阶段性的成功？并且，这种即将成型的‘什刹海’模式有没有可能在不久的将来被更高层推广复制到全国的范围内呢？另外，据一些消息灵通人士所提供的未经证实的说法，在您与数家国外的自由搏击协会与机构的会谈当中，都已经涉及到了力争在未来去尽快促成跨国多边赛事的规模化与常态化的议题，而我则可否将其理解为是，发起组建具有着广泛代表性和统一规则的国际自由搏击联合会的初步构想，已经存在于了你们并不遥远的合作规划之中了？”

好犀利的提问，观察力敏锐，政治意味十足。

“这位记者朋友，首先要感谢你在提出了问题的同时就已经对我在这几年来所做下的一些工作给予了肯定的评价，谢谢！那么，我的看法是，与时俱进、积极稳妥地推进中国体育事业的体制与机制改革，是国家最高层面早已启动且一直都在坚定不移地执行着的既定战略方针。而作为一名深爱着自己岗位的一线的体育管理工作者，能够为那些坚守着自己儿时之梦的体育同仁以及国内千千万万的供养着我们的体育爱好者们，贡献出自己的绵薄之力、为他们去创造和改善生存与发展的环境、为他们去服务，我，非常的欣慰，也很自豪。”陈光荣每次在说出这类话语的时候总是能够打动很多人，其关键的原因就是在于，几乎所有的听众们都能很切实的感受到他的言论是发自真心，而不是如同一位善变的政客那般仅仅是在虚伪地卖弄着其华丽的演讲技巧。

陈光荣继续说道：“而关于你刚才所问到的，各国的自由搏击界人士们在今后一段时期内于开展多边合作之时将会去重点意向的相对具体一点的方向与目标的部分，我对此想说的是，当前大家在相互理解、彼此包容的基础之上所达成的共识已经是越来越多也越来越深入了，相信在包括了广大媒体界朋友们在内的每一位热爱、关怀着自由搏击运动的人们的共同努力与促进之下，好消息会不断地传来的。”这一番话于实质上已然暗示了，所谓的“国际自由搏击联合会”绝非是空穴来风。

提问还在继续着，这回轮到了一位来自欧美的中年男人，他半白的头发、魁梧的身躯，讲的是英文，而现场配备了同声传译系统。“你们好，我是《黑带》杂志的自由撰稿人……”是他！陈光荣猛然想了起来，这位不就是美国著名的搏击评论人托尼·派克（Tony Pike）！“……在提出问题之前，请先允许我来表达一下谨代表着我个人的对于中国女子自由搏击运动员们的喜爱与敬意。事实上，我注意到你们已经有一年多了，你们很具有天赋，训练也极其刻苦，同时教练员们也都是最顶级的，因此你们近年来的进步非常迅速。而我今天的这个问题是直接提给在场的三位年轻的运动员们的，我想请问，当你们在几天之后面对着红磡体育馆里那一万二千名观众的时候，什么样的事情发生会让你们最为开心，而同样，什么事情的出现又会是让你们最为痛苦的呢？”

是翻译有所偏差的原因吗，感觉这样的问法有点奇怪，不过这一题倒也并不难回答，常用的背诵套路就足以应付过去了。于是雨心便礼貌性地先让了一眼身边的两位队友，按照惯例，这种工作一般都是第一美女的活儿，要是没有人主动开口她就要接过去作答了。

此时的丁建秋搭在桌面上的双手有些异样的抖动，她抿着嘴唇，眼中似乎是露出了渴望的冲动。怎么，看样子这次她也想来试试吗？

“From me to answer the question.（由我来回答这个问题吧。）”是隋清，平时每遇到这种场面，她总是尽可能地偷懒，很少会发言，而今天是哪里来的兴致，还是用英语。

“I don't know.（我不知道。）”隋清答道。

这算是哪门子的回答，她想要说什么？

“我不知道。坦白地讲，现在的我们确实还没有这个问题的答案，而且，尊敬的派克先生，这一点您是清楚的。我听说，这次将要和我们较量的美国选手卡洛琳·琼斯（Caroline Jones），她在职业生涯中已经历过了七十二场正式比赛的洗礼与磨砺。这很伟大，这几乎就是在人生的事业层面上所能够去拥有到的全部东西了，不是吗？所以我想，才刚刚开始了这一切的我们，一定要先去好好地向她来请教一下，到底该怎么去做才可以寻找得到这个深奥之题的终极答案。非常感谢您派克先生，现在的您并不是向我们提出了一个问题，而是很善意地为新来者们赠出了一个建议。您是在建议我们，最好从现在开始就去认真并且持之以恒地思考一件事情，那就是，到底什么才是当我们站上了这块能用以去书写下生命的传奇的恢弘舞台之后，所最应该去在意、珍惜和平静地坚守着的至为宝贵之物。”智慧的隋清，坦然的诚恳，流利的外语，精致的口才。一气呵成，看似不起眼的邻家女孩奉还给了托尼·派克先生一个大大的惊喜。

空气先是沉静了半分多钟，而待到耳机里的中文翻译全部完成了之后，会场内立刻就是爆起了一波响亮的喝彩与热烈的掌声。好漂亮的回答，这竟是来自一位还不到二十岁的青年运动员的思想深度吗？摄影师们立即再次调转了镜头，又是一轮密集的特写连拍。

就这样，精心准备的媒体见面会于全程令人满意的气氛之下，在比原预定的多交流了几个话题之后完满地收场了，总体上相当地成功。

陈光荣在心里长长地舒了一口气，队伍这第一次集体亮相的效果应该说是要好于他的预期，这也算是给本趟难言轻松的香港之旅开了一个很有意义的好头吧。

在这个下午中唯一一个感到有些不顺心的人似乎就是丁建秋了。退场时，见她阴沉着脸，从围堵着雨心和隋清的两堆人丛间快步地纵穿而过，就像是憋着一股抓心的嫉恼之气，叫也不应，径直地便回去楼上自己的单人房间了……

香江的平安夜真是色影斑斓。

远方挺拔的霓灯彩厦和着由海上飘来的水汽把半边天空都渲成了雾中粉红，而脚下那如川奔流的长虹车影从高处望了去，又何尝不就是一条条盘旋而淌的黄金之河。

从北京的严冬腊月一下子转到了香港的温润南国，成金龙伫立在酒店高层套房的大落地窗前，正细细地体味着这种实而于生命之中已期待了许久的甜美感受。他安然凝视着眼前的美景，其中也包括了不远处一栋像是一只倒立的梯形体一样的屋顶方方平平的大建筑物。那就是红磡体育馆，这座城市传奇的精神象征，也便是那个美国人口中所言的那处我们即将就要去面对着一万二千名观众的地方。

这一年成金龙已逾不惑了，像他这个岁数的男人，生命中似乎已不再会经常蹦出什么全新的、不切实际的梦想与奢望了。对于他们而言，幸福，其实就是来自于在某一个并不耀眼的既特殊又平常的晚上，会蓦然惊觉到，自己于少时立志要在一两年里完成的一件事，至今天，终于是在那无情的金梭银梭已织就了二十年的光阴帛卷之后，做到了。

“你们听见刚才会上那个女记者管咱们叫‘中国队’了吗？”成金龙回过头，向房间里的陈光荣与何耀强问道。

不论是“中国之队”，还是“中国明星队”，亦或者再是什么其他的叫法，只要在你的名字当中含有了“中国”这两个字，那么，你所代表的就是一个国家！

雨心和隋清上街去购物了，建秋独自在健身房里加练着力量，现在，凑进了一间套房里的三个大男人正在集体享受着由他们的共同爱好所带来的满足与惬意。

“是啊，我听见了……我还听见人家说，中国队的教练员们也都是最顶级的呢。”陈光荣捧近了茗盏，微闭双目嗅着茶香，淡淡地应了一句。

“没错……是这么回事。”何耀强也笑了……

好吧，相信所有认真地读过了故事的人们都不会反对，主角们此时拥有的好心情都是他们所理应得到的。生活就是一个这么爱开玩笑的家伙，它有时会用上好几年甚至是半辈子来把你囚禁在一种会让你误以为自己本该就这么活着的固态当中。而然后，又是会在全不经意间再为你送来一位乍看上去并不怎么讨喜，但却足以带领着你走出这种固态的引路之人，且还会以此来尽情地调笑娱乐着你是否能够把握住机会去跟着他走的选择偶然性，以及这番出走到底是祸是福的长远未知性。

这天深夜，成金龙独自坐在卫生间里时便也是想到了这个问题。同时他还想到，这次比赛的筹备从开始到现在一切都显得太过一帆风顺了，而在接下来的时间里如果不产生出一些意外的波折和麻烦似乎才是不太正常的。

乐观的革新主义者与悲观的保守主义者都是会给我们的成长历程带来莫大帮助的人，陈光荣当然就属于前者，而成金龙恰恰便是后者。

成指导所担心的其实一点也没有错，正如其所料，总是爱开玩笑的那个家伙照例是一定会趁着这种关键的时刻再搞出些令人绝难意想得到的戏剧性变化，来为大家调剂一下情绪、增设一点悬念的。而也就是在他正不断胡乱思想着的这一分钟里面，与此相隔万里的美国德克萨斯州休斯敦市郊，一次小小的意外已经是悄然地发生了。而这次小小的意外对于我们的整个故事而言，意义却是无比巨大的。

因为也正是由于如此，这部伟大的传奇之中那一篇最为绚丽辉煌的宏伟华章，才算是真正地被拉开了序幕！

此刻，距“红馆合战”开场还剩下91小时……

见面会次日的上午，成金龙与何耀强带着三名队员前往了红磡体育馆的副馆去进行赛前的适应性训练，而就在练习即将结束的时候，陈光荣的电话打了过来。

“老成，出了个不太好办的事儿……”

这件事情的经过说出来有点让人哭笑不得。目前这个世界上最为优秀的女子自由搏击运动员、四届 WAFC（美国女子自由搏击锦标赛）年终总冠军得主、“女条顿骑士”卡洛琳·琼斯，于（当地时间）昨天中午在自家的别墅客厅里踩着高脚椅去装饰圣诞树顶的时候，被意图恶作剧的小外甥女一把推倒，整个人直接栽进了茂盛的树冠里面，眼睛被锋利的松树针叶给划伤了。送医后经诊断起码要蔽目休养两周左右。

显然，美国方面对于这次蹊跷“事故”的突然发生也是始料未及的，他们非常重视也很紧张，在当地时间的晚上确诊意见刚一出来后就马上通知了远在香港的陈光荣，并且旋即便着手与之商议起了应急的解决方案。要知道，美国队在计划中原定的集合出发时间就是在过完了圣诞节之后的 25 日夜里。

取消参赛是不可能的了，为今之计也只有是在 24 个小时以内找到可以替代的人选，而这也正是陈光荣所言的“不好办”之处。对于美国女子自由搏击界中那些大牌的职业选手和她们的经纪人来说，这可不像是到隔壁州的熟悉环境里去临时救一下场，直飞到远东去进行往返要耗费好几天时间的国际比赛，就算是有空闲档期且身体状态正好，他们也都还要好好地掂量掂量这笔买卖到底划不划得来。更何况，现在还刚好是处在了圣诞及新年假期的中间，而美国人可向来都是不太喜欢加班的。

照此看来，似乎也只剩下一条路可走了，迫不得已地起用新人吧。

香港时间 26 日凌晨，何耀强焦急地从酒店的商务中心里取回了几页新到的传真，然后飞步赶回楼上推开了陈光荣的房门，而早已等在了屋中的陈、成二人见状则是马上起身，异常关切地同声问道：“怎么样！”“什么情况？”

“二十三岁，战绩两胜一负，叫……”何耀强又低头仔细看了看手中的材料，对这个英文名字的恰当译法略加思索了一下。“……费奥娜·G·哈德森！”……

27 日午后，香港赤鱲角国际机场。

刚刚着陆的航班还在徐徐滑行，头等舱里，费奥娜·哈德森小心翼翼地抬起了飞机舷窗上的遮阳板，让一束新奇而友好的日光窜了进来，映在了自己那满是雀斑而又睡眼惺忪的脸上。这是她所接触到的来自大洋彼岸的第一样东西。

女孩有些拘谨，也有点害羞，举手投足间总是先要去看看随行工作人员们的反应，并以此来确定自己的所为是否得体。两天前的一大清早，晨跑回来的费奥娜收到了教练的电话留言，随即便风风火火地赶到了镇上的老拳击馆，而一个小时后，出现在她面前的是一群来自于大城市里的中年人和一大摞需要连签上几十次名字的庞杂文件。从那一刻起，这种听人提点、顾人脸色的隐蔽注意就已是逐渐在她的身上很自然地生成了。

也好理解，毕竟，费奥娜·哈德森还只是一个总共才参加过三场职业自由搏击正式比赛的，由内华达州乡下偏远荒僻的畜牧农场中走出来的无名小辈。

很多人都对费奥娜·吉赛尔（Giselle）·哈德森自七年级开始就经常跑到那个黑人“酒鬼”所开的拳击俱乐部里去“瞎胡闹”而感到相当地头痛。要知道，这里不是布鲁克林，更不是好莱坞，女孩子去练拳击，开什么玩笑！更重要的是，那个老“酒鬼”都快七十岁的人了，肮脏邋遢，满口里没有一粒好牙，整日间都喝得酩酊大醉。在当地的人们看来，他所经营的那间小破屋，至多也就只能是为一些没得大学可上的举止粗鲁的黑孩子们，提供一下去拉斯维加斯的赌场里任职低等保安之前的初级培训。

几乎没有人知道，“酒鬼”曾经在整整四十年以前指导过少年时期的卡修斯·克莱（Cassius Clay）。但是费奥娜除外，因为某一次，醉醺醺的老黑人为愿意陪着他说话的白人小女孩翻出了一本很多页面都已经粘在了一起的老相册，虽然这个并不很爱去刨根问底的姑娘直到了好久之后才在偶然间弄明白，卡修斯·克莱究竟是谁。而在费奥娜成名了以后，也有很多人都想要去再打扰这位作为她启蒙教练的隐居老人家，但是他们却已是很难再能找到机会了，因为“酒鬼”那时早已然极尽逍遥地躺在了一家永远没有人会说出名字的养老院的吊床上，抱着他的威士忌酒瓶悠然地晒太阳去了。

进入到大学以后，费奥娜在拳击领域中打出了些名堂，取得了几个业余比赛的冠军，也吸引到了不少大牌教练和职业经纪人的注目。但是，这些人最终却都没能帮助女孩去打开她期望之中的那扇大门。缺乏绝对能量、不具备黑人少女那样超强的肌肉爆发力，这样的先天遗憾成为了在身为权威人士的他们眼中看低了这名年轻女拳击手的职业前程的一票否决式的主要原因。即便是，她可以轻松熟练地做出极为罕见的、令人眼花缭乱的闪躲与不可思议的、角度刁钻怪异的出拳。

大学毕业之后，是前往繁华的大都市，像所有的同龄青年人那样几个人合租下一套拥挤的老式公寓并就此开始自己的求职谋生之路，还是回去埃尔科，回到距离镇子还要有半个小时车程的小农场，去继续与“酒鬼”和“艾玛”作伴。面对着这个看似复杂的问题，费奥娜没有经过什么犹豫，选择了后者。

女孩爱拳击，也爱运动，但是她更爱那些原本就属于自己的生活，而那些生活也一直都在默默地等着她回去……

“艾玛”和小主人一起长大了，也已经做了妈妈，现在的它肌肉丰润而硬硕，雪白的鬃毛就像蚕丝一样柔滑，成为了一匹人见人爱的健美骏马。费奥娜每天会帮忙父母和哥哥嫂子来打理自家农庄，同时隔天一次地去到“酒鬼”的拳馆保持着日常训练，而剩下的时间便全部都会用来与自己这位最好的朋友待在一起了。

锋利的碎石在掌铁下飞迸，漫舞的烟尘追不及奋进的蹄声，雄伟的内华达山麓啊，你终将无法阻止费奥娜·哈德森与她的坐骑攀上你那高傲的脊梁。于黑暗中大胆地疾行、勇敢地向上，无惧无悔、绝不回头，只为了去追逐上现自东方的一丝微白，这一切曾经是在儿时的梦中，也就像是在儿时的梦中。翻越过最后的一道险阻，在黎明的曙光到来之前一秒昂首跨上那连通了天际的顶峰，去呼啸地迎接着朝阳的洗礼，并让此初升的红日金辉把纯净的自己绘进这一幅永恒的梦之画作当中……

这，就是费奥娜·哈德森一生真正的所爱。正如她总是喜欢甩开缰绳，放身体去肆意地飞翔一样，那会是一种自由，一种可以极致的无拘无束地只活给自己的自由。

虽然费奥娜坚信，人生中的任一次喜怒与哀乐和比赛里的每一场成功及失败，莫不都是当只有存在于了这种自由之中的时候才会拥有着它们本来该有的意义。可是女孩也很清楚，身为一个凡人，总有一天她的躯体将必定会失去很多很多，而或许，就也会包括了这样无上宝贵的东西。但是她发誓，在未来的有生之年里，永远、永远都不会去背叛自己那颗怀揣着即便是登上了凌瞰苍穹之巅也依然还会只去作为真我而活着的不变梦想的无限自由之心。

就这样，回到了家乡之后的费奥娜便在自己的纯美世界里过上了如此简单而又闲静的田园生活。并直至了某一个普通的上午，“酒鬼”忽然推开了一扇门，对她说道：“还记得你那个师兄‘钢镚儿’维森吗？他现在就在维加斯，正跟着一个南方佬在搞那种……不光是能用拳打，还可以去踢和摔的……职业女子摔角比赛……”

我们敬爱的老教练啊，那哪里是什么职业摔角，明明就是自由搏击嘛！

事情随后的发展我们就完全可以想见了。女孩去拉斯维加斯找到了“钢镚儿”，她愿意一试。而在并不费力地击败了两名同样是初出茅庐的新手之后，费奥娜很幸运地在自己自由搏击职业生涯的第三场比赛中就获得了与大明星卡洛琳·琼斯交手的机会。

没有人认为费奥娜能赢，而事实上她也确实输了，但是输得并不难看。并且，在这场比赛结束之后，包括她自己在内的很多人还似乎都很惊奇地发现了一件事，那便是这位从来也没有人认识过的几乎已经放弃了要去成为一名职业运动员的规划了的前业余女子拳击选手，竟然是富有着适合从事自由搏击这项运动的如此天才的极为特殊的潜力。就连她的对手琼斯在赛后也忍不住向自己的教练提道：那个家伙的身体，很奇怪！

可能就是从“钢镚儿”把这场比赛的录像带寄给了那些真正实力雄厚的赛事推广人们之后开始吧，费奥娜·哈德森这个崭新的名字迅速地进入了这个圈子里面最有权势者的监控视线当中。而也正是有赖于此，并未雇佣经纪人的女孩才会突然接到了今时这份紧急征调其替补出赛中国香港的优厚短合同……

27 日 20:00，距离“红馆合战”开场还有 24 小时！

香格里拉酒店，称重仪式的现场。

经过了跨越半球的长途飞行后只在下午抽空休息了一个小时的费奥娜，现在还正处于了被时差折磨初期的症状最为明显的阶段，太多无奈的困倦难以掩饰地挂在了女运动员的脸上，这让她看起来比身边那两位在昨天就已经抵达了的临时队友精神要差多了。而在始终随行的美国队媒体公关主管的反复提醒之下，费奥娜也只好不断地去机械性地用力睁大着自己的眼睛，以保证她那副独具着其个人风格的本就是总会让人觉得有点松弛懒散的习惯化表情不至在疲累状态的消极影响之下会变得愈加的惹眼，而使得在场的中国人会再度加深了美方组织者一直都想要极力澄清的认为他们是故意怠慢了本次比赛的糟糕误会。

相比于来自泰国与巴西的知名选手，组委会同样冠给了费奥娜的明星头衔在包括了主持人在内的很多人眼中都显然是有些名不副实了。不过，美国女孩并没有留意到摄像机镜头的偏心，也全不会去在乎什么履历介绍词的长短，实际上，不管是过去、现在还是将来，费奥娜·哈德森这个人都从来没有把自己的半分精力投入过在这些浮华的东西上面。

按照职业自由搏击赛事不成文的规矩，交战的双方是不会在赛前称重这个纯技术性的场合中发生碰面的，即使本次比赛将这一环节包装得也是足够地出彩。

半小时后，外国明星联队率先进行完了今天仪式的所有程序。

共同的退场中，美国队走在了最后，就在他们即将要跨出这个房间的时候，会议厅另一侧的入口处，一阵用来去迎接东道主选手们出现的热烈欢呼之声吸引着费奥娜扭回了头去。而这，也让她获得了一个预期之外的与一名来自中国的对手目光相交的机会。

走在了中国队最前面的那个人是张雨心。

她们两人的这一瞥很短暂，距离也隔得很远。

可能又正是应了我们以前就聊起过的，关于人们在记忆中与某个对自己生命而言极为重要的人于初次见面之时的那份感觉到底是否还能保持着真实的一概怀疑吧。

或许，在现实中的这一天、这一秒里，张雨心与费奥娜·哈德森对存在于遥杂的纷乱视野之中的那名完全陌生的异国女人的原始印象其实全都是空白而又模糊的。但是，她们却就是情愿一辈子都去把这一刻的不灭回忆给恒久地沉浸在了，那一部只是为了她们自己而编织出来的如梦境中般的“一生一战”的神奇故事里面……

这一瞥……无需一动，无需一言，“心”自凝眉，天人……若轻……

称重完毕，对阵分组定案出炉！

第一场：Wanqcakll Sirmulit（旺恰克·诗梅丽，泰国）VS. 隋清（中国）

第二场：Fabiana Rosa（法比亚娜·罗萨，巴西）VS. 丁建秋（中国）

第三场：Fiona Hudson（费奥娜·哈德森，美国）VS. 张雨心（中国）

拿到了这份捉对表，成金龙心想：没准儿……我们能赢！

28 日的凌晨四点，中国队的教练三人组仍然还在酒店的房间里召开着最后的临战准备会议，分析对手、研究战术、制定方案、推敲细节，每一位尽责的男人都在倾力挥展着自己的生平所学。毫无疑问，这些人渴望着胜利，而且他们也都深知，中国自由搏击运动之于世界强林，立足一席，在此一役！

按照目前的研判，在三位敌手中既然卡洛琳·琼斯未到，那么旺恰克·诗梅丽就应该是最强的了，而恰好，她的对手隋清则是中方阵容中相对最弱的一个。这看似或是一盘甚为理想的“田忌赛马”之局，按道理，只要丁建秋正常发挥拿下了法比亚娜，那么张雨心以其中国女搏第一人的绝对强势、四年多来未尝败绩之不破金身，又还能有什么理由会折于美国队那名临阵充数的小卒新兵！

如此一来，正是三战两胜，佳绩可期！

在定下了这个最终的合理可及的目标之后，陈光荣一口饮尽了杯中的茶水，然后合上了笔记本电脑，松扭着酸硬了一整夜的腰肩，站了起来。

接下来他们所要去做的就只剩下等待了。

去等待着那缓慢的时间，走过这最后的十几个小时……

2004 年 12 月 28 日，晚八点。中国，香港，红磡体育馆。

华彩飞熠，车马如洪，举城共襄，万人盛况！

那真的是一万两千名观众！

这定然是令任何一个人都无法抗拒的激动，来自于北京什刹海的体育人们于恍然间惊讶地发现，他们竟已是真真切切地置身在了这些无比地慷慨好客、只为了支持着心目中所期盼着的国人英雄而竞相蜂拥而至的一万两千多名观众们，以热情的火焰和希望的温度所燃点而成的波澜壮阔的大场面之中！

生命中再没有什么更重的价值可以与之媲美，看台上那翻滚的人潮与驿动的流光正壮美地凝聚成了与梦中一模一样的场景。人们在欢呼、在呐喊、在嘶啸，在大声地告诉着骄傲的我们，代表着己方的标志已第一次的不再仅仅是“北京”这两个字，而是那面如血液般赤诚鲜艳的、在头顶上高高飘扬着的五星红旗！

2004年香港中外女子自由搏击明星对抗赛，巨篇开场！

这三局比赛名垂后世，在欧美国家中称之是为“Battle HK”（香港之战），而在华人社会的搏击世界里，众所共知，史记……

“红馆合战”！

……

女人，如果想让肌体坚硬，在经过了最为极限的锻炼后，至强可以达到什么样的程度？在理论上，既然有丁建秋这样的人存在，那么，更胜于丁建秋的人也就同样是有可能存在的了。作为一名惯于去理性科学地思考问题的自由搏击运动员，隋清肯定也是会认同上述这个观点的，只不过，她确实是没有想到，自己竟然又一次地不幸成为了被选中要去对这件事情来予以验证的那位可怜的配角。

我们真该对隋清去表示一下同情了，在整部故事中，她永远都是被安排要去面对那些能力超强、根本就不可能被战胜的对手，尤其是在很多场的重头戏里面。

旺恰克·诗梅丽，泰国的“真·美丽拳王”（Real Beautiful Boxer）！

五岁起练习泰拳，十三岁获得了第一个成年组比赛冠军，未满十四岁即转入为职业，自从站上了自家村子里的那块简陋的草棚土台的第一天开始，一路向前、喋血拼杀，直到十年以后，击败了所有妄敢不臣的环伺之敌，捧起了宣告天下一人的纯金腰带。而在又进行了长达数年的绝对霸权的独裁统治之后，由于在女子泰拳的领土上再也没有对手可寻，诗梅丽还曾一度考虑过要去参加男子的比赛，但是在经过了一系列更为长远的发展谋划后，她终于还是选择大举攻入了自由搏击的国界。

几年来，诗梅丽孤诣求进、奋勉图强，在中国的这群年轻的姑娘们崭露出头角之前，她一直都是亚洲女子自由搏击运动中被公认的领军式人物。而这也不光是仅赖于她自身高超的竞技水平，同时亦更是依仗了其运营团队所秉持之理念的高度职业化与超前先进性。

就是这样一位牢牢占据着现有权利格局当中位于塔尖之上的顶层尊贵地位，且也早已无需再去为自己证明些什么了的超一流高手，她，又将是会以一种什么样的姿态来迎接和面对今天这些已然是无可回避了的新来者们呢？

像金刚石一样的拳！

这是隋清的肢体自从事散打搏击运动以来所感触到过的最强攻击硬度，没有之一。可以毫不夸张地说，确是在丁建秋之上！

2004 年 12 月 28 日晚，“红馆合战”中的第一场比赛，首节开始了还不过二三十秒钟的时间，明智的中方选手隋清就已然心中自知了，她面前的这位强横对手的超绝实力要高于自己至少在两个级别以上！

进上两步，诗梅丽射出了组合前手拳击，四五记直刺皆是迅急狠准、如魅影闪错般混若一体，信手间就已是把隋清的上臂防御轰打得散乱不堪。而不待被攻者回神，泰式经典无隙连接的中高鞭腿又迎风飞起，横扫之下，直撼得中国姑娘是欲倒似摇、守势全崩。

既现出了这等凶险，便切不能再给攻者留下可继续去施用击打技术的空间，于是步伐已错的隋清咬牙强一纵身，转而反向朝对方拥了过去。她此刻也只能是甘冒着被就地擒摔的风险去无奈地做出软弱消极的贴抱式防守了。

倘是放在了寻常的对手，被贴身后若没有更好的突破口可抓，多半就会是象征性地从侧面再敲上几拳后便去等着裁判喊出分开的口令也就罢了。可这诗梅丽却是先佯一泄力，松了对手的警惕，而后忽又一把猛推，正逮住了这敌我分离半臂远近之机，赫然便又是发出了她那最为得意的、足以去把一切都给砸得粉碎的近体肘击……

以上的实况就是隋清在这场丝毫也看不到出路的比赛当中所正在面临着的无解之困！无论是任何人都好，有谁能在此刻来告诉她……

该怎么办！

无法闪避！诗梅丽的脚步移动矫健敏捷，拳腿击发弹速极快，准确性也属在上乘，以隋清的运动能力想要单纯依靠着连续的躲闪来达成防守目的是完全没有可能的。

无法格挡！隋清的手臂和腰腿体表上所有用以接挡过诗梅丽打击的部位现时全都是在像针刺一样地剧痛着，而这才仅是区区两三个回合下来之后的初步反应，若是再多扛上个一半节，就算是筋骨不断，她的皮肉也必是会因遭到了已严重超出了可承受限度的外力作用而产生出大面积的麻木痉挛与抽搐失控。

无法贴抱！贴抱防守在拳击等不含有摔法的搏击项目中似乎还算是个相对有效的防御手段，但在散打或是自由搏击运动里，由于擒摔技术的普遍应用，被动方为了缓解所承遭到的击打压力而受迫性地转入进与对手的粘身缠斗之中，这本来就是极为危险的最后下策，更何况，在诗梅丽那娴熟掌握着的泰拳技法库中，还正好是有着近体膝肘击这样一套非常适用于反击此类讨嫌伎俩的超凶悍招数。

无法对攻！这一选项……就没有什么再去讨论的必要了吧！

该怎么办？毫无办法！

这就如同是那种比之死亡本身还要更加致人痛苦的高明酷刑。

隋清在一开始时的体会像是被死死地钉在了十字架上，而脚下的赤热烈火正在熊熊上延，被焚烧者不论进行怎样的猛力挣扎都是半分也动弹不得，唯一能去做的就是亲眼看着自己的每一寸躯体都被慢慢地化作了灰烬。

可过了一会儿，隋清又觉得自己也许更像是被人塞进了一只正在不断地灌进了水去的玻璃瓶子。那瓶壁透明而坚固，你与外面的人能够贴得很近地看到彼此，而你也完全可以去敲打、去呼喊、去做出任何你想要做出的事。但是，你最终却依然是什么也改变不了。瓶口很小，囚徒永远也无法逃出，他在生命之中会短暂留下的最后感知已注定就是被冰冷的液体所缓缓漫过了口鼻的濒死绝望。

的确，这后一种的形容所比，隋清感觉更为贴切。

隋清有时会很羡慕身边的队友张欢迎，因为那名憨憨的姑娘对于“实在是想不出办法来了”这件事情有着超乎于常人的自我包容力。大迎儿曾经不止一次地对她说过：“要真是实在没有办法了……那就算了呗，反正算了也就是我能够想得出来的最好的办法了……”无可否认，这份心态也未尝就不是一种处世为人的朴素智慧，但只不过，那却并不会是出自于隋清在长大了以后为自己所选择并热爱着的生活方式。

由最先的无自觉为之，到后来的有意识追求，在整个貌似懒散的青春岁月里，隋清其实始终都在秉守着一个积极的人生信条，那就是“永不放弃思考”。

思考，是使人能得以不断进步并且有效解决（起码是部分有效解决）生活中所有棘手问题的最佳途径，而坚信着这一点的姑娘自顿悟出了此中精邃的那一天开始就也一直是这么去要求着自己的。当然，这其中也肯定还包括了为建立起足够支撑住这种高强度的思考所需的知识基础，而必须要去常年都在进行着的不懈的学习与阅读。

在隋清的体育运动生涯里，太多时候，她身边的人们似乎都只会去赞赏着某位选手在常年的埋头苦练中那异常坚忍的无保留付出，或是又在惊异着谁于一场负痛决斗里竟全然不顾性命的殊死杀搏，因为人们总是认为这就是一名优秀的运动员当受于毅力、顽强或是坚持这类褒奖之词时的标准资格，这就是关于何谓“意志品质”的最为正确与恰当的诠释。

对于这些长期以来一直为大多数人所都抱有着的主流观念，我们倒也并非一定想要去颠覆点什么，只是，当大家在一次次地看到隋清或是那些与隋清有着相似风格的运动员们在陷入了艰难、险阻与困境之中，在站到了极度纷杂的费解局面和几无希望的最后关头之前，在处于了不得不去承负与克服着紧张、急躁和低落等全部的心理压力及不利干扰的情况之下，等这些所有的都足够使人心安理得地去做出放弃的决定的那个时刻，依然在思考，依然还在坚韧地思考着那哪怕是只有万分之一的可以创造出奇迹的可能性，那么，相信每一个人就都会发自心底地认同，这，同样也是一种毅力、顽强与坚持，这，同样也是最值得我们去加以赞美和褒扬的极为优良的“意志品质”的完美体现。

这，也同样就是那真正的体育精神的本质之性所展现在了人类面前的有形之象，它能够给人们所带来的启迪和裨益已经远远地超越出了体育运动自身的有限范畴，而终将会是深根至于社会生活之中的任一刹分秒与每一寸毫厘。

永远不要放弃思考。

令人高兴的是，愈来愈多的愿意去更加客观地看待事物发展规律的有识之士们已然认可了这一句话的意义，以及信守着这番意义的人。而这其中也就包括了以成金龙为首的北京什刹海女子自由搏击俱乐部的教练员和管理者们。

我们都已经知道，传统散打项目在向自由搏击运动转变之后，比赛规则的开放度与灵活性都得到了极大的提升，而运动员们在组合运用技战术之时的可自由施展空间就因此也都变得开阔了很多。这些竞赛环境的变化显然都是倾向有利于综合技能相对均衡全面且战术谋略也更见独到用心的智慧型选手的。而在这一时期中，于整个中国乃至世界的女子自由搏击一流运动员里面，智慧型选手的最佳代表人物就是隋清。

近几年来，隋清的个人技战术体系日臻成熟完善了，临场随机决断和创造把握机会的能力也都在突飞猛进着。这些可喜的进步首先是建立在了她不逊于任何人的基本功底之上，而同时，也不啻是为其所特有着的以优先注重实用效率和长远发展来作为最高准则的“选择性刻苦”这项全新的多样化概念，验证了一定的科学合理性。

来听听陈光荣在细致研究了隋清这一特殊的个案之后所发出的油然感慨吧！

“如果把咱们的这些队员们都去看作是由很多块长短不一的木板所圈成的水桶的话，隋清这一只桶里所能够盛入的水量实际上并不见得就会比雨心或是建秋的那只要少。没有弱项其实就是她最大的强项，而且，到了该把水放出来用的时候，隋清那只桶的龙头还是带有着智能调节功能的，同样多的总蓄水量，她却总是可以干成比别人更多的事儿。”

也许在日常的训练当中，类似于“木桶理论”这样的并无法直观量化出来的内在优势所表现得还并不是十分的明显，可一旦站上了公平的赛场，成绩往往就会说明一切了。尤其是在已被发现了那惊人的稳定性和时不时以弱胜强的好运气总是会不断地交替出现在这个家伙的身上以后。想来，这肯定也就是隋清得以最终力压了张欢迎，坐稳了北京女子自由搏击队的第三把交椅，并进而获得了本次前来香港出赛的紧俏机会的最根本原因了吧。

回到这场比赛。

大战之前，教练员们为后两组对局分别制定出了详尽的作战计划并各自模拟好了不下于十几种变化的临敌应对之策，在出阵前夜的那次最后的准备会上，成金龙对雨心和建秋仍旧还是在千叮咛万嘱咐着，并且无休止地考问着她们有关于每一个战术事项的细枝微节。但是对隋清，男人们的态度却是异常的宽宏洒脱，不仅没有设下既定任务，何耀强甚至还说笑如常地拍着姑娘的肩膀，轻松地对其开慰提点道：“正常发挥，顺势而为。”

隋清当时心想，如此为她减压的原因或许有着两种可能。第一种，是教练们充分信任她的自主战术执行力，觉得最好的办法就是让队员自己去放开手脚、相机行事。第二种，则有些悲观，大概就是他们真的不愿把本就有限的精力去无益地耗费给一场胜算极为渺茫的比赛，认为即使是在理论上做好了再万全的准备但于现实中也同样还是绝难会有取胜的机会，所以，还不如干脆就让运动员去彻底地放下包袱、轻装上阵的好。

不过现在，就在诗梅丽的肘击即将便要触到了自己脸颊的现在，隋清似乎又发现了这件事情的第三种可能，而且，还是最大的一种可能。

那就是，这些号称都是最顶级的自由搏击教练员们即便是已经尽出了最大的努力去冥思苦想，也依然还是完全找不到会让隋清能有几率去击败诗梅丽的一丁点办法！

哪怕只是在理论上的。

擂台边上用于电视转播收音的麦克风清晰地捕捉到了“嘭”的一声闷响。诗梅丽右臂肘关节上最为突出而尖锐的骨峰处在毫无格挡的状态之下打中了隋清的腮帮！

被袭击者只感觉在一个黑漆漆的瞬间之后，原本处于头顶与脚下的世界竟是莫名其妙地颠倒了过来。因为，当黑暗散去，她眼前所能看见的便只剩下地板了。

隋清有过这样的体验，她知道自己已经被击倒了，而耳边所传来的现场观众们的惊乱嘈杂声也在明确地提醒着她这一点。但也正由于此，中国选手也随即便确认了自身的意识还尚未丧失，而那也就说明了现在还绝没有落到该去认输的地步！

伏地躬腰，双臂在身下环抱，五指紧扣肘弯去防止被对方擒拿，同时两腿内收，脚腕相互勾连以起到相同的作用。隋清在做着最后的抵抗，她完成了被动方倒地之后可防备对手乘势施展寝技而致快速降服制胜的蜷缩式防守。

按照陈光荣在赛前就规则制定问题与参赛外方多边协商的结果，在当前这种情况下，诗梅丽将不能向隋清暴露在上的后脑与脊背等任何身体部位再去施以击打技法，而是只可以采用同样限定为了地面化的关节技或绞技，来对倒地者进行以（向裁判告知性）降服为唯一目的的“可控性有限进攻”。同时，如果这种进攻手段在一定时间之内未能产生出明显效果，则场上裁判有权叫停比赛并对被动一方开始强制读秒。而那样的话，主动方将会失去本次快速“KO”或是降服取胜的机会，但在（节）点数的统计上还是能够录得应有的优势的。这些实验性质的条款，实际上就是在三年以后成型的国际女子自由搏击赛事暂行统一规则当中关于“有条件击倒续攻”及“寝攻无效叫停”原则的早期雏形。

穷途末路的隋清在等待着最后的挣扎，但是，已经可以随心左右敌人生死了的诗梅丽在此时却是做出了一个让大多数人都有点意外的举动。机会大好者向裁判打出了个手势，放弃了寝技进攻，并要求其直接开始对隋清的读秒。裁判同意了。

这是为什么？诗梅丽自信这记肘击已然可以确保胜利了吗？但从隋清还有余力去完成蜷缩防守这一点上就能很明显地看出并不是这样啊！难道，“美丽拳王”是不屑于去使用地板技吗，还是，她是在有意地表现出对于中国选手的轻视！

在裁判从一数到六的过程之中，隋清一直在思考着这些奇怪的问题，诗梅丽如此不合常理的做法会是什么值得自己去加以分析的线索吗？当数到七，她翻坐过来靠到了围绳的边上，但却并没有立刻示意起身，而是接着又在地面上滞留了一小会儿。看得出来，即便是那仅剩下的短暂的两秒钟，也都已经成为了这位命悬一线的并未丢弃希望者可赖以去尽量延长喘息与思虑时间的最为宝贵的资源。

读秒到九时，在全场的掌声鼓励之下，隋清站了起来。

确认到被击倒方还可以再战，裁判员发出了指令，双方继续！

但是接下来所发生的情况和之前的也没有什么两样，那些着实令人求生不得的硬拳重腿再度向着可悲的被碾压者猛烈地袭来。

隋清又是用小臂生生接下了诗梅丽的数记硬攻，而在这之后，中国人的血肉城墙也就终于如是在预料之中的那样彻底地坍塌了。防御者完全无法控制住自己那双失去了知觉的臂膀了，它们就像是死了一样再也无力被主人抬起。而丧失了这唯一的脆弱屏障后，已经被瞄准器照上了眉心的遭猎捕者也就只能是去继续采取那套聊胜于无的贴抱防守了。

不过，这一次……

诗梅丽的双臂没有像是前几回那样伏于胸前以待推开对手之时去发出连接肘击，而是以一个环腰的动作就势也抱住了贴近的隋清，并随即合腕运力，腹部上挺……

隋清顿时洞察到了敌人的意图，泰国人想要施展的是翻腰倒折摔！

但是显然，诗梅丽的技法启动体位并没有落到最佳，因为就在前一刻双方的身体贴合上之时，隋清的姿势中是带着摔法防守的。现在，中国运动员以左肘顶住了对方的臂腕，而右侧腋下也对攻方的肩胛一路始终保持着牵制钳夹之势，这让诗梅丽的抱摔企图几乎完全落空了，她难以正常的发力，连续几下尝试之后，隋清的脚尖都并未离地。

于是泰拳女王迅速变招，左臂一个假勾拳兜头，制住了隋清的脖颈，而自己纵上一跃，右腿膝盖凶猛弹起，支取向了敌方下颌！

“嘭！”又是一个正中！

遍体鳞伤的隋清第二次被击倒了！

对于节节败退者而言，这就像是一次在生理及心理上的双重临界测试。安排了这一切的上帝似乎很想知道，人类依靠着自主的意志力在痛苦与解脱之间去进行抉择之时，还仍然可以保持住信仰与理性的耐受力的底线究竟会是在哪里。

坦白地说，隋清早就已经做好了在任一个下一秒便迎来全线崩溃的心理准备，而那无疑也将会是一场不带有任何遗憾的甘拜下风了。但是，只要这个会让所有的意义都在瞬时之间结束的那一秒还没有到来，永不放弃思考的女孩就也决然不会丢失掉，去摸索到那束隐藏在了逻辑结构深处的可以用来一举改变命运的珍奇四叶草的必然存在的最后希望。

如出一辙，隋清蜷缩防守，而诗梅丽仍旧没有施出寝技，裁判再次开始了读秒。

场内观众们焦躁难安的浮乱由此开始变得明显了，甚至，不时间零星的口哨嘘声也令人尴尬地被收入进了电视直播当中。这当然也是很好理解的人之常情，从来没有人会对本国同胞这样子的表现感到满意。

不过隋清倒是并没有受到这种充满了压迫力的外部氛围的太多影响，因为此刻在她的脑子里面所剧烈翻腾着的完全就是另一个世界。

躺在地上的女孩正在反复地告诉着自己：没有错，就是这条线！在那些怎么想都应该不是偶然巧合的微微的不对劲里面……一定有文章！

为什么，诗梅丽总是不出寝技？为什么，她的抱摔可以被我防住？为什么，这记膝撞的力量并没有我想象中的理应该有的那么大！隋清感到处在了茫茫黑暗之中的她，手指好像已经拂到了那条若有若无的秘线之丝，但是自己能不能真的就此将其抓住并一口气扯开所有的谜结，再进而从中去找到那深藏于内的隐秘答案呢！

思考者现在最为需要的是时间！

“Eight（八）！”

隋清向面前的裁判员举拳示意，确认自己没有问题，可以重新投入战斗。同时，她也趁着这个档口瞄了一眼立在台边技术席上的赛场计时钟，现在距离第一节比赛结束还有四十七秒，和自己估计的差不多。

如果可以坐回到板凳上，含进一口水，眯起眼睛，然后好好地沉沉心，把所有的过程与细节都再冷静地梳理一遍的话……参照过往的类似经验，隋清感觉以现在的思维直觉所已经给予出了的方向暗示，去真的寻找到那个看似绝不存在的让自己能够有机会去击败诗梅丽的办法，也并非就是全无可能。

隋清知道接下来该怎么去做了。首先就是熬过这四十七秒！

若是说到以合理利用规则的手法去拖延比赛时间，当今全世界上的第一高手恐怕就是隋清了，不过，在今天的这种场合，她估计不会再去施展出那招自己早已尘封了多年的得意绝技了。毕竟，作为一名代表着祖国出战的运动员，维护住国家形象与精神尊严的原则还是永远会比那些简单纯粹的赛场胜负要更为重要的，尤其还是前几天又在所有人的面前高调演讲了一番之后。况且，隋清此时还有着另一层隐隐的觉察，那就是诗梅丽似乎也并不急于要在首节剩余的时间里面就把自己给如此“老套”地“KO”掉。

隋清是何来这种感觉的呢，肯定是自有她的道理的，因为这个判断完全没有错！再次开始接触之后，诗梅丽果然放慢了原有的进攻节奏，而这也便给防守的一方留下了很多得以暂且偷安的闪避余地。至此，从开场直到现在，始终饱受着炮火蹂躏的中国姑娘终于可以依靠着相较轻松的移动与躲闪，在不受到皮肉之苦的状况之下去苟活上一阵子了。

不过，对于那些高高地端坐在了看台之上的观众们而言，这显然就更不是什么赏心悦目的赛事观感了，他们或许更加希望看到隋清能够尽快轰轰烈烈地去死。

有没有搞错！都被轻松打倒两回了，现在又一味示弱地躲来躲去着，成心在丢中国人的脸吗！还有那个泰国女人，是故意在让着我们呢吗，看不起人啊！是不是主办方怕上来两三下就惨败了场面太难看，所以提前告诉了她们别在第一回合就结束啊，我们花钱买了票就是来看这些东西的吗！

越来越多的在场观众表现出了烦乱不满之情，这一万两千人份的压力会有多重？眼看着身旁一位重要的中方嘉宾借口要上洗手间而离开了座位，处于主席台正中位置上的陈光荣也有些坐如针毡了，而在他身边的白崇龙则可以说是目若游魂、面如灰土。

这艰苦的四十七秒钟对于他们来说同样难捱……

“当！”终于，那一声在此刻显得无比悦耳的钟声脆响传来了。

不管怎么说总算是挺过来了。劫后余生的隋清负着一身的伤痛以尽可能快的速度坐回了本方台角的板凳上，如是之前所一直盼望着的那样，含进了一口水，然后把她那双像是狐狸一样的小眼睛眯成了一道缝。何耀强在耳边的开解劝慰：“隋清，不用勉强，只要已经尽力了就好……”和裁判长过来的忧心提醒：“中方选手，如果产生了任何的身体不适一定要在第一时间……”她一概都是充耳不闻。

中国最强的智慧型女子自由搏击选手，把她那颗毕生所求的智者之“心”全部都高度凝缩在了这个已注定是没有了退路的旦夕之间。一定要想出办法！一定能想出办法！世上没有人是完满无缺的，每一名运动员都必然会有着其自身难以弥补的弱点和能够被加以利用的漏洞，即使他们把它掩盖得再深！

所以，没有例外，绝对没有例外……找到它，我可以……我一定可以……

就当隋清在大脑中刮起了极速风暴的时候，她对面的诗梅丽却是异常愉快而又淡定地于己方的台角上与心情不佳的主场观众们展开了互动。只见那泰国人双掌合十，屈跪深躬，似祈似礼，环拜四方。她这是在自我陶醉还是安抚拳迷，抑或那压根就是一种由其经营团队所编排的为有助于市场推广而刻意做出的个人表演，就跟她在比赛开始之前带着那种好像是叫作“望功”的花环，和着音乐所跳过的一段好长的出战舞一样。

直瞅着这就上演在眼皮底下的魅力民族风情，正急需去专心致志的隋清也难免被微微地分了一下神：看来，在诗梅丽的身上，泰拳的烙印……

一点细末的火花忽然凌空划过，转瞬，竟如是硫磺与硝石被擦燃了一般，在“嘶嘶”的青烟之下化成了一团明亮焰光！

我想到了！没错，就是这么回事！

泰拳……自由搏击……寝技……摔法……手下留情……经纪团队……

所有这一切的关键结点与蛛丝马迹经过了至为严密的逐层推理和逆向串联，最终还是汇聚成了一道足够完整的情理链条，并且，也明朗地指向了那唯一的一个谜案之底！强大的旺恰克·诗梅丽，泰拳运动中的“真·美丽拳王”，在这个自由搏击的世界里面，你就真的再也无需去为自己证明些什么了吗？

我看未必！

泰拳是专属于（傣）泰民族的传统徒手搏斗术，因其招式之中带有着大量以膝撞及肘击为代表的殊为凌厉的硬骨关节类攻击技法，对敌时杀伤力极大，故一直以来在世界上都是以最为凶猛、强悍的实用型搏击术流派而著称。从作为现代体育运动的角度上来看，在国际上绝大多数的搏击流派为了适从其所衍生出的体育项目在民间广泛普及的需要和人们注重健康文明发展的新时代潮流，而都纷纷修订规则以降低了对抗实战性并严格控制了对选手身体的伤害烈度的大趋势下，泰拳比赛却是一如既往地保持住了它直白、痛快，甚至是有些残忍的原生态模样，并且也便因此而成为了一项充满着独特个性但也饱受到是非争议的，较之中国传统武术散打还要更为被边缘化了的纯商业竞技性的非奥搏击项目。

提出意见的人士认为，现行泰拳运动的训练及比赛方式对于人体过于严酷且缺乏行之有效的保护措施，这在极端的情况之下会与人们追求强身健体的体育初衷背道而驰，让此项目反变为了对那些刻苦修炼者们的自虐自残式的身体伤害。

平心而论，这样的担忧不是没有道理。

那么，既然如此，身为一位由修习传统泰拳起家而现今进入了以全球化的主流价值观念来作为德行衡量标准的自由搏击领域的知名武者，为了使自己能够获得那份崇高的、不仅仅是停留在比赛成绩范畴之内的更为伟大的成功，旺恰克·诗梅丽在她那些眼光宏大而又谋略深远的职业规划团队的全力包装之下，又应该是如何地去做呢？

事实上，并不为人所知的内幕实情是，在本次重要的“拓展之旅”开拔之前，诗梅丽就已经得到了其智囊团所提交给她的两条非常重要的建议。第一，是一定要尽量给现场和电视机前观赛的所有拳迷，特别是那些来自于中国的初次感受到了自由搏击这项运动之魅力的广大观众们留下一个深刻且美好的印象。而这不光是仅仅体现在技术实力层面上的，更主要的是在气质品德以及形采风貌上的，因为据称这个庞大的待开发市场之中的潜在受众们都非常的看重于这一方面。第二，则是要努力地去弱化泰拳选手那种凶狠残暴的固有形象，尽量展示出个人打法的丰富技术含量与多元化。要知道，只有这样才能够更好地证明自己已然是一位完全脱胎于了泰拳单一风格的综合全能的自由搏击名将。所以，不要轻易就去用简单暴虐的肘击膝撞来直接快速地“KO”掉对手，那样只会是适得其反，让中国人更为加深地认定你永远都是一只出身于泰拳地狱的嗜血恶魔。因此，最好的解决方案应该是在足够合适的时机之下，利用摔法或是关节技这类非泰拳传统技法体系内的俊帅花哨一点的技术动作，来“有分寸且令人眼前一亮”地终结这场比赛。

但是显然，以上这些过于抽象且难以把握的兼顾建议对于一名思维相对简朴单纯的搏击体育选手来说有点要求太高了。其所带来的负面作用就正像是诗梅丽已经表现了出来并也被机敏的敌人所捕获到了的异常状况那样，她在比赛之中有了些进退失据的不自然。

隋清真想狠狠地去拍一下自己的脑袋。她或许本该在已被揍得体无完肤之前就更早地洞悉到这些秘密的，比如在几天前的某个下午，读过了托尼·派克那篇全面介绍与深入评析诗梅丽及其团队的专栏文章之后。

不过，在最为困难的情况之下顽强地坚持着思考而终致有所斩获了的姑娘知道，现在掌握到了这组关键的情报也同样为时未晚。

按照这条思路去复盘的话，诗梅丽多次机会绝佳的肘击与膝撞都未能如其真实水平那般即刻一击打垮隋清的原因就都很好解释了。而她两次主动放弃了寝技进攻的理由则应该会有着两种可能性。一种是她不愿意在对手已经做好了蜷缩防守的情况之下去贸然暴露出自己关节技技术并不出众的短处（这一点从另一次的连接摔法失败中也可以得到佐证）。而另一种嘛，或许就是她由于心中所被迫担负着的本并不该属于一场体育比赛自身范畴之内的额外顾虑过多，而危险地陷入进了某种最为要命的对于该如何去选用技术、该何时去施出技术的基本决断行为的丧失了自信的犹豫！

是的，这样，一切就都可以说得通了！

从眼皮间仅存着的微小夹缝当中，隋清看到了也已是坐回了位置上的诗梅丽正在其身边美籍主教练的分解示范之下接受着释疑与意见。可以想见，泰方的教练团队应该也已经发现到了当前所存在的问题，现在应是结合了各方情势在为本方选手制定并讲解着于第二节比赛当中需要去注意及改善的战术要点。

而那会是什么样的呢？也许我可以猜到，也可能猜不到……总之赌一把吧，反正我也没有任何别的选择了。但愿，我预判到了诗梅丽还将继续追求采用她并不擅长且也没有必成信心的摔法或是关节技来结束战斗的这张先知之牌，足够大！

这将会是于最后一口气息间的决死博弈！泰国的“真·美丽拳王”，我们都已经见识到了你那如金刚石一般地绝对强硬，但是接下来，也该轮到你来领教一下来自中国的“小狐狸”这世人皆闻所未闻的阴狡诡计了！

第二节比赛，开始！

没有闲情逸致再去做过多的刺探与周旋了，必须在一上来的第一次接触当中就果断地抛出那个诱敌之饵。迷惑来得越是突然，就越会把面前这位被强迫做出决策者那犹疑失措的心理劣势给放得越大，特别是在她教练的所有提示指点都还没有机会被付诸实践并发挥出作用之前的，这个刚刚从节间休息转回到了比赛之中的初始阶段里。况且，隋清也很清楚，自己体内所残存着的尚可勉强支撑将此次计谋战术给实施出来的能量与斗志，也肯定不足以再维持到下一次重新站起来的时候了。

十秒钟之后见胜负！

这是……？中国人已经不再抱有抵抗的幻想，决定从此刻起便只去为了荣誉而战，所以想要在被彻底击垮之前能打中挽回面子的一两拳吗？看到了主动向自己逼近的隋清，诗梅丽倒也并不意外，因为曾有太多弱小的对手都在其至强的双拳之下祭出过这般自寻一死的诀别悲壮。因此，在习惯性地发起了又一轮猛攻的同时，泰拳王于暗中偷偷地笑了：要是这样一来，我的活儿可倒好干多了。

重拳，近身，推挡，挥肘！这一切的攻杀全都有心无心地避开了要害，而且看着那可怜的对手摇摇欲倒的危卵之态，诗梅丽甚至还颇为大度而仁慈地擅自把其本该发出的七成力道给降为了五成。这正是那种最为典型的猫捉老鼠的残酷游戏，强势者狡诈的所作所为就是为了把无知的被戏弄对象给安全地引诱到，她可以“有分寸且令人眼前一亮”地施展出那套漂亮的绝杀技法的高倍聚光灯下。

又是一记被寄予了厚望的肘击，横空抡出，力度刚好！诗梅丽顿时有了预感，这一下之后应该就是时机了。果然，和设计中的基本一致，隋清受招后架崩势乱、神昏力散，挂着对方的身侧歪斜着便向左边跄了出去，防御之线已是完破，然而脚下却依然还在强挣地虚碎踏动着，整个身躯也并未完全倒下。

这正是诗梅丽一直都在期待着的最佳效果，一具基本上丧失了近体防护能力却又没有彻底地摔倒昏迷，而是勉强还能站立着可以配合着其表演出 100% 成功率之摔法柔技的优质活体沙包。那么，在以恰恰好的击打技术铺垫过了之后，就请大家都来仔细地欣赏一下由亚洲自由搏击女王为您所诚意献上的……

飞身技·后螺旋十字固！

早年，陈光荣作为一名研究生在北京体育大学（1993 年前名为北京体育学院）进行苦读之时，每到了周三晚上都一定会去聆听的，就是由武术学院特聘教授江涧老师为同学们所带来的《中国传统散打项目之内在特点与国际搏击运动的发展潮流》

系列讲座。当时，江老关于搏斗术技能中“全科与通识”概念的独到学术观点，为年轻的搏击理论钻研者日后建立起自己的创新思想体系起到了如同醍醐灌顶一般的重要启明作用。

江涧认为，现代搏击运动跨流派大融合的趋势已经不可逆转，而在其进一步统合以后的实战当中，各种风格和类型的技法之间相生相克的循环效应也将会是更加的凸显与尖锐。所以，在未来真正可以统治整个地球的最强搏击运动，一定会是一门能够把拳腿击、膝肘击、擒抱摔、（立寝）关节技及绞技等所有人类徒手搏斗中的主要技巧，全部都最为平衡与完美地结合在一起的“通识全科之武术”。

依照江涧的看法，中国的武术散打是在当前世界上所有具备了一定规模和成熟训赛体系的“原发”型搏斗术流派所转型而成的体育运动当中，唯一一个在自身原始的武技库中便同时兼备了远身击打与近身擒摔这两大类基本技法，并可“按需”对它们加以熟练结合及转换连接运用的“多科型”项目。也就是说，与国际上其他任何单项的搏击运动相比，中国传统散打的技术特点都是更为丰富与领先的，并且，从理论上讲也都是占有着在对适用招法进行实时选择之时的巨大后手优势的。

这绝非是在自吹自擂，要知道，在国际体坛切实意义上的属于自由搏击运动的时代到来之前，以“摔”缠“打”或是以“打”拒“摔”，一直以来就都是在中国人自己所适应的规则体系之下，传统散打运动员们在迎战外国的“单科目”选手时得以取得了上佳战绩的不二法门。而同理亦可得到反证的则是，一旦比赛陷入了由外方所主导的规则限制，“打”与“摔”的结合运用被“封”住了其中的任意一极，那么，从来就并不以单类技法的绝对能力所见长的散打选手们就都会立时变得完全不占上风了。

“那种正在逐渐兴起的能够最大限度地接纳与包容各种流派技法的自由搏击运动，显然就是传统的中国武术散打在十年之后的改革方向。自由搏击，它就好像是专门为中国人所设计出来的一样，我们的散打选手转型进入到这项运动之中是具有着普遍先天性的基本功优势的。”在陈光荣的硕士毕业论文上，他写下了这样的话。

大概也就是在这一时期，陈光荣在江涧的启发之下继续进取钻研、立足实践，在原有“全科与通识”概念的基石之上又发展出了他自己所独创的“转换衔接能力”理论。

“散打运动员由于从小就在接受着将不同类别的搏斗技法相结合运用的基本功训练，所以他们在自由搏击规则之下的实战当中就理应也会拥有着更强的临机转换嗅觉，以及对适用技术进行无破绽衔接的天然能力！”这句话是写在隋清的训练笔记上面的。

从没有人是配不上他所取得的成功的，无论是诗梅丽、隋清，再或是所有的人都一样。因此，当这件事情发生了的时候，真的没有必要去惊诧些什么。

她，已经做到了一切她能够去做到的，所以接下来，就让这个女孩用“心”去尽情地书写下那本就注定要诞生于此刻的经典传奇吧。

腾到了半空之中的诗梅丽把隋清的身体化作为了陀螺的轴，就在她即将旋转到猎物的背后方并完成那设想中的惊艳飞固动作之前的最后一个刹那，她无意间看到了对手的一只闪转即逝的眼角。虽然泰国人并不希望会被自己的错觉影响到了一会儿去欢庆胜利之时的好心情，不过，她确实还是察觉到了，那只眼角在放射着一些奇异的光。

然后，在接下来所发生的事情便是……

惊撼了全场的隋清！绝地技，反擒拿背摔连接，念珠绞袈裟固！

在其后很长的日子里，当人们回顾到了这场比赛的时候，常会被谈论起的话题有很多。诗梅丽的技术单一、非击打型技法都是她的弱项、赛场之外的负担干扰了美丽拳王的判断力与自信心、隋清的机智破译与逼真伪装为她赢得了布下陷阱的绝好机会、散打出身运动员的招法转换衔接能力为中国人奠定了瞬息反攻制胜的技术基础……等等，等等。

但其实，我们倒是或可换上一个角度再来重新地审视一下这些看似决定着那天胜负归属的诸多因素。也许……

诗梅丽一把抓空了！隋清早有准备！

过于保留的肘击力量实质上根本就尚未攻破中国女三号最后的击打防御底线，即使这条防线已然是被刺得千疮百孔了。而再进一步讲，处心积虑地发出了此招的这名自大过头了的妄想随意操控局面者所寄希望能够得手的那份极致适宜的恰到好处，在如此竞争级别的险恶战事之中会有可能被真的实现出来吗？不错，它的确是实现了，但悲哀的是，那却竟是一场由一位更为老到的搏击阴谋家所自导自演出来的邪恶骗局！

被已经按在了砧板上的对手提前预知了动作……不，是佯装引诱出了早已静候了多时的动作，进而被人家反向擒拿，摔向了地板。泰国女拳王的身体完全失重了，在从空中坠下的那极为漫长的过程之中，她一直在想：这到底是为什么？

中国人最后被击中时的那种晕乱全是伪装出来的吗？那之前呢，她之前几次被我击倒的时候也都是这样的吗？……我，是不是远没有他们在夸赞的和自己所认为的那样强大？我，来到这里，又到底是为了什么……

老师，如果您还在的话，能告诉我吗……

“砰！”

诗梅丽的后颈被沉重地砸在了擂台的地面上，巨幅震波四散，连周边的围绳都在剧烈地颤抖着。而来自中国的前女子散打运动员的后续攻击衔接娴熟得就像是在叠着自家宿舍床上的旧被单，一如她在此前表演出失稳败象的同时也本能般地做出了固技防御与后发还击的那一刻里技术转换时的流畅。

隋清快速伏压上前，把敌人的右臂掰起，挤在自己的锁骨之下，同时，就如是为僧侣披上了一身斜挎袈裟那般将左右手从施技目标的右腋下与左肩上分别穿过，环至其背部以四指勾连，并迅即运出了平生之力收紧手臂，一面绞勒敌脖梗处的颈上动脉，一面借助对方自身已无法发力的小臂强行向下去硬顶住了被固者那毫无挡蔽的咽喉要害。

此技成状形如袈裟绑裹，念珠缠扼，故名，杀佛之术·念珠绞袈裟固！

也许……诗梅丽的摔法和柔道技术其实并没有与隋清相差了多少。也许，这微不足道的小小埋伏也根本就造成不了对持有着压倒优势者的彻底逆袭。再也许，这些诸多的看似在决定着那天胜负归属的客观因素全部都叠加在一起，也依然还是并不具有着可以让传奇就此便如是书写下了的足够力量。

那么，真正决定下了这个故事结局的终极之力又究竟是什么？

是“心”吗……

这是“真·美丽拳王”在其生命之中的万不可承受之重！我竟然要输了吗？不，不行！我不能够输，我怎么可以输，我怎么可以在这样一场就像是舞台表演一般的比赛当中……我，吐恰克·诗梅丽，是永远都不可以输的！

我要挣脱！我要挣脱！

不断翻挺的腰身强扭出不可遏止的蛮横，急欲抽逃的手臂拼死着绝境贪生的不甘。诗梅丽怎么可能便这样接受束手就擒的结局，她在倾尽全力地搏命挣扎着！没有结束，一切都还没有结束！以金刚石切割成型的恐怖肌骨在生死关头之时所爆出的极限力量，又岂是隋清这种量级的对手可相去抗衡的！

手指的抓扣在一点点地滑开，紧箍的贴压被硬生生地推离！本就已是游离在了垂死边缘的隋清，其身体里面又还有着多少的力气能够用以去制伏这名如此穷凶的顽敌！

她的肉体凡胎已然是透支不出再多一丝的能量了！

眼看着体位在变型、技法正松脱，隋清，你该怎么办！难道那令人沮丧的宿命今天还要轮回？悲情的智将又将功败垂成，梦中的胜利再会失之交臂吗！

“不！！！……”隋清，不惧天地的狂烈怒吼！

我不会松手！哪怕是皮撕肉裂，哪怕是骨断筋折，哪怕是死！我也绝不会松手！

还是让托尼·派克先生来告诉我们，到底是一种什么样的力量在最终决定着这个故事的结局吧。“红馆合战”落幕半月之后，《黑带》杂志的新一期封面记述中，深刻的搏击运动评论家在他的文章里面落笔如箴。

“在那几场比赛当中，有些人失去了自己，而有些人则找到了她自己……”

这位工于哲理的男士还送给了隋清一个可爱的绰号。

“LFox”……

在最后的那十几秒钟里面，隋清实际上也已经是处在了一种油尽灯枯的半昏迷状态当中了，对于和诗梅丽在临终场前拼斗寝技之时的那一番你死我活的纠缠角力，她事后的记忆也算不上清晰完整。当时，一些充斥着嗡鸣感的恍惚听觉就是其唯一还可以辨识得出来的外部信息了，中国女孩只是依稀地记得，观众们的呼喊与吵嚷声似是一浪高过一浪，但是她却并不知道，这些是给予自己的绞杀持续奏效的助威与鼓舞，还是给予诗梅丽的挣脱即将成功的欢呼和庆祝，因为，由于全身大面积的肌肉损伤而导致了体表触觉紊乱的她，那时已然无法再通过自行的感知去掌握到战斗的进展了。

直到，听见了裁判大力拍击地板的声音。

“Stop！黑方泰国选手昏迷，红方中国选手降服获胜！”

隋清才知道，这一刻，终于……来了……

2004年香港中外女子自由搏击明星对抗赛，第一场。

Wanqcakll Sirmulit（旺恰克·诗梅丽，泰国）负；隋清（中国）胜！

中国队首战告捷，领先外国明星联队，一比零！

……

接下来，简略掉一些无关紧要的过场戏，直接进入到下一幕的剧情里吧。

半个小时以后，在同一块擂台上……

丁建秋的情绪糟透了！

雄心满怀的她本以为自己终于盼来了那个可以把所有的憋屈与烦闷都去一拳拳地狂泻出来的，最能扬眉吐气、最可痛快淋漓的大好机会。

可谁知事与愿违！

“红馆合战”的第二场比赛里，丁建秋开局便陷入了与前一战中隋清所面临的困难正为截然相反的一种力无施处的羁缚之境。

这名身高体硕，满头盘扎着金黄色小辫的黑人选手，为何竟会是如此的技术风格！

法比亚娜·罗萨，所习之技，巴西柔术！

二十世纪初叶，大量的日本移民来到了巴西定居，在这些人们当中有一位卓越的武道家，将他所身怀而来的始起源自东瀛的柔道秘技无私地传授给了当地的拉美民众。而自此百年之后，在那遥远的地球南端，柔道运动这一脉山水独具、自成一体的分支流派已然是强劲而挺拔地傲立为了世界武林之嵯峨一峰了。

巴西柔术，在其所系统继承了的日本柔道细腻、精深的技术底蕴之上，成功地植入了拉美人群所特有的狂飒、奔放的性情基因。在充分强调着立足于无限制实战的指引思想之下，历经了数辈高手的拓取传延，至今已是逐渐发展成型出了一套不拘一格、挥洒无束、兼蓄并包、果敢自由的，先进而又极富主动侵略性的独行于世的技战术体系风格。

无需怀疑，巴西柔术军团在日后注定将会成为驰骋于全球自由搏击战场上的一只劲旅！

丁建秋迎面抡出了足有着十分力道的右翼长摆拳！而法比亚娜正面格挡！黑人姑娘以其宽厚且极为坚实的手臂肌肉去接下这东方女人的全力重击似乎并不艰难。随后，攻方组合跟进！全中国最具有硬度及杀伤力的女子中高鞭腿旋即连接而出！但巴西人则又是采取了一次坚强并坦荡的侧面防御，一声令人心惊的撞击巨响过后，稳守者安全地利用她提肩与掌抵的配合接挡动作妥妥卸下了凶招。

真好防守！这就是这个往日从不曾被这般从容直面过的最硬之人，在最高级别的国际赛场之上所必须要去适应的与国内全然不同的竞争水平线吗！

其实对这一点，丁建秋也是早有心理准备的。事实上，如果对手真的就是一位以绝对强度和抗击打能力而见长的纯力量型选手的话，中国的钢铁女人倒是可以得偿所愿了。让得以宣泄怨恨与证明自己的染血痛击去尽情地当空飞舞，从不畏惧以硬碰硬的冷酷不死鸟将会迫不及待地去和劲敌分出个高下存亡，即使，对方拥有着所谓的人种优势。

可实际上，现时中的情况却是……

闪灵一样的抢上身法！法比亚娜在顶住了建秋一轮强攻之后，迅速又让比赛转入进了有利于自己的方式。巴西人出其不意地伏低探进，以跪立的姿势直向发力前扑，霎时里抱住了敌人的一条支撑腿！这真是极难防备与应对的高超擒拿技术，丁建秋此时可以去做的只能是在共同倒地状态之下的寝技被动防御了。

建秋用左手腕奋力勒住了法比亚娜的下颌骨，而另一只手则推按住了她的肩，这样很有效，作用是防止主动施技人会突然翻转身体朝向，从而形成对己方腿部的致命关节技威胁。这上述动作完成之后，柔术者立时感到了脖颈部位的阵阵痛楚和随时可被对手反攻出夹臂绞杀的潜在危险，于是她赶忙抽回右手，插进了对方左臂弯与自己面颊之间的仅存缝隙，为预防可能遭受到的反击而加上了一道辅助保险栓。

显然，巴西选手对怀中这位中国运动员的强硬实力与综合技术也是有所忌惮的，尤其是那招在赛前备战的参考资料中被主教练用红笔反复圈下，并严令其一定要格外小心的正适合于此时贴身突袭之用的恐怖特技，绞固一体技·铁臂断头铡！所以，为了最大限度地扬长避险，地板技擅长者与其教练团队在此战之前便拟定出了一套既可确保自身万无一失，且同时也是定然会让丁建秋奈何不得的相对保守的特制作战计划：“缠地消磨”战术！

首先，运用自身强健体格的天然优势承抗住中国人尽量少的站立式击打，然后迅速近身贴抱，寻求双方倒地，将对抗状态拉扯进相互比拼寝技的更习惯模式。躺地之后，如果在第一时间没有觅得成技的绝佳良机，则就毫不犹豫地放弃进攻，转而去以安全但也无效的滚翻缠抱把比赛拖入进会不断消磨掉体能与意志的无尽僵持。

而这正是让至刚至硬的丁建秋所断不能去忍受的烦躁。她甚至认为巴西人此套讨人厌恶的下流战法是对自己的一种无礼羞辱！几个在地板上翻来滚去的回合下来，愤恨者的心房与肺叶已经被炽烈的怒火烘烤到了即将就要发生大爆炸的临界点。

丁建秋铆足了力量，想用拳头去锤击法比亚娜的耳根，但是在自己后背着地，肱肌又被对手紧紧扭住了的情况之下，她又能挣得几寸的运力空间？一连几下，耗费了十足的气力，而敲打的效果就像是在掸灰尘。

随后，击打技强者又尝试了以膝盖去顶撞对方的小腹，因为貌似在这极为狭小的回旋余地里，腹肌与大腿的联动还勉强可以发得上力。第一记攻击似乎取得了一点成效，但还不等第二下再次顶出，已经发现了防护漏洞的巴西选手便马上一个侧翻，主动变换了两方的原有身位，同时用自己的双脚顺势夹卷住了敌人的可攻击腿。这一下，建秋就又无能为力了。

缠抱在地后，根本就无从施展打击技术，而柔道寝技也在这对对方更为有利的战斗方式当中受到了严防。“缠地消磨”战术彻底地束缚与抑制住了丁建秋的攻势。

太可恶了，为什么会是这样！

原本，建秋已经完全准备好了，要把她那夺命的铁拳去无畏地砸向任一名敢于登上这块擂台的敌人，即使对方是如神一般地强大，或者自己会像蛾一样地死去，都无所谓。

只要……只要可以去惊天动地地拼上这一场，让所有的人们都看见、都知道，我丁建秋所飘洒出来的献血也是滚烫的，我丁建秋所奋不顾及的生命也是有尊严的！这样的要求难道很高吗？难道过分吗！可是现在，为什么！为什么我要与这个根本就不配被称为是一名战士的外国女人一起抱在地板上给人家看笑话！

渴望着在与天敌的舍生撕咬当中将满腔的火焰都竭尽喷射而出的暴怒雄狮，此时竟绝望地发现，自己居然被一条无比顽韧的巨蟒死死绞缠住了整个身体，半分也行动不得，并且还一点都看不到可能发生改变的希望！

就如同是找不到一条可以解放自己的生路，而胸中的嗔毒却又在不断地淤积……这种被怨与恨死死绞缠住了悲愤人生的痛苦一直以来都在伴随着丁建秋。

该从何时说起呢……

三十分钟前，在那一片又惊又喜的欢腾之间，丁建秋独自一人站在了入场通道的出口门前。她一边做着手指抓合的惯常准备活动，一边在用一种冷寂而又无动的眼神漠然旁观着这座体育馆里所上演着的一切。

在这个女孩的心中，人世间里只剩下了极少数的两三样东西或可还能给她带来一点诸如是喜乐、认同或信任之类的相对正面的感受，但是很遗憾，此时所发生在其眼前的这些事物全都不在此列。下面，就让我们去走进丁建秋的主观视角，并以此来试着解读一下她那片久已冰封极寒了的内心之地吧。

成金龙与何耀强像是疯子一样冲上了擂台，把还在懵然之间的隋清给卖力地扛起在肩头、抛上了天空。而那名失意地卧在了一旁的泰国女人已几乎就要被争先恐后地涌向了胜利者的各方人士们给挤翻在身下、踩踏于脚底了。所有那些就在一分钟之前还极尽鄙夷地抱怨与咒骂着主队队员的现场观众们，现在全都是无一例外地心花怒放、喜笑颜开，在以自己最为崇仰和赞叹的致礼去附和与烘衬着这出狂乱庆典的虚伪煽情。

成王，或败寇，就只在一念之差。如果你没有先去杀死面前的敌人，那么，就只能等待着去被面前的敌人杀死……

丁建秋远远地望着隋清和诗梅丽这两名与自己同属为是自由搏击运动员，但却又完全是生活在了不同星球之上的女人。此刻，高坐在了教练肩膀上的隋清嘴角血肿青黑，双眼也依旧还在杳无生气地昏沉游晃着。若是方才，弱者就那样自然而然地死去了，这世上又有谁还会在乎她的活着？而悲伤地走下了这块舞台的诗梅丽则是惭愧地摘下了自己的头箍，让一袭乌檀般的黑色长发遮住了她那秀美而又落寞的面庞。这里已经没有一个人会在这场喧闹的狂欢之中再去为她的默然消逝而分开半点的心思了，就好像是也从来没有一个人去卖力地吹捧和歌颂过这位强者曾经的存在一样。

目送着诗梅丽的离去，建秋的心中有些惋惜，也有些失落。她并非是在多愁善感地唏嘘着美丽拳王吞下了本不该遭受的意外失利，而是于遗恨之中在仇妒怨叹着不平，为什么，可以在这场战斗当中去一露锋芒、弑君篡位的那个人不是自己！

挥霍着天命垂爱的绝世奇才，霸占着人间仙境的美色明星……有朝一日，当你们跌下了那腐朽神坛的时候，请千万不要忘记，是我为你们掘开了这永埋骸骨的葬墓！

尤其是你，张雨心……

“Stop！双方寝技无效。Break！（分开）”看到丁建秋和法比亚娜的这一轮纠缠又是没有什么进展，裁判再次中断了比赛并要求两人起身复位。

“跟他们说，是对方先被动倒地的，应该给她读秒，给我记点！”建秋向台边的何耀强叫嚷着。教练员照办了，去和技术台交涉，但却并未获得理睬。

不等中国人再度出拳，这一节比赛的时间又结束了。计时钟转得飞快，这已是到了第二次的节间休息，丁建秋自感双拳还未知敌味，赛程竟已都过了半了。

见与裁判长协商无果，何耀强也就不再去费力了，他回到了建秋的身后，在鼎沸的喧乱之中向弟子大声地喊道：“不要计较这些，稳定住情绪，你现在最重要的就是稳定情绪！按照赛前的布置打，绝对没有问题！她拿你没有办法，但是你对她总会找到办法！点数一直领先着，不要去无谓地浪费体力！稳定情绪，不要露出破绽，稳定住情绪！……”

在声嘶力竭的何指导身旁，成金龙眉头微锁，正紧盯着现场大屏幕上的片段回放。成总教练依旧是镇定如故、惜字如金，不过真正熟悉他的人却都能从这个男人今日的眉宇举手间看出，相比于以往，此刻的他略有些发紧。

丁建秋把头仰靠在台角的立柱上，双手跋扈地搭住了两边的围绳，而胸膛在强烈地波动起伏着。她并不累，造成了她呼吸如此急促的更主要原因是来自于心里。现在，如果你把耳朵探到她的嘴边，一定都可以听到那“咯嘣咯嘣”的咬碎了牙齿的声响。

暴戾而倨傲的女人已经私自做下了不可更改的决定，这一场比赛，无论如何也一定要用她自己的方式去加以终结。

丁建秋知道该怎么去做，那并不难，所需要的可能也就只是一点时间而已。并且她认为也没有必要再去确认这与何耀强在大声喊着的内容到底是不是一回事了，因为反正那个男人的啰唆她也根本就没听进去几句。

她要发力，不计成本地发力，在每一次的身体接触之中都发出全力！不论是在击打还是扭抱的攻击模式之下，只要是可以施向于敌人躯体的任何一次对抗过程，她都准备主动的去再进一步地增加上招式的力道，并以此来强迫对方负担起最高强度的防守体能消耗。哪怕是要以三倍，甚至十倍的不对称付出去换。

直到用其那世所罕见且极度自信的超人类体能去拼垮对手、逼出机会！就如她在此前面对上每一名顶尖的对手之时所都会去做出的那样。

丁建秋轻蔑地俯视着正坐在对面的巴西女人：你，比起邓春妹，差远了！……

一年零八个月以前，什刹海大事件硝烟散尽，何耀强去接伤愈出院的建秋归队。

在回学校的出租车上，何指导特意对建秋讲道："队友们都很盼着你回去……"而独自坐在后座上的女孩在那一刻脸上依旧是冷冰冰的，未有现出任何的反应。

没有人知道在包括了这一刻在内的很多个或可以使自己的生活产生出某种积极变化的时刻里，建秋是否确有考虑过去尝试着变得温和一点，以及争取与身边的队友们去相处得更加融洽一些。如果说从来都没有过似乎也并不合情理，因为毕竟那场为了团队尊严而战的惊天血斗已经无比清晰地告诉了所有人，我丁建秋属于这个集体。

可是……算了吧，这些其实也并不重要了，因为生活的无奈现实就是一旦定了型就很难再被改变，而且可能永远也都不会再被改变了。

归来以后的日子还是那个老样子。除了张雨心那浅淡低敛而又显感是缘于了内疚的小小礼貌和隋清偶尔会在众人聊笑时有心地间接提上她几句以外，整支队伍里就再也没有其他人愿意去和建秋说上一句话了，甚至在女孩们相互的对话交谈之中也都是会刻意地去回避开这个烫嘴而又惹人败兴的忌讳名字。

或许唯一的区别就是当那些会无可避免地追随着主流的小队员们在对练中被轮到了要去面对"丁姐"的时候，腿上哆嗦得比以前更厉害了吧。

在这种冷战一样的状态之下，难道还能指望着丁建秋去主动努力寻求与总是躲着自己的大家来改善关系吗？根本就不可能。

也许，这就是一种毫无逻辑可言的恶性循环。你可能会记得它的起点，但却找不到你会不自觉地用一种拒绝改变的心态来维系着它的继续存在及发展的令人真正信服的理由，并且，你也完全无法阻止那个会让生活因此而遭到不可逆返的彻底毁灭的最终宣判时刻的到来。那很可能就会出现在当一切的不公平都已成为了一项习惯之后的看似平静的某一天。

所以，对于那些活在了自己身边的人们，不论是队友还是对手，她们的心情与感受，丁建秋也便是不仅从前没有且现在和以后也都是更加的不屑于去在意上一星半点了。依照这个女人那愈发冰冷似铁了的孤僻性情，任何一个人如果有幸或是不幸成为了她的敌人，去尽力而为地将其杀死就好了，而除此以外，这群敌人的所情所想与身前身后，自己就完全没有必要再去对她们多关心上些什么了。当然，这份假设是建立在了这些人当中也根本没有一个会有可能成为她的朋友的基础之上的。

因为，也从来没有人会在乎她去多关心了自己些什么……

性格会决定命运，而命运同样也在决定着性格，人生之中，它们互为因果。

试着设想一下，被日复一日地监禁在这座由自己和身边人所联手建造出来的与世隔绝的苦窑之中，一名青春少女所本该温暖而阳光的心灵会遭到何等非人的扭曲与摧残，而这种压抑和痛苦所累积出来的深深怨念又会是多么地可怕。

故鉴于此，如果有谁还想要对这个问题之所以会产生出来的具体根源再去加以更为深入一点的解析与探究的话，我们就也只能是把观察的视点再落回到于此前更早一些时间里面的另一个记忆片段当中去了。比如说是，或可称之为是起点的，那一天……

在丁建秋的倾巢强压之下，法比亚娜的体能与力量在持续地下降。

第四节比赛一开始，这种势头就更加的明显了。再次倒地之后，巴西人的肢体防护网已是由于肌肉的疲劳惫怠而松懈了很多，她已经无法在静态的对峙之中继续保证卡住对手所有的攻击线路了。而这正是对丁建秋最为有利的状况，她现在可以运用更多的小行程击打去对敌方进行有效的火力压制并从而使自己稳居上风、渐蓄胜势了。

看来，穷兵黩武者这种杀敌五千、自损两万的极限消耗战术还真是达成了效用，战争的走势已经足够明朗地被控制在她的无顾忌开火权之下了。

只不过，这中国女铁人的战斗能源就真的是无穷无尽的吗？

整场比拼，无论是在移动、进攻还是相持当中，丁建秋无一不是运出了最可泄愤的顶限气力，并且，为了更有效率地调动起体内的能量，她居然还铤而走险地私调擅改了长期以来一直都是在下意识地恪守着的个人既有技术套路，在身体和心理上都罕见地关闭了“钢之态度”的低强度伺服和快速启动预备。这虽固是她自作主张的战法使然，但更为重要的原因恐怕还是在于，这头狂怒的狮子此刻已是彻底地失去了对自己行为的理智约束力。

可以肯定的是，如果从此时开始，尽显强势的点数占优者去适度地收缩一下攻势、保存好那点也已然是所剩无多了的体力、尽量稳健地把比赛握在手中并直至结束，那么“红馆合战”之三场对决的开局两连胜就已定然会是中国队的囊中之物了。这本来不论是在个人战术还是团队战略的层面上都是一个极为显而易见的最佳选择，但是丁建秋却偏偏就是不想这么去做，即使何耀强在战场边上那万分焦急的喊话提醒已是为之撕破了喉咙。

她为何仍是在一味闷头急攻而拒绝回防？难道她还没有察觉到，在这种由柔术者所主导着的滚地消磨战中，敌方已经最大效率地兑拼掉了她的要占有着更多的自身比例且在单场比赛中已不可再生了的有限体能吗？她是过于盲信了自己这天生神力的取之不尽，还是危险地忽视掉了在这神力不刻即要耗用衰竭之后的那巨大的被反攻逆转之隐患了呢？

或许这些问题此刻早都已经不在丁建秋那极度亢奋心智的思考范围之内了。她这时一心想要做的就是在最后一节比赛结束之前去奋力地创造出一个会让法比亚娜再也没法回避了的决杀时机，然后，强迫对方和自己玩上一局快意生死的俄罗斯轮盘赌。

而赌注则只有一个，就是 KO！

是的，KO！一位英雄对懦夫的 KO！就让这一大场面之中的所有人都来见证与膜拜，到底谁才是今天这座万人来朝的体育馆里面那名真正、唯一且永恒的强者吧！为了实现这一近乎是承载着其生命中所仅存下的还值得去加以追寻之意义的夙梦，本就是一无所有的丁建秋不惜用自己的一切去交换！

不惜，把多情的风华化作炼狱！不惜，与仁厚的天地交恶为敌！甚至不惜，让自己原本洁白的灵魂转生修罗、永沦黑暗！

法比亚娜对敌人腕关节的扭握脱手了！

是时候了！两人之间的距离、方向、体位都支持，况且那位急不可遏的亡命之徒也绝对没有再去多等上一秒钟的耐心了。所以，亲爱的法比亚娜·罗萨小姐，不管你愿不愿意，就请像我一样把子弹推进枪膛，然后，扣下扳机吧！

丁建秋防护全抛，燃起蛮爆之力！

豪赌！夺胜一击！……

两年零八个月以前，丁建秋来到什刹海体校加入进北京市女子散打队的第一天。

王劲松教练等人已离去很久了，而建秋仍旧是只影一人默不作声地呆呆坐在了楼道里的孤冷长椅上。在这令人情绪低落的昏暗之下，谁也无法看到正从被汗水湿透的女孩那恻然埋沉着的脸庞上粒粒淌下的些许晶莹珠滴里面，到底写入了多少的委屈与哀伤。

一直到孟大海轻轻地走了过来。“丁同学，我送你回宿舍去吧……”

明净的光洒在了床前的地面上，那是正渐西去着的圆月在应和着谁人思乡的忧愁。这一晚，反侧难寐的不光是上铺的小迎儿，丁建秋也同样是彻夜未眠。

现在相距黎明还要有些时候，但是已无意再继续多受煎熬了的建秋缓缓地起了身，穿好衣服，独自走出了房间。

一夜愁忧的女孩孤身坐上了宿舍楼顶的天台，戚然仰望间，在细细端详着那月的美，也在丝丝感尝着这夜的凉。

半梦里，那满满的月儿竟仿佛是变得巨大了，而且，离得自己好近……好近……

这就是那人们总是在说起的“每个人心中都会有着一个月亮”吗？它可思，可见，却又永不可及，它灵韵皎洁，迷人心绪，却又是镜中水里，缥缈虚无。

**注：“每个人心中都有一个月亮”，感自电影《姨妈的后现代生活》，中国，2006 年出品，导演：许鞍华，编剧：李檣，音乐：久石让。**

爸爸，妈妈……

我，是从什么时候开始变成这样的呢？就是从……可作为是这所有的苦难开始降临了的起点的……那一天吗……

建秋把悲怨而思念的目光由夜空转回到了手中的一块花色电子表上。在凝视了许久以后，她诚敬地把双手合拢，将珍藏之物奉于掌心，然后，贴紧了自己的额头。

求求你……我求求你……如果，如果这一切都只是一场梦，请让我醒来吧……请你让我……在明早，就醒来吧……

尘沙起处，寸断肝肠，凄风洗泪，天涯……无情……

丁建秋，在你那坚若寒铁的外表之下，命运又到底让你的内心背负了怎样的过去……

豪赌！夺胜一击！

击中了！一声不需要通过扩音就直接传到了前排观众席上的厉响，这是如巨电惊雷一般闪裂、似地陷天崩那样骇人的当中正中！胜负立时便可揭晓了，被此记猛攻击中了面门的那个人不会再有任何重新站立起来的可能性了！

被击中者是……丁建秋！

法比亚娜·罗萨的柔术奥义！当身技·膝守拒马！

就在双方最新一合的贴地缠打当中，法比亚娜因体力的衰退而终于导致了意外的擒敌脱手，这让丁建秋一时看到了用自己所执迷的方式去搏取到一击夺胜之丰伟战果的绝好良机，并且，她也就是那样毫不犹豫地去做了。但是，就在这一击出手的霎间，这位过于狂妄的孤注进攻者却是同时犯下了数个不可饶恕的致命错误。

丁建秋，她无视了自身的体能也同样是处于了即将告罄的临界边缘的现实，以及由此所造成的出拳力道与速度的下降。她也无视了在这种敌我体态皆为半卧之中的互击局面下，本就是惯用于柔道寝术的巴西选手一方，是一定会更加熟练地掌握着去选择和触发适用技能之时的主动与多样性的。她同样还无视了自己此时这般罔顾运动常识、全无战略纪律的一意孤行的偏执行为，其实很可能就正是一直在秉守着与之恰恰相反的态度而自始至终都耐心克制地坚持着战术方针的法比亚娜所最愿意看到的契机。

于是，就当中国运动员那满载着傲慢，甚至是歧视的威武直拳迎面袭来之时，柔术高手在其形势立判之后的犹如是军事化般果勇迅疾的应对之中，忽而便灵感涌现了。就请大家来观赏这悠久厚重的柔道技艺在进化为了自由搏击运动之后的卓越实战力吧！

法比亚娜奋力后仰，一边尽最大可能地回避来拳，一边就着半躺的身势将右膝拱起顶出，精妙地架设在了对手进击途中其头部所必经的路线之上……

战国时宋人有耕田者，田中有株。愚兔急走触株，折颈而死！

丁建秋这一次在错误的时间和状态之下所勉强发出的必然错误的攻击，已然是彻底地沦为了等同于是自我毁灭一般的愚蠢透顶的行径。她无视了几乎所有该在比赛之中去谨守的规则与禁忌，却唯独把自己那因固执和偏激而生出的一腔怒火与满腹怨恨去当作了决定其所为的核心价值观，甚至是，自己今天之所以会站在了这里的全部意义。

可以很不客气地讲，其这样的下场也正是一名被邪魔侵蚀了神智的疯狂嗜赌者所最应该去遭受到的耻辱失败与应得教训！

不过，不幸中的万幸是，此时这位因自己的心魔而付出了悲惨代价并也领受了严厉惩罚的年轻人，倒也并不用去生不如死地承接和忍受那种再也无以复加了的羞愧与悔恨了，因为，现在趴倒在了地板上的她已经被深度地剥夺了知觉。

“KO！”

2004年香港中外女子自由搏击明星对抗赛，第二场。

Fabiana Rosa（法比亚娜·罗萨，巴西）胜；丁建秋（中国）负！

中国队与外国明星联队战成了大局分一比一！

……

成金龙感觉，现时的自己正处在了一种这辈子还从未有过的忙乱与焦虑之中。

组委会的医务人员完成了对建秋身体的查看，确认无碍。配合完他们的工作，在从选手更衣室返回到赛场中心的路上，成指导不由自己地小跑了起来，而就是这短短的不到百米的奔波，竟已是让他的额头上渗出了滚热的汗水。

于擂台上下摸爬滚打了三十多年的“老散打”比谁都要明白在竞技搏击当中胜败乃是兵家常事这个最为浅显不过的道理。既收之桑榆，则失之东隅，这本来就是非常公道的体育人生，况且，现在的总比分和本方在赛前所定下的基本目标也是一致的。

但是，所有这些道理可以去说服成金龙的大脑，却怎么也无法说服他的心脏。

昨晚，临睡前的成指导又坐进卫生间里去神思冥想了，而且他还为自己一共储备了多达三种的自认为能够有效地缓解当前这种不安心情的绝妙办法。可是现在的他发现，这些其实根本就都是可笑的徒劳。

从隋清让大家见证了奇迹诞生时刻的反败为胜，到建秋肯定会去惹人大肆捶胸顿足的错失荆州，今日之战局的戏剧化发展也真可称得上是一曲三折、波谲云诡了。而这种突如其来的大起大落也在现场那一万两千名观众们所同步的时喜时悲的情感共振之间，被无限放大到了足以会令每一位在场的当事者们都紧张得丧失掉了自主呼吸的强度。即使，你早已经提前做好了所有的应策之备与心态调和，以妄图让自己可以泰然自若地去面对着这三场比赛的过程和结果的全部可能性。

或许，这就是真正的大场面所特有的魔力吧……

张雨心正在检查着自己的长发有没有扎紧。

作为已经登上了正中舞台的中国队中最后一名出场，同时也是最受关注的一位明星选手，美丽的女孩清楚地知道自己在接下来该去做些什么。

极目环顾中的四方看台上面，那些把对于胜利喜悦的迷恋和来自失败苦涩的厌恶都表达得同样强烈的芸芸万众们；在身后面的擂台之下，那两位对于血压超高的症状总是意图去极力掩饰却又明显是在欲盖弥彰的自家教练员；还有此时这位正站在场地的中心点上高声宣读着鸣谢单位与赛会赞助商名单，在炙热照明灯光的烘灼之下，雪白笔挺的衬衫领上已经隐显出了一层暗黄的水渍湿迹的高大帅气的男主持人……他们都绝不该成为我现在会去分心的方向，而唯有我自己和对面的那名美国运动员，才应是此刻于这台大戏结局的最后一幕当中所仅有着的两位女主角。所以……

雨心坐在己角的凳上，将头轻靠着台柱，闭上了眼睛。她非常希望可以再次确认自己已经进入到了那个习惯的状态之中，那一个能够让自己无比地平静和专一、可以彻然地抛却掉一切的旁人阻绊与他物牵扰而达至那全然忘我之境界的超脱状态。而这也正是陪伴着天才女武者一路走过了斗战青春的最佳完美心情，一如是她初次走进了什刹海那日的选拔试练之时和终于戴上了人生中第一块全国冠军金牌的那个有雨的下午。

场上裁判提示：双方运动员请就位！

好吧，也没有必要再去过多地感悟哪些了，反正面对着今天的这场战斗，我和从前也应该不会有什么的不一样……

张雨心睁开了双眼。

她看到了来自另一边台角上的美国选手费奥娜·哈德森的微笑着的点头致意。

“红馆合战”之终极决胜！

2004 年香港中外女子自由搏击明星对抗赛，第三场。

Fiona Hudson（费奥娜·哈德森，美国）VS. 张雨心（中国）

终于到来了，这场伟大的……一生一战！

……

好美……

这就是“羽毛步”？传说中的这个中国女人得以独领天下的神妙身法。

真的……好美……

这就是费奥娜·哈德森在开战钟响后与张雨心甫一接触时所产生出的第一观感。

生长自美国小镇农场和中国北京胡同里面的两名远隔着万水千山的平凡少女，在全无意间来到了此处人生轨迹的汇合交点，并同时也让那两个原本只属于她们自己的世界充满了未知地碰撞在了一起。而这些，全是因缘体育的力量。

既如此，在欣赏与赞叹着张雨心步法美感的同时，费奥娜便也很是自然地把那一幅雕工于了自己世界之中的惊艳亦是同样随性而自信地为我们奉献了出来。

美国天才起势！攻守称心、动静如意，拳法·蜻蜓步（Dragonfly Rhythm）！

在这个地球上，所有热爱着拳击运动的人们时至今日都还无不是在崇拜与敬仰着，那位被世人尊称为了“拳王”的黑皮肤的美国男人所拥有着的至上神技“蝴蝶步”。像蝴蝶一样地移动、似蜜蜂一般地攻击，那天马行空的滑步与神鬼莫测的刺拳正是镌刻在了这位一代天骄的毕生传奇之上的最为鲜明的符号。而今天，在这块永不衰暗的舞台之上又出现了一名神赋异质的女人，堪称是与他师出同门、相承一脉。

费奥娜·哈德森的“蜻蜓”相较于“蝴蝶”的迷乱和“羽毛”的飘逸，其更为显性而独具的特点还是在于她那全无界限的机敏与为所欲为的灵动。

谓蜻蜓者，展振薄翼之时：动，可长天驭风凌云；静，得谧湖凭空点水；转，若光影未遑留见；变，看仙灵七十二般！一双颤翅，动静变转，随心所欲，无奇不能！

在人类的搏击行为里，可以于最多发的站立式运动战中率先获得并始终维持在相对于己方更为有利的与对手之间的战斗距离和身体位置的交互形态上，是得以去抢占和营造出本次对抗的决定性优势的最为基本也最为有效的一项战术追求。而“步法”这门复杂又玄奥的技术也就正是由此应运而生的。

从现代武术运动的理论上讲，张雨心依靠着自身超强的官能神经系统所赐予她的感应和直觉方面的超级天赋而领悟习练出来的“羽毛步”，实际上是一种以对优势身位的精准评估控制和尽力维系为基准形态的相对“后发”的防守型步法体系。而费奥娜·哈德森那建立在了其骨骼及韧带结构的特殊运动机能天赋之上的“蜻蜓步”，则就是一路通过寻求和借助那些极难预判与应对的快速的节奏变化和凌厉的空间突破，而来在短时间内去强行创造出身位优势的典型的“先动”进攻型步法流派了。

因此，通过以上的分析便不难看出，在本场比赛的初始阶段中，当双方以比拼较量步法的长短来作为先入方式去阅读和试探对手深浅的时候，这绝妙的一盾一矛可就真洽得称之为是两仪相立、旗鼓正当了！

费奥娜翅尖轻舒，完无征兆间一个纵错，身躯陡然直进一尺，瞬息已抵到了敌方的正面左下之位，并随即团拳欲发。但见雨心不慌不诧，如随风行，未及对手冲入长拳可击之距，已是似环状旋移，反飘至了来者的左身侧空处。美国人只隐约瞄见了一丝发梢飞过眼去，便已顿知凶险，忙是收臂屈腰，借着盘榷弹压之劲急退，方堪堪是避得那回敬鞭腿擦耳而过。而观其启步之时竟然不需半点反向蹬地的余量，真就如是直升飞翔一般。

雨心虽惊其技，但仍旧乘势跟进，确保最佳可及间隔且维持逼压、直追不舍，差误不出寸许。可不想费奥娜于后撤之中忽又一个振翅，全然不顾物理轨迹之引力惯性，生生地掉返方向，还折攻回，并精熟拳法环扣迭出，杀得对手只好退避。而如此一来，那轻巧羽毛的黏附之功便又只在一转眼间就被撕扯破除了……

好俊的身段，真深的功夫！此刻，高坐在主席台上面的包括了陈光荣和白崇龙在内的一干中方搏击行家们皆俱已是要看得呆了。

这些年来，能够在脚步身法上与张雨心正面一斗的人物，即是纵观中外也就只有屈指可数的寥寥数人而已。然今时的这位选手竟然毫不吃力地就跟她争趋夺步，抢出了一个互有进退、势均力敌的漂亮场面。且再仔细看来，此人不但技术能力特异独到，于擂台之上的潇洒气质和自信从容则更是隐然显出了些许君子坦荡率意之风与王者君临严威之采。这等高水平的运动员怎么可能是如他们所言的招之即来的临替新人，分明就是个潜力无量、锋镝尽露的明日巨星！可恨的老美，果然又放烟雾弹！

而这会儿就站在了台边的成金龙看来也是深有同感。距离火线最近的前沿指挥官现在感到有点头昏眼晕的，想必，这就是一刻不停地去追视着眼前那对乱舞翻飞着的“蜻蜓”和“羽毛”后所定然会产生出来的正常生理反应吧。

中国队总教练知道，现在的己方已是半分马虎不得了。前两场比赛的风云幻变已经充分地印证了在弱肉强食的国际赛场之上那残酷竞争的水深难料与丛林惨烈。你的每一名对手和他们在下一步会去做出的事情都是你永远也无法掌握到的变量，而紧盯着面前这位正在展现着无比矫捷的折射式跃动的费奥娜・哈德森，成指导甚至体察到了一丝莫名的恐惧。是源于这大场面的重压吗，还是因为他已然看出来了，就那名美国女人的全部实力而言，她现在所显露出的或才不过只是冰山的一角。

真是没有想到啊，在这最为关键的第三场决胜战中，竟偏偏是如此意外地碰上了这样一名事先全无了解的狠角色。而既已至此，雨心……也只能是，看你的了……

此时的张雨心于心里面其实是有着一点奇妙而又复杂的小兴奋的。因为女孩惊讶地发现，自己的身体和灵魂仿佛在突然之间便回到了某种曾经相识但又已久未谋面、难于言表却又可欣然享用的极致安详与舒适的氛围当中。

而这种感受自从陈微退役了以后就再也没有出现过了。

对于拥有着像张雨心这样的境界以及经验的超强搏斗者来说，他们应该都知道，在杀机四伏的正赛临阵当中，这种貌似迷人的美好知觉的出现会意味着什么。不过，此时此刻的雨心在平静地警惕着这一夺命威胁的同时，心思之中更多的玩味却又是一种充满了友善的强烈好奇。而且，她也确信，自己一定也让对方产生出了同样的感觉。

这个叫作费奥娜的美国人，呼吸均匀且平和，眼神坦然而淡定。不是听说她还只是一名新人吗？可为什么在如此令人承重的大场面之下却是一点也不紧张。她那悠然的状态就好像是在某个普普通通的周末早上于自家的社区花园里做着晨练。

雨心在竭力地感知和收集着有关于身前这个陌生女人的一切信息，而她知道，对方也肯定正在做着同样的事。这是一番专致而纯粹的阅读，两方彼此会透过存在于每个细微之处上的一丝一缕来获知并比较着敌我之“心”中的冷暖明暗与动静高下。这就是在超一流选手们之间过招时所会特有着的，完全超越出了技术实力等有形概念之上的更高一个层次的无形较量。这一般多是会发生在比赛中的任一方已经做好了准备去将足以决定胜负的作为付诸于具体行动之前的，还并不怎么会惹人注目的开场阶段。

费奥娜又是一次疾速地前冲滑行，并用大幅度的左面勾拳来有效地掩护住了右侧的后手意图，盯着对手才刚一闪开了自己的前置佯攻，便就立即向着目标发出了定点偷袭的追击刺拳。而雨心这边，在第一时间就已精确地估算出了对方刺击的落点范围，一面抬起双臂去格挡，一面又巧借着此力道向后顺移飘出，这让费奥娜原本计划好的连击只才出了一记便已失了后劲。落空者刚欲调换动作，却又惊觉此时恰好处在了自家拳程不到但身材略高的对方则可对其发动远点腿攻的不利死地，于是再急是一个蹲身，让开了隐患高踢的可取线路。结果雨心见此，那正悄然发劲上提的右腿也就自是收隐不出了……

如此般一连十数个回合往来，中美运动员就在这样的拳腿缤纷中时聚时散、或追或逐，虽未掀出什么惊澜，但于快打疾行里却也尤现出了七八分的劲酷。而满场的观众们在这花乱乱的养眼之间则也就还算是开心有味地瞧了个热闹。

但是作为那些有责任亦有能力将解析其中的“门道”来设定为自己的观赛角度的内行们来说，对于现时之所见所悉的感叹可就远没有那么地简单与轻松了。看专业人士们此间的惴惴众像，个个皆是屏言息语、定气凝神，那是因为他们深知，二人这貌是稀松寻常的风面里，实则上每一次的接碰都是蕴涵着身心融一的惊险博弈，而首节这等常规级别的战况也已恐是在其后的天地易色之前所仅留下来的最后安宁了。

成指导当然也是持有着相同的看法，但略有不同的是，他所获取到的关于战事进展的微观感察还是会比那群远在看台之上的人们要更为丰富和细腻一些的。因为，一直都站在了最近距离处观战的他，除了视觉，还可以依靠嗅和触。

战斗中，张雨心和费奥娜在不断溢出着各自身体的压迫式气息总是会时不时地扑涌到成金龙的脸上，而于这名旁观者看来，那两个女人就像是在跳舞。她俩满带着能量的吐纳与体热先是持续地混凝成了片片涡旋，进而又拢合汇集为了翻滚环绕于自身周旁的强烈气场。而这两团异常活跃却又领界分明的气场，其相互之间的挤压、绞吞与挣抗则就正是与在险恶的宫廷舞会上对弈着一曲“伏尔塔（Volat）”时的那两位各怀了诡秘心意的红白皇后，无不都是希望能够把对方吸引并裹挟入己方的气势范围，并用自己的节奏和情感去影响甚至征服对方的“心”之暗斗是一样的。

但如果，她们之中的某一位敢于更加抢先一步地拔出了藏在厚重舞裙下面的火枪与兵刃，那么，这场原本胜败难测的女王宝座归属的争夺大战，或许就……

现在，总教练看了一眼场边的计时钟，默默地坐回了位子。

他觉得自己洞悟到了一些事，并且在思考着该不该去主动地做些什么……

第一节比赛结束了。

雨心归位。在这一时段，她所想要也是理应需要去完成的是对大脑之中的庞杂思路加以适当地清理，并在体内静心地觅求一下那个能够告知自己随后该如何去做的微妙指引。而就在此时，一只厚重的手掌搭在了她的肩上。“你在明，她在暗，但是她真正打过的比赛，没你多……”女孩回过头，顺从地看向了这位值得信任的男人，或许，他也可以直接给出答案。“所以……”成金龙帮助他的队员做出了决定。

“先下手为强！”

雨心没有答话，她转回头，直直地看向了对面。

那一边，费奥娜依旧是满脸的微笑……

第二节比赛开始。

先发制人?

雨心在反复地琢磨着成指导所给出的这条指令。她并没有去怀疑什么，只是，姑娘的感觉有些异样，好像总是觉得对其说出了这番话的并不是那个特别熟悉的人。

不过，既然自己也暂时没有想到什么更好的主意，那就姑且出手一试吧。

张雨心提速!

接通所有的感官末梢，大幅度提升神经信号传导及脑部中枢处理的速度和效率，整个身体的应激反射与协调校准功能即时满负荷全开!

倏刻，先动权入手！任由那蜻蜓横飞直撞，却也再难冲脱隐形羽毛的如影钳制，双方身位追缠之态立变，优势倒向了已占得天绫缚魔之利的亮剑仙女！与之同步，中国天才少女那凛厉的拳脚风暴也是在全无预警的猝然之下悍然掀起。她开始超高速地捕捉与分析着敌人每一处微不足道的破绽疏漏，并在瞬时之间就以此为依据向对方发出了落点方位误差为无限小的持续、立体和锐利的高效打击。

这就是中国自由搏击女性第一人的九成功力!

也是准备着要去发动出那一招的热身前奏!

于是，防守的压力骤然转向了费奥娜这一方，并且在极短的时间之内直线上升。美国选手在不得已间的第一反应是只好也去尽力地加快了自身的动作速率以求接挡住攻方的汹汹来势，但很快她便发现，这完全就是自己所力不能及的选择。疲于应付但又顾此失彼，只几十秒里，纰漏频现者就挨中了多记的响脆，连失了不少点数。

在从美国飞来的班机上，费奥娜曾拿到过一本足有百页之厚的对手资料，而那其中最为重点的部分就是对这位叫作“Yuxin”（雨心）的美丽明星所做出的系统介绍。

“她是集精密、灵巧和敏锐于一身的极为全面的纯技术型选手，她与她稳固的教练团队显然是已经取得了将那神奇的天赋与刻苦的训练相科学结合之后的令人艳羡的成功。虽然她所拥有的胜利经验已足够为她带来无以畏惧的正面能量，但实际上，她才是刚刚迈进了其运动生命之中将最为成熟与稳定的黄金阶段。而在其身上所拥有着的全部特质当中，最为不可思议的还是她那构筑于在带有着东方神秘主义色彩的绝美气质之上的，可以使其在战斗开始之前就无理由地获得到巨大的心理优势的优雅微笑……”

现在回想起来，果然是名不虚传！费奥娜于心中暗赞。

很明显，眼前的这位中国女运动员一定就是那种自我练习拳击以来就一直都在祈盼着能够与之相遇的，真正强大且值得尊重的、可以如是像征服巍峨的内华达山脉一般地去以梦想之“心”来尽情挑战的生命恩赐之敌。

这么看来，现在的我也该……

可就在欣慰之间，费奥娜又忽然是有些不解的犹豫了。现在的我也该像她一样立刻就去发出全力吗？我是否应该使出“那个”，此刻真的就是时候了吗？坦白说，我自己的内心还并没有告诉我这个答案。那么，她呢？她就已经完全做好准备了吗？

费奥娜努力地在拳影的忽闪之中再度找到了张雨心的眼睛。

这难道不是一件奇怪的事情吗？从她的目光与气息里我还并没有感受到能足以支撑起其当前这种强攻阵势的应有杀气，也读不出丝毫的怒意或渴求，我甚至读不到任何东西，而这又是为什么呢？是因为这个女人的心境已然超脱到了我无法理解的高度吗，还是，她其实是处于了某种将比赛与自己的内心相分隔开了的状态。

对殊死的决斗还充满了幻想与新鲜感的青涩新人可哪里会晓得，裸露在了对手早已进入了绝技出招之一级战备状态的高危险境之中时，还怎么能容得下你再去分神探寻那些充斥着自我理想化的人心深邃？

连击的摆拳拨开了头面防御的门户屏闸！

机会显现！

发动！雨梦拳心！

……

“费奥娜……费奥娜……”

嫩绿色的苜蓿草与深蓝色的矢车菊痒痒地紧贴在脸颊上，小女孩摘下了牛仔帽，把全身都尽量伏低地埋进了茂密的灌丛之内。而不远处山谷中的瀑布于磅礴直落下所溅起的弥漫雾水在飘至了这里之后所结成的珠珠晶粒，就在她的睫毛前面于植叶间不时地滑走滴落着。

“费奥娜……费奥娜……你这只淘气的小松鼠又躲到哪里去了？……要是让外婆捉到了你，就罚你去给‘老玛丽莲’（一只母羊）挤奶！”

嘻嘻……嗯？讨厌，这只花甲虫飞过来干什么，怎么偏偏是在这个时候，它把我的雀斑当成同类了吗？……啊！天哪，它爬进我的鼻孔里啦！

“阿……嚏！”

“啊哈，费奥娜，看你还往哪儿跑……”

哈德森家那位严厉的印度外婆在绝大多数的情况下，都总是可以在和六岁的小外孙女间的那场捉与藏的游戏较量之中获得最后的胜利，而今天同样也是如此。所以，原定的瑜伽修行课程不变，并且，被小家伙的逃跑行为所耽误掉的时间也要双倍补上……

当太阳已经落下山去、夜晚开始让一切都变暗了的时分，小费奥娜终于完成了今天的课业，她这会儿筋酸骨又痛，全身上下早已没有了半分如先前玩闹之中的热情活力。

“外婆，你背我下山去吧。”

“外婆陪你在这里休息，等你恢复了力气后，咱们一起走下山去。”

繁星纷纷，缀满了天幕，山谷里面湿润而又恬静。瀑下的激流依旧湍急，而在湖畔的另一侧，荡漾的清水面上恍恍地倒映着这亲情温暖的一老一少。

“外婆，为什么我要学习瑜伽？”小费奥娜昵昵地依靠在外婆的背上。

“因为那能让你不会丢失掉自己。”

“可我现在也不会丢啊，有好几次我藏起来你没找到我，都是我自己走回家的。”

“但是，如果以后有一天你只有一个人独自去到了一处你从来都没有去过的地方，而一时又辨不清了自己应该选择的方向，到那时，咱们现在所做的这些修炼就可以及时地帮助你去找到正确的路了。不论是继续前进，还是回家。”智慧的长者在跟孩子们说话的时候，笑容永远都是那么地慈祥。

“去到……从没有去过的地方……”费奥娜幼小的心灵还是第一次触碰到了这样遥远而又哲意的话题。她似懂非懂地望向了远方的天际。

朦朦月色中，奇峻山脉的险峰之顶上，纯白的雪盖似是披着明光。

“费奥娜，你总是对我们说，将来一定要去攀上那座高耸入云的惠特尼峰（Mount Whitney，美国本土最高峰）。你知道，那也许会耗费掉你的一生。”参透世事的老人无限深情地把才刚刚开始了人生的小孙女揽入了怀中，“在你以后去向上攀爬着的日子里，或许你会跌倒，或许你会迷失，更或许，你会彷徨地再也找不出来可以支撑着你去继续坚持前行的理由。而到了那个时候，就再回过头来想想外婆教给过你的吧。外婆……可能没有办法看到你终于登上了峰顶的那一天了，但是瑜伽，它会帮你握紧自己的心。而你的心，将会成为你在生命之中的一盏永不熄灭的指路……明灯……”

……

这，是一场幻觉吗，还是某种存在于了主观时空之中的迷离错位感？费奥娜全然无法理解，在比赛最为激烈与较劲的时刻，自己为何会是如此无来由地漂泊在了这仿佛是光阴被逆转了一般的如梦思忆当中。尤其是，为什么还会见到了那位已然故去的亲人。

而随后出现的这高亢的音量和周身的剧烈疼痛感……又是……

等等，难道……

现场观众们那蛰伏已久的激情正像是本就于芯里藏伏着内燃的炭木再度吸入了鲜美的纯氧，而致在一爆腾间那撩人的焰头就又一次地窜上了天空。

因为，他们看到了一样传说中的东西……

天衣无缝的拳脚配合，每一击都是最佳可攻落点的超快速、无间隙、饱和式的忘我攻击状态！任何对手一旦陷入其中都再也绝无幸存机会的……

如梦如雨，“心”拳合一，之，雨梦拳心！

击倒了！

在如同是划亮了港岛夜空的流星雨般艳彩绚丽的组合攻势之下，头面部多处要害皆遭受到了连环打击的美国运动员费奥娜·哈德森，失去平衡倒地了。

“雨梦拳心”这四个字之所以会被演绎成传说的原因，据分析可能主要是出自于两点。首先是因为它够快，显形的过程也非常短暂，而通常对于宇宙万物知之有限的我们在面对着比较厉害且又不常能见到并也看不太清的事物之时，往往都是会产生出一些本能的敬畏与神异感的。而另一层面的起因则应该就是，自张雨心有了正式的比赛记录以来，人们还从未曾见到过她的任一名对手在体会过了这一招后还依然可以站着。

即便，今天这项殊荣的被授予者换成了一名外国人。

稳操胜券了！中国选手几乎就在敌人坠至了地面的同一时间里又追出了一招索命的关节技。一鼓作气吧，拿下比赛！对于这座体育馆里面99%的人们来说，一整个晚上都在翘首以盼着的完美结局的幸福来临时刻就要到了。

腕挫·肘缄！

一式基础而简洁的肩臂关节技，张雨心一把捞住了费奥娜无力的左手并顺势向其背后纽扣弯折而去。技成！裁判员，请宣布胜……

“唰”的一声！先如灵蛇的狂舞，后像狙杀的暗刀！

不可能，竟有这等事！美国人本已尽入枷中的手臂居然似是无骨之柔般地自擒拿者的掌间一拧而脱，且随后，又是以人类身体的骨质构造所绝然无法达成的完全违反了力学原理的怪异角度握拳运动，击射而出！

这是哪门哪派的邪门儿技术！张雨心的大脑瞬间一片煞白，凭借着在“雨梦拳心”的半消退状态之下还仍然带有着一定加成的通过多年的高水平训练所积累出来的下意识反应能力，她猛地一个急避侧闪！

来拳擦着其的眉角而过，把她的眼影给蹭掉了一块。

好险！看台上撩起了一片整齐的惊呼。而雨心旋即一个后滚，退出了圈子。

好一个费奥娜·哈德森，真不愧为日后的一代巨星！只看她翻身坐起，虽是忍痛呼喘，但面色气宇间不见到半分懊丧惧畏，甚是于平坦之中还夹有着一丝对彼方的赞赏与惺惜。真高手！“雨梦拳心”之下，君子之度肖然不变！

裁判叫停，开始为美国运动员读秒了。

卧地者在竭力调试着呼吸的流速，以便能够尽快地缓解晕眩并恢复起对自身躯体的调度能力。一个显见的共识是，在这个世界上还没有哪个女人的肉体可以去无视张雨心的至强攻击，即便是处在了最佳“钢之态度”中的丁建秋也不行。所以，若真的想要去开创纪录，先迈过这中招之后的迅速复原一关也绝非是件易事。

不过，虽然立时就站起来确是有些难度，但顽强的费奥娜还是在被数到了八秒的时候告诉裁判，自己可以了。

伴随着一些最富于体育精神的观众们的掌声，这名勇敢的、极有可能是有史以来第一位在张雨心那传说中的绝技之下得以幸还了的历劫脱生者，重新回到了擂台的中央。

而此后，在本节所余剩的几十秒里，勉强坚挺过重创的费奥娜和极力按捺住震惊的张雨心也就都没有什么再去挑起新一轮对抗的力量与意愿了。在以草草几个象征性的挥击虚晃去敷衍了事了之后，结束钟响，双方回位。

坐回到角落后的雨心所做的第一件事情就是转回头去用疑惑的眼光向成总教练寻问着解释。这到底是怎么回事！为什么在“雨梦拳心”的痛击之下倒地并也已经被关节技死死缄住了胳膊的对手还可以做出如此诡异的挣脱与反击？而且，竟还能再次地站了起来！我有哪一点做得不对了吗，还是，今天来到了这里的我和从前有了什么的不一样？即使是连她自己也都知道，那两位同样是在错愕着的教练员是肯定也给不出任何答案的。

张雨心有些乱了。

费奥娜·哈德森则是在沉默之中反思与审视着自己的心。此时她用大毛巾盖住了头，隔绝住外界的喧杂，让思想进入了独行的专注。

是什么让我做到了这一切？是拳击运动员出身的我所早年练就的较强的抗击打能力吗？还是在对方欲最后收官的那几拳击来之时我所咬牙带出来的“那个”，让身体多少闪开了几分受创的深度？再或者，就是中国人由于自己的问题而做错了哪些吗？

我知道，也许这些因素都是客观存在着的，但是，让它们之所以会存在的那一更为本质的源头又在哪里？……呵呵，其实，我也知道。

是我自己让我做到的！

就像是，让我来到了这里的那个人也是我自己一样！

拂去障目一叶，望见泰山。费奥娜扯去了毛巾，潇洒的微笑一如往常。她轻松地和己方教练员交流了几句，在重新开场的钟声敲响之前站了起来。

何必总是在乎着别人会怎么想，又何必要去介意这世界将怎么变。是我自己的心在告诉着我，为什么会站在了今天的这块舞台之上，以及，现在的我应该怎么去做！

一道崇高而圣洁的光芒由天而降，沐浴在了其中的内华达少女浑身散发出了金色的辉。而这已足以让那位在舞会上贸然亮出了武装的急于求成者，在群臣们一致地抉择倒向当中去卑微而悔愧地跪拜在她的脚下了。

哈德森陛下，在这个天地之间，你已经再也没有敌人了！

第三节比赛开始。

费奥娜·哈德森，豁然轻心，重装上阵，蜻蜓展翅，再向虎山！

而张雨心这一边呢？

率先在比赛中完成了击倒的是我！难道，现在反而要让我去怕她吗？……既然，你们谁也无法告诉我答案，那么，就让我自己去战斗中寻找吧！

“中国女子自由搏击明星队”之正印主将张雨心，似乎猛然地从迷惘之中汲取到了一股之前还从未体验过的奇特能量：愤怒！

冲上去！羽毛飞天舞，心拳合如一！

分别来自太平洋东西两岸的天造之才，于今天以后极有可能就会成为在这颗行星之上所举世共推的最强、最美之搏击王者的两个年轻的女人，再度杀成了一团！

中国女一号又一次的攻击物锁定！当即，其追杀拳速非线性提升！

精算！敌方实时体位的可进攻性！手臂回收中的惯性后摆所留下的其左肋第三骨周边一线的空当！出拳！后撤步急停的反向冲力使她头肩部于避让之后的实际落位点整体前移了一指！出拳！在跟进途中，对方试图侧身运力发招，而这让她的可控防护重心在自己无察觉的情况之下向右前方偏转了5-7度！出拳！出拳！出拳！

张雨心在永无休止地出拳！

我已经做到了一次我应该去做的，如果还有必要，我将会毫不犹豫地再做一次！

看到了，一丝缝隙！美国人双臂合并格挡的配合动作略不同步，而这导致她暴露出了对脖咽重地处之保护的为时千分之一秒的致命疏失！

就现在！再来一次吧，雨梦……

寒凉刺骨的海风让雨心从混沌中惊回，这里是……那片梦中的海滩。

暗绿的浪头吼着，自遥远的昏朦无见之处一叠叠地滚来，至跟前，牵作了两翼无边的漫长水线，裹着那些浇灭了希望的冰冷与拒绝，凶凶地扑向了雨心的脚下。这使女孩惊恐地紧退了几步，像是生怕被波涛卷入了深渊，或是，让流沙吞进了滩泽。

为什么会是在这里，为什么我竟来到了这里？张雨心对此完全无法找出自己可以接受的通顺理由，因为这如果还是那种在偶然间也曾出现过的对往事的不经意的记忆闪回的话，每次……不都该是那个样子的吗？

眼中的景物环境在被质疑过后的一眨之间发生了改变！思忆的片段回到了那曾经是最常出现的模样……丰盛胡同里那间充满了温馨欢笑的老房子、爸爸和妈妈、塞进了棉絮的大拳套，还有一台在播放着《天空之城》的VCD机……

“雨心……雨心……”

是谁……在叫着我的名字？孤冷的海岸竟是从未有变，张雨心依旧还站在这里。

“雨心……雨心……”

的确是有人在呼唤着我，而她似乎就隐藏在了独自伫立于这片茫茫大海之前的我的身后面。那么，我该去应答吗……还是，我该要……回头吗？

张雨心，你已经彻底地沦陷与迷蒙在这场发自于“心”的侵略当中了，现在的你必须要赶紧去努力地找寻回那仍可忠守于自我意识的感官真实。

刺人的声响让中国运动员的思维猛醒了过来，这些呼喝与尖叫来自于了四周观众席上面的每一处角落。而当把注意力重新拉拽回了比赛当中之后，雨心她也随即就是同样被眼前的这一幅如神迹般显耀的奇幻景象所惊呆了！

这是什么！

张雨心仍然在挥着拳，甚至比走神之前更快了，但是，她却并没有如愿发动出“雨梦拳心”。可以判定，这是因为貌似已强占了上风的进攻权持有者在正欲去施展出其传说招式前的最关键一刻，突而被来自于对手的另一路具有着同等或更加强大的外溢气场，且亦是足可摄夺魂魄、抢据身心的天上之技所打断并压制住了。

这，就是费奥娜·哈德森的“那个”，一种可以躲开一切的技术！

美国人已经把自己的实体身躯光量子化了吗？为什么敌人的每一记拳腿膝肘看似精准迅捷、正中其位，可一旦触身之后却又全部都是从她的形影轮廓当中空刷扫过，未得能沾上半点的发屑皮肉。在前一个回合里，张雨心不是已经探明了这个对手应对接招的极限能力了吗，但为什么就在仅仅过了几分钟且还承受了一次被绝招击倒之后，那个人竟是能够如此似换骨脱胎一般地将同级别强度的持续攻打视若无物！

诚然，理智一些的观赛者们不是不能从现实一点的角度上来镇定地说服自己，这般魔幻的场景也无外乎就是某种比较高超的闪避技巧罢了。但是，没有人可以否认，在本场比赛中，这位所谓的美国新手已是给整个世界女子自由搏击界带来了太多的震动与惊撼。而谁又能知道，在她那貌似庸庸凡凡的身上又到底还怀藏着多少此前世所未见的奇能异术！

就当张雨心连击连失、束手无策的时候，此刻早已悄悄搏回了弈局先手的卓绝防守者却是迅速地迎来了她反攻破敌的绝佳良机。这是一条任何人都不可能完成的直拳进击线路，当然，除了这位任何人也都不可能比拟的费奥娜·哈德森。

叹服吧！出现了，日后令寰宇诸强无不是谈之色变的 Snipe Jab！狙击刺拳！

铁打的利刃朴实无华，却在无声无色之间便已将那股犹如是热兵器开火一般的超常破坏力，给一刀斜刺在了这位美艳对手的鲜红唇角之上。

中了！这一拳。

张雨心只是觉得嘴角边轻轻地一热，随后便失去了对身体的控制。一开始她还抱有着侥幸心理，认为这种陌生的体感不过是在连续地攻坚之后，内层肌肉因体能的下降而引发的正常挛缩。直到她的双腿在倏然间垮塌，连带着整个身子都向前倾倒了下去，她才从其当时还并未完全丧失的意识之中获得了正确的认知。

自己完蛋了。

张雨心有多久没有被人击倒过了？眼见着这令人扼腕的一幕就上演在面前只有不到两米远的地方，成金龙的头脑里蹦出了这样的一个题目。总教练的记忆力还是不错的，他很快就为自己做出了解答：如果是以（包括了在面对着男陪练时的）队内的训练来说，有六年零十个月了，而如果是以正式的比赛来讲，则这个问题没有答案。因为，张雨心自进入了什刹海体校至今，在任何的正式比赛当中还从来没有过被人击倒的记录。而换句话说，现在擂台上所发生了的这种情况是这个女孩自成为了专业运动员以来所遭遇到过的第一次，并且，还是出现在了像今天这般尤为特别的非常场面里。

或许，这就是命里注定的吧，成金龙无可奈何地坐回了座位。

他同样也被击倒了。

雨心在跌落，向着地上的尘埃。开赛前的预案中似乎也有过会被击倒的准备，可是谁又能想到那会真的发生。身体内的最后一丝热量也被绝望抽出了躯壳，女孩知道自己不是在梦中，但此时的她却感觉自己正在被那冷哮的浪涛拖向着暗黑的海底。

但是，雨心最终并没有摔倒，因为一双洋溢着气度与希望的热情手臂就近将其抱住了，并且，还搀扶着让她轻柔地合腿侧坐到了脚下的台面上。

君子拳风，费奥娜·哈德森。

一时，包括了坐在主席台上面的各界人士在内的所有的现场观众们全都没有了丝毫的声响。看来，他们在惊遽之余还需要用上个几秒钟时间来考虑一下，在这种场面之中是应该先发出对于己方失利的哀叹，还是赠予给对方欣赏与赞扬的掌声。

费奥娜在本方教练组同样很是茫然的注视之下，像绅士般地后退了几步，站到了擂台的中立角上，然后，松垂双拳，释出了停火的善意。在她的脸上，那永远不会消失的微微之笑看起来真是惹人垂涎，招人妒恨。

见此情景，场上裁判决定为中方选手读秒了。

于是，有生以来张雨心第一次享受到了这种她曾经无数次地强令对手们不得不去享受的，为时十秒钟的被裁判精心服务的特殊待遇。十秒钟时间，没办法使雨心的身心得到全面的休整，甚至都不足够让她的颌骨去缓解疼痛，但就算是这样，这个可怜的十秒还是人家慷慨的美国慈善家所大度馈予了东方不败美女的无偿施舍。

从前那名欢快而自信的那时的少女凄惨地坠下了云端。

在雨心现时的大脑中，混滞的一片空白与焦亢的杂色凌乱在相互交错地旋腾翻涌着，她甚至已不知道该去找出哪一条还可立足的逻辑来作为此时得以再延续上其思想与行为的重新出发点。彻底呆住的女孩就是这么直直地傻看着拄在地板上的双手，然后一动不动地任由那满场的骚乱与裁判的叫喊声都统统灌入了耳蜗，并且，也是完全无法分辨出来这些视听所急切地传递而至的具体意义。

“Six（六）！……Seven（七）！……”

“愣什么，站起来！”场边响起了成指导的暴喝，这是于生命中的每一天里，姑娘们在火热的“搏击一馆”内都能够听到的声音。

是啊，不管怎么说，只要还可以，总得先站起来吧。雨心回过了一点神。

尝试着用双手支撑住地面，小心地转动身体，先用膝盖去着地，然后提一提劲，纾缓地蹲起，待缓冲了一秒后再小幅度地屈伸几次，检查一下平衡感与肢体的活动……好像也都是没什么大问题了。那么，就挺直腰腿，站起来吧。

欢庆声四起！中国队没有放弃。

看到寄予厚望的对手和自己一样站起来了，费奥娜也是由衷地为雨心鼓了两下掌，而后，她晃晃肩膀，抖了抖拳头，双脚也重回了轻灵的跃动。这只蜻蜓又要起飞了。

裁判指令，继续。

很自然，雨心在随后比赛中的策略转为了保守的回缩，她谨慎地与对方维持着尽可能安全的距离，“羽毛步”虽因创痛而迟滞了不少，但在短时间内求得自保尚还足矣。和上一节末段的局势一样，心有默契的费奥娜也就没有再主动去发起什么新的攻势了，这也许是出于了某种带有着目的性的谦让与理解，但更为可能的是，已经率先进入了最好状态的美国女孩知道，最后一节中的精彩一定会是她想要的。

双方无心恋战，而因余下的时间已经不多，裁判也就无意再去判罚哪一方的“消极”了。如是这般，在经历了急转直下的又一次高潮之后，这场决斗的第三节也结束了……

慌乱、自怨与无助，如此多素昧平生的糟糕情绪此刻全都一股脑地袭向了张雨心。坐回到位置上，已经全然失去了方寸的女孩找不到任何可以解救自己的出路。

我该怎么办，我该怎么办！其实，她知道自己应该怎么办。

镇静下来，稳定心态，拿出一套可行的战术，尽全力地去打好这最后一节的比赛。说起来，这套对策无疑是一位富有经验的冠军选手所必定了然于胸的在搏击运动中再为简单不过的基本常识了。但现在，最为主要的难题却是，有一个极为强大且还前所未见过的无形之敌正暗诡地挡在了意图重振者的面前，而这个敌人就是……

张雨心自己的心。

自张雨心第一天戴上了散打拳套，至今日已是整整十年了。在这十年间，少女的心一直都是无比忠诚地陪伴着她走过了这段运动青春的那位最可去信赖的朋友与战友。虽然，十九岁的姑娘承认，在长大之后的这些年里，很多的人和事已确实是让她变得比从前要成熟与现实了不少，她也曾确有暗暗地思量和忧心过，自己会不会已经成为了一个和那时的自己有些不一样的人了。但是，她却从来都没有想到过，或者说是从来也都未敢有想到过，在某一次的对敌生死杀决之时，竟然会真的发生了这样的事情！

我的心，背叛了我！

于开赛前绑起的秀发已经散乱了，它们一丝丝地粘在了女主人白皙柔滑而又淌满了汗水的肌肤之上。张雨心僵僵地坐在那里，在被乌云完全遮蔽了日月星辰而不见了任何指领之物的内心世界当中，她必须要仅仅依靠着自身还少量残存的虚弱方向感，来苦苦地寻觅到那一闪可以帮助自己去撑过眼前这道艰难险关的精神微光。

回来，让自己回来，让自己的心回来！哪怕，只是短短的一瞬。

这一刻的雨心已经没有勇气再闭上眼睛了，因为她怕自己一旦这样去做了后便又会马上回到了那个冰冷而无望的海滩之地。且与此同时，她也一样不再有勇气去向前看了，因为就在前方的不远之处，那有些让人自惭而泄气的耀目光亮正是来自于了一位刚刚才翩然地站到了云端之上的女人和她的微笑。

我做不到，我自己做不到！

单纯依靠自我的力量，张雨心已无法做到她所希望的了。寒冷的沼泽池中，无情的泥泞终是会吞噬掉所有的孤身挣扎者，如果他得不到同伴的援救或抓不住那条本就并不显眼的纾困藤蔓的话。所以，现在的雨心很需要一个人来对她说上一句踏实平淡的话语，或是某一件东西，可以使她回想起自己于往昔之时的样子。

“雨心……”触在女孩颤栗的背上的是成指导的手，“我们已经……再没有什么可以去输掉的了。”说完，他就离开了。

每个人都有着自己的局限性，即便是这位历经了几十载峰谷沉浮的优秀教练员也同样不能例外。但是，他尽力了，而且也并没有逃避这最后的责任。

是啊……我，还有什么可以再去输掉的呢？这简短的一句话就像是帮助雨心把心中那道昏黑沉重的铁门给推开了薄薄的一缝，让几许微弱的光从中漏了进来。这场比赛，我实际上已经失败了，而或许在剩下的时间里面，我唯一还值得去做的就是放心去做了吧。

想到这里，雨心似乎恢复了一点生命力，同时亦发觉在比赛重新开始之前也该去整理一下头发了。于是，姑娘扯开了发箍，并将贴在了颈上的发丝向后边捋了去。

手指碰到了挂链，而连带着胸前的坠件也一同摇摆了起来。

这是……那只小钥匙。

还记得吗，十岁那年的一个冬夜里，发过了脾气的妈妈将它亲手挂在了宝贝女儿的脖子上。而从那一天起，这把小钥匙就一直都静静地躺在了这个距离女孩的心脏最近的地方。

啊，亲爱的，你还在。感受到朋友的召唤，雨心抚住了胸口。这些年，你们一直都在，从前和现在、喜乐与伤感、得到或失去……你们，一直都在。

你们说，这今天失去之时的痛苦会不会就是由于我早已然忘记了那昨日得到当中的快乐。而这，会是因为我已经得到得太多了吗？还是，现在的我就连自己都已经搞不清楚，心里面所真正想要的到底是什么了……

告诉我吧……

渐渐地，雨心剧烈的心跳逐步平缓了，而呼吸也和顺了许多，甚至，她感觉周遭里那一阵阵的由观众们所制造出来的音浪也都没有刚才那样吵闹了。

那么，女孩，你还可以继续再去战斗吗？

是的，我想我可以……即使是在我只是暂时地找回了那个自己的时候。

费奥娜在擂台远角笑盈盈地观察着雨心，美国姑娘可以感知到她的对手这时正于心中所感想着的一切事情，没有为什么，她就是可以。而且，她还相信，对方也一定同样能够了解到她于当下所正在思想着的。因为就在此刻，这两个女人所决定要去做的已终于变成了同一件事，所以她们的“心”是相通的。

来吧，我们打拳，仅此而已，就像我们在小时候常做的那样！

“Fourth period，Box！”（第四节，开始！）

快乐地飞起来！埃尔科的费奥娜！

抛开困顿，迎上去！北京什刹海的张雨心！

费奥娜直接攻进！蜻蜓迎空一舞，直插腹地，破空之声起处，拔拳点刺强击。张雨心正面其锋！羽毛旋绕，全位环杀，宁进勿退，以攻克攻！

一相接，双方就对出了十数下的招式，互不相让！稍弹开，立又回拢。再相接，又是几番眼盯眼、拳顶拳的急攻，你争我夺！这回合也是走得忒快，一分一撞就只在咽了下口水之间。三相接，看是便连那地上的一双影子也都在往来里杀成了一团！

而如若再去细观这姑娘俩在激斗之中的格调风骨，那可就更得说是跃上了云天！

不流敌意，只见真心，此生一取，舍我其谁！

好场面，这才是可盼来的龙争虎斗、难解难分！两个人全都不想再留下半分的遗憾，两股气就在这中心舞台的上方绘成了卷卷滚涌沸腾的旋风龙纹！

既然是已经走到了这一步，那还在等些什么，就都赶快拿出各自的看家本领来吧！这两人在此一刻对外所输出的高压气场与内在正抱持的纯静之“心”，竟然是全部如同神意点拨一般地形成了一种相互抵制而又彼此依存着的极端平衡！而这样最好不过！

触发条件满足，同时启动！

人类搏击历史上迄今还是第一次出现的壮丽奇景！万中无一 VS. 万中无一！

直面！对决！ IT（Illusory tumbler，幻影不倒翁）VS. 雨梦拳心！

在现实的世界里，多国的物理学家们联合建造出了（欧洲）大型强子对撞机（LHC），来用以模拟和观察被粒子加速器人工提升到了光速的两束超高能质子流去进行迎面撞击后所可能会产生出来的景象。他们希望可以借这样来还原出和见识到，那被称之为了是“上帝之爆”的创造出了整个宇宙的起始大爆炸的力量。

她们出招啦！

火星溅射，炸开了这片胶着气流的正心！现场观众们的那一句惊叹还未及出得了口，冲面的震波暴风便已是轰然袭来，通馆中一扫过去，却哪里还睁得开半只眼睛。其后，终极能量引爆，热辐射激荡而开，霎时，那极频的光子脉冲就穿透了这一万多具凡人的肉身，而连带着全球电视机上的转播信号竟也都是给烧成了一片全白，怕是哪洲哪国会有些心脏不好的受者，这会儿已是窒息昏厥了百千。

一两秒后，光雾散开，定睛再看。

恰似，夺目烟花……

张雨心之拳腿如天外仙子，费奥娜的影形若幻境陆离。

落眼到切切实实的肢体较量之上。那往时绝无落空之忧的“雨梦拳心”在现下的每三拳里面就要被闪开了两拳半，而把“IT”已经运到了尽头却也仍是闪躲不开的那半拳，费奥娜便也只好咬一咬牙，将就着吃在了身上。

相对应地，美国人也绝不会是只守不攻，在操控躯干闪避的同时，“电光人”那定点还杀的狙击刺拳也是接二连三地怒射脱膛而出。其两技合一，威力虽难免折损，但如此般地持续紧咬对发，中国女孩又是有何妙手仍可力保自身防护无虞？

神话诞生！张雨心提前预知了对方的行动！

雨梦拳心，攻防一体！无两神技者在场上的应激反应速度超越了场下旁观者们的视觉解读速度！在他们的眼中，于费奥娜出拳攻打的行为发生之前，张雨心就已经是提前移动了身体，并刚好避开了来拳的行进路线，而这让进攻者那原本令人防不胜防的强行狙击，无一不是只能从早已为其预备好了的空气通道之中乖乖地穿过。

如此，敢不传说！

就这般，此绝代的双骄一战，其况正是……

针锋已对，两剑齐弯，相攻不下，互守不失！

若是论这二人最强之独有招法的技术先进性以及其临场使用时候的择机经验与威慑能力，“雨梦拳心”还是要略高于“IT+狙击刺拳”的。但如果去着重地比较一下双方在身体质地上的天然基础，费奥娜于骨肉力量和运动机能方面的巨大优势又是显然要稍强过张雨心在神经系统反应层面的独到才华。

故此，这天王山上之斗，二圣虽已出尽了法宝，但仍是搏了个阴阳不让，水火克冲，江山谁主，犹未分明！看来今日此战，何人若想独尊，这终结之胜手的归属唯有是得盼着哪位还能万丈巅峰，再上一步了！

在这一时刻里，香港红磡体育馆内的绝大多数人们也都已经是被那两颗超然忘我的无上之“心”所臣服了思想、纳入了共振。他们的每一次喜怒与心跳、每一下挥臂和高呼全部都化作了飞散的鼓舞能量被吸入进了在头顶上盘流着的雷鸣气旋当中，继而，又是从那直下的飓风之眼里狂啸着注入了下方场地的中央核心。

而对于现时正在源源不断地接受到这种积极能量的费奥娜和张雨心来说，她们因那自小就拥有着的一项常人所绝难企及的超能天赋，而致了此刻也正是处在了一个有着极大的概率会迎来破茧爆发式即兴精进的绝佳时机。

在实战中去继续突破自我吧，天空没有极限！

从很小时我们就是这个样子，遇快更快、欲强更强！

费奥娜·哈德森决意争先！在私下的训练里曾有过尝试，但却从未在正式的临敌当中显露出过的技术升级，敬请一睹奇锋！

未来的“千万美元宝贝”！独门暗杀之器，狙击刺拳·多连击！

张雨心看到了黑色的光。那意味着这样明显脱出了现实定律的离奇攻击在现有的科学理论范畴之内根本就是无从解释的不可能！但是，它却真的向我打过来了！

躲不开了！这是中枢神经的飞奔电流所反馈回来的最后警报，因为，在同一时间里被多条来袭轨迹完全封死了所有退路的被追击者绝对已是无处可躲了！如是已经写入了命运剧本的终审判决，你此刻必须被击中！

左面的拳遮蔽住了眼角边上的余光，而右面的拳已经推来了温热的风。

就要结束了吗？或许这样也没有什么不好。很多时候，人生的这种无奈总是会来的，不管你自己愿不愿意接受……

但，不会是在今天！

发出了怒喊的是张雨心的“心”！

“雨梦拳心”在超界限应激后，于非主观意识操控下的自我进化！

以拳击拳！张雨心不知道自己是怎样做到的，她甚至都从不知道自己可以这样去做！在双方身体同处于了超快速运动的情况下，别无选择的仙女以无与伦比的敏准及精控用己方之拳在纳秒级间击开了全部，是全部的，敌方之拳。化险为夷！

这就是当今全世界的拳迷们仅仅是用嘴说出来都依然还会感觉到热血澎湃的……

雨梦拳心·“NMD”模式！

国家导弹防御系统（National Missile Defence）的工作设想为，运用极为庞大而精密的地海空天联动的雷达预警及弹道演算技术来控制发射出红外反导导弹或是高能激光武器，对敌方还远在大气层之外的洲际进攻导弹去予以准确的逐个拦截并全部摧毁。

简称：NMD！

还在继续，这场此生都没有终点的战斗，还在继续！

如果永远都没有人肯去接受对方会在下一次出拳之时变得比自己更强了一点的事实，那么，你们到底要怎样才愿分出胜负！

这，就是烟花，因去燃起了青春与生命而才得以在那只属于着我们自己的璀璨夜空当中尽情绽放了的绚烂之光。

而在这花火映照之下的一万两千人里面，又还有谁可以从如此般妖娆的魅惑当中得以幸免呢！堂堂红馆，感喟容动，洋洋万生，皆为卿狂！

搏击运动的激情竟能够被推上了这样的高度！你两个难是还要掀翻了天不成！

没错，就是要去掀翻了天！

厉响！就如同赤色的火山震碎了地幔的咆哮！那些由一万两千多条脉动搏张的毛细血管所不断并流合集而至的炽热能源被夹在了这对立两极的聚化高压之下，密度已是被强制提升了多少个亿倍！而现在，将整个擂台罩入了其中的核变光球正在发生着量能崩陷式的急剧塌缩，热圈之内，黑斑闪乱、绝尽通红！

再一沉念后……

喷发！一道光柱崛起，直射苍天！穿透过场馆的穹顶，划裂开厚重的暗空，将一切凡世中的屑尘与内心里的杂质全部都烧化作了最明亮的晕。不可阻挡，永无止界！就让这束奔逸的梦想之光去照耀星系遥远，去冲破彼岸银河……

这并不是文学的虚构，也不是艺术的夸张。这其实就是每天都会发生在你我身边的最最真实的来自于体育或生活之中的故事。

请感叹造物主的用心和兴致吧，他为了这两块泥土都各自能够找到其存在于世间上的意义而不辞辛劳地创造出了同样平凡的另一方，并且把她们在生命当中最适合相遇的时期里巧妙地引领到了一起。所以，就是在这样的一天里，虽然说一点都没有心理准备，但事情却还是便这么地发生了……那两个女孩子在一生之中所做过的最为了不起的一件事，可以在将来去讲给儿孙们听的事……

此生此战……一生一战……

……

后来，张雨心赢得了这场比赛。

技术席判定中国运动员依靠点数获胜，而美国代表队则是“程序性”地向组委会提出了异议。他们认为，包括了互有的各一次击倒情况在内，整场比赛中，双方基本上还是处于在了一种均势的状态下，且费奥娜在第三节的风度礼让大家也都看到了，因此，最好还是能判为平手，也可落得个中外皆大欢喜。不过，在场下的技术裁判长邀请客队的教练员们以欣赏的角度又去重温了一遍实况录像的剪辑慢放之后，美国人就再也不说什么了。

全场比赛，费奥娜真正硬实的有效击中计点只有一次，而张雨心，天啊……

所以，结果就是这样，“红馆合战”，中国人赢了！

很明显，这样的大结局是足以去让人们高兴的，而且，是绝大多数的人们。

中国队的教练组很高兴，这几乎就是场里程碑式的胜利，成金龙跟何耀强朝天痛吼，傲气地击掌撞拳、振臂高挥。各主办方面也很高兴，赛事的过程精彩激烈，受众之反响也优于预期，陈光荣、白崇龙还有各参与国的合作伙伴们谈笑互贺，容光谢客。现场的观众朋友们也当然不会不高兴，这无疑是一个得偿所愿了的新年前夜，而且荡气回肠，不是吗？不少人都已经开始打听这下一次的同类赛事会在何时了。

而拼下了本场关键性胜利的张雨心，她高兴吗？

在被裁判员高高举起了手臂之后，雨心长长地舒了一口气。这一刻对于她来说自然是高兴的，但这种高兴的来源可能更多还是出自于了一种得以大难生还了的解脱与庆幸。

她，用最后的自己出尽了全力。

遥望着一路与观众们热切告别的费奥娜消失在了人影丛中，张雨心久久地静立在了擂台的中心没有离去。方才在宣布了赛果之后，对手与她那真情的一拥，竟是让这位本该作为着一名成功者的主场明星在微末之间品到了一点隐于至深的寞然与自卑。

这个脸上满是雀斑的美国姑娘有比我大了三四岁吗？她的蓝色眼睛，还有那永不消逝的笑，分明就是在告诉着我，她是有多么地享受和爱着这一切。或者说是，这里的每一样东西都是有多么地能够使她平静地获得到那最为真心的喜乐，也包括了失败这件事。

神奇与伟大，这二者之间的差别在哪里呢？此一战过后，雨心的心中冒出了这样一个深涩的念头。她可以回想得起，神奇这个词应该就是自己在从小到大的成长历程中所一直都在有幸享有着的最为美妙的常见赞誉之一了。而伟大呢？这两个字近来似乎也总是会被很多的人们提起，尤其是在来到了香港以后，那它，又究竟该是一种怎样的涵义呢……

是谁令雨心产生出了这样的一番疑问，是这个费奥娜吗？还是那些本就一直都是在以一种最为平常的方式与态度，静静地生活在了女孩身边的那千千万万个费奥娜。

这场战斗，张雨心赢了，但是她却怕了，她甚至尝到了一种羞耻的感觉，并且，她也永远都不想再见到费奥娜·哈德森了。因为，那将会是一个在未来必定可以去征服全世界的女人，而自己呢，则可能早就已经忘记了这一曾经无比在乎过的事……

这座城市的夜，深了。

飘浮在海风中的迷彩雾气渐渐退散了去，而于水泥森林里那一整晚都盘流不息着的金色车河也慢慢地变得稀零了，这让一些此时还未入眠的人们更加看清了这座港湾之城所本来的颜色，也拉近了他们与头上星空之间的对话距离。

向今晚为我们带来了感动的所有人们致谢吧！这颗东方的明珠，以及这里的所有市民，还有我们伟大传奇中的那些美丽的主角们。

现在，他们中的很多人正和我们一样，在读着天上的那些星星……

令人不舍的一页终将翻过，也已然翻过。

“红馆合战”结束了，但是，这一曲震撼的鸿篇为故事中的每一个人所带来的生活与命运的不同改变，却一定会是才刚刚开始。

最后再去回味一下适才那些激动人心的隽蔚时刻吧，因为当明天的太阳再次升起，我们，和他们，就都又将会是重新地站在了人生的路上。

不论是崭新的起点，抑或，宿命的……归程……